한국 청소년소설과 청소년의 성장 담론

한국 청소년소설과 청소년의 성장 담론

박 경 희

역락

1990년대 한국 사회는 세계적인 청소년 정책의 흐름에 발맞추며 청소년 세대에 주목하기 시작한다. 한국 사회에서 산업화라는 경제 성장의 시기를 지나온 세대가 자녀들의 더 나은 삶을 위해 교육에 투자하는 현상은 지극히 자연스러운 일이었다. 부모 세대는 내가 누리지 못한 것들을 자녀들에게 채워주고자 하는 열망이 가득하였다. 1990년대 이후 청소년 세대는 부모 세대가 이룩한 경제적 풍요로움을 누리는 세대로 등장한다. 청소년은 사회적 인식의 변화와 맞물리며 한국의 문화 담론을 이끄는 세대로 추동하기 시작한다.

청소년소설이 청소년을 호명하며 소설의 하위 장르로서 한국문학사의 장(場)에 등장한 시기도 1990년대 후반이다. 2000년대로 접어들어 청소년소설은 그 외연을 더욱 확장하여 청소년의 일상적인 삶과 그들의 다층적인 성장 담론을 담아내고 있다. 청소년이라는 독자 대상은 그들을 보는 시각에 따라 다양한 사회적 담론을 형성한다. 청소년이 부모와 학교, 사회에서 독립하고자 기성세대에 반항하며 문제를 일으키는 보호와 교육의 대상이라는 문제 담론과 청소년을 적극적인 자아 추구의 주체로서 자아 정체성 형성 과정 그 자체에 초점을 맞추는 성장 담론이다. 한편 한국 사회에서 청소년기는 진로와 대학 입시 성공을 위한 인내의 시간을 보내야 하는 통과의례의 시기이기도 하다.

2000년대 이후 청소년기가 빨라져 청소년 자녀와 부모의 갈등이 심해진다는 담론은 청소년 교육 현장 어느 곳에나 존재한다. 그 원인은 "부모는 멀리 보라 하지만 학부모는 앞만 보라하고, 부모는 함께 가라 하지만 학부모는 앞서 가라 하고, 부모는 꿈을 꾸라 하지만 학부모는 꿈 꿀 시간을 주지 않는다"

는 공익광고의 문구에서 찾아볼 수 있다. 한국 사회에서 자녀의 입시 성공은 부모의 성공으로 대변되는 사회적 인식이 강하기 때문이다. 그래서 부모일 때와 학부모일 때 내 자녀에 대한 관점이 달라진 것이다. 부모가 학부모가 될 때 자녀는 아동에서 청소년이 된다. 청소년기는 꿈을 꾸고 그 꿈을 이루기 위해 함께 가야 하며 멀리 보아야 하는 시기이다. 한국 사회의 가족과 학교, 사회가 연대하여 청소년이 꿈을 이루고 주체로 성장하기 위한 기반을 마련하여야 한다.

청소년소설이 문학 장(場)에서 장르 정체성을 확보하면서 청소년 세대의 성장 담론을 담아내는 일이 그러한 사회적 기반의 측면이라고 할 수 있다. 청소년소설은 청소년 세대에게 아동문학과 일반 문학의 간극을 이어주는 다리 역할을 한다. 청소년소설이 당대 청소년들의 욕구와 관심사를 다룬 성장 담론을 담아낸다면 청소년 독자층은 물론 청소년 자녀를 둔 부모와 청소년 교육 현장, 그리고 우리 사회에서 '청소년의 이야기를 발산하는 문학 공동체'로 기능하며, 나아가 문학 장(場)에서 청소년소설의 장르 정체성을 공고히 확보하고 그 지평을 확장할 수 있다는 전망을 보며 논의를 시작했다.

제1부는 필자의 박사학위 논문을 수정 보완한 글로 2000년대 이후 청소년소설에 나타난 가족 분화 양상에 따라 청소년이 가족 환경에 대응하고 가족 문제를 해결하는 수행의 과정 속에서 자아 정체성을 형성해가는 성장 담론을 논의하였다.

제2부는 청소년의 당면 문제와 삶을 주제로 하는 청소년소설에 드러난 청소년문화 양상에 따른 성장 담론을 논의하였다. Ⅰ장에서는 청소년문화를 또래·여가 문화의 양가적 양상을 분석하여, 청소년소설이 당대 청소년 세대의 현실 문제와 그들만의 문화를 반영하는 새로운 청소년문화의 장(場)이 생성되고 있는 면모를 고찰하였다. Ⅱ장에서는 청소년의 주요 관심사인 성과 사랑의 의사 결정에 따른 성장 서사의 다층적인 양상을 분석하였다.

이 책은 저자가 청소년 교육가로, 청소년문학 연구자로 지난 10여 년 동안 청소년과 부모, 교사 등 청소년 교육 현장과 청소년 문화존에서 만난 목소리를 청소년소설에서 찾고자 한 연구의 결과이다. 또한 필자가 청소년 자녀를 키우면서 고민하고 자녀와 함께 성장하며 공부했던 시간의 기록이기도 한다. 따라서 이 책은 청소년소설 연구서이기도 하지만 청소년 교육자, 청소년 자녀를 둔 부모의 마음이 담겨 있기도 하다. 그러다보니 청소년소설이라는 문학 연구의 이론적 맥락에서 깊이 있는 논의를 하지 못하였지만 청소년문학 연구와 사회학의 학제 간 연구의 시도라는 점에 그 의의를 두며, 청소년문학 연구의 새로운 방향성을 모색하였다.

이 연구서가 나올 수 있도록 부족함이 많은 제자를 격려하고 지도해주신 전남대학교 임환모 선생님께 마음 깊이 감사드린다. 대학원 석사, 박사 과정에서 연구자의 길을 갈 수 있도록 이끌어 주시고 논문 심사를 해주신 교수님들께 감사드린다. 송원대학교 나상오 교수님의 배려에 감사드린다. 아울러 청소년교육 현장에서 만난 많은 분들에게도 고마움을 전한다. 이 책이 나오기까지 공부의 끈을 놓지 않는 딸을 늘 지지해주신 부모님의 사랑과 아내의 공부를 묵묵히 지켜봐준 남편의 믿음, 공부하는 엄마를 격려하며 함께 성장한 아들과 딸의 청소년기는 이 연구를 하는 데 많은 도움이 되어 주었다. 책으로 펴내는 부끄러움을 안고 이 책이 늘 공부하는 사람으로서 거듭 깨어나는 앞자리가 되어 주어 교육 현장에 섰던 처음 마음을 잊지 않고 살고자 다짐해 본다.

이 책이 출간될 수 있도록 허락해주신 도서출판 역락의 이대현 사장님, 글을 읽고 다듬어 준 홍혜정 과장님과 수고해주신 역락 가족들에게 고마운 마음을 전한다.

2017년 6월
박경희

▥차례

▮제2부▮
청소년소설과 청소년문화

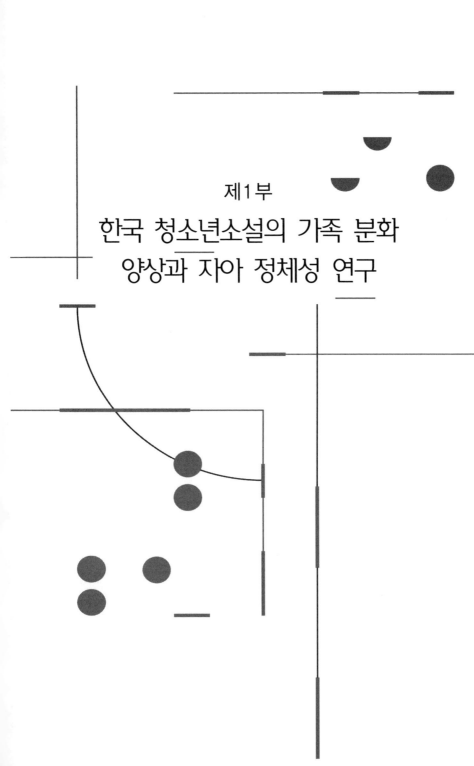

제1부
한국 청소년소설의 가족 분화
양상과 자아 정체성 연구

I. 서론

1. 연구 목적

1990년대는 현실 사회주의 몰락이라는 사회 변화와 맞물리면서 거대 담론이 무너지고 개인의 미시적인 측면에 초점이 맞추어지던 시대이다. 1990년대로 접어들면서 청소년을 통제하던 국가권력의 방식이 '세계적인 청소년 정책'에 맞추어 변화를 보였다. 이 시기부터 '청소년'이라는 주체에 대한 인식이 우리 사회에서 각성되기 시작하였다.1) 1990년대 초반부터 전면화된 교육 민주화운동에 힘입어 그들의 현실적 고민이 개별적이고 고립된 상태에서 벗어나 우리 사회의 주요 문제로 부상한데다가, 중후반에 들어서는 그들이 곧바로 문화 소비의 주류로 인정되기 시작하였다. 1990년대 이후 청소년은 그들만의 고유한 특성과 문화를 가진 주체로 인식되었다. 한국문단에서 문학은 상품이 되었고 독자가 소비자라는 인식 아래 책을 둘러싼 독자의 위상이 중요하게 부각되었다. 소설의 하위 장르로서 '청소년소설'이 한국문학사의 장(場)에 등장한 것은 1990년대 후반이다.2)

---

1) 세계적으로 청소년에 대한 인식 전환은 '세계청소년의 해(1985)'의 지정과 '청소년정책과 프로그램에 대한 리스본 선언'(1998. 8. 세계청소년장관 회의 채택) 이후이다. 세계적인 추세에 맞춰 한국사회에서도 '한국청소년기본계획(1991. 6. 27.)이 전체 청소년을 대상으로 수립된 이후 정책적인 방향이 정해지면서 청소년에 대한 사회적 인식이 전환되면서 변화되고, 청소년 담론이 드러나기 시작한다.

2) 청소년소설은 박상률의 『봄바람』(1997) 이후로 공식화되어 갈래가 분화하지 않은 채 '청소년문학'으로 통칭되고 있었다. 청소년을 대상으로 한 청소년시집과 청소년희곡 작품집도 1990년대 이후 출간되었고 2000년대 이후 출판사의 광고와 함께 독자 대중에게 인지되기 시작한 대표적 작품은 청소년시집으로 박성우의 『난 빨강』(창비, 2010), 청소년희

청소년문학은 2000년 이후 '청소년문학상'을 발판으로 삼아 독자층이 늘어나고 청소년에 대한 사회적 관심이 맞물리면서 '청소년문학'에 관한 담론이 형성되었다. 청소년문학은 장르 분할이라는 문학 담론의 장(場)에서 "청소년들의 삶과 경험, 그들의 욕망과 목소리를 담아야 한다는 요구가 실천적"[3]으로 이루어지는 노정에 놓여 있다. 청소년문학은 문학 장(場)의 장르 정체성을 확보하기 위한 창작과 학계의 연구가 꾸준히 이루어지고 있다. 청소년소설은 당대 청소년의 모습을 형상화하기 때문에 독자들의 호응과 함께 출판 마케팅 전략에 의해 보급되면서 아울러 문학 교육과 독서 교육의 교재로 활용되고 있다.

청소년기는 아동에서 성인으로 전환되는 과도기적 단계로 변화에 대한 적응이 필요한 시기이다.[4] 이 시기 청소년은 신체적·정서적·인지적 변화를 경험하며 자아 정체성 형성에 따른 역할 혼미의 성장 과정을 거친다. 청소년의 행동은 가정과 학교 환경, 가치관의 변화 등으로 다양한 양상을 띠고 복잡해지고 있다. 청소년소설은 청소년기에 놓여 있는 청소년이란 독자 대상을 호명하며 청소년의 삶에 주목한다. 청소년소설은 회고 형식이 아닌 현재 시점으로 청소년을 주인공으로 내세워 서술자와 동일한 인물로 설정하며 당대 청소년의 성장 과정을 중심으로 '자아 정체성 찾기' 과정의 삶을 서사화한다는 점에서 그 장르 특징을 개념화할 수 있다. 청소년소설에서 자아 정체성 형성에 따른 역할 혼미의 과정은 성장소설의 통과의례 형식인 입사-분리-통합의 과정을 대체할 수 있는 성장의 양상이 다층적으로 나타난다. 청소년기의 성장은 심리적 이유기를 지나 '진정한 자아 찾기'라는 현재의 나와 미래의 나 사이의 연속성을 찾는 자아 정체성 형성 과정을 의미하기 때문이다.

곡으로 배봉기의 『UFO를 타다』(우리같이, 2010) 등이 출간되었다.

3) 조은숙, 「풍문 속의 '청소년문학'」, 『창작과비평』, 2009, 겨울호, 472쪽.

4) 김진호, 「청소년 문제 행동과 보호 환경의 관계에 대한 문제 행동 통제의 매개 효과」, 『미래청소년학회지』 7권 4호, 미래청소년학회, 2010, 152쪽.

2000년대로 접어들면서 청소년소설은 교육이나 진로, 이성 문제, 학교 폭력 문제 등 청소년의 자아 정체성 형성에 영향을 미치는 분야로 관심사가 확장되었다. 청소년소설에서는 학교 문제, 진로, 성과 사랑, 또래 관계 등 청소년의 다양한 고민이 중첩되어 있지만 이 가운데 상당한 비중을 차지한 것은 부모자녀 간 가족 문제이다. 청소년소설의 주요 배경이자 모티프는 집과 가족이다. 집이 청소년들의 가족이 생활하는 사적 공간이라면, 가족은 "사회를 압축한 곳이기도 하고 개인을 사회와 이어주는 매개체이자 개인을 형성해주는 일종의 사회적 환유"[5]로서 기능한다. 한국 사회의 구조가 다층적으로 변모하면서 시작된 가족 문제는 단순히 가족 간의 갈등을 넘어서 청소년의 자아 정체성 형성에 직접적인 영향을 미쳤기 때문이다.[6]

인간이 태어나면서 머물게 되는 가족의 형태는 시대와 문화에 따른 사회제도로 그 구조와 기능에서 다양한 변화 양상이 나타난다. 가족은 사회와 불가분의 관계에 있으며 가족 구성원들도 사회 변화에 따른 영향을 받게 되기 때문이다. 청소년은 사회화 과정에서 가족 구성원인 부모와 친밀한 관계를 맺고 교육을 받으며 정서적인 안정을 누려야 하는 존재여야 하지만 가족이라는 공동체가 훼손되면 불가피하게 자아 정체성 혼란의 과정에 놓이게 된다. 이 과정에서 겪는 청소년의 아픔을 흔히 '성장통'이라는 용어로 비유하곤 하지만 그 양상은 그리 단순한 문제만은 아니다. 예컨대 부모의 이혼, 한부모가족, 재혼가족 같은 가족의 해체나 재구성은 청소년의 성장에 대부분 부정적인 방향으로 진행된다. 그리고 이러한 가족 문제는 도시와 농촌, 여성과 남성, 청소년 세대와 기성세대를 가리지 않고

---

5) 황도경 외, 「한국 근현대문학에 나타난 가족 담론의 전개와 그 의미」, 『한국문학이론과비평』 제22집, 한국문학이론과비평학회, 2004, 252쪽.

6) 한국 사회에서 IMF시대 국가적 실업 문제는 경제적 위기로 인해 가족해체 현상과 가정폭력의 증가가 청소년들에게 심각한 심리적 스트레스와 진학 포기 등의 영향을 미친다. (심영희, 「IMF시대의 청소년문제 양상과 과제」, 『청소년학연구』 5권 3호, 한국청소년학회, 1998, 127-130쪽.)

나타나며, 결과적으로 단지 청소년에게만 국한되지 않고 우리 사회 전반에 심각한 트라우마를 양산해낸다. 요컨대 청소년 문제 안에는 '우리 모두' 외면할 수 없는 문제가 압축되어 있는 것이다. 본고가 2000년 이후 발표된 청소년소설 가운데에서 '가족' 문제에 초점을 맞춘 것도 이러한 문제의식에서 출발한 것이다.

청소년은 심리적 이유기를 지나 정신적으로는 독립된 주체로서 성장하고 있지만 여전히 가르침을 받아야 하는 피교육자의 신분이며, 경제적으로도 독립하지 못해 아이와 성인의 경계인으로서 생활한다. 그러므로 그들이 추구하는 자율성과 사회적 요구는 양가적으로 상충될 수밖에 없다. 체벌이나 두발 단속을 반대하면서도 상황에 따라 긍정하는 경우가 단적인 사례일 것이다. 이러한 상황에서 가족은 청소년들의 삶에 중요한 영향을 미친다. 특히 부모는 청소년의 성장에 가장 큰 가족 권력을 행사하기 마련이다. 흔히 가족을 떠나 가출한 청소년들에게 문제 청소년이라는 딱지를 부여하는 사회적 편견도 여기에서 비롯되며, 청소년소설에서 가족이라는 공동체가 중시되는 것도 이 때문이다.[7]

한편 후기 산업 사회에 접어들면서 사회 문화적 환경의 급격한 변화에 따라 새로운 가족 유형이 나타나고 가족의 기능 또한 달라지고 있다. 청소년의 자아 정체성을 형성하는 데 직접적인 영향을 미치는 정서적 안정감을 제공하는 전통적 가족의 기제마저 해체되는 상황에서 청소년이 겪는 심리적 불안과 스트레스는 더욱 악화된다.[8] 거기에다 가계 곤란이라는 경제적 문제까지 겹칠 경우 부성이나 모성의 부재, 가정 폭력, 가족해체와 같은 청소년의 건강한 성장을 위협하는 극단적 상황에 놓임으로써 성장이 지체되거나 반사회적인 강요된 성장으로 나타난다. 이러한 양상은 특히

---

7) 2010년 '청소년가출실태조사'에서 가출의 주된 원인은 가족 문제인 '부모의 이혼 및 불화'였다. (공윤선, <'가출' 아닌 '탈출' 대안은?">, MBC 뉴스, 2011. 4. 26.)
8) 박경희 외, 「청소년소설의 성장 담론 연구-또래 문화를 중심으로」, 『인문사회21』 6권 4호, 아시아문화학술원, 2015, 12, 235쪽.

2000년 이후 청소년소설에서 빈번하게 나타나는 가족의 모습이기도 하다.

청소년소설을 다룬 기존의 연구 역시 가족의 문제를 외면하고 있지 않다.[9] 그러나 단지 소재적 국면으로만 접근함으로써 청소년의 자아 정체성 형성이라는 성장 담론에 관한 측면을 도외시하였다는 점이 한계로 남는다. 이 연구는 청소년소설에 투영된 가족 문제를 중심으로 연구를 진행하되 청소년에게 일차적인 생활권인 가족의 분화 양상을 유형별로 나눈 다음, 이에 따른 청소년 주체의 자아 정체성 형성 과정을 중심으로 성장 담론이 어떠한 층위의 변별성을 지니는지 분석해보고자 한다. 더 나아가 이 연구를 통해 청소년문학이 한국문학사에서 어떠한 위상을 확보할 수 있는지 살피고자 한다.

2. 연구사 검토

청소년소설에 관한 연구는 다른 장르인 시나 희곡을 포함하여 '청소년문학'이라는 범주에서부터 논의가 시작되었는데 이 논의들은 크게 보아 '청소년문학 관련 연구', '청소년소설과 성장소설의 갈래 교섭', '청소년소설의 서사와 주제 의식', '가족 담론과 청소년소설'로 대별할 수 있다. 특히 청소년소설이 청소년들의 성장을 다룬다는 측면에서 성장소설로 보는 관점과 성장소설로만 국한시킬 수 없다는 비판적 논의가 동시에 이루어지고 있으며, 청소년소설이 장르의 미학성을 확보하면서 서사나 주제 의식에 관한 논의들로 확장되고 있다. 여기에서는 청소년문학 개념에 관한

---

9) 최미령, 「한국 청소년소설에 투영된 가족 이데올로기 연구」, 가톨릭대학교 석사학위논문, 2009.
김혜정, 「청소년문학에 나타난 가족해체 서사 연구-2011년 출간된 청소년소설을 중심으로」, 『아동청소년문학연구』 10호, 한국아동청소년문학학회, 2012.
김명순, 「청소년소설 공모전 수상작의 공식-2011년~2012년 수상작을 중심으로」, 『아동문학평론』 38권 1호, 아동문학평론사, 2013, 3.

연구 성과를 정리한 다음, 이 연구와 직접적으로 연관되어 있다는 점에서 '성장' 측면과 '가족' 관련 연구 성과를 구체적으로 검토하여 논의의 기반으로 삼고자 한다.[10]

1) 청소년문학의 개념

가장 활발하게 이루어진 청소년문학의 논의 범주는 청소년문학의 개념과 특성이다. 청소년문학의 개념에 관한 연구는 다른 갈래의 연구 경향과 마찬가지로 대부분 청소년문학 연구의 초창기에 진행되었다. 청소년문학의 개념은 "불명료성과 비통일성"[11]이 그 특징으로 나타난다. 이 때문에 청소년문학은 대표적으로 '창작 주체 문제, 청소년을 위한 글, 청소년이 읽는 글' 등에서 연구자들의 관점 차이를 드러낸다.[12]

먼저, 다른 문학 장르와 달리 청소년문학은 독자가 청소년으로 규정되기 때문에 연구자들의 관점에 따라 창작 주체가 문제시된다. 창작 주체의 측면에서 청소년문학에 대한 논의는 1980년대 후반 이재철[13]에 의해 처음으로 시도되었다. 그는 창작 주체에서 청소년이 쓴 작품은 제외하고 기성작가에 의해 청소년을 대상으로 쓰인 문학만 청소년문학이라고 규정하였다. 이후 김중신[14]은 청소년에 의해 창작되고 그들이 주체가 되어 겪고 있는 체험을 형상화한 작품을 포함하였다. 김중신의 논의에서 창작 주체

---

10) 연구사 검토 일부는 「한국 청소년문학의 연구 동향과 전망 고찰-2000년대 이후 연구를 중심으로」, 『어문논총』 25호, 전남대한국어문학연구소, 2014, 6, 87-102쪽 글을 수정 보완한 것임.

11) 김경연, 「독일 아동 및 청소년문학 연구」, 서울대학교 박사학위논문, 2000, 18쪽.

12) 이 글에서는 각 연구자들의 관점 차이가 쟁점으로 제기된 대표적인 글들을 중심으로 연구 동향을 살펴보고자 한다. 연구자들은 청소년소설을 대상으로 연구를 하면서 통상적으로 청소년문학이라는 용어를 사용하고 있다. 이런 관계로 본고에서는 장르로서 청소년문학 개념을 논할 때에는 청소년문학이라는 용어를 사용하되, 소설에 국한하여 검토할 때는 청소년소설이라는 용어를 사용한다.

13) 이재철, 「청소년문학론」, 『봉죽헌박붕배박사회갑기념논문집』, 배영사, 1986.

14) 김중신, 「청소년문학의 재개념화를 위한 고찰」, 『문학교육학』 9호, 한국문학교육학회, 2002, 33쪽.

가 청소년일지라도 작품의 소재나 주제가 그들의 삶과 유리된 경우나 청
소년의 정체성을 다루고 있지 않으면 청소년문학으로 보지 않을 수 있는
가라는 지점에서 이견이 제기될 수 있다. 김중신에 의해 범주화된 청소년
이 창작하는 소설일지라도 청소년들의 삶과 생활에 밀착해 있지 않고 일
반 소설 창작을 목표로 하여 습작한 작품을 모두 청소년소설로 포함시킬
수는 없기 때문이다.15)

　반면 김경애16)는 창작 주체는 전문 작가, 주 독자는 청소년, 주인공인
청소년이 자신의 정체성을 모색하는 소설을 청소년소설로 규정한다. 유성
호17)는 우리 시대의 새로운 정전을 욕망하며 창작한 성인 작가가 창작 주
체로 우리 사회의 상황과 맥락을 청소년의 주체적 시선으로 수렴하고, 작
품 속 자아가 성숙해가는 과정을 담는 문학이 청소년문학이라고 정의한다.

　청소년문학이 다른 장르와 달리 청소년이라는 독자를 대상으로 하는
문학 장르이기 때문에 창작 주체에 대한 논의가 이루어질 수 있다. 그렇
지만 청소년문학은 창작 주체만 가지고 청소년문학 장르를 규정할 수 없
기에 창작 주체에 대해서 어느 한 세대로 고정할 수 없고 성인작가나 청
소년 모두 포함될 수 있다. 창작 주체만으로 청소년문학을 규정하기엔 청
소년문학이 갖고 있는 외연이 넓기 때문이다. 또한 각각의 세대 군이 창
작한 내용이 청소년의 삶과 유리되어서는 청소년문학의 범주로 정의될
수 없을 것이다. 따라서 청소년문학 창작 주체를 성인과 청소년으로 나누
는 기준은 절대적일 수 없으며 청소년이 창작한 작품일지라도 개별적인
작품 특징에 따라 청소년소설로 규정될 수 있다.

---

15) 대학 입시 제도의 다양성으로 문학을 전공하고자 하는 청소년들은 각 대학의 문학 특기
　　자 및 입학사정관제에 해당하는 대학별 입시 전형에 응시하기 위한 스펙을 쌓기 위해
　　대학 백일장 및 문인 단체에서 주관하는 행사에 다양하게 참여하고 있다.
16) 김경애, 「한국 현대청소년소설과 『모두 아름다운 아이들』」, 『한국문학이론과비평』
　　제51집, 한국문학이론과비평학회, 2011. 6.
17) 유성호, 「청소년문학의 미학과 교육」, 『오늘의문예비평』 72호, 2009. 2.

청소년문학에 대한 학계의 연구는 1990년대 초반부터 교육적 측면을 중심으로 이루어졌는데,[18] 본격적인 논의는 2000년대 들어 문학과교육연구회(2001)[19], 한국문학교육학회(2002)[20]를 중심으로 이루어졌다. 문학과교육연구회에서는 청소년문학의 범주를 더 이상 시대적 특성이나 사회적 상황에서 추출해내지 않고, 청소년기의 발달 특성과 그들의 관심사를 담아야 한다는 청소년의 정체성 측면을 중시한다. 2000년대 초반에 이루어진 이러한 논의는 이후 청소년문학이 활성화될 것이라는 전망과 향후 청소년문학의 방향과 흐름을 제시했다는 점에서 의의가 있다.

둘째, 청소년을 위한 문학이 청소년문학이라는 측면에서 선주원[21]은 창작 주체보다 수용자 중심으로 논의를 전개하였다. 청소년문학은 특별히 청소년을 위해, 청소년에 대해 쓴 의도적인 문학이어야 한다는 것이다. 그러나 이러한 시각은 청소년문학 범주를 지나치게 제한한다는 점에서 문제를 노정한다. 청소년을 위한다는 관점이란 청소년을 주체로 인정하지 않으려는 경향이 잠복되어 있을 수 있다. 청소년문학이 다루는 청소년과 관련된 이슈나 문제 등에 교육적인 의도가 강조되어 청소년 독자가 외면하는 문학 장르가 될 수 있기 때문이다. 황선열[22]은 청소년문학이 청소년

---

18) 1990년대 들어 청소년문학이 활성화 되지 않는 상태에서 교육적 활용을 모색으로 한 임미형의 논의는 청소년문학을 처음으로 다룬 학위논문이라는 점에 의의가 있음. (임미형, 「청소년문학 교육 연구」, 부산대학교 석사학위논문, 1994.) 2000년대 이후에도 청소년문학은 문학 교육과 독서 교육의 방향에서 꾸준히 이루어지고 있다.

19) 김경연, 「청소년문학의이해」, 『문학과교육』 17호, 문학과교육연구회, 2001, 가을.
박기범, 「청소년문학의 진단과 방향」, 위의 책.
김슬옹, 「청소년의 정체성과 청소년문학의 정체성-성장소설을 중심으로」, 위의 책.

20) 『한국문학교육학회』에서 김중신은 청소년문학의 본질을 문학적 특질보다는 대상인 '청소년'에 초점을 맞추고 다각적으로 접근한다. 청소년문학을 관점과 대상에 따라 '청소년에 의해 쓰여진 문학, 청소년을 위해 선정된 문학, 청소년을 다루고 있는 문학, 청소년이 읽고 있는 문학'의 범주로 나눈다. (김중신, 「청소년문학의 재개념화를 위한 고찰」, 앞의 글, 33쪽.)

21) 선주원, 『청소년문학교육론』, 역락, 2008.

22) 황선열, 「지금, 여기에 놓인 청소년문학 - 『라일락 피면』, 『깨지기 쉬운, 깨지지 않을』, 『베스트 프렌드』를 중심으로」, 『아동청소년문학의 새로움』, 푸른책들, 2008, 19쪽.

들의 어법을 살리고 그들의 의식을 반영해야 하는 것은 그들의 보편성과 특수성을 드러내는 것으로 본다.

셋째, 청소년이 읽는 글이어야 청소년문학으로 인정된다는 견해이다. 전명희23)는 청소년이 읽을 만한 글을 청소년문학의 범주로 규정하면서 지나친 교육적 목표를 강조하지 않고 문학 매체의 확장인 인터넷 속의 문학도 청소년문학의 일부임을 인정하고 있다. 오석균24)은 청소년문학이 주목받는 이유는 청소년이라는 대상이 타자에서 주체로 변화하고 있으며, 청소년 시기가 과거보다 연장되었고, 사회적으로 청소년 세대가 중시되고 있다는 점을 강조한다. 청소년이 인터넷이라는 소통의 장(場)에 주체로 등장할 수 있지만 아직 팬픽이나 인터넷소설 등이 문학의 정통으로 인정하기에는 여러 문제가 산재해 있어 논의의 필요성을 제기하고 있다. 이 때문에 '청소년이 쓴 작품'이나 '청소년이 읽고 있는 통신 문학'을 배제하는 한계가 있다.

반면 김성진25)은 청소년에 대한 관심을 확대하여 판타지, 팬픽 등 인터넷에서 자생적으로 창작된 독특한 글쓰기 문화에서 청소년이 욕망하는 것들을 찾아볼 수 있다고 하여 청소년문학의 범주를 확장하고 있다. 황상훈26)은 청소년 통신 문학을 청소년의 욕망과 불만에 대한 직접적인 발현이며, 세상에 대한 투사로 보고 있다. 이는 인터넷 기반 글쓰기가 작품성보다는 청소년들의 억눌린 욕망을 실현하고 성찰할 수 있게 한다는 새로운 관점으로 청소년들이 읽고 있는 문학에 초점을 두었다고 할 수 있다. 소영현27)은 청소년문학이 세대군이란 틀에서 벗어나 계몽을 의도하는 교

---

23) 전명희, 「청소년문학의 정체성에 대한 고찰」, 『아동문학평론』 제29집, 한국아동문학연구원, 2004.
24) 오석균, 「청소년과 청소년문학에 대한 소고-『동정없는 세상』, 『밥이 끓는 시간』, 『모두가 아름다운 아이들』을 중심으로」, 『한어문교육』 22권, 한국언어문학교육학회, 2010.
25) 김성진, 「청소년소설의 장르적 특징과 문학교육」, 『비평문학』 39호, 한국비평문학회, 2011.
26) 황상훈, 「청소년 통신 문학의 특성 고찰」, 수원대학교 교육대학원 석사학위논문, 2003.
27) 소영현, 「청소년문학이 질문해야 할 것들」, 『작가세계』 84호, 세계사, 2010.

육 담론을 깨고 청소년문화와의 교호 관계 속에서 외연을 확대해야 한다는 점을 강조한다.

청소년이 읽는 문학이라는 관점에서는 당대 청소년들이 향유한 문학이라면 청소년문학의 범주에 넣을 수 있을 것이다. 이러한 범주는 청소년소설의 시대별 흐름에서 『학원』에 연재된 대중성을 담보한 조혼파의 소설에서 그 맥락을 찾을 수 있다. 그렇다면 1990년대 이후 인터넷과 디지털 매체 시대에 살고 있는 당대의 청소년이 향유하는 인터넷 연재소설과 같은 통신 문학도 청소년문학의 범주 안에 포함해야 할 것이다. 단, 인터넷소설도 청소년소설로 기능하기 위해서는 청소년 주인공을 대상으로 그들의 삶을 다루며 흥미나 형식 파괴가 아닌 문학성을 담보해야 하는 전제는 필요하다.

한편 청소년문학 무용론도 제기된다. 허병식[28]은 "청소년문학이 교양적 완성도를 이끄는 성장도 없고 세상과 대결하는 내면이 아닌 서둘러 갈등을 봉합하고 종결하는 서사만 존재"한다고 보았다. 또한 청소년문학이 융성하게 된 배후가 출판 자본주의의 시선 이동이며 지배 이데올로기에 의한 정치적 무의식이 심층에 자리하고 있어 무기력한 면모를 보인다는 점에서 '청소년문학의 종언'을 주장한다. 허병식의 청소년소설의 서사에 대한 지적은 의미 있지만 청소년문학에 대한 전반적인 고찰 없이 출판 자본의 논리와 이데올로기만 극대화한다는 점에서 문제적이라 할 수 있다.

청소년문학이라는 장르는 청소년을 호명하고 있지만 독자 대상을 청소년으로 한정할 수는 없고, 창작 주체 또한 성인 작가나 청소년 작가 모두 포함할 수 있다. 청소년문학이란 청소년 주인공을 서사의 경험 자아와 서술 자아를 동일시하여 회고 형식이 아닌 당대 청소년의 삶을 주제화하여 청소년의 시각으로 서술한다는 것을 전제한다면 청소년문학의 정의가 될 수 있다. 즉 청소년의 일상적 삶을 다루다보면 청소년이 아직은 경제적

---

28) 허병식, 「청소년을 위한 문학은 없다」, 『오늘의문예비평』 72호, 2009, 2, 78-80쪽.

독립 주체가 아니기 때문에 다양한 가족 문제 양상도 들여다 볼 수 있을 것이다. 또한 1990년대부터 소비의 주체로 등장한 청소년들의 문화도 다루어질 수 있다. 그렇다면 청소년문학은 장르 정체성을 확립할 수 있고 한국 사회 문학 담론의 장 속에서 하나의 확고한 문학 장르로 뿌리내릴 수 있을 거라고 기대한다.

2) 성장소설과의 갈래 교섭

청소년소설과 성장소설의 관계에 대한 연구에서는 성장소설에 대한 연구[29]가 먼저 가족 관련 청소년소설에 대한 논의의 단초를 제공하였다. 성장소설은 "유년기에서 소년기를 거쳐 성인의 세계로 입문하는 한 인물이 겪는 내면적 갈등과 정신적 성장, 자신을 둘러싸고 있는 세계에 대한 각성의 과정을 지칭"[30]한다. 청소년소설 또한 아동기와 성인기의 경계선에 있는 청소년을 대상으로 그들이 겪는 내면적 성장 과정을 형상화하고 있으므로 주제 의식의 측면에서 성장소설과 유사하다. 성장소설에 관한 연구에서도 회고 형식의 성장 담론[31]이나 가족과 개인의 대립 양상[32], 아버

---

29) 한국문학사에서 성장소설은 1970년대 김윤식과 이재선에 의해 논의된다. 이들은 서구의 성장소설 개념을 설명하거나 그 정의를 한국의 작품에 적용하려고 한 논의를 전개한다.
  이재선, 『한국 현대소설사』, 홍성사, 1979.
  김윤식, 『한국 현대소설 비판』, 교육과학사, 1981.
30) 한용환, 『소설학사전』, 문예출판사, 1999, 251쪽.
31) 남미영, 「한국 현대 성장소설 연구」, 숙명여자대학교 박사학위논문, 1991.
  김병희, 「한국 현대 성장소설 연구」, 서울여자대학교 박사학위논문, 2000.
  최현주, 『한국 현대 성장소설의 세계』, 박이정, 2002.
32) 김경수, 「여성 성장소설의 제의적 국면」, 『페미니즘과문학비평』, 고려원, 1994.
  정순진, 「여성 성장소설의 방향성 고찰」, 『현대소설연구』 3호, 한국현대소설학회, 1995.
  임영복, 「여성 성장소설에 나타난 사춘기의 성장 담화-오정희, 서영은, 김채원의 소설을 중심으로」, 『돈암어문학』 제7집, 돈암어문학회, 1995.
  심진경, 「여성의 성장과 근대성의 상징적 형식-오정희의 유년기 소설을 중심으로」, 『여성문학연구』 1권, 한국여성문학학회, 1999.
  장일구, 「여성 성장 신화의 서사적 변주-최근 여성 성장소설에 대한 비판적 재고」, 『한국언어문학』 52권, 한국언어문학회, 2004.

지 부재 모티프를 중심으로 한 여성 청소년의 성 정체감 연구[33] 등의 성
과가 나타나기 때문이다.

이후 본격적으로 성장소설과 청소년소설의 관계에 대한 연구가 진척되었
다. 이러한 연구는 청소년소설과 성장소설을 동일한 개념으로 보거나 청소
년소설을 성장소설의 하위 범주로 보는 견해, 작중 화자의 정체성 확립의
측면에서 양 갈래가 동일하지 않다는 견해, '자전적 청소년소설'이라는 측면
에서 청소년소설을 작가론적 측면에서 논의한 연구 성과 등으로 이어졌다.

김은정[34]은 성장소설과 청소년소설이 청소년들의 내면적인 성장 과정
을 중심으로 표현한다는 점에서 유사하다면서도 청소년소설이 주인공인
청소년의 내적 성장이란 대부분 그들의 생활 경험에서 비롯되므로 작품
에 작용하는 당대 사회에 대한 인식과 자아 형성의 관계성을 간과해서는
안 된다는 점을 지적한다. 구자황[35]도 당대의 주체인 청소년들이 일종의
교육 정전으로서 성장소설을 수용함으로써 경험과 성찰에 대한 간접 체
험 방식으로서 기성세대의 지혜를 공감하는 것으로 보고 있다. 이러한 논
의는 학습자인 청소년들에게 성장의 가치와 진정성을 명확하게 전달할
수 있는 문학 교육적 차원에서 청소년소설의 틀을 구축해야 한다는 입장
이라 할 수 있는데, 청소년을 계몽의 대상으로 설정함으로써 청소년소설
을 '청소년을 위한 문학'으로 개념화하고 있다.

김윤자, 「한국 근대 여성 성장소설 연구」, 경성대학교 박사학위논문, 2005.
전정연, 「식민지시대 여성 성장소설 연구」, 경성대학교 박사학위논문, 2006.
33) 나병철, 「여성 성장소설과 아버지의 부재」, 『여성문학연구』 10호, 한국여성문학학회,
   2003.
   서은경, 「현대문학과 가족 이데올로기(1)-아버지 부재의 성장소설을 중심으로」, 『돈암
   어문학』 제19집, 돈암어문학회, 2006. 12.
   정혜경, 「여성 성장소설에 나타난 가족서사의 재구성-아버지 부재(不在) 모티프에 대
   한 서사적 대응방식을 중심으로」, 『국제어문』 44권, 국제어문학회, 2008.
34) 김은정, 「청소년소설의 이론과 실제-성장소설의 유형을 중심으로」, 서울시립대학교 교
   육대학원 석사학위논문, 2006.
35) 구자황, 「성장소설과 청소년 문학의 가능성-교육 정전을 중심으로」, 『우리문학연구』
   제37집, 우리문학회, 2012. 10.

한편 장수경36)은 청소년소설이 성장소설과 유사성도 갖지만 유년의 화자가 사건을 이끌어가는 회고 형식을 띤 성장소설과의 변별점은 성장기 주인공의 성장 과정을 현재의 관점에서 재구성하고 있다는 점에서 청소년소설의 장르 정체성을 확인하는 단초를 제시하였으며, 더 나아가 김화선37) 은 청소년소설의 성장 서사가 다양한 성장통을 형상화하지만 다분히 계몽적인 관점을 지닌다고 비판한다. 청소년소설에서 성장의 의미를 진정성 있게 다루려면 기성세대의 계몽적 외피를 벗고 청소년이 당대의 사회 문화적 환경을 어떻게 그들만의 방식으로 수용하고 극복하는지에 주목함으로써 청소년이 주체화되는 과정을 다루어야 한다는 것이다. 청소년문학과 독자층의 확대에 견인차 역할을 한 『완득이』는 완득이의 성장통을 담아내기는 했지만 주인공의 내면에 천착하지 못했다는 점에서 청소년문학이 나아가야 할 방향성을 청소년 주체의 내면적 성숙을 파고드는 점이어야 함을 주장한다. 이 때문에 김화선은 성장소설이 모두 청소년소설이 될 수 없으며 청소년소설 역시 성장소설의 범주와 일치하지 않는다는 견해를 제시한다.

오세란38) 역시 청소년소설을 규정짓는 것은 성장소설의 형식이 아니라 청소년 화자를 주체화하려는 의지가 문제임을 지적한다. 청소년을 자의식을 가진 주체로 인정하고 이러한 관점에서 접근해야 청소년소설의 본질을 파악한다는 것이다. 이는 성장소설이 청소년소설을 형성하는 데 중요한 역할을 하였지만 청소년소설이 성장소설의 주제나 형식, 철학보다 훨

---

36) 장수경, 「한국 현대 성장소설 연구―1980년대 이후 청소년소설을 중심으로」, 성균관대학교 석사학위논문, 2007.
37) 김화선, 「청소년소설에 나타난 '성장'의 문제―김려령의 『완득이』를 중심으로」, 『아동청소년문학연구』 3호, 한국아동청소년문학학회, 2008.
_____, 「청소년소설에 나타난 성장 서사 연구―여성 인물이 주인공인 작품을 중심으로」, 『국어교육연구』 제45집, 한국국어교육학회, 2008, 8.
38) 오세란, 「청소년소설과 청소년소설이 아닌 것」, 『창비어린이』, 2009, 봄호.
_____, 「청소년소설의 장르 용어 고찰」, 『아동청소년문학연구』, 6호, 한국아동청소년문학학회, 2010.
_____, 『한국 청소년소설 연구』, 충남대학교 박사학위논문, 2012.

씬 넓은 창작상의 스펙트럼을 형성하므로 두 갈래를 동일시할 수 없다는 입장이다. 전통적인 성장소설이 경험적 자아와 서술적 자아의 교합으로 담론 주체가 구성되었다면 청소년소설은 대체로 미성숙한 경험적 자아가 '과정 중의 주체'를 만들어나가는 데에 무게중심을 두고 있음을 강조한다. 박일환[39]도 청소년소설이 성장의 요소를 반영하는 것이 자연스러운 현상이긴 하지만 성장소설의 틀에 갇혀버린다면 청소년소설의 폭이 좁혀지기 때문에 청소년소설의 발전을 위해서는 바람직하지 않다는 견해를 내놓는다.

이옥수[40]는 작가가 과거 경험을 오늘의 청소년들에게 들려주는 형식인 '자전적 청소년소설'에서 창작 동인인 서사적 주체의 중심 역할을 부각시켰다. 이옥수는 작가가 청소년기에 겪었던 경험에 의미를 부여한 의식적인 창작 행위를 통해 과거에서 벗어나 미래를 지향하는 새로운 의미적 자아를 발견하는 데 있다고 보았다. 이옥수는 청소년소설의 효시가 된 작품들을 대상으로 하다 보니 '지금, 여기'의 당대 청소년들이 공감하는 작품을 고찰하지 못한 과제를 남기고 있다.

'성장'이라는 개념의 의미망은 양가적이다. 미성숙한 인물이 자아의 정체성을 획득하는 성숙을 의미하는 동시에 부조리한 환경의 무게가 가하는 억압을 견뎌야 한다는 의미도 포함하고 있기 때문이다. 따라서 성장소설에서는 무엇보다 주인공의 자아 발견과 성숙을 통한 자기 정립이라는 의미

---

39) 박일환, 「청소년소설의 현황과 과제」, 『내일을여는작가』 55호, 한국작가회의, 2009, 여름호.

40) 이옥수의 논문은 청소년문학 연구에서 첫 번째 박사학위논문이라는 점에 의미가 있다. 이옥수는 '자전적 청소년소설'이란 성인 작가가 청소년들에게 인생의 선배 입장에서 자신의 경험을 들려줌으로써 청소년기의 고난을 극복하는 과정을 제시하는 선도적 입장에서 이야기를 풀어내고 있으며 더불어 문학적 성과를 획득하기 위해 창작된 작품이라고 정의한다. (이옥수, 「자전적 청소년소설의 서사화 과정 연구」, 고려대학교 박사학위논문, 2011, 1쪽.)
이옥수는 청소년문학의 미래가 "청소년의 고민이 어른들이 접근하기 어려울 정도로 복잡해지고 있고 또 청소년들은 그들의 이야기를 원하기 때문에 청소년문학은 계속 확장될 것"이라고 전망한다. (권은종, <"빨리 자라는 아이들, 문학도 발맞춰야죠">, 한겨레신문, 2011. 7. 25.)

가 부각된다.[41] 청소년소설도 당대 청소년의 주체화된 모습을 현재 시점
으로 담아내기 때문에 성장의 양상이 다양하게 나타날 수 있다. 하지만 청
소년소설에서 청소년 주인공이 꼭 자아를 발견하거나 성숙으로 나아가는
단계를 제시하지 않는다는 지점에서 성장소설과 차이점이 생성된다.

　청소년소설은 청소년기의 특성을 담보하고 있기 때문에 미성숙한 청소
년 자아가 성장하는 과정이 필연적이긴 하다. 그러나 청소년소설이 다루
는 주제를 기존의 성장소설의 담론만으로 포괄한다면 '성장'의 다층성이
간과되기 마련이다. 청소년소설에서 '성장'은 이제 현대 사회를 살아가는
청소년의 고민을 심층적이고 다각적으로 조명하도록 의미망이 확장되어
야 한다.[42] 성장소설의 담론 범주만으로는 청소년소설만의 특징인 '현재
관점의 서술', '청소년문화의 당대성', '성장 과정 중 청소년의 주체화' 문
제를 조망하기 어렵기 때문이다.

　그러므로 청소년소설은 성장소설과는 다른 변별 지점을 모색해야 한다.
청소년소설은 이제 기성세대의 관점이 아닌 청소년들이 주체가 되는 성
장의 모습을 담아야 한다. 청소년소설은 청소년기라는 특성상 성장을 배
제할 수 없기 때문에 청소년들의 성장에 영향을 미치는 요인들을 분석할
필요가 있다. 이런 점에서 청소년소설의 가족 유형은 청소년들의 다양한
성장 담론을 분석할 수 있는 기제로 작용한다.

3) 청소년소설의 서사와 주제

　청소년소설의 서사적 특징에 관한 논의는 청소년소설이라는 장르 특징
을 구명하는 방향으로 전개되었다. 김성진[43]은 청소년의 비극적 현실을

---

41) 문학과사회연구회 편, 『문학과 현실의 삶』, 국학자료원, 1999, 133-134쪽.
42) 이언수, 「청소년문학 연구-청소년소설에 나타난 성장의 변모 양상」, 동아대학교 교육
　　대학원 석사학위논문, 2010.
43) 김성진, 「청소년소설의 현실 형상화 방식에 대한 연구」, 『우리말글』 45권, 우리말글학
　　회, 2009.

다룬 충격적 소재를 중심으로 현실 형상화 방식을 고찰하였다. 김성진은 청소년소설이 청소년의 하위문화를 부각시킨 점은 긍정적 요소로 보았다. 반면 청소년소설이 소재 자체나 새로운 양식의 가능성을 끝까지 추동하지 못하고 일반적 윤리성을 강조하거나 기존의 이야기 구조와 타협했다는 점에서 독자인 청소년들에게 외면당하였다고 지적한다.

전명희44)는 현대 청소년소설을 대상으로 근대 계몽적 성격을 넘어 다양하게 구현되는 소재나 주제, 문체론적 기법 등 미학적 특질을 논의하였다. 전명희의 논의는 2000년대 이후 청소년소설 작품을 대상으로 하지만 청소년소설을 근대의 소년소설과 용어를 동일시하여 사용한다는 점, 한국의 사회·역사적 사실을 모티프로 삼은 작품을 대상으로 하였다는 점, 청소년소설에 대한 기준이 불분명하다는 점 등이 한계로 남는다. 하지만 청소년소설을 계열화함으로써 청소년소설의 미학성을 통시적으로 확장할 수 있는 단초를 마련했다는 점에서 의의가 있다.

2000년대 청소년소설은 대체로 청소년과 기성세대 간의 대립을 중심으로 전개되는데 청소년 주인공들은 가족이나 학교, 사회의 권위에 도전하거나 상처받은 인물로 형상화된다. 이 때문에 청소년소설은 '가족 관계', '학교 문제', '성과 사랑', '폭력 문제' 등이 중심 주제를 형성한다.

최근 청소년소설은 다양한 청소년 문제와 결부되어 사회적 금기를 거부하는 문제의식을 중심으로 외연을 넓히고 있다. 김현성45)은 일간지에 나타난 청소년 문제에 관한 기사를 대상으로 청소년 문제 담론이 청소년 주체 형성에 기여하는 점과 지배 담론이 청소년 통제 방식에 변화를 가져오는 지점을 논의하였다. 청소년소설이 당대 청소년들의 삶을 반영하고 있기 때문에 청소년 담론에 대한 현실적 기반을 마련한 연구라고 할 수

---

44) 전명희, 「현대 청소년소설의 다양한 미학성－소재 및 주제, 서술방식을 중심으로」, 『한국아동문학연구』 21호, 한국아동문학회, 2011.
45) 김현성, 「청소년 문제 담론을 통한 주체 형성 과정에 관한 연구」, 숙명여자대학교 박사학위논문, 2003.

있다. 청소년 성 담론에 대해 조한혜정[46]은 성적 주체로서 청소년들이 이성과 특별한 관계를 갖기를 욕망하고 충족시키고자 하지만 성적 친밀성이나 성숙된 자아 인식으로 나아가지 못하고 있음을 밝힌다. 특히 우리 사회가 남녀에게 이중적으로 적용되는 규범 체계인 가부장적인 보수 담론이 해체되고 있음도 지적한다. 이러한 사회학적 성 담론의 변화된 모습이 청소년소설에서도 구현되고 있다. 송수연[47]은 청소년문학에 나타난 성을 청소년들과 소통해야 하는 문학의 몫이라고 지적한다. 이는 청소년문학이 청소년을 가르치는 문학이 아닌 청소년과 소통하고 함께 자라는 문학이어야 하며 청소년문학이 억압적인 현실 너머를 꿈꾸게 하는 문학의 본질에 가까워져야 한다는 점을 강조한 것이다. 최윤정[48]은 청소년문학에 나타난 폭력 문제를 가정 폭력과 학교 폭력으로 나누고 각각의 양상을 분석하되 피해자인 청소년이 폭력의 상처를 극복해가는 과정에서 성장한다는 공통점을 밝혔다.

청소년소설에서 주인공 인물들이 대부분 중·고등학교에 다니는 연령대이므로 청소년소설의 공간이 되는 학교에 관련된 연구도 이루어졌다.[49] 신수정[50]은 2000년대 중반 이후 청소년소설에서 교사와 학생 간 소통 방식의 변화에서 청소년소설의 문학적 형상화가 '성장 코드'를 넘어 '소통'의 문제로 변화한다는 점을 고찰하였다. 기성세대인 교사와 청소년의 세대

46) 조한혜정, 「청소년 성문화 : 성적 주체로서의 인식을 중심으로」, 『한국여성학』 14권 1호, 한국여성학회, 1998.
47) 송수연, 「청소년문학과 성(性) - 단절에서 소통으로」, 『아동청소년문학연구』 2호, 한국아동청소년문학학회, 2008.
48) 최윤정, 「한국 청소년문학의 폭력 문제 연구」, 건국대학교 석사학위논문, 2009.
49) 남춘미, 「학교를 배경으로 한 한국 현대청소년소설 연구」, 경일대학교 석사학위논문, 2010.
    안주연, 「청소년소설에 나오는 학교 이미지 연구」, 인하대학교 교육대학원 석사학위논문, 2013.
50) 신수정, 「2000년대 청소년소설에 나타난 교사와 학생 간의 소통 윤리 - 『완득이』, 『열일곱 살의 털』을 중심으로」, 『아동청소년문학연구』 11호, 한국아동청소년문학학회, 2012.

간 소통의 문제가 청소년소설이 새롭게 나아가야 할 방향으로 본 것이다.

1990년대 후반 이후 청소년문학의 활성화에 기여한 청소년문학상에 관한 연구는 원종찬의 논의 이후 본격적으로 이루어진다. 원종찬[51]은 청소년문학이 급속히 부상한 원인으로서 새로운 소재와 기법으로 청소년 독자의 눈길을 끄는 데 성공했기 때문이라고 파악한다. 그러나 청소년문학상이 갖는 성과에 반해 성장의 강박과 소재주의에서 탈피해야 하는 과제도 아울러 지적하였다.[52] 청소년소설이 현재를 살아가는 청소년들이 직면한 문제를 다루지만 재미에 치우쳐 문학의 미학적 성취에는 한계가 있다는 지적도 있다.[53]

이러한 논의는 청소년문학의 문제점으로 이어진다. 박상률[54]은 청소년소설이 당대 청소년 문제를 다룬다는 미명 아래 엽기 혹은 만화 같은 이야기를 다룬다는 점을 들고 있다. 또한 그는 청소년소설을 쓰고자 하는 작가들에게 원종찬의 논의와 공통적으로 소재주의 유혹에 넘어가지 말 것을 당부한다. 청소년소설의 언어가 일상의 언어 수준을 넘는 문학적 품위를 지켜야 하며, 당대의 문제를 직시하되 단지 표피적인 기록에 그치지 말아야 한다는 점을 지적한다. 김명순[55]은 청소년소설이 독자의 특수성을 감안한 현실 반영과 주제의 형상화, 구성면에서 예술미를 가져야 함을 강조하면서 작품의 리얼리티를 살리기 위한 청소년의 어법을 그대로 쓰거나 주제를 생경하게 노출한다는 문제점을 지적한다. 또한 청소년문학상

51) 원종찬, 「우리 청소년문학의 발전 양상-공모 당선작을 중심으로」, 『창비어린이』 7권 4, 창작과비평사, 2009.
52) 김윤정, 「한국청소년문학 연구- 청소년문학상 당선작을 중심으로」, 단국대학교 석사학위논문, 2010.
53) 이금주, 「청소년소설의 서사적 특성과 장르 정체성 연구-문학상 수상작을 중심으로」, 인천대학교 석사학위논문, 2011.
54) 박상률, 「청소년문학의 자리」, 『내일을여는작가』 55호, 한국작가회의, 2009, 여름호.
55) 김명순, 「청소년소설의 문학적 성격과 문제점」, 『현대문학이론연구』 제36집, 현대문학이론학회, 2009.
_____, 청소년소설공모전 수상작의 공식-2011년~2012년 수상작을 중심으로」, 앞의 글.

수상작들에서 공통적으로 나타나는 현상을 진단하며 청소년의 이해와 양보, 희생을 강요하는 어른들의 로망만 풀어 놓아 청소년소설에 청소년이 없다는 비판적 시각도 제시한다.

결국 청소년문학상이 청소년문학을 활성화하긴 하였지만 독자인 청소년들이 제대로 향유하지 못하고 있으며 작품의 미학을 제대로 성취하지 못하고 있다는 점을 지적한 것이다. 결국 연구자들의 이러한 문제의식을 종합해 본다면 청소년소설 작가들이 문학적 완성도를 고려하면서 창작할 때 청소년소설의 정체성을 확립할 수 있고 더 나아가 독자의 측면에서도 청소년뿐만 아니라 여타 각 세대와 소통할 수 있는 장으로 정립된다 하겠다.

4) 가족 담론과 청소년소설

한국문학사에서 '가족'은 중심적인 논의 대상 가운데 하나이다. 우선 가족사소설에서부터 '가족 담론의 통시적 흐름에 대한 고찰', 최근의 '탈근대 가족에 대한 논의', 그리고 '아동문학 층위의 연구'에 이르기까지 폭넓은 자장을 형성하고 있다. 청소년소설 역시 이러한 논의의 범주에서 상당한 외연을 확보하고 있는데 여기에서는 대표적인 연구 성과를 검토함으로써 청소년소설에서 가족이 어떠한 양상으로 유형화되었는지에 대한 분석의 출발점으로 삼고자 한다.

먼저 가족 담론의 통시적 흐름에 대해 노영희[56]는 근대 문학에 나타난 가족제도의 변용 양상을 근대 가족사소설에서 고찰하여 대가족의 붕괴와 부권 상실이 중요한 주제로 부각함을 밝힌다. 근대사회에서 유교적 대가족제도의 해체는 가족의 붕괴를 상징하며, 집으로부터 탈출하고자하는 남자들과 달리 집을 수호하고 있는 여성들이 긍정적 존재로 그려지고 있음을 주목한다. 이후 새로운 가족제도의 변화 가능성이 시대를 증언하는 것

---

56) 노영희, 「한국 근대문학에 나타난 가족제도의 변용 양상」, 『비교문학』 26권, 한국비교문학학회, 2001.

으로 보았다.

황도경과 나은진[57]은 한국전쟁 기간 동안의 가족 담론 양상을 고찰하여 가족의 의미에 주목한다. 특히 한국문학사에 나타난 가족 담론의 통시적인 흐름을 분석하여 2000년대 이후 가족 담론은 가족의 소진이 아니라 새로운 가족의 가능성을 전망하고 있다는 점에 의의를 둔다. 장은영[58]은 2000년대 이후 소설에서 가족 질서의 변화를 가부장적 가족제도의 중심에 있는 아버지들의 변화에 주목한다. 가족의 위기는 신자유주의 체제에서 남성의 경제력 상실이 가부장의 해체와 남성성의 균열을 야기하는 인간 소외 현상이기 때문에 소통과 연대가 가능한 새로운 가족공동체를 모색하기 위한 젠더 체제와 가족 제도 전반에 대한 성찰이 필요함을 제시한다.

한국문학사에서 가족 담론은 사회의 변화나 시대적 상황을 현실적으로 반영한다는 공통점을 드러낸다. 가족은 시대를 증언하는 중요한 의미를 부여받으며 새로운 가족 유형의 가능성을 제시하며 다양한 가족 형태가 공존하는 양상을 전망하고 있다. 탈근대 가족에 대한 논의는 최근 젊은 작가들의 작품을 중심으로 이루어지고 있다.

김미현[59]은 1990년 이후 소설에서 가족의 위기와 해체에 대한 탈가족주의 양상을 논의한다. 1990년대 이후 여성 작가의 소설에서 가족의 억압 원인을 분석하여 가족은 종언되지 않았지만 억압적인 가족 이데올로기는 종언되고 있음을 확인한다. 우미영[60]은 최근의 젊은 작가들이 가족을 상상하는 소설적 방식의 변화가 근대적 가족의 해체를 넘어 그 경계와 개념

---

57) 황도경 외, 앞의 글.
58) 장은영, 「2000년대 이후 한국 소설에 나타난 가부장의 해체와 남성성의 균열」, 『인문학연구』 26권, 경희대인문학연구원, 2014.
59) 김미현, 「가족이데올로기의 종언 - 1990년대 이후 소설에 나타난 탈가족주의」, 『여성문학연구』 13권, 한국여성문학학회, 2005. (이 글은 심윤경, 하성란, 조경란의 작품을 중심으로 논의함.)
60) 우미영, 「현대소설과 가족의 탈근대 - 윤성희 · 김애란 · 강영숙의 소설을 중심으로」, 『한국문예비평연구』 21권, 한국현대문예비평학회, 2006.

을 새롭게 만들어가는 탈근대적 개인의 관계와 존립 방식을 분석한다. 1990년대 소설에서 근대 가족의 이데올로기 비판이 주목적이었지만 가족 안에서 가족을 비판하지 않고 근대 가족의 틀과 개념 자체를 와해하고 혈연·국적·인종과 성차를 넘어선 새로운 관계에 의해 구성된 연대를 가족의 상으로 제시하고 있다. 가족에 대한 탈근대적 상상력은 개인들의 새로운 자기 인식이라는 점을 도출하고 있다.

박현이61)도 윤성희 소설에서 근대 가족의 해체 양상 및 새로운 가족 모델의 구성 과정과 특성을 논의한다. 그 결과 주변인이나 타자처럼 보이는 인물들은 국가가 요구하는 가족과 시민의 일원으로 포획되지 않고, 새로운 공동체를 상상하여 구성해 가고 있음을 밝힌다. 이러한 혼성 가족 모델은 가족 서사에 대한 다양한 접근과 해석의 기회를 제공하고 있다는 점에서 그 의의를 찾고 있다.

정혜경62)은 2000년대 가족 서사에서 근대적 가족 이데올로기에서 벗어나 '정상' 가족과는 '다른' 가족들을 포착하려는 특징을 파악하고, 새로운 형태의 가족을 구성한다는 다문화주의 담론 생성 과정에서 정치적 무의식을 구명하였다. 다문화주의의 윤리성에도 불구하고 타자화 되었던 소수자의 차이를 수용하는 방식에서 근대적 주체의 허구성을 또 다른 형태로 반복한다면 다문화주의가 지향하는 '탈(脫)'과 '재구성'이라는 전복성이 진정성의 측면에서 회의적이라는 것이다. 이러한 비판적 다문화주의 담론은 2000년대 문학이 정치적 공정성이라는 당위적 차원을 넘어 문학 담론의 미학적 실천 방식까지 재검토하면서 나아가야 한다는 과제를 제시하였다는 점에서 의의가 있다.

한국 근현대문학에 나타난 가족 담론은 대가족제도가 해체되면서 근대

---

61) 박현이, 「윤성희 소설에 나타난 탈근대적 가족 양상 연구-윤성희의 『거기, 당신?』을 중심으로」, 『국어교육연구』 제43집, 국어교육학회, 2008, 8.
62) 정혜경, 「2000년대 가족 서사에 나타난 다문화주의의 딜레마」, 『현대소설연구』 40권, 한국현대소설학회, 2009.

핵가족에서 탈근대 가족의 양상으로 가고 있음을 확인할 수 있다. 특히 최근 여성 작가들의 작품에서 근대적 가족의 해체를 넘어 가족의 경계와 그 개념이 새롭게 정립되고 있음을 알 수 있다. 근대 가족 외부로의 사유를 가능케 하는 새로운 가족 구성 유형은 청소년소설에서 나타난 탈근대 가족에 대한 양상을 연계하여 고찰할 필요가 있다.

아동이 청소년으로 성장하므로 청소년소설의 가족 유형을 고찰하기 위해서는 아동문학에 나타난 가족 관련 논의를 살펴 아동문학과 청소년문학에 나타난 가족 유형별 변별 지점을 확인할 필요가 있다. 아동문학 분야에서 김성진63)은 90년대 이후 가족을 소재로 한 동화의 특징이 '가족 자체'를 문제로 삼는 작품군의 등장으로 본다. 가족의 자명성이 해체되어 가는 시기에 새로운 가족 윤리를 구축하는 출발점이 가족 구성원 모두가 '나 혼자 살아가야 할 시간'을 가진 '개인주의' 혹은 '단독자의 윤리'임을 강조한다. 독립적이면서 상호 의존적인 타자들이 벌이는 성찰과 협상(대화)이 가족의 친밀성을 유지하는 필수 과정임을 주장한다.

안점옥64)은 가족주의 문제점 중 '근대 속의 전근대적 영지'에 주목하여 가족 구성원들이 타자성을 극복해가는 양상을 논의한다. 가족 이데올로기를 정면으로 다루면서 갈등과 분열의 서사가 주인공의 성장을 위한 인식에 도달하고 있다는 점에서 가족에 대한 대안 개념으로 다른 차원의 가족 이야기를 만들어 갈 수 있는 가능성에 무게를 둔다. 윤소희65)는 아동문학사에서 가족 서사는 어른의 서사를 밑바탕에 두고 가족 안에 위치한 어린이를 타자화하는 것은 공통적으로 어른 중심의 가족 서사에 무게가 실려 있음을 밝히고 있다.

---

63) 김성진, 「90년대 이후 가족 동화의 특징에 대한 연구―이금이, 최나미의 작품을 중심으로」, 『아동청소년문학연구』 1호, 한국아동청소년문학학회, 2007.
64) 안점옥, 「동화에 나타난 가족 이데올로기와 그 서사적 대응 방식―최나미의 작품을 중심으로」, 『아동청소년문학연구』 13호, 한국아동청소년문학학회, 2013.
65) 윤소희, 「한국 아동문학의 가족 서사 연구」, 중앙대학교 박사학위논문, 2010.

아동문학에서 가족은 '가족의 친밀성과 대안 개념의 가족', '어른 중심의 가족 서사' 중심으로 논의되었다. 아동문학에서 다루는 아동의 삶은 발달 시기의 특성상 가족의 영향에서 자유로울 수 없기 때문에 가족 구성원들이 가족 문제를 극복해가는 경향과 기성세대의 의도적인 방향으로 가족 문제를 해결하는 가족 서사가 만들어지고 있다. 이런 점에서 영국과 독일의 아동청소년문학에 나타난 가족 관련 논의는 주목할 만하다.

원유경66)은 영국과 한국의 아동문학에서 가족 구성 양상이 현실의 변화를 반영하고, 가족의 해체 과정을 그리면서 현실을 극복할 방법을 추구함을 밝히고 있다. 전통적인 핵가족의 균열을 인정하면서도 전통으로의 복귀와 대안 가족을 모색하여 '비혈연가족, 확대가족, 다문화가족' 등 가족 담론에서 주변으로 밀려났던 '비정상가족'을 인정하고자 하는 경향을 밝힌다. 이 논의에서 한국 아동문학 텍스트는 독자 대상이 장르의 특성을 규정하고 있는 아동문학과 청소년문학에 대한 개념 구분 없이 사용하고 있어 두 갈래의 혼용에 대한 차별화가 필요하다.

정미경67)은 독일 아동청소년문학에 나타난 가족 형태의 변천사에서 모더니티에 의한 변화된 가족에 대한 청소년의 양가적 경험을 고찰한다. 아동청소년문학에서 가족은 중요한 테마이며 아동과 청소년이 젠더 역할이나 사회적 관계를 익힌다는 점에서 가족 관계에 중요한 의미를 둔다. 이 논의는 전통적인 가족이 해체될 위기의 지점에서 다양한 형태의 가족공동체를 시도하는 가족 유형의 등장에 새로운 의미를 부여하고 있다.

청소년소설에서 가족 관계는 현대 가족의 다양한 형태를 반영하듯 다층적으로 나타난다. 청소년소설의 가족 관련 논의에서 김은하68)는 아버지

66) 원유경, 「아동문학에 나타난 가족, 그리고 해체」, 『영어영문학』 58권 1호, 한국영어영문학회, 2012.
67) 정미경, 「독일 아동청소년문학에 나타난 가족 형태의 변천」, 『뷔히너와현대문학』 33권, 한국뷔히너학회, 2009.
68) 김은하, 「청소년소설과 21세기 소녀의 귀환―여성작가의 청소년소설을 대상으로」, 『여

가 사라진 후 '오이디푸스 가족 로맨스 플롯'이 무너지고 있음을 지적한다. 딸이 어머니로부터 분리되거나 또는 어머니를 배반하는 것이 성장의 필수적인 과정이 아니라 오히려 모녀 간이라는 이자(二者) 관계로 결속되는 결과를 낳았다는 것이다. 그러나 문제적 주인공인 딸이 경계를 넘어서는 자기 계발 담론은 도전과 저항, 모험의 플롯으로 재구성되고 있음에 주목한다. 그렇지만 청소년소설에 나타난 자기 계발 담론이 청소년을 능동적인 사회 주체로 인정하고 격려하는 것이 아니라 오히려 사회적 모순을 청소년 개인에게 떠넘기고 은폐하기 위한 정치서사라는 점도 밝히고 있다. 최미령[69]은 전통적인 가족 이데올로기에서 해체된 가족들과 그 안에서 갈등하는 청소년의 주체화 양상을 분석함으로써 청소년소설의 독자 지향적 가치에 대해 논의하였다. 청소년에게 가족이란 생물학적 단위를 넘어 가족을 둘러싼 사회적 담론의 집합체라는 점에 착안함으로써 청소년소설은 결국 독자인 청소년의 삶의 제 양상이 반영된 것이어야 한다는 측면에서 청소년소설의 의의를 파악하고 있다.

김혜정[70]은 가족해체만을 다룬 청소년소설에서 가족해체 서사가 소재주의로 흘러가고 있으며 몰개성적인 청소년 인물을 양산하고 있다는 문제점을 지적한다. 가족 문제에서 벗어나 새로운 문제를 적극 수용할 서사가 청소년소설에 필요하다는 점을 지적한 것이다. 구아름[71]은 2000년대 청소년문학이 보편적인 가족 모티프를 함의하면서도 과거의 혈연 중심에서 벗어나 특화된 가족으로 재구성된 형태에 주목하였다는 점에 의의가 있다. 박정애[72]는 청소년소설에서 다문화 갈등을 고찰한 결과 인종주의적

성문학연구』, 24권, 한국여성문학학회, 2010.

69) 최미령, 앞의 논문.
70) 김혜정, 앞의 글.
71) 구아름, 「2000년대 청소년문학에 나타난 가족 분화와 재구성의 양상」, 순천향대학교 교육대학원 석사학위논문, 2011.
72) 박정애, 「한국 아동청소년소설에 나타난 '다문화' 갈등과 그 해결 양상 연구」, 『현대문학의연구』 41권, 한국문학연구학회, 2010.

타자화가 문제라는 점에 주목하였다. 이 연구는 2000년 이후 급속하게 증가하기 시작한 다문화가족의 문제를 형상화한 청소년소설을 본격적으로 논의의 대상으로 삼았다는 점에서 의의가 있다.

지금까지 살펴본 청소년소설의 '가족'에 대한 연구는 주로 사회적 환경으로서의 가족 문제를 다루고 있다. 이러한 논의는 가족 문제가 곧 청소년 인물이 겪는 내적 고민과 갈등의 원천이라는 점을 밝히며 청소년소설이 청소년들의 일상적 삶을 다룬다는 청소년문학의 개념에 부합하는 면을 확인할 수 있다. 그럼에도 불구하고 청소년소설의 가족 모티프가 어떠한 담론화 과정을 거쳐 청소년의 자아 정체성 형성이라는 성장으로 연계되는지에 대해 주목한 연구는 미미하다. 청소년소설에서 가족 유형은 청소년들의 다양한 성장 담론을 분석할 수 있는 틀로 기능한다. 이 연구에서는 '가족과 성장'의 문제에 착안하여 가족 분화 현상에 따라 청소년 인물이 다층적인 가족 관계 양상에 어떠한 방식으로 대응하고 있는지 살핌으로써 그들이 어떻게 자아 정체성을 형성하며 주체적 인물로 성장하여 가는지를 분석하여, 청소년소설의 성장 담론 특성을 모색하고자 한다.

3. 연구 방법 및 범위

이 연구는 청소년소설에 다각적으로 나타난 가족 분화가 청소년 인물에게 미친 영향을 분석하고 청소년들이 이에 대응하면서 자아 정체성을 형성해가는 양상을 고찰함으로써 청소년소설의 성장 담론을 체계화하는 데 목적이 있다. 연구 대상으로는 2000년대 이후 발표된 청소년소설 중에서 가족 문제를 집중적으로 다루되 청소년 인물의 성장에 초점을 맞춘 작품으로 한정하여 12편의 장편소설을 선정하였다. 단편소설은 청소년의 성장 담론을 전반적으로 형상화하기 어렵다는 점을 고려해 배제하였다. 이 12편은 대부분 청소년문학상 수상작이거나 우수문학도서로 선정된 작품들이므로 평단으로부터 미학적 수월성을 어느 정도 인정받은 작품들이라고 볼 수 있을 것이다. 이경화의 『나』는 청소년의 동성애 문제, 배유안의 『스프링벅』은 대학 입시 문제, 박정애의 『환절기』는 청소년 성폭력의 상처 등을 다루어 주인공의 개별적 상황에 머무르지 않고 청소년의 자아 정체성 형성 과정에서 분화된 가족 간 소통과 사회적 측면으로 확장되었기에 선정하였다. 해당 작품 목록을 표로 정리하면 다음과 같다.[73]

〈표〉 연구 대상 작품

작품	작가	출판사	출판년도	비고
밥이 끓는 시간	박상률	사계절	2001	어린이도서연구회 권장도서
환절기	박정애	우리교육	2005	
나는 아버지의 친척	남상순	사계절	2006	한국문학예술위원회 2007년 우수문학도서
나	이경화	바람의 아이들	2006	
완득이	김려령	창비	2008	제1회 창비청소년문학상
하이킹 걸즈	김혜정	비룡소	2008	제1회 비룡소블루픽션상
스프링벅	배유안	사계절	2008	
나는 할머니와 산다	최민경	현문미디어	2009	제3회 세계청소년문학상
위저드 베이커리	구병모	창비	2009	제2회 창비청소년문학상
불량가족 레시피	손현주	문학동네	2011	제1회 문학동네 청소년문학상 대상
내 이름은 망고	추정경	창비	2011	제4회 창비청소년문학상
내 청춘, 시속 370km	이송현	사계절	2011	제9회 사계절문학상 대상

이 연구에서는 작품을 분석하기 위해 다음과 같은 논의 범주를 설정하였다. 소설 담론 분석의 시각, 청소년의 특성과 자아 정체성, 가족 유형과 청소년소설의 성장 담론 범주이다.

---

73) 해당 작품은 출판년도 순으로 정리함.

먼저 담론의 층위이다. 담론이 "언어를 통해 표현되는 인간의 모든 관계와 이를 분석할 수 있는 개념적 도구로 사용"[74]된다는 점을 전제로 이 연구에서는 다음과 같은 층위에서 담론의 의미를 한정하고자 한다. 청소년소설의 담론 분석은 사회적 조건들에 의하여 구성되고 사회를 파악할 수 있는 푸코의 권력 이론을 연구 방법론으로 제시하고자 한다. 푸코의 권력 이론은 "기존의 국가, 계급적 권력 이해와 그 이론들이 설명할 수 없었던 현대 사회의 미시적 힘의 구조와 기능을 명확하게 보여주는 데 있"[75]기 때문이다. 담론은 그것이 형성되는 특정한 제도와 사회적 실천의 종류, 말하는 사람과 말을 하는 위치에 따라 모습을 달리한다. 상대적인 것이다. 그러므로 담론은 하나의 의미로 고정될 수 없다.[76] 한편 어떤 사회에서든 담론의 생산을 통제하고, 선별하고, 조직화하고, 나아가 재분배하는 일련의 과정들이 존재한다.[77] 담론은 단순히 언어적 변형물이 아니라 '현실을 해석하고 규정하며 재해석'함으로써 의미와 가치를 생산하는 적극적인 힘[78]인 것이다. 그렇다면 담론은 하나의 완결체가 아니라 꼬리에 꼬리를 물고 성장하는 유기체로서 또 다른 담론의 연쇄 고리[79]로서 존재할 것이다.

문학 텍스트는 그 자체로서 하나의 담론 양식이며 이는 구체적 사회 공간 속에서 생성되고 소멸된다. 또한 문학 텍스트는 단순히 현실을 수동적으로 반영하는 것이 아니라 능동적으로 현실을 재구성한다.[80] 청소년소설

---

74) 이진우 외, 「담론이란 무엇인가-담론 개념에 관한 학제 간 연구」, 『철학연구』 제56집, 대한철학회, 1996, 257쪽.
75) 문학이론연구회 편, 남운, 「담론 이론과 담론 분석 문예학의 입장과 전략」, 『담론 분석의 이론과 실제』, 문학과지성사, 2002, 24쪽.
76) 다니안 맥도넬, 임상훈 옮김, 『담론이란 무엇인가』, 한울, 1992, 11쪽.
77) 미셸 푸코, 이정우 옮김, 『담론의 질서』, 새길, 1992, 13쪽.
78) 박해광, 「경영 담론의 특성과 노동자 수용에 관한 연구」, 연세대학교 박사학위논문, 2000, 2쪽.
79) 정건희, 「청소년 참여 담론 연구」, 중앙대학교 박사학위논문, 2013, 57쪽.
80) 이진우 외, 앞의 글, 284쪽.

에서 담론의 이러한 특성을 고려한다면 청소년의 성장 담론이란 단순히 가족 분화의 수직적 결과물만은 아닐 것이다. 청소년소설에서 청소년의 성장 담론이 언어를 매개로 표현되어 말해진다는 것은 호명된 청소년이란 대상에 대한 특정한 방식으로 담론화된다는 것에 주목하였다. 본고에서는 청소년소설에서 '성장'이란 담론 형성의 메커니즘으로 사회적 환경을 파악할 수 있는 가족 유형에 따른 청소년의 자아 정체성 형성' 과정을 분석할 것이다. 청소년소설의 성장 담론이 가족의 위기, 해체, 변형, 재구성, 확장 등의 가족의 분화에 따라 사회학적 담론의 과정을 거치듯이 청소년 인물의 대응 담론 역시 다양한 양상을 보이게 될 것이고 이러한 담론의 충돌 속에서 청소년 또한 '자아 정체성'을 형성하며 주체로 성장해 가는 담론화 과정을 파악할 수 있을 것이다.

가족의 형태는 부부의 구성, 부모와 청소년 자녀 관계, 그리고 청소년과 주양육자와의 관계 방식에 중점을 두고 가족 담론의 장에서 위기와 해체를 겪는 위기가족, 미혼모나 부부 중 한쪽의 사망, 이혼으로 인한 한부모가족, 가족이 재구성된 복합가족인 재혼가족, 가족이 확장된 다문화가족, 입양가족, 비혈연 조손(祖孫)가족 유형으로 구분하였다. 청소년의 자아 정체성 형성과 직결되는 가족이 수행하는 역할로서 가족의 기능은 듀발(Duvall)이 정의한 현대 가족의 기능을 전제한다.[81] 탈근대 가족은 포스트모던가족, 유연가족과 동일한 의미로 사용하고자 한다. 포스트모던 유연가족(postmodern permeable family)은 데이비드 엘킨드(David Elkind)의 개념에 근거한다.[82] 청소년소설에 나타난 가족 유형이 사회적 가족 담론과 어떻게 연계되는지 그리고 청소년소설의 성장 담론이 청소년의 '자아 정체성'과 어떠한 접점을 형성하는지에 초점을 맞추어 학제 간 담론의 역동성을 고려하여 작품을 분석할 것이다.

---

81) 유영주 외, 『새로운 가족학』, 신정, 2004, 56-57쪽.
82) 데이비드 엘킨드, 이동원 외 옮김, 『변화하는 가족』, 이화여대출판부, 1999.

다음으로 청소년의 특성에 대해 일반적인 이해가 선결되어야 청소년소설을 포괄적으로 이해할 수 있을 것이라 판단하여 '청소년의 특성과 자아 정체성'을 검토하고자 한다. 청소년기란 일차적으로 생리적 변화로 말미암아 사춘기가 시작되고 성인기가 시작되기 이전까지의 기간으로서 미성숙한 상태에서 성숙한 어른으로 변화하기까지의 과도기적인 기간83)을 지칭한다. 청소년소설이 호명하고 있는 청소년이라는 대상은 그들을 보는 시각에 따라 다양한 담론을 형성한다. 예컨대 청소년은 청소년기라는 질풍노도의 시기에 놓여 기성세대에 반항하는 문제를 일으키는 보호와 선도의 대상인 반면에 청소년을 사회적 자원으로 수용하고 적극적인 자아 추구의 세대로 이해하려는 관점도 있다. 청소년에 대한 이러한 사회적 담론은 청소년들이 "사회질서와 전통을 무시하고 기성세대에 대항하는 적대적인 모습과 모험적이고 창조적이며 무한한 가능성을 지닌"84) 특성을 지닌 담론 주체의 형성을 의미한다.

한국 사회에서 1990년대에 접어들어 1980년대 이념이라는 거대 서사가 해체되면서 그 자리를 차지한 것은 일상에 근거한 미시적 삶에 대한 욕망의 분출이다. 1990년대 한국 사회를 대변하는 담론은 문화적 욕구 표출과 이를 담당하는 소비 세대로서 청소년의 등장이다. 1990년대 중반을 넘어서면서 신세대 대중문화 가수인 '서태지와 아이들'의 등장 자체가 청소년 문화의 아이콘으로 여겨지며 신세대 청소년이 문화 시장의 중심에 놓이

---

83) 우리나라 청소년 관련법에서 청소년의 구분은 해당 법규에 따라 다양하게 규정하고 있다. 청소년기본법에서는 "청소년이라 함은 9세 이상 24세 이하의 자"로 청소년의 연령 기준을 정의하고 있다. (한국청소년개발원 편, 『청소년육성제도론』, 교육과학사, 2006, 94쪽.) 민법에서는 20세 미만을 미성년으로 아동복지법은 18세 미만을 요보호대상으로 근로기준법에서는 근로소년을 18세 미만으로 소년법에서는 20세 미만을 범죄소년으로 규정하고 있는데 연령층은 대체로 12~14세로부터 20세까지로 보고 있다. (권이종 외, 『청소년 문화론』, 공동체, 2010, 14-15쪽.) 이 연구에서는 청소년기를 중·고등학생 시기로 한정하였다. 일반적으로 청소년소설에서 다루는 청소년 인물은 이 연령대의 범주를 넘지 않고 있다.
84) 한국청소년개발원 편, 『청소년심리학』, 교육과학사, 2006, 5쪽.

게 되면서 자본의 논리에 따라 그들을 소비의 대상으로 전락시켜갔다. 청소년은 곧 학생이라는 정체성에서 벗어나 다양한 소비의 대상으로 전환되기 시작한 것이다.[85]

청소년이 소비의 주도 세대로 등장한 1990년대에 들어서면서 한국 사회는 "고부가 가치 문화 상품 생산을 위한 창의력, 정보 시대에 대처하는 정보 유통과 처리 능력, 협력적 관계 맺음과 같은 급변하는 상황에 적절하게 대응하는 유연성"[86]을 갖춘 인력을 요구하기에 이른다. 이러한 사회적 변화는 "학력도 성(性)도 전문성으로 극복하고, 시험 문제를 잘 풀기만 하는 학생은 더 이상 사회에서 요구하는 인력이 아니라는 메시지를"[87] 전달하는 담론을 형성하며 입시 제도의 변화를 가져오기 시작한다. 청소년은 국가 인재 양성 방향에 따라 주입식 위주의 '학력고사' 세대에서 대학수학 능력을 측정하는 '대학수학능력시험' 세대의 탄생이라는 입시 정책의 변곡점에서 삶의 방향성을 모색해야 하는 세대가 된 것이다. 1990년대 후반 출판 시장에서 청소년을 호명하며 등장한 청소년소설은 창의력을 요구하는 입시 제도의 변화와 맞물려 억압과 통제의 대상이 아닌 당대 청소년들의 현실적 삶에 다가가기 위한 그들의 일상생활의 삶을 담아내며 등장한다. 청소년 세대가 삶의 욕망들을 분출하고, 대학수학능력시험과 논술 고사라는 입시 제도의 변화는 청소년이 읽을 책에 대한 독서의 중요성이 강조되면서 청소년의 영향력이 문학 담론 내에서 강화되었다. 즉 이 시기 청소년은 소비하는 세대로서 청소년문학이라는 새로운 문화를 형성해가는 담론의 대상이었다.

'자아 정체성'은 에릭슨(Erikson)의 자아발달 이론에 근거하였다. 에릭슨

---

85) 이혜숙, 「'청소년' 용어 사용 시기 탐색과 청소년 담론 변화를 통해 본 청소년 규정방식」, 『아시아교육연구』 7권 1호, 서울대학교교육연구소(아시아태평양교육발전연구단), 2006, 52쪽.
86) 조한혜정 외, 『왜 지금, 청소년? ― 하자센터가 만들어지기까지』, 또하나의문화, 2002, 31쪽.
87) 위의 책, 31쪽.

은 전 생애를 8단계로 구분하여, 사람의 행동과 사고는 생의 특정한 시기에 이르러 질적인 변화를 보이고 각 단계마다 획득해야만 할 행동 유형을 발달과업이라고 하였다. 청소년기의 발달과업은 '자아 정체성 대 역할 혼미'로 보았다. 에릭슨의 이론에 근거한 '자아 정체성'은 다음과 같다. 첫째, 자아 정체성은 다양한 지위에 따른 역할들인 '~로서의 나' 간의 통합을 의미한다. 둘째, 자아 정체성은 '과거의 나와 현재의 나 그리고 미래의 나' 간의 일관성을 의미한다. 셋째, 자아 정체성은 주체적 자아(I)와 객체적 자아(Me) 간의 조화를 의미한다. 자아 정체성은 자신의 존재감을 인식함과 동시에 타인과의 원만한 관계를 발전시킬 수 있는 '나와 너의 관계'를 확립하는 것이다. 넷째, 자아 정체성은 '나는 나다'라는 실존 의식을 의미한다. '나'라는 존재는 생물학적으로 부모의 자식이지만 실존적 의미로서 '누구로부터의 존재가 아닌 오직 나'인 것이다. 에릭슨은 자아 정체성이 인간의 전생애에 걸쳐 반드시 획득해야 할 과업임과 동시에 청소년의 중심적인 발달과업으로서 청소년기를 자아 정체성 습득의 결정적 시기로 보았다.[88] 아울러 에릭슨의 자아 정체성 이론에서 위기(crisis)와 수행(commitment)을 중요한 구성요소 본 마르샤(Marcia)가 제시한 '자아 정체성의 네 가지 범주인 정체감 성취(Identity Achievement), 정체감 유예(Identity Moratorium), 정체감 조기 완료(Identity Foreclosure), 정체감 혼미(Identity Diffusion)[89]를 분석 도구로 활용한다.

'자아 정체성' 성취는 일생을 통해 확립되는 발달 과제이지만 청소년기에는 다음과 같이 몇 가지 이유로 '성장'의 문제와 직결된다. 첫째, 청소년기 동안 급격하게 신체가 변화하며 성적으로 성숙해진다. 둘째, 청소년은 신체적으로 성장했지만 정서적·경제적으로 여전히 부모에게 의존하는 시기에 있는 과도기에 있는 존재이다. 셋째, 청소년기는 진학과 진로를

---

88) 한국청소년개발원 편, 『청소년심리학』, 앞의 책, 216-222쪽.
89) 정옥분, 『발달심리학-전생애 인간발달』, 학지사, 2004, 442-445쪽 참조.

선택해야 하는 시기로서 자기 자신의 여러 가지 가능성을 점검해보고 탐색하는 시간이 필요하다. 넷째, 청소년기에는 구체적 사고에서 벗어나 추상적 사고를 할 수 있는 인지 능력이 발달한다.[90]

청소년은 '자아 정체성'이 제대로 형성되지 않을 경우 '역할 혼미'를 겪으며, 이를 극복하는 과정에서 청소년기 이후 삶의 방향성을 획득한다. 이러한 청소년들의 정체성 혼미의 양상은 무엇보다 '가족애'의 결핍으로부터 출발한다. 가족은 청소년에게 일차적인 생활공간을 제공하고 정서적 친밀감을 이루며 사회화 과정을 경험하게 하는 구성원이다. 1990년대 후반 IMF 경제적 위기로 말미암은 한국 사회의 급격한 변동으로 발생한 가족 분화에 따른 문제가 사회적인 문제로 대두되면서 탈가족화에 따른 보호받아야 할 존재인 청소년에 주목하기 시작했으며, 2000년 이후 청소년소설에서 가족 분화의 문제가 모티프로 본격화된 것은 이러한 사회적 분위기를 반영했기 때문이었다.

청소년의 성장 담론은 무엇보다 가족 구조의 문제와 밀접하게 관련되어 있는데, 청소년과 주 양육자인 부모는 일종의 가족 권력 관계로 묶여 있다. 부모는 이들의 양육자이기 때문이다. 이 관계망 속에서 형성되는 청소년의 성장 담론이란 단순히 독립 주체로 성장하는 것을 가리키는 것이 아니라 가족 권력의 관계에서 파급된 가족 이데올로기에 상응하는 담론인 것이다. 이 담론은 생활상의 제도로 작동하며 청소년에게 자신과 타인 그리고 세계에 대해 사유하는 방식에까지 심대한 영향을 미치기도 한다. 완전히 독립적일 수 없는 청소년의 성장 담론은 결국 가족이라는 타자의 권력 아래 주체적인 존재로 거듭나기 위한, 그들의 성장 욕구가 투영된 담론일 것이다. 청소년의 성장 담론을 분석하는 데 가족 구성 유형을 기반으로 삼는 것은 이 때문이다. 또한 가족 환경이 청소년의 행동과 정신

---

90) 위의 책, 441-442쪽 참조.

적 성장에 영향을 미친다는 전제 하에 청소년 문제의 일차적 거점에 해당하는 가족 구조의 유형과 여기에서 파생된 담론 양상을 비판적 시각으로 논의할 것이다. 이 글에서는 그 원천이자 매개로서의 '가족 문제'에 초점을 맞추어 청소년 성장 담론의 다양성을 체계화해 보일 것이다.

Ⅱ. 한국 청소년소설의 성립과 가족 분화

1. 청소년소설의 성립 과정[91]

1) 청소년문학의 시작

한국 청소년문학은 근대 초기부터 시작되었다. 19세기 말 20세기 초 한국사회는 미성년에 대한 인식과 제도가 전반적으로 재편된 시기이다. 특히 '어린이', '소년', '청년' 등과 같은 용어가 생겨났는데 이는 근대 전환기에 들어서 미성년에 대한 담론이 새롭게 시작되었다는 것을 의미한다. 청소년문학의 뿌리를 일제하 소년운동과 소년소설 연구로 확장시키는 단서를 마련한 이는 김현철[92]이다. 한국 근대 초기의 청소년은 "근대 문명이 부과한 특별한 호명 체계"[93]로서 근대적 인식을 드러낸 사회적 표상으로 재규정되었다. 근대 초기의 매체를 통해 확인한 '청년'이란 용어는 학령의 구분에 따른 학생이라는 의미와 '네이션'에 의해 호출되는 정치적 주체의 의미로 공존했다는 것이다.[94]

근대 초기 청소년의 개념은 존재론적 대상이 아니라 시대적 배치에 따

---

91) Ⅱ장 1절의 일부는 「한국 청소년문학의 연구 동향과 전망 고찰－2000년대 이후 연구를 중심으로」, 『어문논총』 25호, 전남대한국어문학연구소, 2014, 6, 77-87쪽 글을 수정 보완한 것임.

92) 김현철이 제시한 청소년은 1920년대 소년운동에서 '소년'과 '어린이'가 거의 동일한 의미이며, 당시의 어린이는 오늘날과 같은 유소년 층만을 지칭하지 않고 대체로 18세 또는 20세 이하의 소년을 지칭하는 것으로 보고 있다. (김현철, 「일제기 청소년 문제에 대한 연구」, 연세대학교 박사학위논문, 1999. 김현철 외, 『이팔청춘 꽃띠는 어떻게 청소년이 되었나?』, 인물과사상사, 2009.)

93) 김현철 외, 『이팔청춘 꽃띠들은 어떻게 청소년이 되었나?』, 위의 책, 59쪽.

94) 소영현, 『문학청년의 탄생』, 푸른역사, 2008.

른 사회 담론을 따라 형성되었음을 알 수 있다. 한국에서 청소년상은 사회 환경과 국가 정책에 따라 유동적인 개념으로 정의된 것이었다.[95] 청소년에 대한 이 같은 시각은 청소년문학에 대한 개념 규정으로 이어지면서 장르 정체성을 파악하는 단서를 제공하였다. 이러한 시각은 문학의 한 갈래로서 청소년문학이 '소년'과 '청소년'이라는 용어에서부터 출발해야 하며, 근대 초기 시대적 요구에 따라 청소년이라는 집단이 새롭게 대두되었으므로 당시 '소년문예운동'이었던 아동문학에서 청소년문학의 뿌리를 찾아볼 수 있다.

한국 근대 아동문학 형성기인 1900년대에 등장한 '소년'이 근대적 주체 형성 과정을 함축적으로 보여주는 상징 기표라는 점에 김화선은 주목하였다. 근대 초기의 '소년'은 아동과 어른의 경계인 청년기에 해당하며 계몽의 의도를 내면화하고 있기 때문에 '학동기 혹은 청년기의 발견'으로 본 것이다.[96] 근대 계몽기의 신문(『대한매일신보』)과 잡지(『소년』)에 '소년'과 '청년'이라는 용어가 젊거나 어린 세대를 모두 아우르는 폭넓은 연령 범주로 교체 가능 했다.[97] 당시 소년 담론은 이중적 성격을 띤 주체로서의 '소년'이 '청년'이라는 이름으로 이루어졌다는 점에서 '소년'이 '청소년' 초기 개념 형성에 영향을 미치고 있음을 알 수 있다.[98] 반면, '소년'이 연령 집단에 의한 구분보다는 '새로운 세계'를 열어보려는 의지를 가진 '신

---

95) 최이숙, 「1970년 이후 신문에 나타난 청소년 개념의 변화」, 서울대학교 석사학위논문, 2002.
   김융희, 「현대 한국의 경제성장에 따른 청소년상의 변화에 관한 연구」, 동국대학교 박사학위논문, 2004.
   이혜숙, 「'청소년' 용어 사용 시기 탐색과 청소년 담론 변화를 통해 본 청소년 규정 방식」, 앞의 글.
96) 이러한 근거는 최남선이 발간한 『소년』(1908)과 『청춘』(1914)이라는 잡지에서 1900년대와 1910년대 사이의 차이를 보여주는 상징적인 지표로 들고 있다. (김화선, 「한국 근대 아동문학의 형성 과정 연구」, 충남대학교 박사학위논문, 2002, 53쪽.)
97) 조은숙, 「근대 계몽 담론과 '소년'의 표상」, 『어문논집』 제45집, 민족어문학회, 2002.
98) ____, 『한국 아동문학의 형성』, 소명출판, 2009.

세대 집단'을 지칭하는 용어로 보는 관점도 제시된다.[99].

근대 초기에 등장한 '소년'에 주목하면 청소년이란 존재의 변별 지점을 근대적 주체로 등장한 '청년'과 1920년대 등장한 '어린이'와의 사이에서 발견할 수 있다. 청소년의 발견은 근대적 인식이며 청소년문학의 경계선적인 특징을 근대 초기 문학 장(場)에서 찾아 볼 수 있다. 근대 청소년문학 초기에 나타난 '소년'이란 말 자체가 근대성을 표상하는 단어로서의 중요한 의미를 갖는다.[100] '소년'은 "근대 문학 형성 과정에서 과도기적으로 나타났다가 사라진 말이 아니라 1930년대부터 구체화되고 분화되면서 여러 줄기의 문학적 형태와 관련을 맺는"[101] 근대적인 표상의 징후였다. 근대 청소년의 개념은 '청년'과 '어린이'가 겹치거나 경계가 불분명한 경우가 많아 '청년'이 현실에서 사회 변혁의 주체로 그 정체성을 획득한 데 비해 청소년은 '청년'의 지도와 도움이 필요한 통제와 감시의 대상으로 보았다.[102]

한국 근대 사회에서 새롭게 인식된 '소년'은 상징적 주체인 '청년'이라는 말을 포함하고 있었으며 그 '청년'에서 더 세부적으로 '청소년'이 분화되었음을 알 수 있다. 청소년소설은 일제하 '소년문예운동'에서부터 비롯

---

99) 최미선, 「한국 소년소설 형성과 전개 과정 연구」, 경상대학교 박사학위논문, 2012.
100) 청소년은 '청년'과 '소년'의 통칭인데 일제 강점기에는 '청소년'이란 용어보다 '소년'과 '청년'이 먼저 쓰였다. '소년'과 '청년'은 같은 개념으로 혼용되어 쓰이는 경우가 많았는데, 최남선이 『소년』을 발간하면서 새롭게 부각시킨 '소년'은 구세대와의 차별성을 강조한 새로운 세대라는 의미로 오늘날의 '청년'과 혼용되어 쓰였다. '청소년'이란 말은 1920년대 중반 이후 신문·잡지에서 사용되기 시작했으며 '보호받고 개량되어야 할 젊은이들'을 칭하는 용어로 사용되기 시작했다. 한편 '어린이'와 '소년'도 같은 개념으로 쓰였다. 1920년대 방정환이 부각시킨 '어린이' 개념도 18세 또는 20세 이하의 소년을 지칭하는 것으로 '어린이'와 '소년'도 같은 개념으로 혼용되어 쓰였다. (최배은, 「한국 근대 청소년소설의 형성 연구」, 『한국문학이론과비평』 제27집, 한국문학이론과비평학회, 2005, 8, 354쪽.)
101) 최배은, 「한국 근대 청소년소설의 형성과 이념 연구」, 숙명여자대학교 박사학위논문, 2013, 5쪽.
102) 최배은, 「한국 근대 청소년소설의 형성 연구」, 앞의 글.
_____, 「한국 근대 청소년소설의 형성과 이념 연구」, 앞의 논문.

되었다. 문예적 동기보다는 '소년운동'과 같은 사회운동의 맥락에서 형성
되었던 까닭에 청소년소설은 예술성보다는 계몽적 효용성이 중시되었다.
청소년의 발견은 근대적 인식이며 청소년문학의 경계선적인 특징을 근대
초기 문학 장(場)에서 찾아 볼 수 있다.

2) 청소년문학의 시대별 흐름 : 해방 이후~1980년대

해방 이후부터 1950년대에는 청소년을 둘러싼 담론이 충분히 형성되지
않았지만 "청소년을 기성세대와 대비되는 젊은 집단을 지칭하는 용어로
사용하기 시작하였다는 데서 청소년에 관련된 담론이 시작"[103]된 시기라
고 할 수 있다. 1950년대 한국전쟁 이후 공교육이 확대되면서 청소년은
주로 학생으로 구체화되어 나타난다. 전후 재건의 시대는 학생이 되고 싶
어도 될 수 없었던 시대였다. 이때 학생은 청소년들 중 지극히 일부였다.
이 시기부터 기성세대는 학교에 가지 않는 청소년에 대해 청소년 범죄와
사회 문제의 원인으로 보는 부정적인 담론이 형성되어 청소년을 비행의
각도에서 조망하기 시작했다. 이 시기의 주요 청소년문학은 교과서에 수
록된 문학 작품이 중심이었다. 교과서 편집위원에 의해 '청소년의 눈높이'
에 맞고 '청소년들에게 추천'할 만하다고 판단된 작품이 선정되었으며 영
향력도 다른 문학작품에 비해 상대적으로 컸다.[104] 교과서에 실린 문학작
품들은 1차에서 4차까지 교육과정을 거치면서 전 국민을 대상으로 교양
교육의 무게를 담은 순수문학으로 자리 잡아 갔다.[105] 1950년대 학생 청

---

103) 이혜숙, 앞의 글, 48쪽.
104) 오세란, 「1950, 60년 청소년소설 형성 과정 고찰」, 『아동청소년문학연구』 5호, 아동청
　　소년문학학회, 2009, 12, 153-155쪽.
105) 1차부터 4차 교육과정(1954-1987)까지 2회 이상 대략 10년 이상 중복적으로 교과서에
　　실린 작품은 황순원의 「소나기」, 아주홍의 「메아리」, 오영수의 「요람기」, 김동인의
　　「조국」(이상 중학교), 심훈의 『상록수』, 황순원의 「학」, 정한숙의 「금당벽화」, 김동리
　　의 「등신불」(이상 고등학교) 등이다. 이와 같은 작품들은 대부분 3차 교육과정 이후에
　　정착되었으며 향토적 서정성을 바탕으로 한 순수문학적 작품과 종교와 민족주의를 결

소년을 대상으로 한 문학 교육은 우리나라 청소년문학의 상을 형성하는 데 밑바탕하고 있다.

1950년대에 창간되어 70년대까지 청소년 독자의 대표 교양지인 『학원』은 이 시기를 '학원세대'라고 부를 만큼 청소년들에게 커다란 영향을 끼쳤다.106) 『학원』은 청소년 대상의 대중적인 문예잡지이며 '학원문학상'이라는 제도를 통해 청소년을 대상으로 시나 소설, 수필 등의 창작을 독려하는 등 문학소년, 소녀를 키워내는 구심적 역할을 하였다. 『학원』은 문단사에서 청소년의 다양성을 수용·향유 하게 하여 한국문학의 생산 주체로 성장하게 하는 동력이 되었다는 문학사적 위상을 평가 받고 있다.107)

이 시기에 청소년 독자들이 읽었던 조흔파의 『얄개전』은 1954년 5월호부터 11개월 동안 『학원』에 연재되어 명랑소설을 표방하고 있었다. 이후 이 작품은 1970년대에 영화로 제작될 만큼 대중적인 인기를 얻었다. 그렇지만 청소년 독자 대중에게 향유된 얄개전은 통속문학으로 여겨 문학사에서 배제되는 상황에 놓여 있었다.108) 이러한 평가는 청소년 독자의 취향을 고려하지 않은 순수문학적 차원의 기준에서 이루어졌기 때문이다.

합하여 '조국애'를 강조하는 작품의 두 층위로 이루어져 있다. (차혜영, 「한국 현대 소설의 정전화 과정 연구-중고등학교 국어교과서와 지배 이데올로기의 관련성을 중심으로」, 『돈암어문학』 제18집, 돈암어문학회, 2005, 166쪽.)

106) 전쟁 이후 『학원』은 1952년 11월 대구에서 발간되어 중학생 종합잡지를 표방하면서 출간하였다. 1959년에는 일시적으로 중고등학교 문예지로 바뀌고 1960년대에는 하이틴 잡지로 정체성을 바꾸어 고등학교를 중심으로 대상을 확대했다. (권인숙, 「청소년을 길들여라, 대한민국 국민으로 키워라」, 『이팔청춘 꽃띠는 어떻게 청소년이 되었나?』, 인물과사상사, 179쪽.)

107) 장수경, 「1950년대 『학원』에 나타난 현실 인식과 계몽의 이중성」, 『한민족문화연구』 제31집, 한민족문화학회, 2009.
장수경, 「『학원』의 문학사적 위상 연구」, 고려대학교 박사학위논문, 2010.

108) 이러한 논의는 이재철이 "아동 문학의 영향을 받을 수 있는 독자 중 연장 아동을 성인 통속소설의 독자로 만들었다"는 이원수의 지적을 빌어 평가하였다. (이재철, 『한국아동문학사』, 일지사, 1978년, 441쪽 재인용.)

청소년 독자 대중의 관심과 사랑을 받았던『학원』은 1990년대 이후 대중
문학에 대한 학문적 성과를 고찰하는 새로운 시도로 재평가 되고 있다.
『얄개전』은 '소년소설'이라는 아동문학적 관점에서 독자 대중이 당대 현
실 대응의 모색으로 '재미'와 '교훈성'을 그 특징으로 파악된다.[109] 다만
『얄개전』의 주인공을 청소년으로 보지 않고 아동문학 관점에서만의 접근
은 좀더 청소년 독자층에 대한 세분화된 논의가 요구된다.

　『얄개전』이 교과서에 실린 작품과 달리 독자들에게 다가갈 수 있었던
점은 지배 이데올로기의 의도성을 벗어나 당대를 살아가는 인물의 보편
성에 독자들은 공감했을 것이다. 이 시기 학생 청소년들에게 중요한 관심
사는 고등학교 입시에 대한 압박감이 있었다면, 2000년대를 살아가는 대
부분의 청소년은 학생들이고 대학 입시를 위한 스트레스를 입시 지옥이
라 여기며 겪고 있는 상황과 대비시켜 볼 수 있다.

　1960년대 등장한『여학생』은 여학생을 대상으로 가장 인기 있는 잡지
였으며, '여학생문학상'을 통해 나름의 문학적 위치를 차지하고 있었다.
『여학생』에서 당대 소녀와 여성에 대한 성 담론이 60년대는 순결하고 정
숙한 남성의 조력자로 요구되어지고, 70년대 성애화된 방식도 나타나지만
결국 순결하도록 세뇌당하는 모순적 담론 속에 존재하며 후대에 영향을
미치고 있다.[110] 산업화 시대 여학생에 대한 이중적 잣대의 성 담론은
2000년대 이후 청소년소설에서도 여자 청소년이 임신을 한 경우 대부분
여학생 혼자 해결해야 하는 모순적 양상으로 나타난다.[111]

109) 정미영,「조흔과 소년소설 연구」, 인하대학교 석사학위논문, 2002.
　　　,「『학원』과 명랑소설」,『창비어린이』2권 3호, 창작과비평사, 2004 가을호
110)『여학생』은 박기세에 의해 1965년 11월에 창간되어 1990년 11월에 폐간되었으며 여학
　　생사가 발행하였다. 창작 목적은 '여학생들의 교양, 생활, 오락, 진로 등 학교생활 이외
　　의 여러 방면에서 생활 감각에 세련된 시민으로서의 자질을 계도하는 잡지를 표방하고
　　있다. (나윤경,「60~70년대 개발 국가 시대의 학생잡지를 통해서 본 10대 여학생 주체
　　형성과 관련한 담론 분석」,『한국민족운동사연구』56권, 한국민족운동사학회, 2008.)
111) 이에 해당하는 작품으로는 임태희,『쥐를 잡자』(2007), 이옥수,『키싱 마이 라이프』

근대화 이후 새롭게 인식되고 발견된 청소년은 삶의 장에서 그들 나름의 청소년문화를 유지하고 있었다는 점을 『학원』을 통해서 알 수 있다. 따라서 이 시기는 청소년문학 장(場)의 형성 시기로 볼 수 있으며 국가 계몽주의가 아닌 개인의 독서 취향과 요구가 잡지 판매라는 상업성과 연관되어 있는 것을 알 수 있다.

1970년대부터 청소년이란 용어는 젊은 세대를 지칭하면서 빈번하게 사용되었다. 이 시기는 청소년을 '학생 청소년'으로 규정하고 학생 청소년만 청소년 담론에 포섭하였던 시기로 노동하는 청소년은 별도로 근로 청소년이란 담론으로 지칭되었다. 청소년에 대한 1970년대의 시대적인 담론은 70년대부터 80년대 후반이나 90년대 초반까지 이어진다. 현재에도 청소년을 '1318세대'로 규정하면서 중·고등학생으로 한정하는 시각은 이러한 70년대식 범주 규정에서 벗어나지 못한 결과이다. 이때는 학생 청소년을 하나의 인격체로 존중하고 그들의 문화를 인정하기보다는 그들을 통제하고 지도해야 한다는 생각이 지배적인 시기로 청소년에 대한 담론은 매우 제한적이었다. 이 시기에는 비행, 불량 청소년이란 관점에서 청소년 담론이 형성되었다.[112] 1970년대 청년은 청소년에서 현재 청소년 기본법(9세-24세)에서 규정하고 있는 후기 청소년기인 대학생에 해당한다고 할 수 있다. 이들은 청소년에서 배제되어 담론이 형성되지 못했으며 독재시대라는 억압적 사회적 현상과 맞물려 독특한 청년 문화-통기타, 생맥주, 청바지, 장발-를 창출하였다. 1970년대는 청소년과 청년을 단지 통제의 대상으로 다루려고 한 억압적 사회적 분위기가 작용하던 시대였다.

1970년대 청소년 독자를 위한 문학은 판타지형 우주공상과학 소설이 등장했다. 이때 기성세대들은 청소년을 계몽의 대상으로 보면서 교육적

(2008), 이상권, 『발차기』(2009) 등이 있다.
112) 이혜숙, 「'청소년' 용어 사용 시기 탐색과 청소년 담론 변화를 통해 본 청소년 규정 방식」, 앞의 글, 50-51쪽.

효과를 위한 장치로서 공상과학소설을 읽히려고 한 의도를 엿볼 수 있다. 이러한 어른들의 의도는 청소년들의 머리를 좋아지게 만드는 장르라는 측면에서 추리소설도 등장하게 만들었다.113) 특히 70년대는 우주개발이라는 소련과 미국의 영향이 한국에도 미쳐 청소년 독자를 위한 우주공상과학 소설이 등장했다. 70년대의 과학소설은 청소년 독자 지향성을 갖고 독자의 흥미를 만족시키면서 교육적 목적에 가장 부합하는 형식이었다.114) 1970년대 과학소설의 등장은 청소년 독자들에게 재미도 느끼면서 교육적 효과까지 보고자 하는 타자의 의도가 내포되어 있다. 이는 2000년대 이후 청소년소설이 활발하게 창작되고 출판시장의 적극적인 마케팅 효과까지 볼 수 있었던 점에서 그 장르가 등장했던 당대 사회적 맥락에서 그 의도를 찾아 볼 수 있을 것이다.

　1980년대는 대학생을 중심으로 학생운동이 기존의 질서와 정권에 대한 저항, 변혁을 요구하며 활발하게 전개되던 시기였다. 1980년대 청소년 독자에게 유행하던 출판물은 '하이틴로맨스'라는 번역본 로맨스소설류의 장르였다. 한편으로 80년대 중반부터 교복자율화 세대가 된 청소년이 등장하면서 그들의 문화는 70년대와는 다른 사회적 감성을 수용하면서 또 다른 양상의 청소년문화가 전개되었다. 이 시기의 출판물이 교복자율화 세대의 감수성을 따라가지 못한 측면이 있음을 파악할 수 있다.

　근대 이후 청소년문학은 지배 권력의 교육적 계몽성이 관철된 문학을 제공받으면서도 자신들만의 문학 장(場)을 형성해 왔다. 1950년대『얄개전』

113) 박상률,「우리나라 청소년 문학의 역사와 현황-『쌍무지개 뜨는 언덕』에서『완득이』까지」,『대산문화』, 대산문화재단, 2011, 겨울호.
114) 김지영은 이 시기 과학도서에 대한 관심은 소련과의 경쟁에서 우위를 차지하기 위해 미국에서 실시한 과학교육 개혁이 우리나라에도 영향을 미친 것과 더불어 산업화, 근대화를 목표로 했던 국가 정책이 결정적인 원인이 된 것으로 파악하고 있다. (김지영,「1960~70년대 청소년 과학소설 장르 연구」,『동남어문논집』35호, 동남어문학회, 2013, 131쪽.) 김지영,「한국 과학소설의 장르 소설적 특징에 대한 연구-『한국과학소설(SF)전집』(1975)을 중심으로」,『인문논총』32호, 경남대인문과학연구소, 2013.)

이 표방한 명랑소설이나 1980년대의 통속적 연애소설인 '하이틴로맨스'는 교육적 의도와는 달리 당대 청소년이 흥미를 갖고 꾸준히 찾아 읽은 대표적 독서물이다. 이러한 독서물은 청소년에게 재미와 흥미를 제공한 대중문학의 한 갈래로 존속하다 어느 순간 청소년으로부터 멀어진 장르라는 점에서 2000년대 이후 청소년소설이 나아가야 할 방향을 모색할 수 있을 것이다. 청소년소설이라고 명명된 작품들도 청소년 독자층이 찾지 않으면 당대 유행했다 사라져간 독서물로 전락할 수 있기 때문이다.

　해방 이후 1950년대부터 80년대까지 청소년들이 수용하고 향유하였던 각 시대의 청소년 독서물에서 당대 청소년에 대한 담론을 확인할 수 있다. 이런 현상은 정보통신기술의 발달과 인터넷을 기반으로 1990년대 이후 등장하여 대중적 인기를 얻고 있는 인터넷소설(웹소설)도 그 한 예로 들 수 있다.

　한국 사회에서 청소년들은 당대의 사회적 상황 속에서 향유했던 청소년문화와의 상호작용 속에서 그들의 욕망을 표출하고자 했던 독서물들이 있었다. 이러한 청소년들이 향유했던 독서물들은 아직은 청소년문학 장(場)에서 하위 장르로 간주되어 문학사에서 확고한 위치를 차지하지 못하고 있다. 그럼에도 불구하고 청소년들이 즐겨 찾았던 독서물들은 1990년대 후반 청소년소설이 문학 장(場)에서 활성화된 계기가 되었다는 점을 부인할 수 없을 것이다.

3) 1990년대 이후 출판 시장과 청소년문학상

　1990년대에 이념성이라는 거대 담론이 약화되고 소비 자본주의 체제가 전개되면서 청소년 또한 소비의 대상으로 인식되기 시작했다. 1990년대 청소년들은 한국이 경제적으로 안정되기 시작한 1970년대 이후에 태어난 세대여서 기성세대와는 차이가 뚜렷하였다. 특히 이전 시대에 청소년을 문제적 주체로 보고 청소년을 통제하던 방식이 1990년대에 들어서 변화를 보인 것이다. 청소년의 사회적 감수성은 변화하였고 국가와 사회는 이들을 '신세대', 'X세대', 'P세대'[115]라고 명명하였다. 후기 자본주의 사회에서 "소비 자본은 십대 청소년들을 주요 소비자로 주목"[116]하기 시작한다. 1990년대 이후 청소년은 그들만의 고유한 특성과 하위문화를 가진 존재로 사회에 인식되기 시작했으며 독립된 존재로 변화하기 시작하였다. 청소년에 대한 담론이 증폭된 것이다.[117] 그리고 '상품 시장'이 이러한 담론에 가장 먼저 적극적으로 반응하기 시작했다.

1990년대 '청소년 정책과 프로그램에 대한 리스본선언(1998. 8. 세계청소년장관회의 채택)' 이후 한국 사회에서도 세계적인 청소년 정책에 대한 흐름이 조금씩 반영되기 시작한다. 여전히 한국 사회에서는 참정권과 피선거권 등 외국에 비해 제약을 받는 면도 있지만 청소년의 정치 참여가 시작된 '청소년참여위원회(1999년 4월 제주시 시작 이후 전국 확대)'와 '청소년특별회의(2004년 시범 개최 후 2005년부터 매년 개최)' 등과 같은 제도에서 국가가 이전 시대와는 다른 시각으로 청소년을 인식하기 시작했다는 것을 알 수 있다. 이러한 변화는 공적인 영역부터 먼저 촉발되었는데, "체육과 문화관련 정부 부서에서는 '학생'들의 활동 공간을 넓히기 위해 '청소년'이란 단어를 부각"[118]시켰고, 이 시기에는 새롭게 등장한 청소년 인권과 각종 청소년 보호에 관한 법률도 제정되었다.[119]

---

115) "P(participation)세대라는 명명도 광고회사의 보고서에서 출발하였듯이 상품 소비시장에서 새로운 매체와 관련된 상품이 10대 청소년들을 겨냥"하고 있다는 점을 알 수 있다. (정혜경, 「이 시대의 아이콘 '청소년'(을 위한) 문학의 딜레마」, 『오늘의문예비평』 71호, 2008년 겨울호, 109쪽.)

116) 조한혜정 외, 앞의 책, 94쪽.

117) 김현성, 앞의 논문, 2003, 13쪽.

118) 조한혜정 외, 앞의 책, 94쪽.

119) 청소년보호법 (1997. 3. 7제정, 1997. 7. 1시행)은 '청소년에게 유해한 매체물과 약물 등이 청소년에게 유통되는 것과 청소년이 유해한 업소에 출입하는 것 등을 규제함으로써 청소년을 유해한 각종 사회 환경으로부터 보호·구제하고 나아가 이들을 건전한 인격체로 성장할 수 있도록 함'을 목적으로 한다. (국가법령정보센터)

한국 사회는 1997년 IMF를 겪으며 경제 감각을 키우고, 2002년 월드컵 개최를 통해 참여 문화에 대한 성찰을 얻게 된다. 한국 사회에서 문학 또한 사회적 변화를 겪게 된 2000년대 전후로 문학 장(場)의 변화가 본격화되었다는 사실에 주목할 필요가 있다. 출판문화 시장에서는 책을 읽는 주체인 독자들을 흡수하고 재구성하기 위한 '작가-책-독자'라는 틀에 커다란 변화를 가져왔다. 후기 자본주의 시대에는 "'생산-유통-소비'의 메커니즘으로 책을 이해하는 방식이 불편하지 않은 시대가 되었으며, '책이 소비재'라는 인식"[120]과 함께 한국문단 역시 신자유주의라는 후기 자본주의의 거대한 사회적 흐름에 예외일 수는 없었다.

이러한 추세가 이어지면서 2000년 전후 문학이 상품, 독자가 소비자라는 문학 장(場)의 담론이 형성되고 소비 주체로서의 독자의 위상이 중요하게 부각되었다.[121] 출판계는 책을 소비하는 독자들 사이의 미묘한 차이에 주목하면서, 독자층의 차별화를 시도했다. 출판계가 주목한 것은 다양한 하위문화의 감수성을 지닌 청소년문학이었다. 이 시기 청소년들은 정치 환경의 변화와 각종 영상 매체와 인터넷, 휴대 전화 등을 사용하며 자신들만의 영역을 구축하기 시작했다. 1990년대 후반 출판계는 새로운 소비문화의 주체로 떠오른 청소년 독자를 의식하게 되었으며 청소년소설이라는 이전 시대에서는 볼 수 없었던 출판물을 기획하게 되었다.[122] 사계절 출판사를 필두로 한 청소년문학물의 시리즈 기획과 '청소년문학상' 제정은 아동과 성인이 아닌 청소년 독자를 대상으로 한 새로운 청소년 문학

---

120) 소영현, 『분열하는 감각들』, 문학과지성사, 2010, 82쪽.
121) 박경희 외, 앞의 글, 254쪽.
122) 1990년대로 접어들면서 현실 사회주의의 붕괴에 따른 이념에 대한 열정의 소진은 사회과학 서적들에 대한 대중적 관심이 식고, 출판인들 역시 자본과 시장의 논리에 지배를 받는 영업의 문제에서 생존이라는 삶의 논리와 정면으로 맞닥뜨리게 된 것이다. 사회과학 시대의 종언과 함께 출판 상업주의는 가속화된다. (작가와비평 편, 조성면, 「큰 이야기의 소멸과 장르문학의 폭발」, 『비평, 90년대 문학을 묻다』, 여름언덕, 2006, 388쪽.)

장(場)을 생성하였다. 근대 이후 독자적인 장르로 분화되지 않았던 청소년 문학이 2000년대 들어 청소년이 사회 전반에 문화 주체로 대두되면서 출판업계의 소비자본의 대상이 되었다고 볼 수 있다.[123]

이 시기에 본격적인 청소년소설이라고 표방하고 나온 작품은 박상률의 『봄바람』(1997)이었다. 『봄바람』이후 사계절출판사는 '사계절 1318문고'를 기획하고, '사계절문학상'도 공모하여 작가를 발굴하고 당선작은 출판 시장에서 일정 부수 이상의 판매고를 올리고 있다. 『봄바람』은 '청소년문학으로 호명'된 최초의 작품으로 자리 잡고 있다. 그렇지만 청소년 문학 장(場)에서 출판계와 학계가 암묵적으로 동의하고 있고 박상률이 언급[124]하고 있는 부분에 대해서는 비판의 시각도 제시된다.[125] 왜냐하면 『봄바람』은 단지 출판 시장이 주목하고 '사계절 1318문고'의 최초 출간본이라는 데 의의를 두고 본격적인 청소년소설이라고 칭하고 있기 때문이다. 과연 이러한 출판 시장에서 시작된 청소년문학이 정작 수용자인 '청소년을 위한 문학'이었는가, 역으로 보자면 출판 시장의 활성화를 위한 청소년이 자본의 도구로 이용되었던 것은 아닐까 하는 점은 고려할 문제이다.

이러한 면모는 '사계절문학상' 이후 등장한 각 출판사의 청소년문학상 공모제를 통해서도 살펴 볼 수 있다. 사계절출판사를 필두로 하여 다른 출판사들도 청소년 독자라는 출판 시장을 겨냥한 청소년문학상들을 제정하여 당선된 작품들을 출간하기에 이른다.[126] 각 출판사의 공모전은 "신

---

123) 박경희, 「한국 청소년문학의 연구 동향과 전망 고찰－2000년대 이후 연구를 중심으로」, 앞의 글, 103쪽.

124) 박상률은 우리나라에서 청소년문학으로서의 성장소설이 처음 나온 때는 자신의 『봄바람』이 출간된 1997년 보는 것이 일반적이라고 밝히고 있다. (박상률, 「우리나라 청소년문학의 역사와 현황－『쌍무지개 뜨는 언덕』에서 『완득이』까지」, 『대산문화』, 2011 ,겨울호)

125) 김경애는 한국 현대청소년소설의 출발을 박상률의 봄바람 출간 이전 1991년부터 발표된 5편의 연작소설을 1996년 문학과지성사에서 간행한 최시한의 『모두 아름다운 아이들』로 보는 견해를 제시한다. (김경애, 「한국 현대청소년소설과 『모두 아름다운 아이들』」, 앞의 글, 148쪽.

126) 2015년 기준으로 출판사와 언론사에서 주관하는 청소년문학상은 '사계절－사계절문학

인 작가 발굴과 청소년문학의 저변을 확대한다는 측면과 청소년소설의 확장과 발전에 큰 역할"127)을 한다. '사계절문학상' 이후 이 상을 통해 발굴된 작가들은 『푸른 사다리』(2004)의 이옥수, 『몽구스 크루』(2006)의 신여랑, 『열일곱 살의 털』(2009)의 김해원 등이다.

그러나 청소년문학상에 대한 비판적 시각도 상존한다. 청소년문학 장(場)에서 출판사들이 문학상을 제정하며 청소년소설 출판을 의도한 결과에 대해 주목할 필요가 있다. 각 출판사들은 각 2천만 원(사계절, 창비, 비룡소, 동네)에서 3천만 원(자음과모음), 5천만 원(세계청소년문학상)에 해당하는 상금을 걸고 공모전을 열었다. 공모전 상금을 놓고 보았을 때 출판사가 수상작들에게 거는 판매 기대 수치는 2만부 이상이다. 매년 나오는 수상작들은 출판사의 기대만큼 판매고를 올려주고 있고, 특히 『완득이』(창비, 2008)는 영화로도 제작되면서 70만부 이상의 판매고를 올리고 있다. 이렇듯 각 출판사 공모전에 당선된 작품들은 출판사의 적극적인 마케팅과 홍보에 힘입어 일정 수준 이상 독자들에게 팔리고 있다. 청소년소설이 출판계에 물꼬를 트고 영역을 확장해 나간다는 것은 장르의 세분화라는 면에서 유용하다. 특히 이제까지 아동과 청소년문학의 주 구매 고객이었던 학교와 도서관, 그리고 권장 도서 목록을 통한 학부모의 선택이 아닌 그 자체의 재미와 흡인력으로 청소년 독자를 끌어들인다는 점은 상당히 매력적인 부분이다. 이러한 면모는 청소년문학이 확장되어 갈 것이라는 기대감도

(2003) 13회', '푸른책들-푸른문학상(2003) 13회', '비룡소-비룡소블루픽션상(2007) 7회', '창비-창비청소년문학상(2007) 8회' 수상작을 냈고, 2011년에는 문학동네와 살림, 자음과모음 출판사가 공모전을 시작하여 '문학동네-문학동네청소년문학상(2011) 6회', '살림-살림청소년문학상(2011) 5회', 2012년 자음과모음출판사 공모전을 시작하여, '자음과모음-자음과모음청소년문학상(2012) 4회' 수장작을 내고 있다. '세계일보-세계청소년문학상'은 2012년 3회까지 수상작을 냈고 지금은 공모전이 중단된 상태다. 2010년 이후에도 세 곳의 출판사가 공모전을 시작했다.

127) 김명순, 「청소년소설 공모전 수상작의 공식-2011~2012년 수상작을 중심으로」, 앞의 글, 48쪽.

가져볼 수 있다.

한편 각 청소년문학상 공모전에 당선된 작품들의 문학성에 대해 살펴볼 필요가 있다. 박상률은 사계절문학상 당선작의 특징을 통해 "청소년문학도 문학적 바탕을 깔고 있음"[128]을 보여준다고 말하고 있다. 한편으로 요즘 작가들이 "문제적 인물을 다루어야 한다는 강박 때문에 극단적인 인물이나 사건을 설정"하거나, "오로지 독자의 재미를 자극하기 위해 소재나 재재가 선정적이거나, 엽기 혹은 만화 같은 얘기를 즐겨 다룬"[129] 다는 것이다. 이렇듯 청소년소설이 판매고를 올리기 위해 선정적인 소재주의 유혹에 빠지게 되면서 상업주의로 전락, 청소년문화를 왜곡하게 되고 청소년소설이라는 장르 정체성을 확보해 나가기 어렵다는 것이다.

청소년문학상 공모전의 궁극적 목적은 작가 발굴과 상금 액수 이상의 판매고를 올리는 것이다. 그렇기 때문에 "신인 작가나 기성 작가가 문학성이 뛰어난 글을 쓰고도 공모 수상작에 들지 못하면 출판 기회를 잡기 어렵고 출판하더라도 마케팅 대상이 되지 않아 독자들에게 다가가지 못"[130]하고 묻혀버리는 경우도 생길 것이다. 청소년소설에 청소년의 이야기가 없다는 것은 청소년 독자들로부터 외면당할 가능성이 있다. 한편 청소년문학이 "교양적 완성도를 이끄는 성장도 없고 세상과 대결하는 내면이 아닌 서둘러 갈등을 봉합하고 종결하는 서사만 존재할 뿐"[131]이라는 비판적 시각도 제시된다. 청소년소설이 "청소년들을 대변해주고 위로해주고 때로는 세상과 맞설 힘을 주기는커녕 문제의 해결마저 청소년들의 양보와 희생을 강요하고 있어 어른들의 로망만 잔뜩 풀어놓"[132]은 것에 불

---

128) 박상률, 앞의 글.
129) 위의 글.
130) 김이구, 「문학성과 시장성의 경계에 흐르는 강박 – 청소년문학 시장의 빛과 그늘」, 『대산문화』, 2011, 겨울호.
131) 허병식, 「청소년을 위한 문학은 없다」, 앞의 글, 78쪽.
132) 김명순, 「청소년소설 공모전 수상작의 공식 – 2011~2012년 수상작을 중심으로」, 앞의 글, 61쪽.

과하다는 것이다. 청소년문학이 "그 사회의 주류 이데올로기를 전파하고
그들을 관리하고자 하는 정치적 무의식"[133] 또한 자리 잡고 있다는 것이
다. 청소년문학상에 의한 문학 장(場)의 활성화는 어른들의 이데올로기와
출판 자본주의가 결합한 결과 정작 청소년들에게 읽히지 않는 문학 작품
을 양산하는 장르 정체성을 확립하기 어려운 위험성을 내포하고 있다.

청소년소설은 청소년들이 겪는 당대 현실적인 문제들을 다루며 자아
정체성을 형성해가는 성장을 다루는 장르이다. 최근 청소년소설의 경향은
가족과 학교 문화, 학교 외적인 사회의 문제들로 영역을 확장하며, 청소년
들의 '가족 문제, 성 일탈, 학교 폭력, 자살' 등을 모티프로 삼아 성장, 반
성장, 성장을 거부하는 양상을 다루면서 청소년소설의 외연을 넓혀가고
있다. 청소년소설은 청소년이라는 수용자를 장르적 특성으로 전면에 내세
우며 문학 담론의 장(場)에서 출판 자본주의에 의한 소비의 활성화와 학계
의 연구가 후속되면서 한국문학의 장(場)에서 새로운 장르로서 문화 콘텐
츠로 부상하고 있다. 출판 시장에서 독자는 소비하는 주체이다. 1990년대
이후 청소년 세대가 문화 생산자 측면에서 문학 장(場)에서도 담론의 대상
으로 호명되었음을 알 수 있다.

4) 대학 입시 제도와 학부모 세대의 변화

청소년 세대가 삶의 욕망들을 분출하고, 대학수학능력시험과 논술 고사
라는 입시 제도의 변화로 청소년이 읽을 책에 대한 독서의 중요성이 강조
되면서 청소년의 영향력이 문학 담론 내에서 강화되었다. 즉 이 시기 청
소년은 소비하는 세대로 청소년문학이라는 새로운 문화를 형성해가는 담
론의 대상이었다. 출판사의 상업적 기획은 다른 한편으로 입시 제도와 학
부모 세대의 변화를 반영한 측면도 있다. 학부모들이 주목한 것은 대학

---

133) 정혜경, 「이 시대의 아이콘 '청소년'(을 위한)문학의 딜레마」, 『오늘의문예비평』 71호,
2008. 11, 122쪽.

입시에서 논술의 중요성이었다. 우리나라에서 청소년들에게 책을 읽는 계기를 마련해 준 논술은 비록 입시가 목적이었지만 상대적으로 책과 문학에 관심을 촉발하는 계기가 되었던 것이다.

한국 사회는 다른 어느 나라보다 사교육의 의존도가 높고 일반 가정에서 차지하는 사교육비는 국가 경제에 위험을 미칠 만큼 가계 지출에 큰 비중을 차지한다.134) 사교육 열풍은 1980년대 대학 교육을 받은 일명 당대 '386세대'가 부모가 된 시점부터 더욱 커졌다. 1990년대 중반 이후 어린이와 청소년 도서 시장이 크게 성장한 계기 또한 그 부모 세대로 일컬어지는 당대 '386세대'의 역할이 컸다. '386부모 세대'가 출판 시장의 주 독자였을 때 이들은 '사회과학도서 세대'로 일컬어진다. 이들은 "대학 생활을 통해 독서와 책의 힘을 체험한 세대로서 학부모가 되어 자녀 교육에 관심을 기울이면서 그 자녀들이 청소년기에 접어든 시기에 청소년 도서 시장의 성장을 가져 왔다는 것"135)이 출판계의 일반적인 담론이다.

학부모는 교육 관련 분야에서 막강한 소비의 주축이므로 각 출판사들은 학부모의 관심 영역에 주목할 수밖에 없다. 그들은 자녀들이 아동문학을 읽은 후에 성인 문학 작품으로 들어가기 전 간극을 메워 줄 작품이 필요했다. 부모가 아이들에게 책을 읽히고자 하는 목적은 대학 교육을 받은 세대로서 그들의 자녀에게 책을 가까이 할 수 있는 환경을 만들어 주고 궁극에는 대학 입시에서 성과를 획득하기 위한 독서 전략도 밑바탕에 자리하고 있음을 감지할 수 있다. 이렇듯 학부모의 관심과 출판사의 상업적인 시장 논리가 결합해 1990년대 후반부터 현재까지 청소년문학이 활성화된 배경을 이룬 것이다.

2000년대는 인터넷의 등장과 함께 급격한 사회의 변화로 인해 현대 사

---

134) 2012년 우리나라 초·중·고등학교 사교육비 총액은 약 19조원으로 추정되었으며 전년 (20조 1천억원) 대비 5.4% 감소함. (2012년 통계청 자료)
135) 표정훈, 「청소년잡지의 실상」, 『오늘의문예비평』, 72호, 2009, 봄호, 84쪽.

회의 다양한 특성이 부정적인 면모를 드러내는 시기이다. 즉, "지역사회의 붕괴, 폭력적인 대중매체, 구조적 사회 불평등 등은 청소년 문제를 유발하는 역할"[136]을 하게 된다. 특히 청소년은 민감한 감수성을 지닌 세대이기 때문에 문제의 양상과 갈등이 다른 세대에 비해 크게 나타난다. 이는 청소년이 중요한 관심의 대상으로 부상했다는 점과 다른 한편으로 날로 심각해지는 청소년 문제에 따른 청소년을 통제하는 방식의 규율 권력의 교육적 의도를 내재한 청소년문학의 필요성이 제기된 원인이 될 수 있다.

청소년문학은 청소년이 사회에 대한 혼란과 정체성을 탐색하는 과정의 일환으로 문학이 그 역할을 드러내고 있는 부분에서도 그 중요성이 부각되고 있다. 2000년대에 들어서는 당대 청소년의 현실적인 문제와 청소년 문화를 담고 있는 작품들이 등장하고 있다. 비보이 청소년의 삶을 다룬『몽구스 크루』(사계절, 2006), 연예인 지망생과 공개 입양아를 다룬『주머니 속의 고래』(푸른책들, 2006) 등은 청소년의 방황과 꿈을 찾는 과정을 다루는 서사를 통해 청소년들의 처한 현실을 잘 반영하여 청소년 독자에게 호응도가 높은 작품이다. 이러한 작품에 대한 공감은 청소년이 "현실 세계를 잘 파악하여 희망과 열정에 따라 꾸준히 노력할 것"[137]이라는 독자 반응에서 확인된다. 단, 지난 시대 청소년들이 향유했던 독서물이 어느 순간 청소년들에게 멀어져 문학사에서 장르 정체성을 확보하지 못한 지점에서 2000년대 이후 청소년소설이 나아가야 할 방향을 모색해야 할 필요가 있다. 청소년소설이라고 명명된 작품들도 청소년 독자들이 찾지 않으면 당대 유행했다 사라져간 독서물로 전락할 수 있기 때문이다.

오늘날 청소년은 사회의 변화로 말미암아 과거 어느 때보다 그들의 역할 수행을 위한 청소년기의 교육 기간과 독립을 준비하는 기간이 연장되

---

136) 이해주 외,『청소년문제론』, 한국방송통신대학교출판부, 2006, 101-102쪽.
137) 김주현,「청소년소설을 통해 본 현실 세계—이금이『주머니 속의 고래』」,『푸른글터』, 10호, 2010, 12, 177쪽.

어 독립된 주체로 서기까지 긴 이행기를 통과하고 있다. 청소년이 아동기와 성인기의 사이에 있는 것처럼 청소년소설도 아동문학과 성인문학의 경계에 있는 문학으로서, 아동기와 성인기 사이에서 방황하고 갈등하는 청소년의 삶과 그들이 속해 있는 사회문화적 요소들을 고스란히 반영하고 있다.

2. 한국 사회의 가족 분화와 청소년소설

1) 가족과 청소년 성장의 역학 관계

인간은 사회적 환경 속에서 태어나고 성장한다. 한국 사회가 근현대사를 거쳐 오는 동안 국가 혹은 민족과 더불어 개인에게 가장 깊은 삶의 뿌리는 '가족'[138]이었다. 가족은 개인의 삶의 영역에서 가장 기본적인 사회의 기초 단위이기 때문이다.[139] 가족주의는 "개인들의 행위와 태도 결정에서 가족 집단을 유지하는 기능이 가장 우선시되는 준거의 가치 체계"[140]로서 "다른 사회 단위보다 가족의 유지와 가족 단위의 연대를 가장 우선"[141]시 한다. 한국인에게 가족주의는 사회 전반으로 확산[142]되는 이데올로기로 작동한다.

청소년들의 가치관과 행동 양식의 습득에서 가족의 영향은 지대하다.

---

138) 가족은 유사 개념인 집, 가정, 가구와 구분이 된다. 가족은 학술적 용어로 보편적으로 사용되며 정서적 집단으로 관계적 의미를 갖는 반면 집과 가정은 일상적으로 더 많이 사용되며 공간적 의미가 내포되어 있다. 가구라는 용어는 주거하는 공간과 경제적 협력만을 기준으로 취사, 취침 및 생계를 같이 하는 단위를 의미한다. (정옥분 외, 앞의 책, 13쪽.)
139) 황도경 외, 앞의 글, 237쪽.
140) 박혜경, 「경제 위기 시 가족주의 담론의 재구성과 성평등 담론의 한계」, 『한국여성학』 27권 3호, 한국여성학회, 2011, 75쪽 재인용.
141) 위의 글, 75쪽.
142) 옥선화, 「현대 한국인의 가족주의 가치에 관한 연구」, 서울대학교 박사학위논문, 1989.

가족은 청소년 자녀의 다양한 사회화 기능을 담당하며, "가족 구성원 간 상호작용은 한 개인의 성장·발달에 영향을 미칠 뿐 아니라 사회적 안정이나 결속력과도 직결된다는 점에서 의미를 갖"143)기 때문이다. 그런데 현대 사회에 접어들수록 사회의 구조적 요인과 함께 개인의 가치 추구가 복잡해지고 중층성으로 인하여 다양한 유형의 가족이 등장하며 이 때문에 '가족의 위기' 또한 가중된다.

가족을 의미하는 'family'의 어원은 고대 로마에서 가족을 나타내는 말로 쓰였던 'famulus'에서 유래한다. 'famulus'는 부부와 자녀 등 혈연관계보다는 한 남자에게 속한 재산이나 가옥, 노예 등의 생산도구를 의미하는 것이었다. 또한 고대 희랍에서 가족을 나타내는 'oikos'는 '경제(economy)'라는 단어의 어원으로 가족이 경제적 조직체로 출발했음을 보여준다.144) 16세기 이전에 존재했던 가족은 가족이라는 명칭도 적용하기 힘들 정도로 이후의 가족 개념과는 달랐다. 아리에스(Aries)는 16세기 들어서 가족 개념이 존재했다는 데 동의하며, 친족을 이해했던 방식에서 현대 가족의 전조(前兆)를 찾고 있다. 혈연의 유대는 하나가 아니라 '따로 구분되지만, 중심은 같은' 두 집단, 즉 현대의 부부가족에 비견될 수 있는 가족과 단일 조상의 후손이라는 연대감을 갖고 있는 모든 자손에게로 확대시키는 가계(家系)로 구성되는 것으로 여겨져 왔다. 중세를 거치면서 가족과 가계(家系)는 부침(浮沈)의 주기를 반복, 서로 대립적으로 존재해왔다. 가족 개념은 19세기와 20세기의 가장 유력한 정서적 비중이 실린 이미지 중의 하나였으며, 유럽 문화가 미국으로 확산됨에 따라 가족이 갖는 심성적인 의미는 계속 강화되었다.145)

가족의 개념은 하나의 제도로서 혈연을 중심으로 하는 동거동재(同居同

---

143) 정옥분 외, 『결혼과 가족의 이해』, 시그마프레스, 2005, 12쪽.
144) 한국가족문화원 편, 『새로 본 가족과 한국사회』, 경문사, 2009, 6-7쪽.
145) 제이버 구브리움 외, 최연실 외 옮김, 『가족이란 무엇인가—사회구성주의적 관점에서 본 가족 담론』, 하우, 1997, 38-45쪽.

財)의 공동체라는 의미가 지배적이다. 대표적으로 머독(Murdock)은 모든 문화에 보편적으로 나타나는 성, 경제, 출산, 교육이라는 측면에서 가족의 기능을 개념화한다. 머독은 "가족이란 공동의 거주, 경제적 협력, 생식의 특성을 갖는 사회집단으로, 성관계를 허용 받는 최소한의 성인남녀와 그들에게 출생하였거나 양자(養子)로 된 자녀로 이루어진"146)다고 정의한다. 이는 어느 사회든지 가족은 가족 구성원들의 의식주 해결을 위한 경제적 기능이 수행되는 곳이며, 합법적인 출산이 이루어지고 자녀에 대한 교육을 함으로써 개인과 사회에 대해 기능적인 역할을 담당하고 있음을 강조한 정의이다.147) 한편 레비스트로스(Levi-strauss)는 "가족은 결혼으로 시작되며 부부와 그들 사이에 출생한 자녀로 구성되지만 이들 이외에 가까운 친척이 포함될 수 있고, 가족 구성원은 법적 유대 및 경제적, 종교적인 것 등의 권리와 의무, 성적 권리와 금기, 애정, 존경 등의 다양한 심리적 정감으로 결합되어 있다"148)고 정의한다. 레비스트로스는 가족의 운명 공동체적인 입장을 강조한다.

한국 또한 가족은 "가계를 공동으로 하는 친족 집단"149)이자 "영속적인 결합에 의한 부부와 거기에서 생긴 자녀로 구성된 생활공동체"150)로 정의하여 왔다. 민법에서 가족의 범위는 가족을 "호주의 배우자, 혈족과 그 배우자, 기타 본 법에 의해 그 가(家)에 입적한 자"151)로 규정하고 있다. 한국 사회에서 가족은 혈족으로 지칭되며 민법이 규정한 '가족관계등록부'152)라는 법의 테두리 안에서 사회적 권리를 보장받는다.

---

146) 유영주 외, 앞의 책, 14쪽.
147) 한국가족문화원 편, 앞의 책, 6쪽 재인용.
148) 유영주 외, 앞의 책, 14쪽.
149) 최재석, 『한국가족제도 연구』, 일지사, 1983, 19쪽.
150) 김두헌, 『한국가족사 연구』, 서울대학교 출판부 1969, 1쪽.
151) 제779조(가족의 범위) ① 다음의 자는 가족으로 한다. 1. 배우자, 직계혈족 및 형제자매 2. 직계혈족의 배우자, 배우자의 직계혈족 및 배우자의 형제자매 ② 제1항 제2호의 경우에는 생계를 같이 하는 경우에 한한다. (국가법령정보센터)

탈근대 사회가 도래하면서 가족을 다른 관점으로 조망하기 시작하였는데, 가족을 실제 삶에서 이루어지는 구성체로 간주한 사회구성주의적 관점이 그것이다.[153] 이른바 '신(新)가족'의 개념으로 혈연보다는 삶의 방식 자체에 중점을 둔 것이다. 이제 가족이란 단지 "생물학적 요구에 기인하는 보편적 구조도 아니며, 종교적·문화적 신조에 기반한 보편적 규범의 이념일 수도 없다"[154]는 생각이 자리 잡았다. 가족이 "포괄적이고 정서적인 관계를 중시하는 개념으로 확장"[155]된 것이다. 이러한 관점에서 올슨과 디프레인(Olson & DeFrain)은 "가족은 둘 또는 그 이상의 가족원들이 서로 돕고 몰입되어 있으며, 애정과 친밀감, 의사소통과 자원을 서로 나누는 집단"[156]으로 정의한다. 구브리움과 홀스타인(Guburium & Holstein)은 가족은 '실체'를 가진 구성체로 인식하기보다는 사람들이 생각하는 '사고방식'이라는 입장을 취한다. 즉, 가족을 명확하게 규정지을 수 있는 뚜렷한 실체라기보다는 사람들의 현실 안에서 투영시킨 투사체(project)라고 여길 수도 있다는 것이다.[157]

미셸 바렛(Michele Barrett)과 매리 매킨토시(Mary McIntoch)는 가족 용어의 특정한 사용 방식 규정은 단지 기술적이거나 학문적인 것이 아니라고 말한다. 이들은 『가족은 반사회적이다』에서 가족은 정치적인 갈등 속의 정의(正義)이며 이데올로기적 구성물로 보고 있다. 사회적인 것의 침입을 방지하는 엄격한 방어막을 갖는 사적 영역으로 '가족'의 창출은 자본주의 사회의 결과이기보다는 이데올로기 구성의 과정이라는 것이다. 이데올로기적으로 구성된 독자적 단위로서의 가족의 개념을 인정할 경우 친족, 성

---

152) 2008년 호적법 폐지에 따라 호적이 폐지되고, '가족관계등록부'가 이를 대체하게 되었다.
153) 제이버 구브리움 외, 최연실 외 옮김, 앞의 책, 역자 서문.
154) 최문환선생기념사업추진회 편, 이효재, 「가족사회학의 이론적 기본문제」, 『최문환 박사 추념 논문집』, 1977, 420쪽 재인용.
155) 정옥분 외, 앞의 책, 12쪽.
156) 유영주 외, 앞의 책, 15쪽 재인용.
157) 제이버 구브리움 외, 최연실 외 옮김, 앞의 책, 117-118쪽.

(sexuality), 가구의 조직 방식을 문화적, 계급적 조건에 따라 엄밀히 분석해야 하지만 어떠한 가족 분석도 모든 사회에 통용되는 것은 아니라는 점을 강조한다.158)

다이애너 기틴스(Diana Gittins)는 『가족은 없다』에서 가족의 존재는 관념에 따라 애매함과 모순으로 가득 차 있음을 강조하며 '가족'의 보편적인 개념에 이의 제기를 한다. 서구의 가부장제 이데올로기에는 성애, 재생산, 양육 그리고 연령집단 사이와 두 성 사이의 권력 관계 등에 문화적으로 특수한 수많은 신념들의 총합은 가족이라는 이름을 붙인 상징체계를 형성했다고 주장한다.159) 가족을 비판하는 담론은 가족에 대한 정서적·기능적인 관점을 배제하고 이데올로기의 층위로 보고 있다는 것이다.

그럼에도 불구하고 아직도 사회 구성원들을 길러내고 사회화를 담당하는 가족의 의미와 영향력은 강력하다. 가족은 하나의 가족공동체로 기능하기 때문이다. 가족의 개념은 문화나 시대의 변천, 사회 체계의 변화에 따라 달라진다는 점을 알 수 있다. 듀발(Duvall)이 정의한 사회 변화에 대비한 현대 가족의 기능은 다음과 같은 면에서 청소년소설의 성장 담론과 상호 연관성을 보여준다.

먼저, 가족원 간의 애정 도모이다. 애정은 가족생활의 중요한 소산이다. 가족이 함께 사는 것은 의무가 아니며 부부와 자녀가 건강하게 발달하기 위해서는 서로 애정적인 분위기가 필요하다. 둘째, 가족의 안정감 부여와 수용이다. 인간은 누구나 존엄성을 가지고 가치 있는 삶을 살기 위해 가족이 안정감을 주고 수용해 줄 것을 기대한다. 가족은 경쟁적인 관계가 아닌 상호 보충적인 관계로 가족원들의 안정감과 지속성을 발달시킨다. 셋째, 가족은 만족감과 목적의식을 부여한다. 가족은 산업사회에서 결핍

---

158) 미셸 바렛·매리 매킨토시, 김혜경 옮김, 『가족은 반사회적적인가』, 여성사, 1994, 108-114쪽.
159) 다이애너 기틴스, 안호용 외 옮김, 『가족은 없다』, 일신사, 1997, 108-109쪽.

된 기본적 만족감과 보람을 개인에게 충족시켜 준다. 부모들은 부부 서로를 위해 그리고 책임지고 있는 자신의 자녀를 위해 보람 있게 살고 있다고 여긴다. 넷째, 가족원 간의 지속적인 동료감이다. 가족원은 일상생활의 실망과 기쁨을 함께 나누며 공감해 주는 동료로 가족 밖에서는 기대할 수 없는 방법으로 서로를 격려해주는 기능을 지닌다. 다섯째, 가족의 사회적 지위 부여와 사회화이다. 출생 시 자녀는 자동적으로 그의 부모가 갖고 있는 가족의 지위, 즉 사회계층에 속하게 된다. 이는 그들 부모의 유전적 · 신체적 요인과 윤리 · 종교 · 문화 · 정치 · 경제 · 교육적 유산 등에 의해 결정된다. 여섯째, 가족 안에서 배우는 통제력과 정의감의 확립이다. 가족 안에서 개인은 사회생활에 필요한 규칙 · 권리 · 의무 · 책임감 등을 가장 잘 배울 수 있다. 가족은 보다 큰 사회의 도구적이고 대행적인 역할을 수행하는데, 가족이 이 기능을 수행하지 못한다면 보다 큰 사회의 목표는 효과적으로 달성될 수 없을 것이다. 특히 자녀가 초기에 경험한 칭찬과 벌은 선악에 대한 분별력이 되어 성인기의 도덕관과 선, 정의, 가치에 대한 개념을 형성시켜 준다. 가족은 어떤 사회 집단보다 개인의 기본적 욕구를 충족시켜 주는 기능을 갖고 있다. 현대 사회는 자녀를 출산하여 훌륭한 시민으로 양육시켜 나가는 책임을 가족에게 기대한다. 가족은 사회와 가족 구성원들에게 정신적 · 정서적 건강의 중요한 근원으로 기능하기 때문이다.[160]

가족은 "성과 연령(세대)에 따른 권력 배분 및 역할과 책임 할당이 정교하게 구조화되어 있는 제도"[161]이다. 가족 구성원은 "자녀 양육 및 정서적 지원, 가사 분담, 소비 결정 등 이해관계와 갈등이 일상화되는 공간"[162]을 공유한다. 청소년은 주양육자인 부모에게 정서적 · 심리적 · 물

---

160) 유영주 외, 앞의 책, 56-58쪽 참조.
161) 이동원 외, 『변화하는 사회 다양한 가족』, 양서원, 2001, 23쪽.
162) 위의 책, 23쪽.

질적 보호를 받는 의존 관계이기 때문에 독립적일 수 없다. 따라서 부모가 자녀에게 갖는 제반 권한은 가족 권력을 유발하기도 하며 부모자녀 간 갈등 관계를 내포한다.

청소년은 자신을 통제하는 부모에게서 심리적으로 독립하고자 하는 욕구가 강하다. 최근 중학교 2학년 나이 또래의 청소년을 대상으로 '자아 정체성' 형성 과정에서 생기는 그들의 심리적 불안과 이에 따른 반항과 일탈 문제를 중2병이라고 규정하는 담론이 지배적이다. 청소년에 대한 사회적 관심은 청소년기가 중2병을 앓는 문제적 시기로 부상했지만 그들에 대한 현실적 대안 제시보다는 이 시기가 지나가면 해결된다는 치유적 성장 담론이 성행한다. 이 시기 청소년은 가족보다는 가족 밖에서 생활하는 자유를 누리고 싶어 하거나 한편으로 자신의 방안으로 들어가 가족과의 관계를 단절하고자 하는 욕구를 드러낸다.

청소년이 가족과 맺는 관계는 다음과 같은 이유로 '자아 정체성' 형성에 중요한 기제로 작동한다. 첫째, 가정에서의 경험은 청소년의 발달에 중요한 영향을 미치며, 청소년기 이후의 삶에도 중요하다. 즉, 가정의 분위기와 부모의 훈육 방식, 부부의 관계 등은 청소년이 맺는 대인 관계에 영향을 미치며, 학교에서의 성취, 직업 선택 등에 영향을 미친다. 둘째, 가족 관계는 자녀가 청소년기에 이르면 변화를 겪는다. 아동기에 적절하던 부모자녀 간의 상호작용 양상이 청소년기에는 더 이상 적절하지 않을 수 있다. 셋째, 청소년들이 속해 있는 가정은 개인에 따라 매우 다양하며 청소년의 발달에 영향을 미친다. 넷째, 가정은 지역사회, 경제적 조건, 사회적 변화 등에 의해 영향을 받는다. 청소년이 직면하는 가족 환경의 차이는 청소년의 성장에도 차이를 유발하게 된다.[163]

또한 부모의 양육 방식은 청소년기 자녀의 자아 정체성 형성에 지대한

---

163) 위의 책, 341-342쪽.

영향을 미친다. 양육 방식이란 부모의 양육 전략과 개인적 성격 특성의 조합이다. 부모가 자녀에게 어떠한 양육 방식을 사용하느냐에 따라 청소년의 행동 특성이 달라진다.164) 맥코비(Maccoby)와 마틴(Martin)은 부모의 양육스타일을 권위적(authoritative), 독재적(authoritarian), 허용적(permissive), 방임적(indifferent) 유형으로 제시한다.

권위적인 부모는 자녀에게 애정을 갖고 현실적인 기준을 제시하며 자녀의 행동을 통제하는 양육 태도를 갖는다. 권위적 유형의 부모는 자녀 중심적이며 부모와 자녀 사이의 개방적 의사소통을 중시한다. 부모는 자녀의 행동에 대한 확고한 표준을 설정하고 의사 결정이나 지시에 대한 합리적인 요구를 하며 자녀의 의견에 관심을 가진다. 권위적인 부모를 둔 자녀는 독립적이며 부모를 존경하고 그들의 권위를 인정한다. 독재적인 부모는 강압적으로 자녀를 통제하고 복종을 얻어내기 위해 신체적 처벌을 가하는 가족 권력을 행사한다. 이 유형의 부모는 부모의 결정이나 규칙에 대한 자녀의 의견 개진을 도전적으로 받아들여 억압한다. 이러한 양육 태도는 자녀에게 부모에 대한 낮은 신뢰와 자신감의 결손을 가져오며 자녀의 사회적 관계에 결함을 생성하게 한다. 허용적인 부모는 자녀에 대한 애정은 많으나 그들의 행동을 거의 통제하지 않는다. 이 유형의 부모는 자녀와 정서적으로 긴밀하지만 수행의 기준을 제시하지 못한다.

허용적인 부모에게서 자란 자녀는 사회적인 관계 형성에 어려움을 느끼며 책임감이 부족할 뿐 아니라 매사에 충동적이고 공격적인 경향이 있다. 방임적인 부모는 부모 역할을 거의 수행하지 않기 때문에 일관성이 있는 훈육 또한 실시하지 않으며 자녀의 욕구에 대해 반응하지 않거나 거부적이다. 방임적인 부모에게서 자란 자녀는 대체로 낮은 자존감 때문에 적대적 성향이 높고 공격적인 경향이 있다.165)

---

164) 한국청소년개발원 편, 『청소년심리학』, 앞의 책, 351-352쪽.
165) 곽형식 외, 『인간 행동과 사회 환경』, 형설출판사, 2000, 139-140쪽.

한편 부모와 청소년 자녀는 세대 차이로 인한 그들의 욕구 차이도 현저해진다. 청소년기에는 부모의 말을 잘 들어왔던 청소년도 가족에게서 탈주하고자 하는 욕구가 생겨나기 때문에 부모와 청소년 자녀의 갈등은 고조된다. 부모의 요구는 청소년 자녀의 욕구와 동일하지 않으며 독립성을 추구하는 청소년 자녀에 대한 권위적인 양육 태도는 부모와 자녀 간 관계를 악화시키기도 한다. 청소년들은 형식적 사고가 가능한 인지의 발달로 부모의 절대적인 권위를 더 이상 인정하지 않고 부모의 의견에 대해 자신의 견해를 가지고 반박하게 된다.166)

청소년기 자녀와 부모의 상호작용 형태의 변화는 청소년 자녀의 가장 큰 당면 과제인 진로 문제에서 부모와 갈등을 내포한다. 요컨대 타자인 부모가 욕망하는 청소년 자녀의 진로는 청소년 주체의 독립성과 자율적 판단에 장애 요인일 수 있다. 가족 권력자인 부모가 청소년 주체의 삶에 대한 과도한 통제는 가족 균열을 일으키는 문제로 확대될 수 있기 때문이다. 가족 담론에서 "가족 내 변화를 선도하는 주된 힘은 가족원 간의 권력이나 욕구 충족의 불균형"167)에 기인한다. 청소년 주체는 가족 권력에서 약자일 수밖에 없기 때문에 가족 권력자인 부모의 욕망에 대한 스트레스를 느끼며 가족 갈등을 동반하게 된다. 청소년이 심리적 이유기로 이 시기에 일시적으로 부모와 멀어질 수 있다. 이 때문에 부모의 양육 방식이나 가족 환경은 청소년의 성장에 어떤 요인보다 중요하게 작용한다. 청소년소설에서 청소년기의 "가족과 부모의 관계는 청소년의 삶에 있어 매우 중요한 역할"168)을 하는 자아 정체성을 형성하는 기제이며 청소년기 이후의 독립적인 삶을 수행하는 자질을 갖추기 위한 위기와 관여를 제공하는 성장 모티프이다.

---

166) 한국청소년개발원 편, 『청소년심리학』, 앞의 책, 341-342쪽.
167) 정옥분 외, 앞의 책, 352쪽.
168) 한국청소년개발원 편, 『청소년심리학』, 앞의 책, 341쪽.

2) 청소년소설의 가족 분화 양상

근대 이전의 가족에서 청소년의 욕구는 부모의 욕구와 공존했다. 근대에 와서야 청소년기가 성인의 직무를 수행하는 단계라기보다는 전적으로 교육에 전념하고 성인이 되기 위한 준비 단계로 인식되기 시작하였다. 아리에스에 의하면 근대적 의미에서의 아동기와 청소년기가 인식되기 시작한 시기는 보편적인 공식 교육이 도입된 1800년대 중반부터이다. 가족의 역할이 가족 구성원의 정서적 필요를 충족시키는 것으로 인식된 시기 또한 청소년기가 학교 교육을 위한 기간으로 동일하게 인식된 시기와 때를 같이한다.[169]

한국 사회는 해방과 6·25 전쟁 혼란기를 거친 후 본격적으로 국가 주도의 산업화가 진행된다. 한국 사회의 사회 변동이 자본주의 산업화 및 경제 성장과 맞물려 세계적으로 유래가 없이 빠르고 복잡한 양상으로 전개되었다는 사실은 가족 이데올로기의 구조적 변화에 대한 함의를 지닌다. 한국 가족 이데올로기는 산업화를 이루는 속도만큼 가족 구조도 변화시켜 왔다.[170] 확대가족의 근간이었던 가부장제를 기반한 전통적 가족 이데올로기는 산업화에 따른 사회 구성원의 가치관과 생활양식의 변화에 따라 효율적으로 기능할 수 없어서 새로운 근대적 가족 이데올로기가 사회 전반적인 가족 가치로 기능하게 된다.

근대적 가족 이데올로기는 가족을 기능적으로 보는 관점을 반영하고 있으며 이 시기 대표적인 가족 형태는 핵가족이다. 파슨스(Parsons)는 기능주의 관점에서 핵가족의 필요성과 적합성을 강조한다. 그는 산업 사회에서 가족을 핵가족으로 규정하고, 핵가족 단위의 생활이 산업 사회의 요구를 충족시켜 준다고 보았다. 핵가족이 산업 사회에서 요구되는 직업적 이

---

169) 근대 이전에는 아동과 청소년, 성인의 역할 분화가 없었으며 기능적인 면에서 청소년들은 성인과 동등하여 가족의 생계를 위해서 많은 공헌을 했다. (데이비드 엘킨드, 이동원 외 역, 앞의 책, 15-16쪽.)
170) 신용하 외, 『21세기 한국의 가족과 공동체문화』, 지식산업사, 1996, 62쪽.

동에 적합하고, 자녀를 사회화시키며, 경쟁적이고 비인격적인 사회에서 가족 구성원들에게 정서적 안정을 제공한다는 점을 들고 있다.[171] 파슨스(Parsons)와 베일즈(Bales)는 핵가족이 제 기능을 다하기 위해서는 부부의 역할을 남편이자 아버지로서 가족의 생계를 담당하는 '도구적 역할(instrumental role)'로, 아내이자 어머니로서 자녀의 사회화 및 심리적 지원을 담당하는 '표현적 역할(expressive role)'로 구분하였다. 근대적인 가족에서 남성은 가족 부양자, 여성이 자녀 양육과 가사 노동 담당자로서의 역할 분화가 보편적인 형태로 나타난다.[172]

근대적인 가족에서 부부의 역할 분담은 가족 기능을 효과적으로 수행하는 데 필요하기 때문에 부부 상호 의존도가 높아진다. 뒤르켐(Durkheim)의 지적처럼 '유기적 연대'가 가족 내에서도 나타나고 있는 것이다.[173] 근대적 가족 이데올로기가 반영된 핵가족은 자녀가 가족의 중심이 되며, 부모에게는 자녀의 욕구를 충족시켜 주기 위한 도구적 역할이 우선시[174]된다. 전통적 가족 형태인 확대가족에서 가족 연대로 이루어지던 자녀의 양육과 가정교육이 핵가족에서 부부 역할로 한정되기에 부부의 유기적 연대는 부양자로서 역할이 강조된다. 핵가족에서 가족을 유지하고 자녀를 올바르게 성장시키기 위해 결손가족을 만들지 않으려는 이유에서 부부의 '유기적 연대'가 가족의 도구적 기능으로 강조된 것이다.

한국 사회의 급속한 산업화와 경제 성장은 부부의 유기적 연대에 기반을 둔 한국적인 도구적 가족주의가 국가 경제 및 기업의 성장 동력으로 경제 발전을 뒷받침한 결과이다. 한국 사회는 경제 위기가 발생한 1990년대 이후 '가족의 보금자리 지키기'라는 아버지의 가족 부양자로서의 역할과 자녀에 대한 헌신적인 모성에 기반을 둔 부부의 도구적 역할이 불안정

---

171) 조정문 외, 앞의 책, 75쪽.
172) 정옥분 외, 앞의 책, 43쪽.
173) 조정문 외, 앞의 책, 76쪽.
174) 정옥분 외, 앞의 책, 43쪽.

해지자 정상가족 이데올로기를 전제한 근대적 가족은 해체 위기를 겪게 된다. 가족의 형태가 탈근대화되면서 나타난 특징을 쇼터(Shorter)는 세 가 지로 구분하여 첫째, 부모의 자녀 양육자로서의 역할 상실, 둘째, 부부 관 계의 불안정성, 셋째, 둥지로서 가정의 해체를 들고 있다.175) 이러한 탈근 대 사회에서 핵가족 형태의 정상가족 이데올로기는 해체하기에 이르며, 특히 가족의 중심점인 부부 관계의 불안정성은 부모의 자녀 양육자로서 역할을 상실하게 하며 가족의 해체를 가져오는 요인이 된다.

현대 사회는 가족의 역할과 기능에 새로운 선택과 의미 부여를 요구한 다. 유엔이 1994년을 '세계 가족의 해'로 정한 이후 사회적으로 가족의 다 양성 담론은 더욱 확대된다. 현대 사회에서 가족 담론은 "가족을 하나의 고정된 사물이나 실체로 보는 것에서 탈피하여 사람들의 실제적인 삶 안 에서 끊임없이 구성되고 변모되는 것으로 보는 관점에 의해 재인식"176)된 다. 가족은 가족 구성원인 개인의 영역인 동시에 공동체로서 가족 이데올 로기가 강조된다. 가족 이데올로기는 "가족은 어떠어떠해야 한다는 가치를 기반으로 모든 사람들은 가족 속에서 살아야 한다"177)고 믿는 정상가족 이데올로기를 전제한다. 정상가족은 근대 핵가족의 전형적 형태로 '부부와 그 자녀로 이루어진' 가족을 말한다. 이러한 정상가족 이데올로기는 가족 구성원에 따라 정상가족과 비정상가족 또는 결손가족으로 이원화한다.

한국 사회에서 위기가족이란 '정상가족'이라는 견고한 이데올로기에서 이탈하여 가족의 결손 상황이 발생한 가족을 지칭한다. 자본주의 사회에 서 가족은 인간에게 최초의 계층적 지위를 부여하며, 사회적 불평등 구조 를 생산한다. 한국의 경제 성장은 '가족주의'와 결합하면서 계층 간의 차 이와 위화감을 증폭시켜왔다.178) 1990년대 경제 위기는 가장의 경제력 상

---

175) 정옥분 외, 위의 책, 45쪽 재인용.
176) 문소정, 「한국 가족 다양화 담론의 다양성에 대한 비판적 고찰」, 『아시아여성연구』 47 권 2호, 숙명여대아시아여성연구소, 2008, 77쪽 재인용.
177) 권명아, 『가족 이야기는 어떻게 만들어지는가』, 책세상, 2000, 15쪽.

실에 따른 가족공동체의 결속력을 약화시키며 가족해체 위기를 초래한다.

대량 실업 사회로 전락하면서 위기가족은 가장의 경제력 상실로 부부의 역할 전도에 따른 권력 관계의 변화를 경험하고, 가족공동체로서 연대를 상실하며 가정 폭력, 이혼, 별거 등 가족 결속력을 약화시키는 가족 문제를 노출한다. 이후 한국 사회의 가족해체와 균열의 심각성은 역으로 '건강가정' 담론을 생산한다. 건강가정 담론에서 '가족해체'는 특정한 가족 유형에서 벗어난 온전함이 깨어진, 불완전한, 문제적인, 기능적 결함이 있는 가족을 법조항으로 명시된다. 한편에선 건강가정 담론이 가족에 대한 다양성을 배제한 신(新)정상가족 이데올로기라는 비판도 제기된다.179) 이후 '가족해체'라는 말은 정상가족 이데올로기에 벗어난 위기의 가족들을 공식적으로 개념화하는 언표로 자리한다. 가족해체는 넓게 보아 통합, 충성심, 합의, 가족 단위의 정상적인 기능의 붕괴 등 가족 결속의 파괴를 의미하고, 좁게는 별거, 이혼, 유기, 사망 등으로 혼인 관계가 파괴되거나 또는 부부 가운데 한 사람의 장기간 부재로 결손가정이 되어 가족이 구조적으로 불안정한 상태를 말한다.180)

1990년대 후반 이후 문학 장(場)에 등장한 청소년소설은 2000년대에 들어서 정상가족의 해체와 균열이 나타나는 '위기가족' 담론을 현실 반영적 측면에서 청소년의 성장 모티프로 활용한다. 청소년소설에서 가족 분화에 따른 가족의 위기는 다양한 층위를 드러내며 청소년들의 성장에 다면적 영향을 미치기 때문이다. 청소년소설에서 위기가족은 가족이라는 테두리 안에서 가족 기능이 유지되고 있지만 가장의 경제력 상실이나 도덕적 가치를 훼손시키는 가족이기주의로 인한 가족 균열의 지점이 발생한다. 이

---

178) 이재경, 『가족의 이름으로 – 한국 근대 가족과 페미니즘』, 또하나의문화. 2003, 29쪽.
179) 건강가정은 "가족 구성원의 욕구가 충족되고 인간다운 삶이 보장되는 가정"으로 정의된다. (이재경, 「한국 가족은 '위기'인가? '건강가족' 담론에 대한 비판」, 『한국여성학』 20권 1호, 한국여성학회, 2004, 233-237쪽.)
180) 표갑수, 『아동청소년복지론』, 나남출판, 2000, 93쪽.

러한 양상은 『불량가족 레시피』, 『스프링벅』, 『내 청춘, 시속 370km』 등
에서 나타난다.

탈근대 사회는 '합리성과 자유'라는 근대성의 가치와 신념에 비판적이
다. 포스트모던적인 관점은 다양한 사회 영역의 논점에 적용되었다. 푸코
는 인간 주체가 보편적으로 변하지 않는 고정적인 것이 아니라 문화적으
로 생산되는 것이라 주장한다.[181] 포스트모던한 탈근대 사회의 불안정성
은 가족의 구조를 다양화시킨다. 과거에도 가족은 다양한 모습으로 존재
해 왔으나 사회적·경제적·문화적인 이유로 인해 가족 구성원들은 대안
적인 생활양식을 선택하기에 제약이 많았다. 그러나 현대 사회에서 가족
구조는 확대가족이나 핵가족이 이상적인 가족 형태가 아니며 가족의 안
정성만을 중요시하던 전근대적 생활방식과는 달리 개인의 가치관에 따라
행복을 추구하는 다양한 결혼 형태에 따른 가족 유형이 나타난다.[182] 보
편적인 '정상가족' 이데올로기가 해체되는 것을 의미한다.

현대 사회에서 가족해체가 이루어지는 위기가족 중 일부는 부부가 재
혼하는 재혼가족[183]이고, 다른 한편으로 부모 중 한 명이 자녀를 키우는
'한부모가족'이다. 한부모가족은 부모 중 한쪽의 사망, 이혼, 유기, 별거
및 미혼모(미혼부)로 인하여 한쪽 부모가 없거나 법적으로 또는 현실적으
로 한쪽 부모 역할을 할 수 없는 편부, 혹은 편모와 그 자녀로 이루어진
가족을 의미한다.[184] 전통 사회에서도 '한부모가족'은 존재했지만 확대가

---

181) 데이비드 엘킨드, 이동원 외 옮김, 앞의 책, 29쪽.
182) 유영주 외, 앞의 책, 445쪽.
183) 통계청자료(2009)에 따르면 1990년대 조이혼률은 1.1%에 불과했으나, 2000년대에는
2.5%, 2009년에는 4.5%를 기록하였으며 이혼의 증가에 따라 지속적인 증가 추세를 보
이고 있는 가족의 형태 중의 하나가 재혼가족이다. 전체 결혼 가운데 1/4이 재혼이고,
평균 재혼 연령은 남녀 모두 40대로 중년기 재혼이 늘고 있다. (김효순 외, 「청소년자
녀가 있는 재혼가족의 새부모 역할 경험에 관한 연구」, 『가족과문화』, 23권 1호, 한국
가족학회, 2011, 138쪽.)
184) 과거에는 '한부모가족'이 '편부모가족'으로 불리어졌으나, 편부모가족이라는 용어가 가
지는 불완전한 가족, 결손의 이미지를 갖고 있어 최근에는 '한'이라는 의미에 그 가치

족이 지배적이었기 때문에 친족들의 보호와 부양으로 한부모가족은 생활의 큰 어려움은 피할 수 있었다. 하지만 산업화 사회 이후 부부(夫婦) 중심의 핵가족이 보편화되면서 친족의 역할은 축소되었기에 가족이 위기 상황에 처하게 되면 가족이 해체될 가능성이 높아져서[185] 한부모가족의 발생 요인이 커진다.

1990년대 이후 부부의 이혼율이 높아지고, 미혼모의 수도 늘어나면서 한부모가족 유형이 증가하고 있다. 21세기 한국 사회는 끊임없이 변화하고 있으며 가족의 구조 또한 그러한 변화의 대세를 따르는 추세이다. 개인이 추구하는 가족에 대한 가치도 변화하고 있으며 여성의 사회적 지위가 상승하면서 자신의 선택에 대한 책임을 질 수 있는 신념으로 등장한 가족이 미혼모가족과 이혼을 선택한 어머니중심 '한부모가족'이다.

한부모가족은 1990년대 초에는 주로 사별에 의한 한부모가족 구성이 더 높은 반면 2000년대 이후부터는 이혼이나 미혼모로 인한 한부모가족이 증가하는 추세이다.[186] 특히 어머니가 자녀를 키우는 '한부모가족' 유형이 더 높은 비율의 구성을 보인다.[187] 모성 이데올로기를 강조하는 어머니 중심 한부모가족이 다수의 가족 유형으로 등장하는데, 여성이라는 젠더적 측면보다는 자녀를 위해 희생하는 모성 이데올로기 담론에서 자유롭지 못한 어머니의 역할이 부각되고 있다.

를 두고 한쪽 부모, 크고 온전한 부모라는 뜻의 '한부모가족'이라는 용어를 보편적으로 사용한다. (유영주 외, 앞의 책, 446쪽.)

185) 최경석 외, 『한국 가족복지의 이해』, 인간과복지, 2001, 394-395쪽.

186) 배진서, 「한부모가족의 자녀 부적응이 자아 존중감에 미치는 영향에 관한 연구」, 『사회복지지원학회지』 8권 1호, 한국사회복지지원학회, 2013, 192쪽.

187) 한부모가족은 통계청 2012년 기준으로 약 1,677천 가구로 전체 가구 중 9.3%의 비율을 차지한다. 지난 1995년 960천 가구에서 2012년 1,677가구로 약 1.7배가량 증가한 수치이다. 전체 한부모가족(2012 기준) 중 모자가족의 비율은 77.8%이고 부자가족은 22.2%로 나타난다. (김소라, 「한부모가족의 유형이 청소년 자녀의 우울, 자아존중감, 학교 적응에 미치는 영향 : 의사소통의 매개 효과를 중심으로」, 고려대학교 석사학위 논문, 2014, 8쪽.)

'한부모가족'은 형성 요인에 따라 각기 다른 양상을 보이고 있지만 공통된 문제는 자녀 양육, 가사 노동 및 취업 활동 등을 혼자서 수행하고 책임지는 것에 따른 역할 과중에 시달린다는 점이 지배적이다. 근대 핵가족에서 어머니로서 자녀 양육과 자녀의 정서적 지원을 담당했던 역할이 2000년 이후 청소년소설에 나타난 어머니 중심 한부모가족 유형에서 더욱 심화된 모성 역할을 요구하고 있는 것이다. 특히 모자 중심 '한부모가족'은 경제적 자립과 자녀 양육이 가장 큰 당면 문제로 다가온다. 한부모가족의 경제적 문제는 가족 구성원들의 정서적·사회적 측면에서 가족 관계에 영향을 미친다. 또한 한부모가족은 부성 또는 모성의 상실로 인해 바람직한 성 정체감 형성 및 자녀의 성장 발달 영역 일부에서 양육에 어려움을 갖는다.[188] '한부모가족'의 자녀들 역시 부나 모의 부재에 따른 상실감과 부모의 역할 분담 등에 따른 가족 환경의 변화에 대처해야 하기 때문에 정체성 혼란을 겪게 된다.[189] 청소년소설에서 한부모가족은 미혼모가족, 사별가족, 이혼가족의 형태로 분화되어 자녀 양육의 책임과 경제적 문제를 떠맡는 모성 이데올로기에 대응하는 다양한 삶의 방식을 보여주는 어머니 역할을 강조하는 면모가 『하이킹 걸즈』, 『내 이름은 망고』, 『나』 등에서 나타난다.

후기 산업 사회에 접어들어 사회 문화적 환경이 급격하게 변화하고 개인의 다원화된 가치 추구로 말미암아 결혼 만족도가 낮아지거나 이혼이 증가하면서 가족의 의미가 새롭게 재편성되고 있다. 이에 따른 비혈연 가족 관계가 형성되는 재혼가족은 가족의 재구성이라는 측면에서 긍정적일 수 있지만 초혼가족보다 안정성이 취약해 재혼 해체에 따른 가족 전이를 다시 겪을 위험성[190]을 내포한다.

---

188) 한국가족문화원 편, 앞의 책, 202쪽.
189) 설연욱, 「한부모가족 청소년들의 문화예술 활동 참여 경험을 통한 자아 정체성 형성에 관한 연구」, 부산대학교 박사학위논문, 2013, 4쪽.
190) 김효순 외, 「청소년 자녀가 있는 재혼가족의 새부모 역할 경험에 관한 연구」, 앞의 글, 138쪽.

재혼가족의 안정성이 낮은 이유는 첫째, 재혼은 그 자체로서 긴장과 갈등을 동반하는 제도로 특히 의붓자녀와의 갈등관계를 야기한다. 둘째, 재혼자들의 낮은 사회·경제적 지위나 원만하지 못한 성격을 들 수 있다. 셋째, 재혼자의 과거 이혼 경험 때문에 재혼 생활 중 발생하는 문제를 인내나 대화로 해결하기보다는 또 다시 이혼을 택할 가능성이 높기 때문이다.191) 또한 재혼가족에 대한 부정적 고정관념이나 재혼가족 신화가 가족 역기능을 초래하기도 한다.192)

재혼가족은 부모가 전혼(前婚) 자녀들을 모두 데리고 재혼하는 복합 재혼과 자녀 없이 하는 단순 재혼 여부에 따라 청소년 자녀의 심리적·사회적 적응 수준이 달라진다.193) 특히 복합 재혼가족은 새로운 부모와 의붓자녀들 사이의 관계를 안정적으로 유지해 나가야 하는 어려움에 직면하기도 한다.194) 복합 재혼가족 구성원은 "새로운 가족 구성원이 들어오거나 생김으로 일어나는 가족생활이 복잡해지면서 갈등을 초래하는 일상적인 가족생활에 대한 적응이 필요"195)하기 때문이다. 복합 재혼가족의 경우 결혼 만족도가 단순 재혼가족보다 낮은 이유는 재혼 가족원이 이중 역할에 직면하면서 가족 구성원 간 상호작용 양상이 복잡하고 갈등이 발생할 기회가 증가하기 때문이다. 특히 재혼가족 자녀가 청소년기인 경우 부모와 자녀 관계가 소원해짐에 따라 재혼 만족도가 감소한다.196)

---

191) 조정문 외, 앞의 책, 299쪽.
192) 재혼가족 신화는 재혼가족과 관련된 다양한 비현실적 기대나 신념이다. (임춘희, 「재혼가족 청소년의 친부모 관계와 새부모 관계에 대한 연구－재혼가족에 대한 고정관념과 재혼가족 신화와의 관계를 중심으로」, 『인간발달연구』 13권 3호, 한국인간발달학회, 2006, 85쪽.)
193) 김효순 외, 「재혼가족 청소년 자녀의 심리적 적응 및 사회적 적응에 영향을 미치는 요인에 관한 연구」, 『청소년학연구』 17권 4호, 한국청소년학회, 2010, 74쪽.
194) 김효순 외, 「청소년 자녀가 있는 재혼가족의 새부모 역할 경험에 관한 연구」, 앞의 글, 138쪽.
195) 한국가족문화원 편, 앞의 책, 406쪽.
196) 김효순 외, 「청소년 자녀가 있는 재혼부부의 결혼만족도에 영향을 미치는 요인에 관한 연구」, 『한국가족복지학』 21호, 한국가족사회복지학회, 2007, 6쪽.

재혼가족에서는 가족의 유대를 강조하는 가족주의가 퇴색하고 가족의 정서적 관계성이 약화되는 경향이 나타난다. 이 때문에 문제적 재혼가족은 때로는 가족이 파편화된 양상을 보이기도 한다. 청소년소설에서 이러한 파편화된 가족은 주요 모티프로 기능한다. 특히 전통적 가족에서 가부장의 권위를 갖고 있던 아버지가 재혼 이후 경제력을 상실하거나 비윤리적 행위로 인해 가장의 권위를 세우지 못하고 청소년 자녀에게 불신을 안겨주는 모습으로 나타난다. 청소년소설에서 아버지의 재혼이라는 공통점에다가 재혼가족의 문제가 첨예하게 드러난 작품은 『밥이 끓는 시간』, 『위저드 베이커리』, 『나는 아버지의 친척』 등이다.197) 최근 급증한 "재혼가족을 문제 가족으로 보는 관점은 지양되고 있으나 초혼가족과 달리 복잡한 가족 관계가 제대로 기능하기 위해서는"198) 가족 구성원 간의 유대와 공감이라는 적응 능력이 더욱 절실히 요구된다. 청소년소설에서 부모의 선택에 의해 재혼가족을 이루었지만 가족을 진정으로 이해하고 함께 살아간다는 일은 언제나 갈등의 소지를 담을 수밖에 없다는 점과 이러한 과정에서 청소년 주체가 '가족의 진정한 의미 찾기'를 시도하는 행위에 가치를 둔 성장 담론을 보여주고 있다.

한국 사회에서 "20세기 중반 이후 서구의 가족 구조와 생활에서 나타나는 개인주의화, 다원화, 탈제도화, 관계의 중요성 같은 현상"199)들이 탈근대 가족 담론의 중요 개념으로 등장한다. 가족이란 개인의 정서적 요구와 사회의 안정적 요구가 충돌하지 않는 상황에서 자유롭고 평등한 인간관계를 실현해나가며 생활 속에서 '관계성'이라는 인간의 욕구를 충족시

197) 2000년대 이후 청소년소설에서 재혼가족은 아버지의 재혼이 다수이고, 대부분의 어머니들은 재혼하지 않고 '한부모가족'을 이루는 가족 유형이 나타난다. 어머니의 재혼으로 이루어진 작품은 『어느 날 내가 죽었습니다』(이경혜, 바람의 아이들, 2004) 아버지 중심 한부모가족은 『나의 그녀』(이경화, 바람의아이들, 2004)에서 확인할 수 있다.
198) 정현숙 외, 『가족관계』, 신정, 2001, 536-537쪽.
199) 서수경, 「'포스트모던 가족' 담론과 한국 가족의 변화」, 『대한가정학회지』 4권 5호, 대한가정학회, 2002, 107쪽.

킬 수 있는 장(場)을 지향하는 것200)이라는 관점으로 변화한 것이다.

가족의 복합성을 인정하는 탈근대 가족 이데올로기는 가족을 형성하는 관계 방식에 더 큰 의미를 부여한다. 청소년소설에서 탈근대 가족의 구성원 간 상호 작용을 맺는 내적 경계는 "가족을 둘러싼 문화적 이상과 가족 생활을 구성하는 사회적 현실"201) 속에서 정상가족 이데올로기를 극복하며 청소년의 자아 정체성 형성에 가족이 어떠한 역할을 하는지가 중심 담론으로 나타난다. 가족이 민족이나 혈연, 부부와 자녀로 구성된 '정상가족' 신화에서 벗어나 '정서적인 관계를 중시'하는 포괄적인 '신(新)가족'의 형태로 확장된 것이다. 이처럼 탈근대 가족 이데올로기가 정서적 관계 중심으로 전환되면서 혈연 중심의 심리적 규범이 약화되었는데 청소년소설의 경우 '다문화가족', '공개 입양가족', '비혈연 관계의 조손(祖孫)가족' 유형이 주요 모티프로 제시된다. 대상 작품은 『완득이』, 『나는 할머니와 산다』, 『환절기』이다.

청소년소설에서 가족이 분화된 어떤 가족의 유형에서도 청소년이 건강한 자아 정체성을 형성하는 성장 담론을 보여 주기 위한, '보다 나은 삶을 방식'202)을 구현하는 가족의 중요성을 강조하고 있다. 청소년소설의 가족 분화는 가족해체 위기가족, 아버지 부재의 한부모가족, 문제적 재혼가족, 가족공동체가 확장되는 신(新)가족 유형에서 정상가족 이데올로기를 해체하며 정상가족의 범주에 속하지 않는 가족 유형을 강조함으로써 비정상가족 혹은 결손가족에 대한 문제적 시각을 재인식할 수 있는 사회적 담론의 장(場)을 마련하고 있다. 본고에서는 청소년소설에서 가족 유형별 가족의 위기와 문제를 극복해가는 청소년 주체의 자아 정체성 형성 과정을 작품 분석을 통해 확인하고자 한다.

---

200) 한국가족문화원 편, 앞의 책, 83쪽.
201) 이동원 외, 앞의 책, 14쪽.
202) 한국가족문화원 편, 앞의 책, 83쪽.

Ⅲ. 가족의 해체 위기와 균열의 극복

1. 탈가족화와 가족이기주의

1) 가장의 무능력과 폭력에 의한 탈가족화

한국 사회는 산업 자본주의가 급성장하던 1970년대 이후부터 중산층을 중심으로 서구의 근대 핵가족 모델이 수용되었지만, 혈연 중심주의와 가족 부양 의식이 강한 확대가족의 성격을 지닌 부계 직계가족의 형태를 유지시켜왔다.[203] 한국 가족은 전통적으로 가부장적 가족 질서가 중심이 되는 가족의 가치가 가족생활에 전반적으로 영향[204]을 미쳤다. 한국 사회에서 가족의 구조적 변화는 "가부장제에 근거하고 있는 부계가족 질서의 혼란과 핵가족의 가족 규범 해체로 인해 개인의 선택에 의미 부여를 하는 가족 관계"[205]를 중심으로 이루어진다.

위기가족 담론은 근대적 가족 제도를 지탱했던 핵가족의 전형적인 유형인 정상가족 즉 '부부와 그 자녀로 이루어진' 가족 질서가 무너지면서 등장한다. 한국 사회에서 IMF 경제 위기부터 가속화된 위기가족 담론은 '정상가족 이데올로기' 해체를 반영하고 있다. 경제 위기 이후 1990년대 말은 가족 변화 양상이 급격히 나타난 시기이면서 남성의 위기 담론이 부각된 때이다.[206] 한국 가족의 가부장성의 변화는 아버지로 상징되는 가장

---

203) 이영자, 「가부장제 가족의 자본주의적 재구성」, 『현상과인식』 32권 3호, 한국인문사회 과학회, 2007, 81쪽.
204) 백진아, 「한국의 가족 변화 가부장성의 지속과 변동」, 『현상과인식』 33권 1-2호, 한국 인문사회과학회, 2009, 5쪽.
205) 위의 글, 222쪽.
206) 장은영, 앞의 글, 94쪽.

의 지위 약화로 여실히 드러난다. 이러한 면모는 청소년소설에서도 구현된다.

『불량가족 레시피』는 삼대의 가족사를 통해 '위기가족' 담론의 총체성을 보여주고 있다. 전통적인 가부장제 가족의 중심이 되었던 아버지들의 몰락이 가족해체의 배경이 되는 것이다. 가장의 무능과 폭력은 '부권'의 부재를 뜻하며 가장의 경제력 상실은 가부장의 몰락과 동일시된다. 경제위기 이후 근대적 가족 제도를 지탱했던 가부장적 질서인 남성 중심주의적 가치가 해체된 것이다.

『불량가족 레시피』에서 작가는 '불량가족'이라는 단어를 제목에 드러내며 정상가족에서 벗어나 있는 가족 유형을 배치한다. 주인공 여울의 가족은 할머니까지 함께 사는 확대가족이지만 친밀성은 낮아서 "그저 적당한 거리를 두며"(15)[207] 필요할 때만 가족 구성원의 역할을 해낸다. 이 가족은 혈연을 기반으로 한 가족이지만 정상적인 가족 관계를 유지하는 사람은 아무도 없다. 팔순을 넘긴 나이에도 가족들 뒤치다꺼리를 해야 하는 할머니, 각기 다른 엄마를 둔 세 남매, 기러기가족인 뇌경색에 걸린 삼촌까지 삼대가 모여 산다.

일본 유학까지 한 할머니는 할아버지의 겉모습에 속아 결혼했지만 두 번째 부인이 되고 만 것이다. 가족 가치가 중시되던 가부장제 사회에서 이혼은 사회적으로 용인되지 않아, 부부 관계에 문제가 있는 경우라도 결혼 관계를 청산하기는 쉽지 않았다.[208] 할머니는 사기 결혼을 당했지만 이혼하지 않고 자식들을 책임지는 삶을 선택했다. 전통적 가족 가치관을 가진 할머니는 가장의 역할을 하지 못하고 집 나간 할아버지를 대신해 자식들을 지킨 반면에, 아버지의 여자들은 할머니에게 "독사같은 년들"(35)

---

207) 이후 본문에서 작품의 전체 인용은 작품명과 페이지를 표기함. 본문 내 인용은 작품의 페이지만 표기함.
208) 백진아, 앞의 글, 207쪽.

이라고 호명당할 정도로 그들이 낳은 자식들을 책임지지 않는다. 할머니의 며느리들은 할머니가 살아온 삶과는 다른 선택을 한 것이다. 할머니는 문제적인 며느리들을 대신해 손주들을 양육하는 임무에 소홀하지는 않지만 집안 살림에서 벗어나 편안한 양로원에 들어가 여생을 보내고 싶어한다.

『불량가족 레시피』에서 세 남매의 엄마는 '우울증, 사기, 나이트클럽 댄서에 혼외 처'라는 각각의 삶의 문제도 버거워 엄마로서 역할을 포기한 모습을 보인다. 삼촌은 명문대를 나온 투자 자문가였지만 거듭된 투자 실패에 따른 재산 가압류를 피하기 위해 재산을 아내에게 이전한 뒤 '위장 이혼'을 선택해 아내와 아이들을 미국으로 떠나보낸 기러기가족이 되지만 미국에서 재혼해버린 아내 때문에 영영 가족과 이별하고 만 것이다. 게다가 뇌경색이라는 병까지 앓고 형 집에 얹혀사는 신세이다. 이들은 가족 간의 친밀성보다는 "돈으로 뭉치고 돈으로 흩어지는 위태로운 가족"(16)이다. '불량가족'의 아버지들은 경제력을 갖추지 못해 가장의 권위를 갖지 못한다.

> 노인이라고 얕봤다가는 큰코다칠 정도로 꼬장꼬장한 슈퍼 할매가 우리 집에 버티고 있다. (중략) 이미 쉬어 버린 밥처럼 아무도 거들떠보지 않을 것 같은 쉰넷의 아빠, 그는 채권 추심 하청 일을 사업으로 하고 있다. 그리고 우리 집 근심덩어리라고 불리는, 엄마가 다른 이복 남매들, 나보다 네 살 위인 전문대에 다니는 오빠가 있다. 오빠는 다발성경화증이라는 고질병 때문에 늘 기저귀를 찬다. 그다음, 나만 보면 신기하게도 거침없이 욕을 쏟아 내는 저주받은 입을 가진 언니가 있다. (중략) 마지막으로 평생 주식만 하다 결국 뇌가 고장 나 버린 뇌경색 삼촌이 있다. (『불량가족 레시피』, 9-10쪽)

가장인 아버지는 엄마가 각기 다른 세 자녀의 주양육자이지만 인건비를 줄이기 위해 자신의 사업 관련 일을 도울 것을 자식들에게 강요한다.

아버지는 자녀의 진로 문제와 고민에 공감하기보다는 가족 권력자로서 폭력을 휘두르며 무능력한 가장의 모습을 드러낸다. 가족 구성원은 자신의 욕구가 채워지지 않고 폭력을 당하자 결국 각자의 삶을 찾아 집을 떠나간다. 주인공의 이복 언니는 미술 공부를 하고 싶은 욕구를 거부당하고 가족을 위한 희생만 강조하는 무능력한 아버지가 가장의 권위를 내세워 폭력까지 휘두르자 가출하고 만다. 뿐만 아니라 아버지가 경제적 성취가 어려운 자신의 입장만 내세우며 가족들에게 상처 주는 말과 폭력을 일삼자 신체적으로 온전하지 못한 삼촌과 '다발성경화증'을 앓고 있는 오빠마저 집을 나가고 만다.

가족 구성원은 경제적으로 독립하지 못할 때 가장인 아버지에게 의존했지만 그가 경제력을 상실하고 폭력을 행사하자 가장의 권위를 인정하지 않고 탈가족화라는 개별화 과정을 거쳐 독립적인 주체로 서고자 한다. 다들 제 각자의 삶의 몫을 감당해내고자 아버지로부터 독립선언을 한 것이다.

> 언니는 그동안 아빠에게 정말 화가 많이 나 있었던 모양이다. 하기야 수험생인데도 종일 컴퓨터 작업만 시키는 아빠에게 화날 만도 하다. (중략) 언니는 그대로 서서 아빠의 손찌검을 다 받아냈다. (중략) "저런 인간이 아빠라는 거 진짜 쪽팔려. 이 집구석도 쪽팔리고 여기가 무슨 삼류 인생 집합소도 아니고, 난 이 집에서 나갈거야" (『불량가족 레시피』, 93-95쪽)

> "그래요 사라질게요! 그럼 되잖아요. 아버지가 내 맘 한 번 알아준 적 있었어요? 따뜻한 위로 한번 했냐고요? 내 나이에 기저귀 차고 다니는 심정 알기나 해요? (중략) 병원비 축낼까 봐 겁내는 거 다 알아요. 이런 집구석에 있다가는 내 병만 키울 게 뻔해요. 이제 정말 지긋지긋하다고요!" (『불량가족 레시피』, 126쪽)

> "내 더러워서 이 집 밥 안 먹는다. 안 먹어! 내가 잘나갈 때는 같이 못 살아 안달이더니 이제 내 꼴이 이러니까 밥이나 축내는 것 같아 속이 쓰린가

본데, 내 두 번 다시 이 집에 나타나면 당신들 손주새끼요!" (『불량가족 레
시피』, 125쪽)

아버지는 가장의 권위를 폭력으로 세우려하지만 가족 구성원의 정서적
결핍감도 채워주지 못하고 경제력까지 상실하게 되자 가장으로서 역할을
상실하고 만다. '불량가족'은 "경제적 어려움에 처하면 기존에 내재해 있
던 문제가 표출"[209]되는 전형적인 가족 상인 것이다. 가장으로서 아버지
는 "경제 부양자로서의 능력과 아버지로서의 역할 수행에 대한 기대가 가
족을 유지하는 안정성의 기반"[210]이 되지만 가장 역할의 상실은 곧 가족
권력의 상실을 의미하게 된다. 결국 아버지는 생활비를 마련하기 어렵게
되자 "채권 추심 정보를 다른 거래처에 유출"(186)시켜 구속되고 가장으로
서 가족을 책임지지 못하는 상태에 이른다. 자본주의 체제에서 "경제력이
가족 질서의 헤게모니와 남성성을 재구축하는 기본 원리로 작용"[211]한다
는 점을 이 작품에서도 확인할 수 있다.

현대 사회에서 "가족의 개인화가 두드러지는 현상은 근대 가족의 탈제
도화와 함께 가족의 규범보다 개인의 자율성을 더 중시하는 다양한 '탈가
족적 가족'"[212]의 형태를 제시하고 있다. 가장의 구속에서 벗어난 개인주
의적 가족은 가부장제 가족의 위계질서나 혈연 공동체와 상충[213]되는 지
점에서 가부장제를 약화시킨다.

『불량가족 레시피』에서 무능력한 아버지는 결국 가족을 책임지지도 못
하고 폭력까지 사용하면서 가족해체의 원인을 제공한다. 가족해체는 "사회
적 문제이고 많은 청소년이 해체된 가족 속에서 갈등"[214]하며 성장한다.

---

209) 조혜자 외, 「사회경제적 변화가 가족에게 미치는 영향」, 『한국심리학회지여성』 3권 1
     호, 한국심리학회, 1998, 6쪽.
210) 위의 글, 2쪽.
211) 장은영, 앞의 글, 89쪽.
212) 이영자, 앞의 글, 78쪽.
213) 위의 글, 79-80쪽.

2) 학벌주의와 가족이기주의

한국 사회는 1988년 올림픽 이후 국민의 절반 이상이 중산층임을 자처하고 그에 알맞은 계급적 가치를 실현해 나가고자 했다.215) 이 시기 이후 한국의 중산층 부모들은 자녀의 명문대 진학이 가족의 성공이라는 '가족이기주의'적 발상 때문에 수단과 방법을 가리지 않고 자녀의 교육적 성취에 강한 열망을 드러낸다. 부모의 과도한 기대는 교육 현장에서 청소년들에게 '입시 지옥'이라는 현실로 다가온다. 한국 사회에서 학벌은 "대학 입학 이후 취업 기회나 인맥 형성 때문에 앞으로 살게 될 삶의 질에 중요한 영향"216)을 미치는 요소로 작동한다. 현대 사회에서 "학력은 지위 획득을 위한 합법적 사다리로 인정받"217)기 때문이다.

『스프링벅』은 한국 사회의 학벌주의와 가족이기주의, 그리고 여기에서 배태된 가족의 심리적 결손이 어떻게 가족 균열로 이어지는지 여실하게 보여준다. 『스프링벅』은 가족과 소통하지 못하는 권위적인 아버지, 자식에게 과도한 성적 압박감을 주며 입시 부정을 강요한 어머니 그리고 이 때문에 자살한 형을 둔 동생이 가족의 위기를 해결해 나가는 작품이다. 경제적으로 부유하며 '정상가족 이데올로기' 구현에도 충실한 가족이지만 이기적인 부모와 이에 저항하지 못하는 자식 간의 가족 권력관계를 문제 삼고 있으며, 이 가운데에서 성장해가는 청소년 주체의 삶을 다루고 있다.

청소년들에게 대학 입시는 그들만의 과업이 아니라 자녀의 뒷바라지를 해야 하는 부모 입장에서도 당면 과제이기도 하다. 자녀의 성공을 열망하는 부모의 욕망은 '수재는 만들면 된다'는 식의 사교육이 성행하고 입시 결과는 가족의 사회 경제적 수준과 비례하는 현상으로 나타난다.218) 자녀

---

214) 김혜정, 앞의 글, 88쪽.
215) 김은정, 「한국 청소년영화에 나타난 청소년문화 연구」, 『청소년문화포럼』 40권, 한국 청소년문화연구소, 2014, 46쪽.
216) 위의 글, 46쪽.
217) 김신일, 『교육사회학』, 교육과학사, 1993, 191쪽.

의 사회적 지위 획득은 가족 전체의 지위 향상을 뜻하기에 투자라는 의미의 자녀 교육관이 탄생한다.[219)

이처럼 자녀를 일류 대학에 진학시키기 위한 부모의 과도한 입시 열망은 학벌을 보장받기 위한 가족이기주의의 전형적인 행태로 볼 수 있다. 학력 위주의 사회에서 살아남기 위해서는 남이야 어떻게 되든 내 자식이 일류 대학에 진입해야 한다는 부모의 강박관념은 빗나간 가족이기주의를 생성한다.[220) 이러한 가족이기주의는 한국 사회에서 "전통적으로 강조되던 집단주의가 서구의 개인주의와 결합되면서 우리 가족의 이익만을 생각하는 극단적 형태"[221)로 변모한 것이다. 다시 말해 가족의 이익을 위해서라면 "타인이나 다른 가족은 배제해버리는 배타주의적 속성"[222)의 일면인 것이다.

한국에서 경제적 도구 주체인 남성 중심의 가부장제에서 소외당한 여성이 경제력을 갖추지 못하고 가정 안에 머물렀을 때 자녀의 학업 성취와 진로에 집착하게 된다. 특히 "자녀가 어느 대학에 진학하는가는 어머니의 능력과 직결되면서 그 책임이 더욱 가중"[223) 된다. 여성이 "가족 안에서 정체감을 잃어버리고 남편과 자식을 성공시키는 것이 곧 자신의 성공이라고 인식"[224)하기 때문이다. 그렇지만 청소년에게 부모의 학업에 대한 과도한 기대와 타자와의 비교는 오히려 학업을 방해하는 요인으로 작용한다.[225)

---

218) 조성숙, 『어머니라는 이데올로기』, 한울, 2002, 175쪽.
219) 위의 책, 179쪽.
220) 위의 책, 176쪽.
221) 신수진, 「한국 사회변동과 가족주의 전통」, 『한국가족관계학회』 4권 1호, 한국가족관계학회, 1999, 20쪽.
222) 위의 글.
223) 조성숙, 앞의 책, 178쪽.
224) 공미혜, 「가족이기주의에 대한 여성학적 비판」, 『사회학대회발표요약집』 1호, 한국사회학회, 1992, 3쪽.
225) 한국청소년상담원 사례에서도 부모의 과도한 기대는 오히려 청소년 자녀의 학업 성취도를 저하시킴을 확인할 수 있다.
    저는 ○○ 고등학교 3학년입니다. 부모님의 기대에 숨이 막혀 고등학교 3학년 생활이 너무도 괴롭고 공부는 더욱더 안 됩니다. 중학교 입학해서부터 고등학교 3학년이 된

부모의 자녀에 대한 과도한 교육적 성취 기대는 오히려 청소년이 성적 때문에 죽음을 선택할 정도로 극단적인 행동으로 나타나기도 한다.

『스프링벽』에서 성준은 모범생으로서 수학여행 가서도 책을 볼 정도로 부모의 기대치를 채워주는 자녀였다. 성준은 부모의 절대적인 신뢰와 일류 대학 합격이라는 목표 때문에 수시 입시에 낙방하자 오히려 성적이 떨어지면서 수능시험을 제대로 볼 수 없는 처지에 이르게 되고, 결국 엄마의 강요에 의해 과외선생이 대신 치른 수능 실력으로 일류 대학에 합격한다. 그러나 성준은 자신의 실력이 아닌 입시 부정으로 대학에 입학한 사실 때문에 윤리적 가치관 혼란으로 괴로워하다 결국 자살하고 만다.

> 동준아, 연극한다고? 신나 보이는구나. 열심히 해라. 나는 너처럼 신나게 살지 못한다. 부끄럽다. 사는 것도, 대학생이라는 것도 다 부끄럽다. (『스프링벽』, 60쪽)

성준은 부모의 과도한 기대와 욕심을 채워주기 위해 도덕적 가치가 전복된 가족이기주의의 희생양이 되고 만 것이다. 성준의 자살 이후 동준의 가족은 그동안 큰아들의 인내로 평안하게 유지되어 왔던 '정상가족'의 가면을 벗고 자식을 잃은 상처에 의한 심리적인 가족 결손이 드러난다.

> 서울에서 내려온 뒤, 우리 집은 괴괴했다. 엄마도 아빠도 그림자처럼 움직이고 입을 떼지 않았다. 서로 얼굴을 마주 보지 않았고, 눈이 마주치는 것도 피했다. 나는 머릿속이 하얗게 되어 숙모가 주는 밥을 먹고, 자다가 깨다가 했다. (중략) 형은 죽었다. 학교 잔디밭에 떨어져서, 몇 층에서 떨어진 건지, 왜 어떻게 일어난 사고인지 아무도 내게 말해주지 않았다. (중략)

지금까지 제 생활을 뒤돌아보면 도시락 2개, 교과서, 참고서가 제 생활의 전부였습니다. 부모님은 언제나 'S대학교'를 가야 한다고 저를 몰아붙였던 것 같습니다. 중학교 때는 그런 것에 대한 막연한 기대와 흥미도 있었는데, 지금은 이런 내 생활이 지긋지긋합니다. (이해주 외, 앞의 책, 47쪽.)

> 아빠는 서재에서 나오지 않았고 엄마는 안방에서 꼼짝하지 않았다. (『스프
> 링벅』, 35쪽)

아버지는 성준의 자살 원인을 알지 못한 채 오히려 분노의 감정에 휩싸
인다. 아버지는 집안의 자랑이었던 큰아들에게 절대적인 신뢰만 보냈지
입시 중압감에 시달렸던 아들과 그로 인해 입시 부정을 감행했던 엄마와
소통하지 못한 가장이었다. 빈틈없고 권위적인 아버지는 자존심에 걸맞은
입시 결과만 바랐을 뿐 아들의 입시 문제에 무관심으로 일관한 역할 부재
자였다.

> "내가 잘못하긴 했지만 성준이가 죽은 걸 모두 내 잘못이라고 할 순 없
> 잖아. 싫다는 걸 네 엄마가 억지로 시킨 거라고." "엄마가 억지로 시켰다
> 고?" (중략) 장근이 형은 내가 다 알고 왔다고 생각하는 데 틀림없었다. "사
> 실이 그래, 싫다는 걸 하도 사정하는 바람에……. 내가 미쳤었다. 그러는 게
> 아니었는데." (중략) "그때……성준이는 너무 힘들어했어. 성적은 계속 내리
> 막이고 두통에 시달리고……내가 보기에도 너무 딱했어. 시험을 제대
> 로……칠 수가 없었어." (『스프링벅』, 131-132쪽)

> "아빠가 알면……동준아." 엄마가 으으으으, 신음 소리를 냈다. 아빠가
> 알면, 이라니, 이 무슨 엉뚱한 말인가? 결국 그랬단 말인가? 아빠 몰래? 철
> 벽같이 강한 엄마가 더없이 초라하게 소리를 못 내고 떨면서 울었다. 나는
> 분노로 가슴이 터질 것 같으면서도 온몸에 힘이 쑥 빠져버렸다. 나는 거기
> 에 맞서기라도 하듯 있는 힘을 다해 울부짖었다. (『스프링벅』, 134쪽)

동준의 엄마는 자식의 입시 뒷바라지에 자신의 인생을 걸고 아들이 "엄
마가 보여주는 길로 곧장"(19) 가기를 강요한다.226) 엄마는 표면적으로 모

---

226) 청소년 주인공 이름은 『스프링벅』에서 이동준, 『내 청춘, 시속 370km』에서 송동준으
로 명명된다.

범적이고 자녀에게 헌신적이었다. 그러나 엄마의 성준에 대한 기대치는 아버지까지 속이면서 입시 부정을 단행하게 한다. 엄마는 일류 대학 입학 목적을 위해서 성준에게 '대리 수능' 점수로 대학에 진학하는 도덕적 가치를 전복시키는 행동을 강요한다. 성준은 평소에도 모범생답게 "엄마가 놀랄까봐 정도에서 벗어난 일"(61)도 해보지 못하고, 대학 입시에서도 엄마에게 실망감을 주지 않기 위해 엄마가 시키는 대로 할 수밖에 없다. 한 치의 오차도 인정하지 않은 엄마의 훈육은 성준을 잘 길들여진 양처럼 성장시키지만 결국 아들은 부모의 대리 만족을 위한 희생자일 뿐이다.

『스프링벅』에서 입시 부정행위의 강요는 자녀의 도덕성 발달 단계에서 모델 역할의 부모가 해서는 안 될 범죄 행위라고 할 수 있다. 반두라(Bandura)는 도덕성이 모방과 강화에 의해 학습되는 행동으로 본다. 청소년은 부모나 교사 등 주변의 어른들을 모델로 하여 이들의 도덕적 행위를 보고 배우는 학습을 통해 도덕성을 획득하기 때문이다. 프로이트(Freud, Sigmund)는 도덕성 발달을 초자아의 형성 과정으로 본다. 초자아는 스스로 도달하고자 하는 가치 체계인 자아 이상과 옳고 그름을 판단하는 양심으로 구성된다. 자아 이상은 부모나 어른들의 행위를 동일시함으로써 획득된다.[227] 반두라와 프로이트에 근거한 청소년기의 도덕성은 부모의 모델링 효과로 획득됨을 알 수 있다.

『스프링벅』에서는 부모의 욕망 때문에 앞만 보고 달리는 아들을 '스프링벅'으로 상징하고 있다.[228] 성준의 부모는 타자의 욕망을 채우기 위한

---

227) 한국청소년개발원 편, 『청소년심리학』, 앞의 책, 151쪽.
228) 아프리카에 사는 스프링벅이라는 양 이야기다. "이 양들이 평소에는 작은 무리를 지어 평화롭게 풀을 뜯다가 점점 더 큰 무리를 이루게 되면 아주 이상한 습성이 나온다고 해. 무리가 커지면 맨 마지막에 따라가는 양들은 뜯어 먹을 풀이 거의 없게 되지. 그러면 어떻게 하겠어? 좀 더 앞으로 나아가서, 다른 양들이 풀을 다 뜯기 전에 자기도 풀을 먹으려고 하겠지. 그 와중에 또 제일 뒤에 처진 양들이 역시 먹을 풀이 없게 되니, 앞의 양들보다 조금 더 앞으로 나서려 할테고 (중략) 정신없이 뛰어 그러다가 마지막으로 해안 절벽에 다다르면……앗, 절벽! 하지만 못 서지, 수천 마리의 양 떼는 굉장한

공부만 해야 했던 아들의 스트레스를 전혀 이해하지 못한 소통 부재의 이기적인 어른들의 전형이다. 엄마의 그릇된 모성은 내 아이 입시 성공만을 위한 '가족이기주의' 발상 때문에 가족 관계에 심리적 균열을 만들고 가족해체 위기를 초래한다.

3) 전통 고수의 가치관 균열과 가장의 역할 전이

『내 청춘, 시속 370km』는 전통문화 고수라는 직업적 가치관을 가진 아버지와 청소년 주인공의 교감이 주요 서사로서 청소년소설의 소재를 확장한 작품이다. 그렇지만 이 작품 또한 가족해체 위기의 서사에서 벗어나지는 않는다. 전통적 방식의 매잡이를 지켜나가는 장인 정신을 가진 아버지가 가족을 부양하는 경제력을 갖출 수 없을 때 현실과 이상 사이의 벽은 별거와 이혼이라는 가족해체 위기를 가져온다.

아버지는 현대 문명에 밀려 사라져가는 매사냥이 전통문화로서 보전 가치가 있다는 자긍심을 갖고 응방(鷹坊)을 꾸려가지만 현실은 녹록치 않다. 아버지의 "매에 대한 열정은 직장에 사직서를 제출하게 되었고 평범한 가정주부였던 어머니는 직업전선에 내몰"(46)리고 만 것이다. 아버지는 전통문화를 지켜나가는 '매잡이' 곧 응사로서 무형문화재에 지정되어 꿈과 이상을 실현해가는 동안 가족을 부양하지 못하는 무능한 가장이 되어버린다. 아버지는 전통문화 수호자로서 직업적 자긍심을 갖고 그 가치 보전을 하기 위해 노력하지만 오히려 엄마가 벌어다 주는 생활비까지 축내고 만다. 현대 사회에서 '매잡이'라는 전근대적 직업이 경제적 가치 획득이라는 현실 상황에 부합하지 않은 것은 당연한 일일 것이다.

현대 사회에서 전통의 보전이라는 정신적 가치 추구가 "좋아서 하긴 해

속도로 달려왔기 때문에 앞에 바다가 나타났다고 해서 곧바로 멈출 수가 없는 거야. 가속도, 알지! 설 수가 없어. 어쩔 수 없이 모두 바다에 뛰어 들게 되는 거지. 그렇게 해서 한 번에 수천 마리의 양이 익사하는 사태도 발생한다니 정말 어처구니 없는 일 아니니?" (『스프링벅』, 47-48쪽.)

도 행복하지 않다"(53)는 것은 그 일이 생활의 기반이 되지 않기 때문일 것이다. 이 때문에 전통문화 전수의 맥이 끊겨 사라져 가는 추세이기도 하다. 그런 까닭에 아버지의 유일한 전통 매사냥 전수자로 6년 동안 응방의 궂은일을 도맡아 했던 가족 같았던 응식이 삼촌마저 떠나고 만다. 무형문화재로 지정된 아버지가 한 달에 받는 문화재 전승 보조비로는 전수자에게 월급도 줄 수 없고 응방을 제대로 꾸려갈 수도 없기 때문이다.

> "좋아서 했지. 좋아서 하긴 했는데, 날 행복하게 만들어 주진 않더라."
> "왜요! 좋아서 하면 당연히 행복도 따라오는 거 아니에요? 아님 뭣하러 개고생하면서 하는 건데?" "현실이 그래. 이 땅의 현실이." 더 이상 할 말이 없었다. 행복하지 않다는 사람에게 아버지 곁에 남아 달라고, 가지 말라고 설득할 수 있는 언어는 이 지구상에 존재하지 않았다. (『내 청춘, 시속 370km』, 53쪽)

가장 한국적인 문화가 세계적인 문화유산으로 인정받으려면 전통 매사냥을 보전하는 데 한 개인의 희생이 전제된 사적 영역의 노력이 아닌 공적 영역에서 적절한 지원이 필요하다.229) 동준은 무형문화재 전수를 위해서는 아버지의 희생이 아닌 국가의 적극적인 지원이 필요함을 인식하고 있다. 결국 아버지의 전통문화에 대한 고집스런 자긍심의 대가는 현실에서 가족 균열의 지점을 야기한다.

동준에게 아버지의 직업은 가족의 삶에 균열을 내는 경제적 빈곤만 가져다주는 일이다. 아버지가 가장으로서 경제력이 상실되자 엄마는 우아한

---

229) 매사냥은 2010년 11월 16일 케냐 나이로비에서 열린 제5차 무형유산정부간위원회에서 유네스코 인류무형유산(Intangible Cultural Heritage of Humanity)으로 등재되었다. (문화재청, <가곡, 대목장, 매사냥 유네스코 인류무형유산 등재 결정>, 2010. 11. 17.) 이 작품의 작가 후기에 "제9회 사계절 문학상 수상 소식을 듣고 우리나라의 전통 매사냥이 유네스코 세계인류유산에 등재되었다는 기사를 접했다."고 밝히고 있다. (이송현, 앞의 책, 287.)

'부장사모님'에서 추락하여 아버지 대신 생활 전선으로 뛰어들어 가족의 생계를 책임지는 가족 부양자가 된다. 엄마에게 아버지는 "자랑스러운 전통문화의 수호자가 아니라 매사냥에 혼을 빼앗긴, 책임감이라곤 눈곱만큼도 없는 한량"(30)일 뿐이다.

가족이 "경제적 압박을 받게 되면 가정 경제를 책임지는 가장에 대한 지원과 우호적 감정이 약화되면서 부부 관계의 안정성이 흔들리기도"230) 한다. 엄마는 가장인 아버지가 전통문화 보전이라는 이상과 가치만 좇아 온갖 관심이 매잡이에 치중되어 응방을 꾸리기 위해 살고 있는 집까지 팔자는 요구에 분노한다. 가장의 경제력 상실이 가족의 미래와 행복을 담보하지 못하는 현실에서 아버지의 뒷감당을 해내야 하는 엄마의 인내심은 한계 상황에 도달한다. 엄마는 "남편 사랑받으며 자식 걱정과 저녁 찬거리를 고민"(225)할 수 있는 '정상가족 이데올로기'에 충실한 가족의 보금자리를 꿈꾼다. 그렇지만 응방을 꾸려나가기 위해 아버지가 집까지 팔아버리자 결국 엄마는 이혼을 요구하며 가족해체의 위기에 부딪는다. 한편 엄마의 이혼 요구는 하나뿐인 아들 동준이 "아버지 밑에서 크면 매보다 못한 자식"(223)이 될지 모른다는 불안감의 표출이기도 하다.

> 응방에 나타난 엄마는 늘 들고 오던 낡은 가방 대신 이혼 서류를 들고 왔다. 아버지는 이혼 서류에 찍힌 엄마의 인감도장을 보고 할 말을 잃었다. 매번 아버지와의 싸움에서 세상이 끝날 것처럼 소리를 지르고 흥분하던 엄마는 이번에 딴 사람인 것처럼 침착하고 차분했다. (『내 청춘, 시속 370km』, 222쪽)

가족 구성원으로서 엄마는 "남성이 임금을 벌고 생계를 유지하는 '공적' 영역에 속하는 보편적 통념"231)에서 벗어나 가족의 생계를 책임져야

---

230) 함인회, 「한국 가족의 위기 : 해체인가, 재구조화인가」, 『가족과문화』 제14집 3호, 한국가족학회, 2002, 176쪽 재인용.

하는 현실적 압박감을 토로하며 여성으로서 가족이라는 '사적' 영역에 위치하고 싶은 욕구를 드러낸다. 모성은 강하지만 여성으로서 엄마는 아버지에게 사랑받고 싶은 존재였다. 하지만 "아버지는 엄마와의 사이에 매를 두었고 엄마의 마음을 읽지 못"(225)하며 정서적 관계의 고리를 상실하고만 것이다.

가장 역할을 하지 못했던 아버지는 엄마의 이혼 요구에 평소의 자부심과 당당함을 상실한다. 엄마는 "남성 위주의 전통적 가족 가치가 유지되는 상황에서 모성 역할과 가족을 받들며"232) 살아야 하는 현실 억압적인 여성 이데올로기에 반기를 들었다고 볼 수 있다. 동준의 엄마는 "여성이 가족생활에서 많은 갈등을 경험하지만 자신의 욕망보다는 가족의 요구를 우선시하고 가족과 동일시하며 별개의 독립적 정체성"233)을 갖지 못하는 불평등 종속 관계에서 벗어나 경제적 독립 주체로 살아가고자 한 면모를 보인다. 『내 청춘, 시속 370km』에서 아버지의 전통문화 고수를 위한 장인정신은 경제력을 기반으로 가족 권력 주체인 가장 역할을 아내에게 전이시키고 있다.

2. 위기가족과 가족 수호자로서의 성장

1) 가족 성찰과 주체적 선택의 자아 정체성 확립

『불량가족 레시피』에서 고등학교 1학년인 주인공 여울은 아버지의 세 번째 여자였던 엄마가 낳은 '혼외자'라는 태생 문제 때문에 할머니한테 "송장 칠 나이에 똥 걸레 빨게 한 년"(15)이라고 구박을 받는 가족 안에서

---

231) 심영희 외, 『모성의 담론과 현실』, 나남, 1999, 35쪽.
232) 조성숙, 앞의 책. 3쪽.
233) 심영희 외, 앞의 책, 28쪽.

평범하고 존재감 없는 인물이다. 여울이 생각하는 가족은 "이 시대에 확실하게 차별화된 가족 구성원이며 불쌍한 영혼의 집합소"(10)일 뿐이었다. 여울은 "완벽한 출가를 위한 지침서"(11)까지 작성하며 문제적 가족들로부터 독립을 꿈꾼다. 여울은 가족으로부터의 탈주 계획을 '가출이 아닌 독립을 위한 출가'라고 명명하며 자존감을 회복하고자 한다.

청소년 가출은 "자신을 둘러싼 주위 환경에 대한 불만이나 갈등에서 비롯된 문제점에 대한 반발이나 해결을 위해 보호자의 승인 없이 최소한 하룻밤 이상 무단으로 집을 나가 돌아오지 않는 충동적 혹은 계획적 행위"234)로 본다. 이러한 관점에서 청소년 가출은 문제 행동적 행위를 강조하는 방향으로 담론화 된다.235) 청소년의 가출은 가정을 떠나 사회적으로 청소년 비행이나 범죄 행위와 밀접한 관련을 맺을 수 있기 때문이다. 한편, 청소년 가출 행위를 긍정적으로 보는 시각은 "청소년의 개별화 과정을 억누르는 가족 상황에서 탈피하여 독립성을 확보하려는 노력의 일환으로"236) 보기도 한다.

여울은 바퀴벌레 같은 질긴 생명력으로 완벽한 가출을 위해 집에서 버티는 것이 의식주를 해결할 수 있는 수행이라 생각하며 가족 문제에 무반응으로 대처하고자 한다. 여울의 가출 계획은 문제 가족에서 벗어나 독립 추구라는 청소년기의 심리적 개별화 과정을 거쳐 자아 정체성 혼란을 극복하며 성장하는 면모를 보여준다. 여울이 '출가'를 결행하기 전에 아버지

---

234) 김준호, 「청소년의 가출과 비행의 관계에 관한 연구」, 『형사정책연구』 12권, 한국형사정책연구원, 1992, 52쪽.

235) 청소년 가출이 문제시되는 이유는 첫째, 가출 청소년은 적절한 보호와 감독이 없는 상황에서 갖가지 비행 행위에 빠져들기 쉽다. 둘째, 가출 과정에서 습득하게 되는 비행 행위가 성인이 된 이후에도 각종 범죄로 이어지는 경우가 많다. 셋째, 청소년기는 교육과 진로에 매진해야 하는 시기로, 이 시기에 가정과 학교를 떠나 있음으로서 생기는 부작용은 미래로까지 연장되어 개인적·사회적 비용의 소요를 초래하게 된다. (이해주 외, 앞의 책, 159쪽.)

236) 위의 책, 158쪽.

와 갈등을 빚은 가족 구성원들은 먼저 '가출'을 하고 마는데, 여울은 "가족이 대책이 서지 않는 별종들"(143)이라고 규정하지만 집을 떠나가는 가족을 다만 응시할 뿐 독립 선언을 하지 못한다.

> 정말 우리 가족은 대책이 서지 않는 별종들이다. 어른이나 아이나 할 것 없이 가출을 밥 먹듯 하니 말이다. 이건 순서나 규칙을 완전히 무시한 처사다. 진짜 가출은 내가 해야 하는데 자기들이 먼저 선수를 쳤다. 이러다 나 혼자 남는 상황이 올지도 모른다. (『불량가족 레시피』, 143쪽)

여울은 할머니가 양로원 기행을 하고 온 사실을 알고 의지했던 할머니까지 가족을 떠나는 삶을 꿈꾼다는 게 씁쓸해진다. 그러나 집을 떠나간 가족 구성원은 모두 여울에게 안부를 전하며 소통을 시도한다.

> 오빠의 문자를 받은 건 오빠가 가출한 지 이틀 뒤였다. 여울아, 오빠 집 좀 챙겨서 나와라, 다섯 시까지 놀이터로 갈게. (중략) 아니 어쩌면 오빠가 반항을 하거나 문제를 일으키지 않은 건, 자신의 병 때문에 의욕조차 상실해서 그랬던 건지 모른다. (중략) 오빠의 마음이 조금 이해가 되어 일단 아무에게도 말을 꺼내지 않기로 했다. (중략) "오빠, 밖에 있다가 돈 없으면 집으로 다시 와, 괜히 굶고 다니지 말고." "별 걱정을 다한다. 오빠 간다." (『불량가족 레시피』, 133-134쪽)

> 가출한 지 한 달 만에 언니에게서 전화가 왔다. "어쩐 일이야, 전화를 다 하고?" "이년아, 전화도 못 하냐? 혼자 방 쓰니까 천국이지?" "그래 천국이다. 집에는 언제 올 건데?" "집 생각 없어. 돈 벌거야. 그래서 하고 싶은 거 다 할 거야." (중략) "할매나 불곰한테는 앞으로 내 걱정 일체 하지 말라고 전해. 네가 할매 좀 챙기고." (『불량가족 레시피』, 147쪽)

> 아파트 놀이터를 지나는데, 낯익은 얼굴의 남자가 의자에 앉아 있었다. 삼촌이다. (중략) "삼촌 그동안 어디서 지냈어?" "나 취직했어." (중략) 몸까

지 성치 않으면서 혼자 힘으로 살아내려는 노력이 눈물겨웠다. (중략) 나는 삼촌이 주는 돈을 처음으로 받아 넣었다. "할머니랑 싸우지 말고 잘 지내. 네 할머니도 알고 보면 불쌍한 노인네야." 삼촌은 내 어깨를 두드리고는 버스 정류장 쪽으로 느릿느릿 걸어갔다. 구부정한 모습이 안타까웠다. 삼촌이 하루빨리 아이들을 만나는 꿈을 이루었으면 좋겠다. (『불량가족 레시피』, 163-166쪽)

여울은 오빠에게 "밖에 있다가 돈 없으면 집으로 다시 와"(134) 라고 말하며 가족을 떠나는 오빠의 마음을 헤아리며 다시 돌아올 여지를 만들어주고 있다. 여울의 언니 또한 가출한 이후 여울에게 소식을 전하며 할머니 걱정을 하는 모습을 보인다. 삼촌은 가족, 돈, 건강을 모두 잃어 재기할 용기가 없었지만 형에게 독립한 이후 주식 투자로 성공하겠다는 허황된 꿈을 버리고 헤어진 자식들을 만나기 위해 열심히 사는 모습을 여울에게 보여준다. 여울은 가출한 가족들의 안부를 들어주는 위안의 존재가 된다. 『불량가족 레시피』에서 여울은 독립을 선언한 가족들을 따뜻한 시선으로 응시하며 소통의 통로가 되어 가족의 위기를 꿋꿋한 모습으로 극복하고자 한다.

결국 아버지의 경제적 파산과 구속은 "모래위에 지은 집"(184)이 무너지면서 가족해체 위기로 이어진다. 여울은 구치소에 있는 아버지를 면회한 후 "가장 역할을 필사적으로 해내려 불법행위를 저지를 수밖에 없었던"(187) 무능력한 아버지에게 연민의 감정을 느낀다. 여울은 집에서 '출가'하는 것이 소원이었지만 막상 혼자 남는 상황이 되자, 전혀 행복하지 않고, 오히려 가족들이 함께 했으면 하는 마음이 든다. 여울은 늘 구박하던 할머니가 자신을 위해 동생 집으로 떠나지 않고 엄마의 존재를 그리워하는 여울의 마음까지 알아주자 서로의 속마음을 터놓고 소통한다. 여울은 그리운 엄마가 "마음속에서 사는 걸로 만족해야 한다는 걸"(192) 깨닫게 된다. 여울은 빈곤해진 현실을 직시하며 '코스튬플레이' 의상들을 중고

장터에 올리며 '나만의 방법'으로 미래를 준비하면서 자신을 키우지 못한 엄마를 이해하고자 한다.

『불량가족 레시피』에서 여울은 가족해체 위기에서 가출하지 않고 자신을 키워 준 할머니를 돌보고 아버지를 뒷바라지하며 '가족 수호자'로서 역할을 선택한다. 지금까지 다른 가족 구성원의 삶에 관심이 없고 가족 내에서 존재감이 없던 여울은 난생 처음으로 가족 구성원의 귀환을 기다리는 성찰의 시간을 통해 가족의 중심적인 존재로 성장한다.

> 지금까지 나는 다른 가족의 삶 따위는 관심이 없었다. 그런데 이상한 건 지금 혼자 남은 이 상황이 마음에 썩 들지는 않는다는 것이다. 게다가 마음 깊은 곳에서 느리게 꿈틀대는 알 수 없는 움직임들 때문에 혼란스럽다. (중략) 그것이 고통이라 해도 나는 처음으로 누군가를 기다리는 시간을 가져 보려고 한다. (중략) 지금 우리 가족은 최대의 위기를 겪고 있다. 다시 뭉쳐야 할 때가 온 거다. 대책 없는 가족이지만 이제는 내가 그들을 기다릴 차례. 권여울, 행인1이 아니라 드디어 우리 가족의 주인공이 되고 말았다. 꼴통은 도덕 시간에 늘 이렇게 말했다. "위기에 처했을 때 비로소 인간은 진화하는 거야." 그렇다. 이제 우리 가족의 진화가 필요하다. 더없이 위태로운 불량 가족이지만. (『불량가족 레시피』, 196-197쪽.)

가족해체 위기에서 청소년 주체는 가족에 대한 따뜻한 응시와 성찰을 통해 흩어진 가족의 재회를 기다리며 '가족 수호자' 역할에 충실하고자 한다. 『불량가족 레시피』에서는 청소년 주체가 가족 구성원의 탈가족적 개별화라는 가족해체 위기를 겪으며 가족의 의미를 재정립하여 역할 혼란을 극복하고 자아 정체성을 확립하는 성장 담론을 보여주고 있음을 확인할 수 있다.

청소년소설에서는 또한 자녀의 입시 성공이 곧 가족의 지위 향상과 연결되는 가족이기주의 그리고 학벌주의라는 사회의 구조적 모순 때문에 청소년들이 희생되고 있음을 보여준다. 『스프링벅』에서는 오로지 공부만을 강조하는 부모와 갈등하는 청소년의 삶에서 이 시대의 입시 지옥을 견뎌내고 있는 청소년 주체의 고단한 삶이 드러난다. 이 소설에서는 자녀의 입시 성공에 대한 부모의 열망이 어떻게 가족 위기의 지점을 생성하며 청소년 주체의 삶에 파괴적인 영향을 미치는지 알 수 있다.

『스프링벅』에서 청소년 주인공 동준은 엄마가 원하는 삶보다는 "내 인생 살기 바빠"(31) 늘 형과 비교를 당하는 처지이다. 그렇지만 아버지의 권위적인 양육 방식과 엄마의 위선적 행동 때문에 형이 제 인생을 살지 못하고 죽음에 이르렀다는 사실은 가족 갈등을 야기한다. 동준은 형의 자살이 엄마가 대리 수능시험을 강요한 탓이며 입시 부정으로 대학에 합격한 형이 그것을 못견뎌한 선택이었다는 것을 알고 괴로워한다. 동준은 형을 잃은 엄마를 안타까워하면서도 용서하지 못해 방황한다.

> 그래서 형이 괴로워하다가, 부끄러워하다가, 감당 못해 하다가……아아, 형! 감당 못할 거면 싫다 했어야지. 아니, 당연히 안 된다 했어야지. 이럴 수는 없어! 나는 밤새 앓았다. 혼자서 있는 대로 열을 내며 오한에 떨었다. 다행히 아무도 들여다보지 않았다. 더 많이 아파야 해, 더. 죽도록 아프기라도 해야 이 당혹감과 분노를 잠재울 수 있을 것 같았다. (『스프링벅』, 134쪽)

> 아들에게 부정을 저지르게 한 엄마, 그것이 아들의 인생에 도움이 된다고 생각한 것일까? 엄마는 그 짓을 형을 위해서 했을까? 아들이 성인으로서의 인생을 부정으로 시작하게 하다니, 그리고 착하고 순한 아들이 그걸 견딜 수 없어 하리라는 걸 몰랐다니 무슨 엄마가 그래? 나는 강하게 고개를 흔들었다. (『스프링벅』, 162쪽)

동준은 "성인으로서의 인생을 부정으로 시작"(161) 한 윤리적 고통 속에서 자살할 수밖에 없었던 형을 생각하면 엄마를 용서해야 할지 갈등에 휩싸인다. 동준에게 형의 죽음은 통과의례인 것이다. 동준은 "똑 부러지는 엄마와 빈틈없는 아빠도"(161) 현명하지 못해 아들을 잃은 불쌍한 존재임을 깨닫는다.

『스프링벅』에서 동준은 부모의 권위적인 태도와 도덕적 가치가 전복된 가족 균열의 지점에서 어른들을 용서하며 "가족의 항상성"[237]을 유지하고자 한다. 동준은 미키 역할에 몰두하면서 위선적인 어른들에 대한 반항심을 키우기보다는 엄마에 대한 분노를 다스리는 한편, 미숙한 어른들을 용서해야 가족의 항상성을 찾아가며 자신도 더불어 성장할 수 있음을 깨닫는다. 동준이 형의 자살 원인을 알았으면서도 일탈이나 비행으로 가지 않았던 이유는 가족 내 역할 갈등을 연극으로 표출하면서 가족의 위기를 주체적으로 해결할 수 있는 성장의 발판이 되어주었기 때문이다. 동준이 내뱉는 미키의 대사가 엄마에게 감정 이입되면서 비수가 되었다는 것을 깨닫는다.

'떠밀면 엎어지잖아요. 그래서 내 꿈도 아버지 꿈도 다 엉망이 되잖아요!' 미키의 절규가 엄마의 가슴에 비수가 되어 꽂히는 게 보였다. (중략) 나는 링거를 꽂고 누운 엄마 옆에서 눈초리로 드문드문 흐르는 눈물을 닦아주었다. (중략) 언젠가는 엄마의 이 지독한 통증도 조금은 가라않겠지. 나도 조금은 더 성숙해있겠지. (『스프링벅』, 212-213쪽)

연극이 끝난 후 동준이 엄마의 눈물을 닦아준다는 것은 가족 균열의 지점에서 엄마를 용서하며 형을 잃은 상처를 극복하고 가족 응시와 성찰을 통한 '가족 수호자'로서 자아 정체성을 확립해가는 성숙한 모습을 상징한

---

237) 가족의 항상성(homeostasis)은 가족 내에서 일어나는 내적이고 지속적인 관계를 유지시켜 주는 상호작용적 과정을 뜻하며 내적인 균형을 보장해 준다. 가족 간에 존재하는 균형적 상태가 위협을 받으면, 마치 온도에 따라 자동 조절되는 난방장치처럼 예전의 평온한 상태로 돌아가고자 하는 반응행동이다. (이영실 외, 『가족치료』, 양서원, 2010, 18쪽.)

다. 『스프링벅』에서는 표층에선 정상가족 이데올로기 구현에 충실한 가족이지만 권위적이고 도덕적 가치를 전복시킨 위선적인 부모 때문에 아들이 자살하는 가족 균열의 위기를 연극 동아리 활동으로 극복해 나가는 청소년 주체의 성장 담론을 확인할 수 있다.

『내 청춘, 시속 370km』에서 동준의 가족은 전통문화 고수라는 가치를 지키기 위해 가족을 부양하지 못하는 아버지가 가족 권력자로서 가장의 권위를 상실하면서 가족해체의 위기를 맞는다. 동준은 아버지가 가족을 돌보지 않고 가산(家産)을 털어서까지 전통을 지켜나가는 가치를 이해할 수 없어 혼란스럽다. 동준은 가족 부양보다는 고집스럽게 매잡이 일을 해내는 아버지를 "일정한 거리를 두고 움직이는 그림자"(24)같은 존재로 인식한다.

> 응사라는 직업이, 매사냥이라는 전통이 그토록 소중한 문화유산이라면 왜 정부는 아버지를 무형문화재로 지정해 놓고 적극적인 지원을 하지 않는지 궁금할 따름이다. 아버지가 그토록 소중하게 여기는 전통이란 과연 무엇인가? 적어도 나에게 전통은 푸르뎅뎅하게 얼어 터진 아버지의 두 뺨이었고 볼썽사나운 동상 자국이었다. 추운 들판에서 끓여 먹던 불어 터진 라면이었으며 참매의 흔적이 가득한 아버지의 낡은 버렁이었다.『내 청춘, 시속 370km』, 62쪽)

동준에게 전통 문화유산을 지키기 위한 아버지의 노력은 "얼어터진 아버지의 두 뺨"과 "볼썽사나운 동상 자국"이며, "불어 터진 라면"과 "아버지의 낡은 버렁"(82)으로 상징된다. 동준은 전통문화 수호자로서 자신의 이상을 실현하기 위한 "참매 때문에 청춘, 가정, 사랑, 미래를 버렸"(38)을 정도로 열정이 있는 아버지가 '바이크라이더'가 되고 싶은 아들의 꿈을 이해하지 못하자 원망스럽기만 하다. 아버지는 전통 매사냥이라는 자신의 이상 실현에는 가족까지 희생시키지만 정작 아들이 하고 싶은 일에는 관심이 없어 아들의 교육 문제를 놓고 엄마와 갈등을 일으킨다.

『내 청춘, 시속 370km』에서 동준의 엄마는 아들에게 "니 애비 같은 인간은 되지 마라"(167)는 심정으로 이혼 후 동준을 데려가고자 한다. 이혼 결심을 한 엄마는 "날카로운 발톱을 드러내며"(224) 동준을 아버지 곁에서 떼어놓고자 한다.

> 엄마가 날 보더니 단호하게 말했다. "넌 엄마랑 살거야 네 아버지 밑에 있어 봤자, 매보다도 못한 자식일 텐데 그 꼴을 어찌 봐. 동준이 너도 당장 짐 싸." 아버지가 변명을 하고 엄마를 만류할 줄 알았다. 평소의 아버지라면 그래야만 했다. 엄마가 화를 낼 때면 아버지는 당신이 하는 일에 대한 자부심을 한껏 드러내면 더욱 당당했다. "동준이 어떻게 할래? 네가 원하는 대로 해." 이건 아버지가 아니었다. 내가 아는 아버지는 이래서는 안되었다.
> (『내 청춘, 시속 370km』, 223쪽)

가장의 역할을 하지 못했던 아버지는 이혼이라는 가족해체 위기에서 자식의 미래를 담보하지 못하기 때문에 동준의 선택을 존중하고자 한다. 동준의 짐을 싸던 엄마는 동준이 아버지와 한 계약 때문에 "겨울까지는 여기 있어야"(224)한다는 외침에 다음에 데리러 온다는 말을 야멸치게 하고 이제는 엄마의 보금자리가 아닌 응방(鷹坊)을 떠난다.[238] 동준은 부모의 이혼을 막기 위해 오토바이를 훔쳐 타고 엄마를 쫓아가다 사고를 당하고 만다.

> 엄마를 잡아야만 했다. 빌딩 앞에 세워진 택배 기사의 오토바이에 열쇠가 꽂혀 있었다. 무슨 수를 써서라도 엄마가 떠나는 것을 막아야만 했다.

---

238) 동준이 아버지와 한 계약서 내용은 다음과 같다. "1. 겨울방학 세 달 동안 인턴 기간을 갖는다. 단, 인턴이라고 해서 보수를 깎거나 미루지 않는다. 2. 월급은 매달 첫날 지급한다. 3. 나, 송동준이 훈련을 맡을 때의 훈육 방법은 전적으로 송동준에게 일임한다. * 매 훈련을 성공적으로 완수할 시, 보너스를 지급한다. 4. 이 계약을 지속적으로 이행할지, 그만둘지는 전적으로 나 송동준에게 달려 있음을 분명히 한다." (『내 청춘, 시속 370km』, 68쪽.)

한 번만 돌아봐 달라고, 아버지를 돌아봐 달라고 내가 빌 터였다. (중략) 이 번 질주가 마지막이다. 나는 속도를 높인다. 내 몸에 엉겨 붙어 있던 아버지에 대한 오해와 미움을 다 떨쳐 내기로 한다. 엄마가 딱 한 번만 아버지를 돌아봐 주기를 희망한다. (중략) 엄마를 잡으면 다시 우리 가족은 하나가 될 수 있을 것이다. 나는 속력을 높였다. (『내 청춘, 시속 370km』, 226쪽)

동준은 오토바이 사고를 당하던 순간 무한의 스피드가 주는 포근함을 보로의 날갯짓과 동일시하며 "생애 가장 기똥찬 날"(227)이라는 전통과 현대의 스피드를 변주한다. 『내 청춘, 시속 370km』에서 동준은 이혼 서류를 건네던 엄마의 팔에 아버지가 준 향나무 염주가 그대로 있는 것과 "이혼을 할 때 하더라도 김치만은 자신의 손으로 담가 먹이겠다는"(263) 가장 한국적인 음식에 담긴 엄마의 소망을 보며 '가족에 대한 희망'의 끈을 놓지 않았던 것이다. 청소년 자녀가 가족해체 위기를 해결하는 가족 수호자로 나서야 했던 것이다.

동준이 겨울 시연회 동안 "차가운 한겨울 벌판에 순식간에 삶과 죽음이 뜨겁게 공존하는 순간"(270)을 아버지와 함께 한 경험은 아버지에 대한 불신과 미움, 원망을 매를 내보내듯이 함께 날려 보낸다. 동준은 아버지가 지켜가고자 하는 전통 고수의 가치관을 이해하며 바이크를 사기 위한 돈을 벌기 위해 아버지와 썼던 계약서를 파기한다. 동준은 아버지의 매잡이 일을 돕는 전수자로서 언제든지 아버지 곁에 가고자 한 것이다.

뼛속까지 얼어붙게 만드는 차가운 공기 속에서도 나의 심장은 곧 터질 것처럼 뜨겁게 부풀어 올랐다. 오랜 시간 아버지가 그랬던 것처럼 나 또한 아버지와 똑같은 모양으로 서서 보로가 날아간 방향을 하염없이 바라본다. 이제야 깨닫는다. 나는 아버지를 이해하지 못했을 뿐 사랑하지 않은 것은 아니었다. 매를 기다리는 아버지의 모습을 지켜볼 때면 내 속에서 치밀었던 낯선 이 감정을 뭐라 불러야 하나…… 사랑한다. 사랑한다. (『내 청춘, 시속 370km』, 268-267쪽)

바이크를 타고 스피드를 열망했던 동준이 날짐승인 매를 길들이는 전통문화 전수자로 변모하는 과정은 아버지와 동일시하는 주체적 선택에 의한 자아 정체성 성취 양상을 보여준다. 동준은 자신이 길들이고 날린 보로를 "아버지의 또 다른 이름이여 내 청춘의 새로운 이름"(269)으로 동일시한다. 청소년 주체의 "매쟁이는 만들어지는 게 아니라 태어난다."(269)는 성찰은 아버지의 직업을 인정하며 가족해체 위기를 극복하며 긍정적인 자아 정체성을 성취하는 기제이다.

『내 청춘, 시속 370km』에서 청소년 주체는 '정상가족 이데올로기'에 충실한 삶을 살고자 하는 엄마와 전통문화 수호자로서 아버지 사이에서 삶의 진정성을 찾고자 한다. 청소년 주체의 '가족은 하나'라는 인식은 가족 균열의 지점에서 깁스한 다리가 아물듯이 갈등과 상처를 봉합하는 역할을 하고 있다. 이 작품에서 청소년 주체는 전통문화 수호자인 매잡이 아버지와 교감하며 전통문화 전수자로서 가족 간에 소통하고자 하는 성장 담론을 확인할 수 있다.

가족의 해체 위기가족 유형인 『불량가족 레시피』, 『스프링벅』, 『내 청춘, 시속 370km』에서 청소년 주인공은 가족의 위기 이전에서 가족보다는 자신의 삶에 중점을 두었다. 그러나 청소년 주체는 경제적 파산, 도덕적 가치 전복, 부모의 이혼 등 가족이 균열되는 지점에서 가족 구성원들과 헤어지거나 이기적인 모성에 의해 형의 죽음, 부모 이혼 위기에 직면하여 가족 분리라는 통과의례의 고난을 겪으며 자아 정체성을 형성해간다. 가족해체 위기가족 유형의 청소년소설에서 청소년 주체는 가족에 대한 성찰을 통한 주체적 선택에 의한 자아 정체성을 확립하는 면모를 보인다. 청소년 주체는 『불량가족 레시피』에서 탈가족화한 가족 구성원을 기다리는 위안의 존재로, 『스프링벅』에서 형을 잃은 상처를 연극으로써 치유하며, 『내 청춘, 시속 370km』에서 부모의 이혼을 막고 가족의 끈을 다시 이어가기 위한 '가족 수호자'로서 역할을 담당하는 성장 담론을 확인할 수 있다.

2) 위안과 동일시의 여가 활동

청소년소설에서 청소년의 여가 활동은 "자신의 가치를 평가하고 정체성을 확인"[239]한다는 측면에서 중요한 경험으로 나타난다. 청소년 여가란 청소년이 자발적으로 주체적인 즐거움을 찾을 수 있고, 그들의 자아 정체성 확립과 실현이 가능하게 될 수 있는 모든 영역의 행위 유형을 의미한다.[240] 가족은 청소년의 일차적 사회화 과정을 담당한다. 하지만 가족공동체 의식이 파괴되고 가족 구성원의 공존의식도 상실[241]한 위기가족에서 청소년 주체는 자발적 여가 활동을 통해 가족의 새로운 삶을 주도적으로 추구하는 경향을 보인다.

청소년소설에서 청소년 여가 문화는 위기가족 청소년으로 하여금 가족으로부터의 탈주를 막는 가족 문제 해결의 장으로 기능한다. 위기가족 청소년의 여가는 『불량가족 레시피』에서는 '코스튬플레이 동호회' 활동, 『스프링벅』에서는 '연극 동아리' 활동, 『내 청춘, 시속 370km』에서는 '매잡이 아버지의 전수자' 등으로 등장한다.

『불량가족 레시피』에서 '코스튬플레이' 동호회 활동은 청소년이 가족 문제의 스트레스로부터 탈출할 수 있는 욕구 충족의 장(場)으로 기능한다. 청소년기 '코스튬플레이' 활동은 자신감을 획득하고 타인으로부터 인정받는 경험, 일상생활의 스트레스 해소, 사람과의 관계에서 얻는 즐거움이 생활의 활력소가 되는 기분 전환 등을 경험할 수 있다.[242] 여울은 '코스튬플레이' 동호회 활동을 하면서 가족 문제의 고민에서 벗어나고자한다. '코스

239) 이진숙, 「팬코스프레에서의 청소년 여가 경험에 대한 현상학적 연구」, 『청소년문화포럼』 34권, 한국청소년문화연구소, 2013, 56쪽.
240) 한국청소년개발원 편, 『청소년문화론』, 교육과학사, 2005, 189쪽.
241) 권이종 외, 앞의 책, 280쪽.
242) 이진숙, 앞의 글, 57쪽.

튬플레이' 활동은 가족 내에서 존재감이 없던 여울에게 현실 속의 자신과
는 다른 캐릭터의 삶을 살아볼 기회를 제공해준 것이다.

> 나 역시 코스에 빠진 게 자신감이 없는 내가 싫어서였다. 다른 캐릭터로
> 분장하고 사람들 앞에 나서면 또 다른 내가 된 것 같이 없던 자신감이 생긴
> 다. 존재감 없던 내가 이곳에서는 관심을 받기도하고 인기를 얻기도 한다.
> (『불량가족 레시피』, 47쪽)

청소년의 건전한 여가 활동은 일상의 스트레스를 해소시켜 주고 '자
기 효능감(self-efficacy)'을 높여준다. 청소년 주체는 가족 문제의 해결 방법
을 찾기 어려울 때 청소년 여가 문화 활동을 통해 현재의 삶에서 즐거움
을 추구하고자 한다. 여울은 집에서 구박받는 신세이지만 '코스튬플레
이'에서는 영화 슈렉의 주인공인 마법이 풀리는 순간 평범한 여자로 돌
아가는 피오나공주 캐릭터를 선택한다.[243] 피오나공주 캐릭터는 고단한
가족 문제에서 벗어나 현실과는 또 다른 공주의 삶을 살아보고 싶은 욕
구 충족의 수단이었다.

또한 여울은 '코스튬플레이'에서 만난 '미하일 캐릭터' 아줌마와 맺는
관계를 통해 엄마의 존재를 느끼며 어른의 세계를 이해하고자 한다. 청소
년의 성장은 삶의 조력자가 있을 때 정체감 위기의 혼란을 줄이며 긍정적
인 자아 정체성을 형성해갈 수 있다. 청소년의 여가 활동인 '코스튬플레
이'는 일상을 탈출해서 가족 문제의 스트레스를 해소하고 다른 세계를 간
접 경험하며 자아 정체성을 형성해가는 청소년 주체의 모습을 확인할 수
있는 역동적인 청소년문화의 장(場)이다.

『스프링벅』에서 동준의 '연극 동아리' 활동은 엄마를 용서할 수 없는
위기가족의 괴로움에서 벗어날 수 있는 탈출구가 되어 준다. 동준이 출연

---

243) 여울의 코스튬플레이 캐릭터는 『오란고교 호스트부』의 타마키, 『베르사이유의 장미』
   의 오스칼, 『반지의 제왕』의 레골라스 등이다. (『불량가족 레시피』, 46쪽.)

하는 연극은 '비보이' 댄스를 하려는 고등학생 미키와 그것을 반대하는 권위적인 아버지와 갈등하는 내용을 담고 있다. 동준이 맡은 미키는 춤을 추고 싶은 아들로서 '하버드'를 보내기 위해 공부만 강조하는 아버지와 대립하는 역할이다. 동준은 미키 역할에 몰두하면서 형을 잃은 슬픔과 상처를 극복하고자 한다.

> 형은 힘에 부쳤겠지. '너무' 착한 형이니까. 아니, 이건 착하지 않아도 감당하기 쉽지 않은 일이다. '사는 게 부끄러워.' 형의 목소리가 들렸다. 부끄러워, 부끄러워, 잠이 들었다 깼다 하면서 밤을 보내고 아침녘에 깊은 잠이 들었나 보다. (중략) 그러나 깨어났다는 걸 인식하자마자 또 나를 찢어댔다. 일요일……연극 연습, 그래 연습, 나는 칼날을 피해 연극, 연극 하면서 이불을 걷어찼다. 해야 할 게 있어서 다행이었다. (『스프링벅』, 135쪽)

연극 '스프링벅'에서 "하고 싶은 거 하며 하며 살고 싶"(150)어 아버지와 갈등하는 미키는 어른들의 욕심과 위선 때문에 자살한 성준을 대변하고 있다.

> 미키를 연기하면서 미키 아버지에 대한 반감이 엄마 아빠에 대한 반감으로 연결되어 가슴이 터질 것 같았다. 미키 역 연기는 그 때문에 더 리얼해졌지만 갈수록 끓어오르는 분노는 감당하기 힘들었다. 형이 엄마와 갈등하는 걸 한 번도 본 적이 없는데 나는 어쩌자고 미키의 대사에 형의 마음을 이입시키고 있는 건지……. 그러다 보니 내 머릿속은 미키와 형으로 뒤죽박죽이 되었다. (『스프링벅』, 158쪽)

장근이 형의 양심선언 메일은 동준에게 입시 부정이 단지 어머니 개인의 문제가 아닌 한국 사회의 학벌주의에 의한 치열한 입시 경쟁의 폐해에 따른 결과임을 상기하게 한다.

네가 무너지지 않았으며 좋겠다. 어머니를 너무 미워하지 마. 학벌과 경쟁, 우리 사회가 그렇게 몰아붙이기도 한 거야. 어머니는 아들을 잃은 것만으로 엄청난 대가를 치르고 계시잖니? (『스프링벅』, 179쪽)

내 안에서 엄마를 가엾게 여기는 마음과 분노하는 마음이 뒤섞여 있다. 그런데도 한사코 생각과 태도를 분노 쪽으로 밀어붙이는 자체가 사실은 마음이 가여움 쪽으로 기울고 있기 때문인지도 모른다. 어쩌면 나는 엄마와 나를 괴롭히며 슬픔을 견디고 있는 건 아닌지……. 별로 생각이 많은 내가 아닌데 형이 죽은 뒤에는 온갖 복잡한 생각이 내 안에서 휘돌고 있다. 혹시 이런 게 절망의 한 모습이 아닐까? (『스프링벅』, 198쪽)

동준의 여자 친구 예슬 또한 동준의 상처와 혼란을 감싸 안는 역할을 하고 있다. 예슬은 자유로운 삶을 살겠다고 자신을 떠난 친엄마를 이해하는 과정에서 어른들이 "현명하지도 않고 완전하지도 않다"(161)는 것을 깨달았기 때문이다. 『스프링벅』에서 현실의 창제 어머니나 연극 속 인물인 미키 아버지는 "자신의 자존심을 위해 아이에게 새벽부터 밤까지 일과를 짜주고 아이를 위해 헌신하고 있다"(161)고 믿는 미숙한 어른의 전형이다. 동준은 형의 죽음이라는 통과의례의 시련을 '스프링벅' 연극 활동으로 극복하며 완벽해 보이는 어른들도 완전하지 않은 존재임을 깨닫는다. 『스프링벅』에서 연극 동아리 활동은 위기가족의 소통의 창 역할을 하는 탈출구로 기능하며 아들과 형을 잃은 상처를 치유하는 화해의 장이 된다.

『내 청춘, 시속 370km』는 사냥할 때 최고 시속 370km 속도를 내는 매에게 마음을 빼앗긴 아버지와 세계적인 바이크라이더를 꿈꾸는 아들의 성장 서사이다. 주인공 동준은 가족보다 매를 더 소중하게 여기는 아버지에게 소외감을 느끼고 반항하지만 바이크를 사기 위한 목적으로 아버지의 일을 돕는 아르바이트를 하다 점차 길들이던 매와 교감을 하면서 아버지와 동일시되는 감정을 느끼며 자아 정체성 혼란을 종결하고 있다.

현대 사회는 스피드의 시대이다. 한국의 인터넷 속도 환경은 전 세계 어느 나라보다 빠르고 이에 길들여진 청소년들 또한 스피드를 즐기는 세대이다. 아버지는 전통 고수의 가치관에 따라 자연에서 먹이를 잡는 매라는 자연물에서 스피드를 느낀다면 동준의 질주는 바이크를 탈 때 현실의 답답함을 벗어나 질주 본능을 드러낸다. 동준의 스피드에 대한 열망은 탈출구가 없는 입시 문제와 진로의 선택을 강요당해야 하는 현실에서 벗어나고자 하는 청소년의 로망을 상징한다. 동준은 가장의 역할을 상실해가는 아버지를 보며 탈출구로서 바이크를 갖고자 욕망한다.

> 아버지는 말했다. 매가 사냥할 때의 속도는 말로 표현할 수 없을 만큼 빠르다고. 최고 시속 370킬로미터로 하강하며 꿩이나 토끼를 낚아채는 모습 앞에서 그 어떤 스피드 스포츠도 명함을 못 내밀 거라고 말이다. (『내 청춘, 시속 370km』, 23쪽)

> 가슴이 답답해진다. 바람을 가르고 싶다. 바이크를 타고 달밤을 질주하면 이 답답함이 좀 나아지련만. (중략) 로드스타를 타고 바람 속을 질주해봤으면. 그러면 세상 모든 일이 만사 오케이일 것 같은데. (『내 청춘, 시속 370km』, 50-51쪽)

동준은 바이크를 사기 위한 목적으로 아버지만의 행사인 겨울 시연회를 준비하는 겨울방학 동안 매사냥 전수자가 되기로 아버지와 계약한다. 동준은 아버지의 '인응일체(人鷹一體)'의 움직임을 보면서 아들로서 소외감을 느낀다. 아버지와 동준 사이에는 늘 매가 있었고 그 거리만큼 서로 다른 두 사람일 뿐이었다. 동준이 자신의 생일에 가족이 모두 모여 밥도 먹을 수 없는 서글픈 현실에 아버지를 탓하며 훈련시키던 매 '보로'를 날려 보내고 만다. 동준이 보로를 날려 보낸 행동은 아버지에게 쌓인 원망의 표현이었다. 아버지가 가장 소중하게 여기는 매를 날려 보내는 행위는 동준이 유일하게 아버지에게 할 수 있는 반항이었다. 동준은 가족보다 매를 더 사랑하는 아버지를 미워하고 가족을 위해 고된 현실을 살아내는 엄마에게 연민의 감정을 갖는다.

그렇지만 동준은 매와 교감하는 인응일체(人鷹一體)로 움직이는 훈련 과정을 겪으면서 시간이 지날수록 아버지의 직업적인 고뇌와 전통 수호자로서 가치를 인정한다. 동준은 TV에 출연해 박수갈채를 받는 아버지를 보고 온몸에 피가 뜨겁게 끓어오르는 자랑스러움을 갖게 된다. 동준이 아버지를 흠집 내는 사람들에게 먹살잡이를 하면서 아버지의 명예를 지키기 위한 눈물은 전통문화 수호자로서 아버지에 대한 자부심을 상징한다.

> 내가 언제나 경멸해 마지않던 매였고, 언제나 무능하다고 생각했던 아버지였는데 막상 다른 사람들의 입에서 먹기 좋은 횟감처럼 난도질을 당하자 분노가 치밀었다. (중략) 아버지에 대해 경솔하게 비아냥거리던 젊은 남자의 먹살을 거머쥐었다. 손목이 끊어지는 한이 있더라도 녀석의 먹살을 놓지 않겠다고 다짐했다. 먹살을 잡은 손에 힘이 들어가면 들어갈수록 눈앞이 희미해져 갔다. (『내 청춘, 시속 370km』, 193쪽)

『내 청춘, 시속 370km』에서 동준의 눈물은 아버지와 빚은 갈등과 서운함이 어린 매 '보로'를 길들이는 과정을 겪으며 아버지에 대한 사랑으로 변하고 있음을 상징한다. 청소년 주인공은 "세상에서 가장 날카로운 눈매와 속도감을 지닌 날짐승을 훈련시키고 길들"[244]이는 훈련 과정을 통해 세상을 배우고 전통을 고수하는 아버지의 가치관을 이해하며 성장한다. 동준은 겨울 시연회가 성공을 거두면서 출세와는 거리가 먼 아버지의 인생도 "매가 날듯이" 성공한 인생임을 인정한다. 동준이 매와 '인응일체(人鷹一體)'하는 동일시의 시간은 아버지의 "손가락 마디 사이의 굳은살"(218)의 수고로움을 외면하지 않고 존경심을 표명하게 만들었다.

---

244) 『내 청춘, 시속, 370km』 표지에 실린 오세란의 평론에서 인용.

동준은 "아버지 곁에 있으면 죽도 밥도 못 된"(260)다는 엄마의 다그침에도 겨울 동안 아버지 곁에 머물기로 한다. 동준은 아버지가 묵묵히 혼자 걷는 길의 외로움을 알아가면서 아버지를 돕고 싶어진 것이다. 동준은 바이크를 사기 위해 모은 돈을 과감하게 포기하고 매를 먹일 닭까지 산다. 동준이 즐기고 싶은 여가는 이제 지상의 스피드를 즐기는 '로드스타'라는 수단이 아닌 창공을 나는 '보로의 힘찬 도약과 날갯짓'의 자유로움으로 변환한다. 동준과 아버지는 '매잡이'를 통해 서로 교감하고, 자유로운 매의 날갯짓에서 "너는 나의 매이며 나는 너의 사람이다"(267)라는 동지애를 느끼며 동일한 존재로 은유된다.

> 보로의 힘찬 도약과 날갯짓을 보면서 나는 난생처음으로 창공에서 자유로운 보로, 저 아름다운 날짐승이 부러웠다. 인간은 그 누구도 자유로울 수 없었다. 아버지나 엄마나, 그리고 나 역시도. (『내 청춘, 시속 370km』, 215쪽)

동준은 "전통 매사냥이 유네스코 세계문화유산으로 등재될 수 있"(244)다는 아버지의 기대가 아버지 개인의 영광이 아닌 국격을 높이는 일임을 알게 되면서 "아버지보다 훨씬 괜찮은 어른"(246)이 되고자 결심한다. 동준의 성장통은 자신이 아버지에게 "매보다 못한 자식"이 아님을 알게 되면서 아버지 앞에 뜨거운 눈물을 흘리며 자아 정체성 혼란을 마무리한다. 동준은 자연물인 매를 사이에 두고 서로의 사랑을 비교하기보다는 아버지에 대한 불신, 미움, 원망을 걷어내며 아버지를 이해하고자 한다.

청소년기는 사춘기에서 성인기로 이어지는 과도기에 속하는 시기로서 신체적·정신적·사회적으로 건전한 발달 및 성숙이 요구된다. 가족이 균열되는 위기가족의 청소년 주체가 가족 문제에 의해 정서적으로 불안을 겪을 때 건강한 성장보다는 자아 정체성 혼란을 겪게 된다. 따라서 위기가족 청소년 주체의 여가 활용은 청소년의 인격 형성뿐만 아니라 성숙한 개인의 완성에 지대한 영향 미치는[245] 자아 정체성 확립에 중요한 역할을 하며 가족 문제 해결의 장으로 기능한다.

『불량가족 레시피』에서 '코스튬플레이'를 하는 동안 청소년 주체는 캐릭터와 동일시되어 가족에게 사랑받지 못한 욕구를 충족시키는 대리만족을 경험하며 자신의 존재감을 확인한다. 『스프링벅』에서 동준의 연극 동아리 활동은 가족 균열의 지점에서 형을 잃은 가족의 상처를 극복해 나갈 수 있는 치유의 역할을 해주고 있다. 『내 청춘, 시속 370km』에서 부자(父子)는 '스피드'를 즐기는 전통과 현대의 변주를 통해 그들 사이의 거리를 좁혀나간다. 위기가족 유형의 청소년소설들에서는 청소년 주체가 각 여가활동의 주요 인물과 동일시하는 적극적인 자기표현 방식을 통해 가족으로부터 탈주하지 않고 가족 균열을 봉합하고 긍정적인 자아 정체성을 확립하는 성장 담론이 제시된다.

---

245) 위의 책, 118-119쪽.

Ⅳ. 한부모가족의 모성 이데올로기와 소통의 전환

1. 사회적 편견과 모성 이데올로기의 대응

1) 미혼모가족의 타자화와 모성의 부정

한국의 가족주의는 가부장적 가족을 보편적인 가족제도로 간주하는 이데올로기적 특성으로 여성을 정점으로 하는 가족 구성이나 아버지의 승인이 배제된 자녀는 원천적으로 정당한 사회 성원으로 수용될 수 없는 문화적 장치로 작동되어 왔다.[246] 한국 사회에서 혈연을 기반으로 한 부계 가족주의와 남녀의 성에 대한 이중적 성 규범의 잣대는 미혼모들에게 사회로부터 다양한 차별과 배제를 경험하게 하며 미혼모가족에 대한 사회적 편견을 심화시킨다.[247] 한국 사회는 미혼의 출산을 정당하지 않는 것으로 간주하여 출산 당사자인 미혼모뿐만이 아니라 그들의 자녀에게조차 차별적이고 억압적인 태도를 견지해왔다.

『하이킹 걸즈』에서는 미혼모가족이 사회적 편견 때문에 겪게 되는 청소년 자녀의 폭력이 가족 문제로 나타난다. 가족의 영향력에서 벗어날 수 없는 미혼모가족의 청소년 자녀는 미혼모를 사회윤리에 어긋나는 "정상적인 생활에서의 탈선으로 간주하는"[248] 사회적 편견에 부딪쳐 심리적 부적응 문제를 드러내며 비행과 일탈 등의 반사회적 행동을 경험하기도 한다. 미혼모가족은 결혼이라는 사회적 승인 과정의 형식 부재로 정상가족

---

246) 김혜영, 「미혼모에 대한 사회적 차별과 배제 : 차별의 기제와 특징을 중심으로」, 『젠더와문화』, 6권 1호, 계명대여성학연구소, 2013, 14쪽.
247) 위의 글, 7쪽.
248) 표갑수, 앞의 책, 333쪽.

의 범주로부터 끊임없이 주변화된다.249)

『하이킹 걸즈』에서 은성은 반 친구인 유지연을 때려 청소년 재활프로
그램인 실크로드 걷기에 참여한다. 은성이 이처럼 폭력 학생이 된 원인은
미혼모의 딸이라는 사실 때문이다. 은성이 문제아가 된 사건의 시발점은
초등학교 1학년 때 "원래 아빠가 없다며? 어떻게 아빠도 없이 태어날 수
있어? 우리 엄마가 너 같은 애랑은 놀지말래", "아빠도 없대요."(132) 라는
같은 아파트에 사는 또래의 놀림에 의한 폭력 행동의 유발이었다. 이후
은성은 미혼모의 딸이라는 사회적 편견과 대적하기 위해 폭력을 사용하
면서 싸움 잘하는 아이로 소문나 학교에서 "미친 주먹"이나 "개은성"으로
불린다. 유지연에게 폭력을 가한 이유 또한 미혼모인 엄마에 대한 굴욕적
인 평가와 놀림 때문이다.

> "게다가 너희 이은성네 엄마 미혼모인 거 모르지? 우리 집 파출부 아줌
> 마가 이은성이랑 같은 아파트에 살거든. 얼마나 놀았으면 결혼도 안 하고
> 애를 낳아? 그러니까 애가 저 모양이지. 그 피가 어디 가겠어? 하여튼 그 엄
> 마에 그 딸이라니까." (『하이킹 걸즈』, 34쪽)

> 유지연 폭행 사건으로 엄마가 학교에 찾아왔었다. 유지연네 엄마는 엄마
> 에게 아비도 없는 자식을 낳았다고 욕을 해 댔다. 가슴이 조마조마했다. 동
> 네에서 누가 나를 두고 아비 없는 자식이라거나, 엄마를 가리켜 미혼모라고
> 하면 엄마는 절대 가만 있지 않았다. 한달음에 달려가 그 사람의 머리채를
> 잡았고 그래서 지금까지 원수로 지내고 있는 아줌마가 여럿 있었다. 그런데
> 유지연네 엄마에게는 아무 소리도 하지 못했다. 그저 고개 숙인 채 무조건
> 죄송하다는 말만 되풀이했다. (『하이킹 걸즈』, 143쪽)

『하이킹 걸즈』에서 유지연 모녀의 미혼모가족에 대한 태도는 전통적

---

249) 김혜영, 앞의 글, 10쪽.

부계 가족주의의 견고한 틀과 이중적 잣대의 성차별 의식이 강한 한국 사회의 미혼모가족에 대한 부정적인 시각을 대변하고 있다.

그러나 현대 사회에서 미혼모가족은 개인의 가치관에 따라 여성이 선택할 수 있는 가족 유형의 하나로 부모 모두 자녀를 키우는 정상가족 이데올로기 해체를 증명하는 대안적 가족의 형태이다. 미혼모가족은 사회적 억압 구조 속에서도 자신의 선택에 따른 가족 유형을 시도함으로써 정형화된 가족 형태와 의미에 균열을 가하고 현대 가족의 의미와 가치를 재구성하고 있다.[250]

미혼모는 남성에게 의존하지 않고 독립된 인간으로 살고자 했던 선택의 결과인 '아비 없는 자식의 엄마 노릇'이라는 책임을 자기희생적인 모성 역할로 수행해내고자 한다. 그렇지만 미혼모가족에 대한 사회적인 편견과 배제는 견뎌내기 힘들어 회의에 빠지기도 한다. 그래서 미혼모가족의 어머니는 혼자 자녀를 키워야 하는 강화된 모성 이데올로기 담론의 틀에서 벗어나기 위해 '엄마 노릇'을 포기하고 자녀의 존재를 부정하기도 한다.[251] 미혼모가족의 기능적 결손은 자녀에 대해 무관심하고 거부하는 태도를 보이는 정서적 친밀감의 부재이다.

『하이킹 걸즈』에서 청소년기에 엄마가 된 은성엄마는 미혼모로 딸의 존재를 감당하지 못해 딸이 여섯 살 때 놀이공원에 유기하기도 하고 조카라고 명명하기도 한다. 은성엄마는 아직 어른이 될 준비 없이 미혼모가 되어 딸의 존재를 부정하고 있는 것이다. 자녀를 거부하는 부모의 양육으로 자란 아이들은 독립적이지 못하며 낮은 자아 존중감을 갖고 학교에서 문제를 일으키는 성취 수준이 낮은 경향이 있다.[252] 미혼모가족의 자녀는

---

250) 위의 글, 10쪽.
251) 미혼모는 임신으로 긴장과 불안을 경험하며 학생일 경우 교육의 기회를 잃게 되기도 하여 장래에 제약을 받을 수 있으며 사회의 부정적인 시선으로 인해 결혼이나 사회생활에서 불이익을 경험하기 때문이 자녀의 존재를 드러내지 않기도 한다. (표갑수, 앞의 책, 340쪽.)

어머니와의 관계에서 애정 결핍을 느낄 때 책임감과 자기통제를 할 수 있는 능력이 부족해지기 때문이다.[253) 엄마의 부정적인 양육 태도는 청소년 자녀의 친구 관계나 자아 존중감 등 여러 발달 영역을 저해하는 요인으로 작용하며 자아 정체성 혼란을 야기한다.

> 내가 아주 어렸을 때 지금처럼 길을 잃어버린 적이 있었다. 엄마랑 둘이 놀이동산에 놀러 갔을 때였다. 엄마가 아이스크림을 사주고는 화장실에 다녀오겠다며 잠깐만 벤치에 앉아 있으라고 했다. 내 아이스크림을 다 먹고, 엄마의 아이스크림이 녹기 시작해서 엄마 것도 먹기 시작했다. 하지만 그것마저 다 먹은 후에도 엄마는 오지 않았다. (『하이킹 걸즈』, 78쪽)

> 이미 시곗바늘은 '11'을 넘어서고 있었다. 오늘 세일러문은 어떤 활약을 펼쳤을까 생각하고 있을 때 드디어 할머니가 미아보호소로 들어섰다. 할머니는 드라마를 볼 때처럼 눈물을 찔끔거리며 나를 안았다. (『하이킹 걸즈』, 80쪽)

미혼모가족에게 경제적 자립과 자녀 양육은 현실로 다가오는 실질적인 문제이다. 미혼모는 집안의 가장 역할을 하며 가정 경제를 책임져야 하기 때문에 자녀 양육에 소홀해질 수가 있다. 미혼모에게 원가족의 태도는 미혼모들의 정서적 안정은 물론 이들의 경제적 자립과 자녀 양육에 중요한 역할을 한다.[254) 『하이킹 걸즈』에서 할머니는 미혼모 원가족의 긍정적인 모습을 보여주면서 미혼모인 딸의 경제적 자립과 자녀 양육에 중요한 역할을 하고 있다. 은성의 주양육자와 지지자는 엄마가 아닌 할머니다. 은성 엄마는 미용실을 운영하여 경제적인 문제는 해결하고 있지만 자녀의 실질적인 주양육자로서 역할은 부재하다. 은성엄마는 결혼 기회가 있었지만

---

252) 한국청소년개발원 편, 『청소년심리학』, 앞의 책, 352쪽.
253) 표갑수, 앞의 책, 336쪽.
254) 김혜영, 앞의 글, 27쪽.

미혼모라는 이유 때문에 결혼하고 싶었던 남자의 가족에게 거부당한 상
처를 안고 있다.

> "누가 낳아 달랬어? 왜 자기 마음대로 낳아 놓고 나한테 그러는 건데? 나
> 도 미혼모 딸인 거 싫어, 창피해 죽겠다고! 엄마가 나를 낳는 바람에 내가
> 무시당하는 거잖아! 왜 낳았어? 왜 낳았냐고?" (중략) 내가 엄마한테 대들지
> 않고 뛰쳐나가지 않았다면? 그리고 할머니가 나를 따라 나오지 않았다면?
> (중략) 무릎이 좋지 않은 할머니는 횡단보도 중간에서 멈춰 섰고, 과속으로
> 새벽길을 달리던 트럭은 할머니를 발견하지 못했다. (중략) 난 내가 할머니
> 를 돌아가시게 만든 것 같았다. 그래서 더욱 엄마가 미웠다. (『하이킹 걸
> 즈』, 134-135쪽)

미혼모가족은 엄마도 자녀도 모두 사회적 편견을 극복해야 하는 처지
이다.『하이킹 걸즈』에서 모녀의 갈등은 결국 할머니를 죽음으로 내몰게
된다. 가족의 안식처 역할을 해주던 할머니의 죽음 이후 모녀의 갈등은
더욱 심화된다. 은성은 할머니의 죽음에 대한 자책감에 괴로워한다.『하
이킹 걸즈』에서는 미혼모가족도 다양한 가족 형태의 구성이라는 점에서
자녀 양육에 대한 모성 이데올로기가 강화된 책임감을 부여하고 있다. 또
한 청소년소설에서 미혼모가족에 대한 억압적인 사회적 편견은 청소년의
성장에 부정적인 영향을 미치는 요인으로 작동하여 미혼모 자녀가 자아
정체성 혼란을 겪는 성장 담론을 보여주고 있다.

2) 기억의 전도와 모성의 혼란

『내 이름은 망고』는 교통사고로 죽은 아버지의 부재를 견디기 위해 캄
보디아에서 여행가이드 일을 하는 한부모가족 모녀의 갈등을 다루고 있
다. 이 작품은 청소년소설이 당대 청소년들의 삶을 다룬 "학교와 집, 학원
만 오가는 일상에서 벗어나 캄보디아를 배경으로 캄보디아인들과 갈등하

고 연대"255)하는 성장 서사에서 청소년소설의 새로운 방향성을 제시하고 있다.

『내 이름은 망고』에서는 엄마가 운전하던 중 교통사로 아버지를 잃게 되는 사별이 '한부모가족'을 형성한 원인이다.256) 이혼과 달리 다시 부모를 만날 수 없기에 부모의 죽음은 자녀에게 인생 최대의 위기가 되기 때문이다.257) 이 작품에서 청소년 주인공 이수아는 교통사고 후유증인 부분 기억상실증 때문에 아버지의 죽음을 인정하지 못하고 있다. 가장의 갑작스러운 죽음은 '한부모가족'이 된 모녀에게 경제적 위기까지 가중시킨다. 수아엄마는 남편의 사업을 이어받았지만 사업 실패로 인한 빚 때문에 "전세금이 반토막이 되었을 때"(15) 행복한 가족 여행의 기억이 남아 있는 캄보디아로 야반도주하다시피 이주하게 된다. 엄마는 교통사고의 순간을 기억하지 못하는 딸에게 아버지의 죽음을 강제로 인정하게 하기보다는 부모의 이혼으로 아버지와 떨어져 지내게 되었다며 의도적으로 대안적 형태의 가족을 제시한다.258)

> 일 년 전 갑작스러운 엄마와 아빠의 이혼으로 내 인생은 뒤죽박죽이 되었다. 왜 내 인생의 선택권을 엄마가 쥐었는지 모르겠지만, 나는 엄마 손에 이끌려 이곳 캄보디아까지 와 버렸다. 정신을 차렸을 때 이미 아빠는 우리에게서 떠난 뒤였다. 엄마의 표현을 빌리자면 '끈을 놓은' 사람은 아빠였다고 한다. 엄마 아빠 모두 이혼에 대해 내게 끝까지 아무 말도 하지 않았지만, 흐릿하게 느낄 수 있었다. 아빠가 포기한 것은 엄마만이 아니라는 것, 거기에는 나도 포함될지 모른다는 것을. (『내 이름은 망고』, 31쪽)

---

255) 추정경, 『내 이름은 망고』, 앞의 책, 심사평.
256) 한부모가족 형성 원인에서 1990년대는 사별(56%), 미혼모(9.0%), 이혼(8.9%) 순으로 나타났고, 통계청 자료(2010)에 의하면 사별(29.7%)은 감소한 반면 이혼(32.8%), 미혼모(11.6%)에 의한 한부모가족의 비율은 증가하였다. (김소라, 앞의 논문, 10쪽.)
257) 유영주 외, 앞의 책, 447쪽.
258) 박경희 외, 앞의 글, 245-246쪽.

『내 이름은 망고』에서 교통사고 순간에 아버지 대신 수아의 손을 잡고 살아난 엄마는 딸이 기억을 회복하고 아버지의 부재를 인정할 수 있는 장소라 여긴 삼 년 전 가족 여행의 행복한 기억이 남아 있는 캄보디아로 오게 된 것이다. 『내 이름은 망고』에서 작가는 화자인 청소년 주인공의 기억을 회복하고 아버지의 죽음을 인정하는 수단으로 역행적 서사 구조를 취하고 있다. 기억을 잃은 청소년 주인공은 엄마의 의도적인 행동을 이해할 수 없는 처지에 놓인 것이다. 부모의 죽음이 자녀의 연령이나 죽음을 보는 가족의 시각에 따라 자녀에게 미치는 영향은 다르지만 자녀들이 이해할 수 있는 방법으로 부모의 죽음을 알려야 할 필요[259]가 있는데, 그것은 부모의 죽음을 받아들이는 통과의례가 자녀의 성장에 미치는 영향이 지대하기 때문이다.

> 엄마가 한국을 떠나 이곳으로 온 게 순전히, 정말 나 때문에? 하지만 아무리 애를 써도 생각이 나지 않았다. 아빠가 떠났다는 사실도, 교통사고에 대한 기억도 도무지 남아 있지 않았다. (중략) "지옥 아줌마, 늘 말했다. 자기가 수아 손을 잡아서 미안하다고……" (『내 이름은 망고』, 236쪽)

부모의 죽음에 대한 자녀의 반응은 다양하지만 부정이나 불안감이 신체적인 증상으로 나타나기도 한다.[260] 수아는 아버지의 죽음을 인지하지 못한 채 한국에 살았을 때 악몽에 시달리고 차를 타지 못하면서 기름 냄새만 맡아도 토하는 증상이 발현된다. 아버지의 죽음은 정상가족의 범주에서 누렸던 행복을 앗아간다. 살아남은 가족들은 심리적인 혼란과 가정 경제 위기라는 현실의 무게까지 견뎌내야 하는 처지이다. 부부 중 한쪽의 사별은 남겨진 배우자에게 가장 높은 수준의 스트레스를 경험하게 하는 생활 사건이다.

---

259) 정현숙 외, 『결혼학』, 신정, 2003.
260) 위의 책.

『내 이름은 망고』에서 수아엄마의 경우 남편 대신 살아남았다는 죄책
감과 딸의 잃어버린 기억을 되찾아주어야 한다는 부담감, 남편 회사의 부
도로 빚까지 떠안게 된 삼중고에 시달린다. 아버지 대신 살아남은 엄마는
가장 역할까지 해내며 딸을 키워야 하는 강화된 모성 이데올로기의 담론
에서 자유로울 수 없다. 어머니에게 부과되어온 모성 역할은 여성이 삶의
주인공이 되지 못하고 자녀를 통해서 자신의 존재를 확인하고 삶의 의미
를 찾는 존재로 남겨진다.[261]

『내 이름은 망고』에서 엄마는 남편의 사별 이후 수면제를 먹어야 잠이
들고, 돈을 벌 수 없는 우기에는 우울증까지 앓게 된다. 작가는 한부모가
족의 모성 이데올로기를 강조하기 위해 서사의 시작에서 "열일곱 살 딸보
다 더 철딱서니 없는 아줌마"(18)라 칭하며 문제적인 엄마의 모습을 부각
시키고 있다. 어느 날 빚쟁이를 피하기 위해 딸의 돈까지 가지고 잠적해
버린 모성을 회피하는 불량 엄마의 등장은 청소년의 성장을 강조하기 위
한 서사적 장치로 기능한다.

> 태국 학교에 있는 동안 다른 유학생들의 숙제를 대신 해 주고, 기숙사
> 에서 새벽 모닝콜까지 도맡아 하면서 모은 그 금쪽같은 돈을 엄마라는 사
> 람이 들고 가 버렸다. 쿤라는 더 이상 기다리지 못하고 내게 말했다. "가이
> 드 없어서, 지옥 안 나가면, 큰일 나. 여행사 알면 손해다. 돈 내야 한다."
> 또다시 가슴이 철렁 내려앉았다. 결국 뒷갈망은 내 몫이었다. (『내 이름은
> 망고』, 37쪽)

여행사 현지 가이드였던 엄마가 사라지자 수아는 엄마 일을 대신 맡을
수밖에 없는 처지에 놓이게 된 것이다. 남편 없이 자녀를 키워야 하는 삶
의 무게에 짓눌린 엄마가 모성 역할을 회피하며 현실에서 탈주하고 만 것
이다. 줄리엣 미첼(Juliet Mitchell)은 모성이 하나의 신화로 이용될 때 그것은

---

261) 조성숙, 앞의 책, 4쪽.

억압의 도구가 된다고 지적한다. 페미니스트들은 여성이 어머니가 되는 것 이외의 활동을 할 수 있도록 모든 여성의 권리를 강조한다.[262) 엄마의 잠적을 페미니즘적 시각에서 본다면 '엄마 역할'보다는 한 여성으로서 빛 독촉이라는 현실 억압의 스트레스 원인으로부터 회피라고 할 수 있다. 어머니들 또한 '엄마 역할'이라는 모성과는 별도로 자신의 본질적인 욕구, 생활, 사회 활동, 대인 관계에서 온전히 자유롭고 싶은 욕구를 가지고 있는 것이다.[263)

모성 이데올로기의 강조는 어머니들의 본질적인 정서적 욕구마저 억압하기에 이른다. 한부모가족의 어머니들도 자녀 양육과 가장의 책임까지 떠안은 현실의 무게를 견딜 수 없는 순간이 존재한다. 『내 이름은 망고』에서 수아엄마는 딸에 대한 죄책감과 관광객으로 위장한 빚쟁이가 지명고객이라는 점 등이 남편 사별 후 생긴 우울증을 부추기며 현실의 문제를 해결하지 못하고 모성으로 강조되는 어머니상에서마저 도피한 경우이다.

3) 성 정체성 혼란과 모성의 확장

『나』는 아버지의 폭력에서 벗어나기 위해 이혼을 선택한 모자 중심 한부모가족의 청소년 자녀가 동성애라는 성 정체성 혼란을 모성애로 극복하는 확장된 모성을 보여주는 작품이다. 『나』에서는 이기적이고 폭력적인 아버지에 의해 가족 내에서 가족 권력의 약자인 어머니와 자녀가 폭력의 희생자가 되어 버린 상황을 더 이상 견디지 못하고 이혼을 요구한 점이 한부모가족의 형성 원인이다. 부부 관계에서 권력자로 군림한 아버지는 "마초"[264)라 불리는 남성성을 폭력으로 과시한다. 이른바 '가족 권

---

262) 배리소온 · 매릴린얄롬 편, 권오주 외 옮김, 『페미니즘의 시각에서 본 가족』, 한울아카데미, 2003, 25쪽.
263) 위의 책, 26쪽.
264) macho는 스페인어로 원래 뜻은 '수컷의', '남성의', '활기찬'이지만 남성적인 것으로 여겨지는 성격, 즉, 폭력적이며 단순 무식하고 남성 우월적인 면을 가지고 있는 사람을

력'인 것이다.

> "남자라면 여자를 이런 식으로 가르쳐야 하는 거야. 이 계집애 같은 놈
> 아!" 아빠가 한 번 더 엄마를 후려치려는 찰나, 한 손은 엄마에게 한 손은
> 나에게 붙들려 있었다. "이혼해, 제발! 제발, 이혼해!" 그렇게 소리치며 아빠
> 의 어깨를 벽에 찍어 눌렀다. 지금 생각해보면 어디에서 그런 힘이 나왔는
> 지 알 수가 없다. 아빠는 나보다 키도 훨씬 더 크고 덩치도 좋다. 그런데도
> 나에게 어깨를 붙들려 꼼짝도 하지 못했다. "이혼해 줘, 제발! 이혼해 줘. 이
> 위선덩어리 같은 결혼 생활을 끝장내고 싶다고! 넌덜머리 난다고!" (『나』,
> 13-14쪽)

부부 권력관계는 사회의 전반적인 문화에 의해 영향을 받는데 한국 사
회에서 남성 중심의 가부장적 문화로 인해 여성의 경제적 기여나 가정생
활 기여도에 관계없이 남편이 권력을 갖는 문화가 보편적이었다.265) 아버
지는 자신의 의지를 관철시키기 위해 자신에게 관심이 없던 엄마를 강제
로 임신시키고 결혼해서 "날개 꺾인 새"(13)의 처지로 만들어 버린 것이다.
아버지가 가족 권력을 유지하는 전략은 폭력에 의한 강압적 행동이었다.

그러나 자녀가 청소년기에 들어 불행한 삶을 살고 있는 엄마 편에 서면
서 적극적으로 이혼을 요구하자 아버지는 가족 권력자의 자리에서 내려
올 수밖에 없게 된 것이다. 일반적으로 부모의 이혼은 자녀에게 높은 스
트레스를 준다. 부모의 일방적인 결정으로 이혼한 경우 자녀들의 연령에
따라 그 영향과 반응은 다르지만 부모의 이혼이 자녀에게 미치는 영향은
훨씬 장기적이고 심각하다.

하지만 『나』의 경우 어머니가 자녀를 위해 가족을 유지하고 인내했던
불안정한 삶에서 벗어나 자유롭고 행복한 생활을 한다. 이혼 후 모자는

부정적으로 가리킬 때 쓴다. (『나』, 10쪽.)
265) 조정문 외, 앞의 책, 203-204쪽.

아버지의 폭력에서 벗어나 편안한 일상의 해방감을 맛보며 새로운 삶을 시작한다. 불행한 결혼 생활을 지속하기보다는 삶의 과정에서 이혼을 도전으로 바라보는 관점은 건강한 이혼이 오히려 자녀의 긍정적 성장을 돕는 결과로 작용한다.[266]

> 여자다움을 강조하던 아빠, 그래서 아빠는 남자다움을 과시하느라 엄마에게 그렇게 대했던가? 엄마는 분명 여자고, 아빠는 남자다. 하지만 엄마는 여자이기 전에 하나의 사람이라는 걸, 세상에 단 하나뿐인 아주 특별한 사람이라는 걸 아빠는 왜 몰랐을까? 지금의 엄마 모습이 더 엄마 같다. 그건 엄마가 자신이 선택한 삶을 누리고 있기 때문일 것이다. (『나』, 35-36쪽)

『나』에서 엄마도 한 사람의 여자이고 특별한 사람이라는 청소년 자녀의 인식은 아버지의 폭력으로부터 당당하게 벗어날 수 있는 주체적인 인권 의식의 발로이다. 세상의 모든 사람은 자신의 권리를 누리며 차별 없이 살아야 한다는 것이다. 이혼가족의 현실적 문제는 가정 경제의 위기로 빈곤가족으로 전락하는 데 있다. 『나』에서는 어머니가 교사라는 안정적인 직업을 갖고 있어서 위자료 없이 이혼을 했어도 빈곤이 가족의 현실적 문제로 대두되지는 않는다.

『나』에서 이혼 전에 아버지에게 성폭력을 당한 엄마는 임신한 사실을 이혼 후에 알게 된다. 이혼녀이고 교사인 어머니는 사회적 편견을 견뎌내며 새로운 생명을 가족으로 받아들여야 하는 상황을 아들과 상의한다. 현은 새로운 가족이 될 동생은 자신과는 다르게 태어나 엄마를 지켜주기를 바라지만 성 정체성 때문에 동생이 자신의 존재를 부정할까봐 두렵기도 한다.

---

266) 김혜숙, 「이혼가정 자녀의 적응에 관한 관점들의 비교」, 『교육논총』 23호, 경인교대초등교육연구원, 2004, 367-379쪽.

> 태어날 아기야말로 내 존재가 얼마나 부담스러울까? 아기야, 네가 나를 싫어하면 사라져 줄 수도 있어. 그러니까 건강하게 태어나야 해. 이왕이면 엄마를 꼭 빼닮은 아기였으며 좋겠다. 그래서 엄마를 누구보다 많이 이해하고 누구보다 많이 지켜 줄 아주 특별한 아기였으면 좋겠다. 반드시 나하고는 완전히 다른 아이여야 한다. "축하해" "너도 축하한다. 새로운 가족이 생긴 거." (『나』, 56-57쪽)

『나』에서 아들은 새로운 가족이 태어난다는 기쁨으로 아버지를 대신하여 엄마의 보호자를 자처한다. 아버지의 시각으로 대변한 성에 대한 이분법적 잣대는 남자가 요리하는 것을 용납하지 않았다. 아버지와 살 때 늘 조마조마하게 요리를 했던 아들은 이혼 후 동생을 가진 엄마에게 음식을 해 주는 것에서 엄마의 아들로 살 수 있는 기쁨을 얻고 있는 것이다. 아들은 자신 때문에 지금까지 희생하고 살았던 엄마에게 음식을 해주며 엄마를 돌보고 위로하고자 한 것이다.

『나』에서 어머니는 여성으로서 자아를 추구하는 삶보다는 자식을 위해서 남편이 원하던 삶을 살았다. 폭력적인 남편에게서 이혼이라는 과정을 거친 후 어머니는 일상의 행복을 찾았으며, 새로운 가족으로 찾아 온 한 아이의 생명을 키우고자 한다.

> 지금 엄마는 모든 게 다 왕성하다. 하나의 목숨을 가슴에 품고 있으면 저렇게 되는 걸까? 아니 엄마의 모성애는 특별하다. 그래서 더 특별하게 느껴지는 엄마. (『나』, 63쪽)

새로운 가족으로 탄생할 아이를 맞아들인 어머니는 아버지 없이 혼자 키워야 하는 양육의 책임을 떠안는다. 아이를 낳고 기르기 위해 현재의 직업 말고도 경제적인 방편을 마련하는 모성애는 아들에게 "특별하게 느껴지"(63)며 엄마의 아들로 존재하는 순간까지 가족을 위해 최선을 다하고

자 한다. 『나』에서 모자의 연대는 아버지의 억압적인 가족 환경에서 벗어
나 행복한 삶을 살 수 있는 새로운 삶에 대한 도전이라고 볼 수 있다.

2. 한부모가족의 모성 이데올로기 강화와 소통을 통한 성장

1) 관계 회복과 현실 인식의 자아 정체성 혼란 극복

한국 사회에서는 부모가 모두 존재하는 '정상가족' 이데올로기가 견고
하게 자리 잡고 있다. 이 때문에 '한부모가족'은 결손가족, 비정상가족이
라는 사회적 편견의 잣대에서 자유롭지 않다.[267) 가족의 심리적 환경은
청소년의 발달에 큰 영향을 주고 있으며 부모와의 관계에서 생기는 갈등
요인은 청소년기 문제 행동의 주요 원인이 될 수 있다.[268) 어머니 중심 한
부모가족 자녀들은 아버지의 부재로 인한 상실감과 부모의 역할 분담 등
에 따른 가족 환경의 변화에 대처하는 과정에서 불가피하게 정체성 혼란
을 겪게 된다.[269) 한국 사회에서 부부와 자녀로 이루어진 특정한 가족 형
태를 정상가족으로 보는 이데올로기는 미혼모가족을 소외시키며 그 자녀
들에게 '아비 없는' 자식이라는 굴레를 덮어씌운다.

『하이킹 걸즈』는 주인공이 미혼모가족이라는 놀림 때문에 폭력을 행한
대가를 치르기 위해 실크로드 도보 여행이라는 여행 서사를 통해 자아 정
체성을 찾아가는 "미성숙한 주인공이 낯선 세계와 만나 각성을 하고 성숙
에 이른다는 전통적인 성장 서사"[270)의 구조를 따르고 있다. 『하이킹 걸
즈』에서 실크로드 도보 여행은 소년원에 가는 처벌 대신 수행하는 청소년

---

267) 박경희 외, 앞의 글, 242쪽.
268) 한국청소년개발원 편, 『청소년문화론』, 앞의 책, 130쪽.
269) 설연욱, 앞의 논문, 4쪽.
270) 김화선, 「청소년소설에 나타난 성장 서사 연구－여성 인물이 주인공인 작품을 중심으
로」, 앞의 글, 565쪽.

재활프로그램이지만 미혼모가족이라는 억압적인 사회적 편견에서 벗어날 수 있는 확장된 공간 이동이다. 우루무치에서 둔황까지 1,200km를 걸으면서 인터넷과 전화의 사용을 금지하고, 음악을 듣지 못하게 하는 일상의 단절은 폭력 문제아인 은성에게 그동안 미혼모의 딸이라는 사회적 편견에 따른 상처와 할머니의 죽음에 대한 자책감에서 벗어나 온전히 자신의 존재에 대한 성찰의 시간을 갖게 하기 위한 서사 전략이다.

은성은 실크로드라는 낯선 환경과 마주하면서 육체적으로 힘든 여행을 하고 있지만 그동안 미혼모의 딸이라는 사회적 편견에 저항하던 정신적 억압에서 벗어나 과거의 상처들을 하나씩 반추하며 새로운 성장의 발판을 모색해간다. 그 과정에서 은성이 겪은 유년의 놀이공원에서 버려진 분리 기억은 청소년기에도 그 상처가 아물지 않고 도보 여행에서 길을 잃었을 때 재현된다. 유년의 상처는 은성을 위축되게 했으며 같은 상황이 발생했을 때 버림받았던 기억을 떠올리며 폭력 문제아라는 가면을 벗고 길 잃은 나약한 인간으로 존재하게 한다.

> 혹시 나를 버리고 간 건 아니겠지? 아니다. 미주 언니와 보라가 그랬을 리가 없다. 아니, 어쩌면 그랬을지도 몰라, 내가 매일 힘들다고 짜증내고, 다리 아프다고 투정 부려서 미웠을 거야……. (『하이킹 걸즈』, 78쪽)

> 침을 꿀꺽 삼켰다. 눈물이 주르르 흘러내렸다. 얼른 손으로 눈물을 닦았다. 울면 안 돼. 사람들이 내가 우는 것을 보면 이상하게 여길 거야. 나는 아랫입술을 꽉 깨물었다. 그때 누군가 내 이름을 불렀다. 분명 내 이름이었다. 눈을 크게 뜨고 보니, 보라와 미주 언니가 내 쪽으로 뛰어오고 있었다. (『하이킹 걸즈』, 81쪽)

위기의 순간에 지금까지 포장해왔던 폭력적인 은성의 모습은 사라지고 버려지고 싶지 않은 나약한 인간으로서 가시화될 뿐이다. 은성은 자신을 찾아 준 미주언니와 보라에게 고마운 마음을 선뜻 표현하지 못하는 서툰 모습을 보이지만 자신을 다그치면서도 돌보아 주는 미주언니와 동생 같은 보라를 가족처럼 여기게 된다. 인솔자인 미주언니와 동행자인 보라는 각각 상처를 안고 있지만 서로의 가족 환경에 대해 선입견을 배제한 여행의 동반자로 존재한다.

『하이킹 걸즈』에서 청소년 주체는 자신의 존재 때문에 결혼을 거부당한 후 침묵과 칩거의 시간을 보냈던 엄마의 모습을 떠올리며 미혼모로 자녀를 낳고 기른 모성 역할 갈등을 이해하고자 한다. 은성은 지금까지 상처만 남겨준 미혼모가족이라는 편견에서 벗어나 엄마에 대한 사랑을 확인하며 조금씩 "삶을 능숙하게 운전"(141)하는 성숙한 모습을 보이며 자아 정체성 혼란을 극복하고 있다. 그렇지만 은성은 자신의 존재가 엄마의 삶에 혹이 될 수 있다는 점을 상기하며 엄마에게 사랑 표현을 하지 못하는 '벙어리'로 존재한다.

> 엄마가 미웠다. 아빠도 없이 태어난 아이라고 손가락질 받게 했으니까. 그리고 엄마에게 미안했다. 엄마의 혹이 되어야 했으니까. 미워, 미안해, 미워, 미안해……'미'의 형제들 사이에 벙어리인 내가 서 있다. (『하이킹 걸즈』, 219쪽)

> 아빠도 없이 나를 낳은 엄마가 다른 엄마들처럼 나를 따뜻하게 안아 주지 않는 엄마가 너무 미웠다. 엄마가 없어지기를 수없이 기도했다. 반쪽만 있을 바에는 차라리 아예 없는 게 나을 거라고 생각했다. 그래서 엄마에게 따져 물었다. 그때 할머니 대신 엄마가 죽었어야 한 거 아니냐고 아니, 진짜로 묻고 싶은 건 그게 아니었다. 할머니가 아니라 내가 죽기를 바란 거 아니냐고 묻고 싶었다. 나는 엄마의 혹이니까. (『하이킹 걸즈』, 267-268쪽)

은성은 도보 여행 중 할머니를 기억하며 '오이지'가 없어도 밥을 잘 먹을 수 있었던 것처럼 '오이지'로 상징된 아버지가 부재한 가족을 인정하게 된다. 밥상에서 사라진 '오이지'는 상상의 아버지로서 청소년소설에서 "어머니와 딸의 이자(二者) 관계가 절대화 되면서 오이디푸스 가족 로맨스 플롯이 무너지고"271) 있음을 상징한다. 청소년의 성장에 영향을 미치는 요인을 부재하는 아버지의 호명이 아닌 미혼모인 엄마의 선택에 따른 책임과 자녀에 대한 정서적 친밀감에 무게 중심을 두고 있는 것이다.

마지막 여행지인 명사산(鳴砂山)이 모래와 바람이 부딪쳐 수많은 형태의 산 모양을 만들어 내듯이 "세상에 달라지지 않는 건 하나도 없"(269)는 것처럼 생각해왔던 은성 또한 달라지는 과정을 거친 것이다. 은성은 도보여행 80일 동안 고난의 과정을 겪으며 어른도 완벽한 어른이 될 수 없다는 사실을 깨닫게 된다. 문제 청소년이었던 은성은 명사산의 모습이 바람에 이끌려 변하듯이 "자기중심적이었던 유아적 사고에서 벗어나 내면이 확장되는"272) 새로운 삶을 살아갈 수 있는 힘을 얻게 된다.

『하이킹 걸즈』에서 청소년 주체는 청소년기에 엄마가 되어 미숙했던 엄마의 삶이 명사산처럼 모양은 바뀌지만 산이 없어지지 않는 것처럼 엄마의 '자아 찾기'와 '엄마 역할' 사이의 삶의 굴곡에서도 자신을 낳고 키워준 모성을 확인한다. 은성의 성장은 이제는 엄마에게 혹이 아닌 "혹으로 보이는 낙타의 봉에는 낙타를 살아가게 하는 힘이 들어 있"는 "낙타 봉 속에 담긴 비밀"(276)을 알았듯이 혹이었던 자신의 존재가 엄마를 살아가게 하는 힘이라는 것을 깨닫는 과정에서 이루어진다. 은성은 지금까지 미혼모가족이라는 사회적 편견에 저항하던 폭력적이고 문제아였던 모습에서 벗어나 모성을 확인하며 새로운 삶을 살고자 한다.

한국에 돌아가면 어떨까? 내가 원하는 것을 찾을 수 있을까? 전처럼 우

---

271) 김은하, 앞의 글, 293쪽.
272) 김선미, 「청소년소설의 성장 서사 연구」, 한국교원대학교 석사학위논문, 2015, 54쪽.

왕좌왕하면 어쩌지? 오아시스인 줄 알고 열심히 갔는데 신기루이면 어떻게 하지? 1,200킬로미터를 걸었지만 내 삶은 물음표 투성이다. (『하이킹 걸즈』, 280쪽)

설령 내가 믿고 있는 것이 신기루일지라도 상관없다. 걷다 보면 언젠가 는 오아시스가 나올 것이다. 사막에는 반드시 오아시스가 숨어 있으니까. 달랑거리는 방울 소리는 멈출 줄 몰랐고, 그 소리에 맞추어 가슴이 콩닥콩 닥 뛰기 시작했다. 내일부터 새로운 하이킹이 시작될 것이다. (『하이킹 걸 즈』, 281쪽)

『하이킹 걸즈』는 미혼모가족의 모녀가 정상가족 이데올로기라는 편견 에서 빚어진 가족 정체성 혼란을 극복하고 미혼모가족도 개인이 선택한 다양한 가족의 한 형태임을 제시한다. 그렇지만 한국 사회에서 미혼모가 족의 모성 이데올로기는 혼자서 자녀를 양육해야 하는 강화된 모성 역할 을 요구한다. "모든 여성에게 획일적으로 어머니로서의 정체성만을 인정 하는 모성 이데올로기는 가부장적 사회를 떠받치는 뿌리 깊은 관습이며 문화이기 때문에 모성으로서 정체성과 여성의 자아 개념을 분리시키는 것을 상상"273)하기 어려웠다.

『하이킹 걸즈』에서는 미혼모가족에 대한 편견 때문에 문제아가 되었던 청소년이 실크로드 도보 여행이라는 통과의례의 과정을 거치며 수많은 삶의 물음표들에 대한 답을 찾아가며 성장 가능성을 모색한다. 청소년 주 체는 미숙했던 모성을 이해하며 모녀 관계를 회복하고 미혼모가족의 가 치를 인정하면서 '새로운 하이킹'으로 삶을 시작하며 자아 정체성 혼란을 극복하고 있다.

『내 이름은 망고』에서는 청소년 주체가 엄마의 잠적으로 여행사 가이 드라는 엄마 일까지 떠맡게 된 상황에서 적극적으로 주어진 현실에 대

---

273) 조성숙, 앞의 책, 4쪽.

처하며 가족 문제를 해결하고 있는 성장 담론을 다루고 있다. 이 작품에서는 청소년 주체의 생명력 넘치는 성장을 다루기 위한 조건으로 현실로부터 탈주하는 문제적 엄마의 모성 역할 회피라는 서사적 전략을 사용하고 있다.

『내 이름은 망고』에서는 한국을 벗어난 캄보디아를 배경으로 소박한 그 나라 사람들이 이웃으로 등장한다. 1인칭 수아의 시선은 무책임한 엄마의 가이드 일을 맡게 되면서 자신의 가족과 연관된 주변 캄보디아 사람들의 삶을 직시하게 된다. 그러나 한국이 그리운 수아는 더운 나라인 캄보디아에 적응하지 못한 상태이고, 자신에게 우호적인 옆집의 삼콜 할배와 수아랑 친구가 되고 싶은 뚝뚝이 기사 쏙천, 엄마의 현지 가이드 파트너인 쿤라의 딸 쩜빠와의 관계가 우호적이지 않다.

한국에서 도망치다시피 떠나온 수아는 엄마의 이혼이라는 의도적인 거짓말로 아버지의 죽음을 모른 채 한국에 존재하는 아버지에게 돌아갈 마음을 갖고 돈을 악착같이 모았지만 그 돈을 엄마가 들고 잠적해버리자 엄마 대신 맡게 된 가이드 일로 그 돈을 충당하고자 한다.274) 수아는 학교 밖을 나서는 새로운 경험을 쌓아가며 관광객들을 대하는 법을 익혀간다. 작가는 한국에서 아버지의 죽음으로 부분 기억 상실과 교통사고 후유증으로 차를 타지 못하는 부적응 문제를 드러냈던 청소년 주인공을 공간이 이동된 캄보디아에서는 씩씩하고 당당한 모습으로 등장시킨다. 한국에서 모녀가 아버지의 죽음으로 우울과 불안, 경제적으로 고통 받았다면 캄보디아는 그러한 문제들을 해결하고 있는 확장된 공간이다.

청소년 주인공 수아가 처음 해보는 가이드 일은 고난의 연속이다. 엄마의 캄보디아 파트너였던 쿤라까지 급성 맹장염으로 가이드 일을 할 수 없는 처지에 놓이게 된 것이다. 결국 수아는 앙숙 관계로 지내던 쿤라의 딸

---

274) 박경희 외, 앞의 글, 246쪽.

인 쩜빠와 파트너가 되어, 캄보디아라는 낯선 공간에서 캄보디아 사람들과 파트너십을 발휘하며 가이드 일을 하게 된다. 수아는 캄보디아 가족들의 다양한 삶의 모습에서 그들이 안고 있는 아픔을 이해하고 가족의 가치를 재발견한다. 수아는 캄보디아 사람들과 우호적인 관계를 맺게 되는 과정에서 망고로 불리는 또 다른 이름에 거부감 대신 친밀감을 갖게 된다.

> 이수아는 '수아 리'로 불렸을 때 망고라는 뜻의 캄보디아 말 '스와이'와 비슷하기 때문에 옆집에 사는 삼콜 할배에 의해 '망고'라고 불린다. (『내 이름은 망고』, 147쪽)

> 차마 내 이름을 끼워 넣기가 민망했다. 난 내 이름이 좋았던 적이 없으니까. 보파의 눈이 또 해맑은 강아지 눈이 되었다. "스와이, 조타." 신통하다 '수아'라고 부르지 말아 달랬더니 대번에 '스와이'로 불러 주는 아이……. (중략) 관광 일정을 소화하느라 정신없이 바빠야 하는 나는……강아지 같은 보파를 안은 채 평상에 멍하니 앉아 있다. 그런데 이상하게 잠이 왔다. 며칠 동안 제대로 못 잤던 잠이 한꺼번에 쏟아졌다. (『내 이름은 망고』, 195쪽)

수아는 "낯선 이들 앞에 자신의 상처를 드러내서 캄보디아를 끌어안는 할배의 용기에 놀라웠"(157)고 늘 거부하고 재수 없다고 생각했던 삼콜 할배의 가족을 잃은 외로운 마음을 공감하게 된다. 가난하지만 가족의 정이 묻어나는 쏙천 가족의 편안함은 엄마의 잠적 이후 불안으로 잠을 자지 못했던 수아의 불면을 해결해 주는 휴식의 장이 되어 준다. 가족은 같이 있을 때는 소중함을 몰라도 떨어져 있어 보아야 그 소중함을 알게 되듯이 수아는 엄마의 부재 동안 캄보디아 사람들과 연대하며 가족의 가치를 재발견한다.

수아는 일이 끝나고 집에 돌아왔을 때 썰렁한 텅 빈 집의 느낌에서 "옆에 있을 땐 별 도움이 안 되는 것 같았던"(161) 엄마의 존재를 의식한다.

수아의 변화는 가이드 일에 충실하고자 했던 엄마의 모습을 발견하고 엄마의 입장을 이해하기도 하지만 아버지가 있는 곳이라 생각하는 한국으로 떠날 생각을 하면서 엄마를 위해 가장 한국적인 음식인 매운 김치를 담가주고자 한 것에서 드러난다. 불량한 엄마지만 자신이 한국으로 떠난 후 김치 없으면 밥을 먹지 못하는 엄마를 배려한 행동이라고 볼 수 있는 것이다.

> 뭐, 이별 선물로 김치만 담가 주고 떠날까? 나도 양심이 있는데, 철딱서니
> 없는 엄마처럼 아무것도 없이 버려두고 떠날 수야 없지. 김치만 담가 주자.
> 배추김치는 돈이 많이 드니까 곤란하고, 깍두기 만들 고춧가루만 사는 거야.
> (중략) 에잇, 불 김치 한번 만들어 보지 뭐. (『내 이름은 망고』, 207-208쪽)

수아는 가이드 일을 하는 도중 여행사에서 주어진 일정만 따라야 할지 일정에 없는 현지인 집을 방문하자는 고객의 요청을 들어주어야 하는지 선택의 갈림길에 놓이게 된다. 청소년에게 "늘 새로운 길을 내는"(159) 일은 두려움으로 다가온다. 여행 일정 조정이라는 선택의 결과는 쏙천 집에 관광객들을 데리고 다녀 온 후 선택의 두려움이 새로운 일을 도전할 수 있는 용기로 바뀐다. 이후 여행 마지막 날 과감하게 일정을 조정해 들린 '바이욘 사원'은 힌두교와 불교의 혼합사원으로 삼 년 전 아버지와 여행을 왔던 추억의 장소로 아버지에 대한 기억이 재현되는 공간이다. 수아가 주체적인 삶을 살기 바라는 아버지의 삼 년 전 음성은 바이욘 사원 곳곳에 존재하며 현재의 수아가 성장할 수 있는 발판이 되어주고 있다.

> 삼 년 전, 아빠는 바이욘 사원에 얽힌 이야기를 바로 이 자리에서 내게
> 들려주었다. 쉰네 개의 탑과 이백 개가 넘는 얼굴상은 모두 이 세상 사람들
> 의 얼굴이라고……세상 사람들의 얼굴이 모두 다르고 우리가 순간순간 가슴
> 에 담는 감정이 다 다르듯, 이 석상들의 표정도 어느 것 하나 같은 것이 없

다던 말, 그 말이 지금 내 입에서 반복되고 있다. (『내 이름은 망고』, 223쪽)

> 수아가 지금보다 더 혼자였으면 하거든, 엄마가 침대 정리해 주고, 학원 시간표 짜 주는 것 그만두고 수아 혼자서 자기 일에 부딪쳤으며 좋겠는데. (『내 이름은 망고』, 227쪽)

수아는 석상의 표정이 각각 다르듯 세상 사람들의 삶이 다르다는 점을 인정하게 된다. 아버지의 기억과 음성이 남아있는 바이욘 사원은 지난 삼년간 변함이 없지만 사람의 삶은 변할 수 있다는 점에서 자신의 얼굴에 대한 책임을 느끼게 된다. 가이드 일정 내내 씩씩했던 수아가 바이욘 사원에서 흘리는 눈물은 아버지에 대한 그리움의 표출이며 성장의 계기가 되는 사건이다.

출국 전 여행객의 일원인 오봉아저씨 부부가 엄마를 지명 고객으로 한 빚쟁이였다는 사실을 알고, 수아는 드디어 엄마의 문제적인 행동을 이해하게 된다. 하지만 빚쟁이 고객의 직설 화법으로 듣게 된 아버지의 죽음은 그 사실을 인정하지 않으려고 발버둥치는 수아에게 현실을 직시하게 한다. 그러나 꿈에서 멀어지는 아버지의 모습에서 수아의 무의식은 아버지와 이별하고 있음을 나타낸다.

> 이 남자는……누구지? 도대체 누구이기에 이렇게 가슴이 먹먹해지는 거지? 하지만 남자는 우리 쪽이 아닌 뱃머리의 반대 방향으로 돌아가더니 거기서 허우적대던 다른 여자아이를 데리고 나와 물 밖으로 헤엄치기 시작했다. (중략) 그리고 그 아이를 데리고 가는 남자의 얼굴을 다시 본 순간, 너무나 또렷하고 슬픈 감정이 차올랐다. "아……빠였어?" "수아야 엄마 좀 잡아 줘." 꿈이란 걸 알면서도 나는 하염없이 울고 있다. (『내 이름은 망고』, 69쪽)

수아는 아버지 죽음을 인정하는 순간 엄마를 미워해서는 안 된다는 또 다른 내면의 목소리에 의해 교통사고의 기억을 떠올리게 된다. 수아는 엄마가 아버지와 사별한 후 삶을 견디기 위해 "의식을 닫아버린" 딸을 위해 "즐겁고 따뜻한 기억이 많은"(248) 캄보디아를 선택했다는 것을 알게 된다. 딸은 겁쟁이 엄마가 우울증을 극복하며 아버지의 부재를 견뎌냈던 시간들을 공감하게 된다.

> 엄마가 한국을 떠나 이곳으로 온 게 순전히, 정말 나 때문에? 하지만 아무리 애를 써도 생각이 나지 않았다. 아빠가 떠났다는 사실도, 교통사고에 대한 기억도 도무지 남아 있지 않았다. (『내 이름은 망고』, 236쪽)

> 엄마가 왜 그렇게 현실에서 도망가고 싶어 했는지, 왜 그렇게 힘들어했는지 조금이나마 알 것 같았다. 누구나 한번쯤은 타조가 되니까, 바보 같은 짓인 줄 알면서도 모래 속에 얼굴을 파묻고 눈앞에서 이 현실이 사라져 버렸으면 하고 바라는 마음이 누구에게나 생길 수 있는 거겠지. (『내 이름은 망고』, 239쪽)

여행 일정 마지막 날 수아는 오봉아저씨한테 진 빚을 갚기 위해 차까지 팔고 돌아온 엄마의 아픔과 방황을 이해하게 된다.[275] 모녀는 고통스러운 기억인 교통사고의 순간을 솔직하게 끌어내어 서로에게 하지 못했던 말들을 터놓으며 그동안 지워버리고 싶었지만 지울 수 없었던 과거의 상처와 마주하며 아버지의 죽음을 인정하며 소통하는 시간을 갖는다.

> 삼 년 전 아빠는 내게 똑같은 말을 했었다. 단 한 번 보고 모든 것을 다 봤다고 믿지 말라고, 언제나 새로운 눈으로 바라보려는 의지가 필요하다고 했었다. 인간이 위대한 것은 이런 사원을 만들었다는 사실이 아니라 그걸 만들어 낸 의지에 있다고, 문득 엄마 역시 관광객들을 데리고 이곳에 올 때마다 아빠가 했던 그 말을 떠올렸을 거라는 생각이 들었다. (『내

275) 박경희 외, 앞의 글, 246쪽.

이름은 망고』, 105쪽)

> "아빠가 아니어서……나여서……미웠니?"
> 엄마는 왜 지금에서야 이렇게 솔직해진 건데? 언제부터 그랬다고……하지만 그 말을 하지 못한 채 엄마를 바라보는 내 눈에는 어느 새 다시 눈물이 고이고 있었다. "……엄마도 어쩔 수 없었잖아." (『내 이름은 망고』, 248쪽)

『내 이름은 망고』에서 수아는 아버지의 죽음을 인정하고 교통사고의 순간에 엄마랑 맞잡은 손을 다시는 놓지 않고 살아남은 자의 몫인 일상의 삶에 충실하고자 하며 자아 정체성 혼란을 극복한다. 청소년 주체는 아버지를 잃은 아픔을 극복하고 씩씩한 생명력을 드러내며 지금 자신의 모습을 좋아하며 가족의 추억을 기억 속에 잘 묻어두고 꺼내보고자 다짐한다. 그렇지만 『내 이름은 망고』에서 사별이 원인이 된 한부모가족 모녀의 삶은 앞으로도 녹록치가 않다.

> 어쨌거나 현실은 우기와 건기의 반복, 구차한 변명의 연속이다. 엄마나 나는 다시 살아남은 자의 일상으로 돌아가야 한다. 어둠 속에서 엄마가 내 손을 잡았을 때 그렇게 단단하게 서로의 손을 맞잡고 순간순간을 이겨 내며 살아가야 한다. 아직 갚아야 할 빚은 산더미다. 이자는 우기에 비 온 뒤 나무 자라듯 쑥쑥 자라지, 빚쟁이 아줌마 아저씨들이 또 언제 들이닥칠지 모르지, 게다가 엄마의 '일하기 싫어 병'이 언제 도질지도 모른다. 당장 집세와 다음 학기 학비도 걱정해야 하니, 현실은 어둠보다 더 짙고 불투명할지도 모르겠다. (『내 이름은 망고』, 252-253쪽)

『내 이름은 망고』에서는 아버지의 죽음으로 인한 부재를 인정하고 현실의 문제와 미래의 불안을 "우기와 건기의 반복"(252)이라는 캄보디아의 계절로 상징된다.276) 청소년 주체는 캄보디아에서 엄마의 우울증과 "일하

---

276) 위의 글, 247쪽.

기 싫어 병이 언제 도질지 모"르는 미래의 불확실함과 당장 "집세와 다음 학기 학비 걱정"(252)도 해야 하는 현실적인 가정 경제의 문제를 해결해야 하는 불투명한 현실을 직시하고 있다. 『내 이름은 망고』는 현실을 극복하고 미래를 살아가고자 하는 긍정적인 자아 정체성을 성취하고 있는 청소년 주체의 성장 담론임을 알 수 있다.

『나』에서 이혼으로 한부모가족이 된 모자는 여성과 남성을 "여자다움" 과 "남자다움"이라는 이분법적 사고를 강조한 폭력적인 아버지의 굴레에서 벗어났지만 자녀의 동성애라는 성 정체성 혼란의 문제가 표면화되지 않고 잠복되어 있는 경우이다. 청소년 주인공 현은 자신도 받아들이기 힘들었던 동성애자라는 성 정체성을 숨기며 살고 있다. 모자의 실질적인 고민은 '동성애'인데 두 사람 모두 그 문제를 표면화하지 않는다는 것이다.

> 엄마는 친구들과 함께 영화를 보러 가기로 했다는 말에 반색을 하며 용돈도 두둑이 넣어 주었다. "네가 변하는 모습이 보기 좋아." 내가 변해야 하나? 멀뚱한 눈으로 엄마를 바라봤다. "여자 애들하고 놀러를 가고 말이야." "남자 애들도 있어." "어쨌든 괜찮은 애 있으면 하나 건져." "물고기야 건지게?" "이렇게 준수한 외모에 유머 감각까지 갖췄는데 여자 애들이 좋아할 수밖에 없지. 공학에 가길 잘한 것 같아. 그 동안 남자 학교만 다녀서 네가 여자 친구가 없었던 거야. 부족한 게 하나도 없잖아." (『나』, 26-27쪽)

엄마의 이혼과 아들의 전학은 모자가 새로운 인생을 시작하는 시점이지만 아들은 엄마에게 혼란을 주지 않으려는 의도와 늘 죽음을 생각하며 엄마를 지켜주지 못할 수 있다는 불안감에 자신의 성 정체성을 숨긴다. 엄마 또한 아들의 성 정체성을 알고 있었지만 아들이 고백할 때까지 아는 체를 하지 않고 바라보고 있기 때문이다. 엄마는 이혼이 아버지의 억압으로부터 벗어날 수 있는 하나의 시점이었다면 이혼 후 '현'의 전학은 아무하고도 '관계 맺지 않기'로 결심하는 계기가 된다. 동성애자인 청소년은 자신의 비밀을 누군가 알아볼까 두려움을 갖고 있는 것이다.

청소년 동성애자는 자신의 성 정체성을 알아채고 그것을 인정해야 하는 시기에 자아 정체성 혼란을 겪는 것이다. 현은 자신의 성 정체성이 공개되는 것에 대한 두려움에서 벗어나지 못하며 늘 죽음에 대한 생각을 놓지 않고 있다. 현은 영화 속의 대사를 빌어 자신의 성 정체성 비밀을 알게 될 엄마의 혼란스런 모습을 상상한다. 현은 스스로 성 정체성을 인정하지 않고 "이상한 놈"이라고 칭하며 동성애자라는 비밀을 숨기는 것이 엄마를 편안하게 살 수 있게 하는 방법이라고 생각한다.

> 만약 죽는다면 이 노래와 함께 이승에서 저승으로 넘어가고 싶다. 죽음이라는 것은 철저하게 혼자서 맞이해야 하는 것이니까 외로움을 덜어 줄 무언가가 필요한 것이다. 영화 속의 대사. '딸이 이상해진 걸 알면 엄마가 미칠 거야.' 바꾸어 말해 본다. "아들이 이상하다는 걸 알면 엄마가 미칠 거야." 딸은 이상해졌지만 나는 이상한 놈으로 태어났다. 엄마가 미치지 않게 하려면 내가 이상한 놈이라는 것을 알게 해서는 안 된다. 언제까지 감출 수 있을까? 죽을 때까지 감출 수 있을까? (『나』, 47쪽)

『나』에서 엄마가 교사로 근무하는 학교에 다니던 청소년 동성애자가 퇴학을 당한 사건은 사회적 금기에 대한 사람들의 통념을 보여준다. 엄마가 들려주는 "퇴학 시키지 않으면 다른 애들까지 물들일 거라는"(77) 견고한 사회적 통념은 "사회적으로 금기시 되는 성 정체성을 가진 동성애자들이 자신의 성 정체성을 드러내기보다는 이를 숨긴 채 이성애 중심의 사회적 논리에 맞추어 이중생활"277)을 하게 한다. 현이 또한 하고 싶은 말을 엄마 앞에서 하지 못하고 무의식중에 했던 말도 "엄마가 듣지 못하기를"(79) 바라며 자신의 성 정체성을 공개하는 걸 꺼린다. 동성애자인 아들

---

277) 박임효, 「동성애자의 성 정체성 형성 과정에 관한 교육학적 탐색」, 서울대학교 석사학위논문, 2008, 2쪽.

은 엄마 앞에서도 하고 싶은 말을 다 하지 못하는 것이다. 사회적으로 주어진 성 정체성과 자신의 성 정체성의 괴리에서 나타나는 정체성 혼돈 양상은 동성애자의 생활 곳곳에서 마찰과 갈등을 낳게 된다.278)

『나』에서 현은 성적 소수자인 동성애자의 권리를 노동자의 권리를 위해 분신했던 '전태일'과 비교하며 엄마를 이해시키고자 한다. 하지만 엄마는 "노동자와 동성애자를 비교하는"(80) 것은 논리적으로 맞지 않다는 의견을 제시하자 아들은 자신의 성 정체성을 또다시 감추고 만다.

『나』에서 현의 또래로 등장하는 상요는 일기장이 발각되는 바람에 의도하지 않게 성 정체성을 가족에게 '커밍아웃'279)하게 된다. 상요의 아버지는 자식의 성 정체성을 받아들이지 못하고 죽음을 강요하면서 폭력을 행사한다. 상요의 가족과 달리 아들의 성 정체성을 이미 알고 있던 현의 엄마는 아들이 엄마에게 '커밍아웃'을 해 주기 바랐지만 아들은 자신의 성 정체성을 알게 되면 엄마가 상처받을까봐 드러내지 못하고 만 것이다. 엄마는 이 사회에서 '동성애자로 살아가기' 힘든 걸 알기에 아들이 동성애자임을 인정하기까지 말없이 지켜보고 있었던 것이다.

한편 엄마는 상요의 죽음 이후 아들이 성 정체성에 관한 비밀을 밝히지 못하고 괴로워하며 죽음을 준비하는 "서랍 속의 비닐 끈"(205)과 몰래 모은 수면제도 아들 모르게 치워놓는다. 엄마는 동생을 낳은 이후 그동안 비밀로 했던 현의 성 정체성을 알고 있었던 사실을 고백한다. 모자는 새 생명을 아버지 없이 키워야하는 현실을 인식하며 서로 의지하고자 한다. 모자는 새로운 생명이 딸로, 동생으로 온 각자 삶의 몫에 대한 책임을 서로 나눠지고자 그동안 고백하지 못했던 성 정체성을 표면화하며 세상에 대한 두려움을 이겨내고자 한다.

---

278) 위의 논문, 2쪽.
279) coming out of the closer. '벽장에서 나오기'의 줄임말로 동성애자 스스로 자신의 정체성을 긍정하고 외부에 자신의 성 정체성을 밝히는 것. (『나』, 130쪽.)

"고등학교 졸업하면 운전면허증부터 딸까 봐." "왜?" "그래야 엄마랑 해인이랑 태우고 다니지." "네가 없었으면 어떻게 했을까? 생각만 해도 겁나." 엄마가 나를 가만히 들여다보며 말한다. 얼마 전까지만 해도 엄마한테 아기만 있으면 될 것 같다는 생각을 했는데 이제는 엄마와 아기를 위해 내가 무엇을 할 수 있을지 걱정이다. (『나』, 205쪽)

엄마는 나를 더 꼭 끌어안았다. "언제부터?" "네가 아주 어렸을 때부터." "그런데 왜?" (중략) 엄마의 눈에 눈물이 가득 고여 있다. "왜 이제야 말을 하느냐고?" 눈물이 뚝 떨어진다. "네가 말하기 전까지는 인정하고 싶지 않았어, 이 사회에서 동성애자로 사는 게 얼마나 힘든지 알고 있으니까. 그런데 상요라는 애 자살했다는 소리 들으니까 겁이 덜컥 났어. 엄마는 널 잃고 싶지 않다. 널 잃지 않기 위해서 엄마는 무엇이든 할 거야." 가슴속에서 뜨거운 덩어리가 툭 터지는 기분, 내가 의식하지도 못하는 새에 가득 고인 눈물이 흘러내린다. "오랫동안 외면하고 있어서 미안하다……" 나는 엄마를 꼭 끌어안았다. (『나』, 206-207쪽)

『나』에서 현의 엄마는 남편의 폭력 앞에서도 아들이 성인이 되는 고등학교 졸업 때까지 이혼하지 않고 참으려 한 이유는 아들의 성 정체성 혼란을 지켜보며 성적 소수자로 살아가야 하는 고통을 이겨낼 수 있는 지지자가 되어주는 심화된 모성을 보여준다. 『나』에서는 아들이 성 정체성을 받아들이며 소외된 삶이 아닌 이 사회의 일원으로 성장하기를 갈망하는 모성 담론을 확인할 수 있다. 『나』에서 엄마는 폭력적인 남편과 성에 대한 이분법적 사고에서 벗어나 유폐된 아들의 성 정체성을 인정하며 아들을 잃지 않기 위해 무엇이든지 하고자 하는 확장된 모성 이데올로기를 보여준다.

『나』에서 동성애자 아들에 대한 확장된 모성의 지지는 청소년 자녀가 성 정체성을 인정하기까지 지속된 자살 충동이라는 유폐된 심리적 불안에서 벗어나 동성애자라는 성 정체성을 당당하게 받아들이게 된다. 청소년 주체는 부재하는 아버지를 대신해 엄마와 동생의 보호자로서 역할을 자처하며 성 정체성 혼란을 극복하고 긍정적인 자아 정체성을 성취해가는 성장 담론을 보여준다.

한부모가족 유형의 청소년소설에서는 어머니가 자녀를 양육하는 한부모가족 중심으로 청소년의 자아 정체성 혼란과 그 극복 과정의 성장 담론이 나타난다. 미혼모가족과 사별가족에서 청소년 주체는 아버지의 부재로 인한 '폭력 문제', '기억 상실증'으로 정체성 혼란을 겪는 청소년의 모습이 부각된다. 『하이킹 걸즈』에서 청소년 주체는 미혼모로 자신을 양육해야 했던 미숙한 모성을 이해하는 과정에서 어머니와의 관계를 회복하며 소통을 통한 자아 정체성 혼란을 극복해간다. 『내 이름은 망고』에서도 청소년 주체는 아버지의 죽음 이후 경제적 문제와 딸의 기억 상실을 견뎌야 했던 어머니와 아픔을 이해하는 소통의 시간을 통해 현실 인식을 하며 자아 정체성 혼란을 극복한다. 이혼가족인 『나』에서는 청소년 주체가 폭력적인 아버지와 이혼한 어머니의 보호자로서 자신을 지지해주는 어머니와 소통하며 성 정체성을 인정하고 세상을 살아갈 힘을 얻고 있다. 한부모가족 유형의 청소년소설에서는 모자녀 간 소통을 통한 관계 회복과 현실 인식에 의한 자아 정체성 혼란을 극복하는 면모가 성장 담론으로 확인된다.

2) 또래 집단의 조력과 소통

한부모가족 청소년은 가족 문제에서 자아 정체성 혼란을 느낄 때 또래 관계에 의존하는 면모를 보인다. 청소년기 또래 집단 내에서의 상호작용은 청소년의 올바른 사회화와 발달과업인 자아 정체성 형성에 영향을 미친다. 청소년이 건강한 성인으로 성장하기 위해서 또래 집단은 사회적 자원으로 기능하기 때문이다.[280] 청소년기는 생애 "어느 발달 시기보다도

---

280) 박경희 외, 앞의 글, 236쪽.

개인의 정체감이 가장 유동적"[281])이기 때문에 청소년이 대부분의 시간을 같이 보내면서 감정을 공유하는 또래 집단은 자아 정체성을 확립하는 데 중요한 역할을 한다. 청소년은 또래의 눈을 통해 자신을 바라보고 판단하지만 또래 집단은 청소년의 성장에 양가적인 영향을 미친다.[282] 청소년기에 또래 집단은 때로는 가족보다 더 중요한 준거 집단으로 기능하기 때문이다.

『하이킹 걸즈』에서 은성과 보라는 도보 여행의 동반자로 가변적인 또래 관계를 맺고 있다. 이들은 여행의 이탈 과정에서 서로의 가족 환경과 이 여행에 참가할 수밖에 없었던 사정을 이해하며 자아 정체성을 형성해 가는 데 조력자 역할을 하고 있다. 은성의 동행자인 보라는 학교폭력에 시달리다가 물건을 훔치는 습관이 생겨 그 대가로 도보 여행에 참가하고 있다. 학교 폭력의 피해자인 보라의 입장에서 폭력을 휘두른 은성은 가해자인 셈이다. 학교 폭력의 가해자였던 은성과 피해자였던 보라는 서로의 입장 차이 때문에 갈등을 일으킨다. 은성이 내면의 상처를 폭력적인 행동으로 표현했다면 보라는 내면으로 침잠시키고 있다. 은성은 자신의 상처를 방어하기 위해 폭력을 가한 행위와 폭력의 피해 때문에 물건을 훔칠 수밖에 없었던 보라의 상처를 동일선상에 놓고 있다.

"내가 가장 경멸하는 게 언니 같은 인간들이야, 남 때리고 미안할 줄 모르고 오히려 자랑스러워하는 악마 같은 인간들, 내가 아는 애들 중에도 언니 같은 애가 있어." (중략) "야 똥 묻은 개가 겨 묻은 개 나무란다고, 너나 나나 모두 잘못해서 여기 온 건 마찬가지 아니야? 때리는 것만 나쁘고, 남의 물건 훔치는 건 안 나빠?" (중략) 여행을 하면서 보라와 친해질 수 있을 거라고 생각했는데, 그 생각은 취소다. 자기 잘못은 생각하지 못하고, 왜 내 잘못만 나쁘다고 하는 건지 완전 웃기는 짬뽕이다. (『하이킹 걸즈』, 111-112쪽)

281) 권이종 외, 앞의 책, 137쪽.
282) 한국청소년개발원 편, 『청소년환경론』, 교육과학사, 2001, 166-167쪽.

은성은 보라의 냉대에도 아랑곳하지 않고 소통을 시도하면서 자신의 상처 때문에 남의 아픔을 돌아볼 줄 몰랐던 자신과 마주하게 된다.[283] 은성은 보라를 보살펴주고 인정받고 싶은 마음에 보라가 일본 여학생들에게 괴롭힘을 당하자 또 다시 폭력을 행하고 만다. 은성은 보라를 지켜주기 위한 폭력 행동에 정당성을 인정받고 싶지만 또다시 문제아가 되어 버린 현실과 마주하며 자신의 삶에 대한 답을 찾고자 한다.

언니 말대로 내가 참았어야만 했던 걸까? 그 상황에서는 최선의 행동이라고 생각했는데 헷갈린다. 도대체 나는 어떻게 행동해야 했고, 지금은 또 어떻게 해야 하는 것일까? 아무도 내게 답을 주지 않는다. 아니, 나 스스로 귀를 막은 채 듣지 않는 건지도 모르겠다. (중략) 나는 더 이상 어린아이도 아니고 스스로 판단 할 수 있을 만큼 충분히 컸다. 그런데 왜 내 행동 때문에 머리가 어지러운 건지……. (『하이킹 걸즈』, 130쪽)

난 꼭 고장 난 자동차 같다. 오른쪽으로 핸들을 돌리면 바퀴는 왼쪽으로 가다가 결국 펑 하고 터져 버린다. 언제쯤 내 삶을 능숙하게 운전할 수 있을까? '어른'이라는 자격증을 따고 나면 조금 나을까? 그건 도대체 언제쯤 딸 수 있는 거지? (중략) 물음표가 머릿속을 점령해 버렸다. 오늘밤도 물음표를 세며 잠을 청해야 할 듯하다. (『하이킹 걸즈』, 141-142쪽)

은성은 지금까지 자신이 해왔던 행동과 또다시 폭력 문제아가 되어버린 현실 상황을 마주하며 정체성 혼란에 빠진다. 은성의 머릿속에 있는 수많은 물음표들에 대한 답을 찾기 위한 성숙한 어른이 되기까지는 물음표만큼의 시행착오가 기다리고 있는 것이다. 은성의 '어른 되기'는 한국에 돌아가고 싶지 않은 보라의 이탈을 따라가면서 소년원에 보내질 수 있는 위기 상황에서도 보라의 보호자를 자처하면서 시작된다. 지금까지 문제아

---

283) 박경희 외, 앞의 글, 243쪽.

였던 은성이 이제 보라의 이탈을 뒷수습해주는 역할을 떠안은 것이다.

인솔자가 없는 은성과 보라의 이탈은 성장을 위한 분리 과정이라는 통과의례를 거치고 있다. 은성은 자신들을 도와준 위구르족인 율투르 가족의 다정한 모습을 보면서 "아빠가 없다고? 엄마가 미혼모라고? 문제가 많은 가정이네, 아빠도 없이 사는 게 얼마나 힘들까?"(215)라는 사회적 편견 때문에 힘들었던 과거의 상처를 드러낸다. 은성은 보라를 통해 삶에 대한 모범 답안은 정답이 아니라는 사실을 인식하며 정해진 답을 찾기보다는 자신만의 삶에 대한 답을 쓰고자 다짐한다. 이들은 또래의 문제가 거울이 되어 자신과 마주하며 아픈 가족사를 드러내며 서로의 상처를 치유하고자 한다.

> "언니, 세상에는 참 많은 기준이 있는 것 같아. 누구처럼 공부를 잘해야 하고, 누구처럼 돈이 많아야 하는 등의 기준 말이야. 왜 그것에 따라 살아야 하자? 그냥 나대로 살면 편한데, 왜 주변 사람들과 끊임없이 비교하고, 그것에 미치지 못하면 조바심을 내야 해? 에잇, 말도 안 돼." (중략) 모범 답안은 이미 만들어진 그럴듯한 답이다. (중략) "사는 게 쉽지 않으니까, 그냥 쉽게 모범 답안을 따르려는 건지도 몰라. 미리 정해진 답을 따르면 쉽잖아. 그럴듯하기도 하고." "하지만 모범 답안은 모범 답안일 뿐 정답은 아니잖아. 모범 답안은 가짜야." (『하이킹 걸즈』, 225쪽)

그렇지만 은성은 보라의 보호자를 자처했던 대가가 도보 여행 취소라는 결정을 듣고 참았던 눈물을 쏟아낸다. 도보 여행 전까지 은성은 정상 가족 이데올로기에 부합한 가족을 기대한다는 것에 익숙하지 않아 목표를 세우고 그 꿈을 키워나가야 할 청소년기에 아무것도 바라지 않는 삶에 익숙했다. 하지만 이탈의 과정을 겪으면서 은성은 고난의 과정이라고만 생각했던 도보 여행을 완주할 수 있기를 간절히 바란다. 이제 하고 싶은 일이 생긴 것이다. 고난의 여행으로 시작되었지만 여행의 종결 지점은 은성이 새롭게 나아갈 수 있는 성장의 발판이 된다.

> 엄마가 거짓말하며, 내가 딸이 아닌 척했다. 그 후로도 몇 번 더 그런 일
> 이 있었다. "우와, 언니네 엄마 귀여우시당. 근데 나라도 그랬을 것 같앙. 아
> 니, 나라면 아예 낳지 못했을 거야. 아이한테는 미안하지만 너무 무섭잖앙.
> 언니네 엄마는 언니를 사랑한 게 틀림없엉. 그러니까 언니 나이에 언니를
> 낳은 거얌." 보라가 엄마 편을 들었다. (『하이킹 걸즈』, 217쪽)

정상가족이라는 모범 답안에서 벗어난 미혼모가족이어서 받아야 했던
은성의 상처는 또래 친구인 보라가 대변해준 은성을 사랑했기에 자신의
존재를 세상에 낳아준 엄마의 입장을 이해하면서 아물기 시작한다. 지금
까지 또래들에게 놀림당하지 않기 위해 폭력이라는 무기로 자신을 방어
했던 은성에게 보라는 새로운 자아 정체성을 찾아가는데 긍정적인 준거
집단 역할을 하는 또래의 모습을 보이고 있다.

청소년은 가족 문제에서 흔들릴 때 또래 관계에 의존하는 면모가 『내
이름은 망고』에서도 드러난다. 『내 이름은 망고』에서도 청소년 주인공이
엄마를 이해하게 되기까지는 아버지 없이도 열심히 살아가는 캄보디아
또래인 쩜빠의 역할이 크다. 혼혈아 쩜빠는 한국인 아버지의 존재조차 모
르지만 아버지를 원망하기보다는 아버지를 기쁘게 하고 싶어 압사라 무
용수가 되기 위해 자신만의 꿈과 행복을 만들고자 노력한다.[284]

> 엄마 말로는 쿤라가 스무 살 때 만난 한국 남자였다는데, 쩜빠가 태어난
> 후 소식이 끊겼다고 한다. (중략) "아빠 앞에서 압사라 춤 추는 거, 아빠는
> 엄마 압사라 춤 추는 거 보고 반했다고 했어. 그래서 나도 압사라 무용수가
> 돼서 한국 가면 아빠가 기뻐할 거다." 쩜빠다운 생각이었다. 나는 우리를
> 버린 아빠를, 나를 버린 엄마를 죽도록 미워하고 있는데, 쩜빠는 자신과 엄

---

[284] 박경희 외, 앞의 글, 246쪽.

마를 버린 아빠를 기쁘게 하고 싶어 한다. (『내 이름은 망고』, 170-172쪽)

한국인 아버지를 그리워하는 쩜빠의 모습에서 수아는 "엄마한테 아빠에 대해 물어볼 용기"도 "엄마를 찾아볼 용기"(174)조차 없었던 자신을 재인식한다. 수아와 쩜빠는 처음 만났을 때는 "부탄가스와 라이터"(85) 같은 사이였지만 관광 일정이 지날수록 둘은 서로의 아픈 가족사를 이해하고 격려하는 관계로 발전한다.285) 쩜빠는 빚을 받으러 온 오봉 아저씨 부부에 의해 아버지의 죽음을 알게 된 혼란스러움에 눈물을 흘리는 수아에게 부재한 엄마의 음성 대신 닫아버린 기억을 되찾을 수 있도록 아버지의 죽음을 알려주는 역할을 맡으며 수아를 위로한다.

> 한참 후, 쩜빠는 무겁게 입을 열었다. (중략) 절대 사실일 리 없는데, 머리로는 도저히 받아들일 수 없는 일인데, 하염없이 눈물이 흘렀다. "한국에서 자꾸 나쁜 기억에 악몽 꾸고, 차도 못 타고, 토하고, 그래서 지옥 여기 왔어. 수아랑 아빠랑 여기 제일 좋아했어. 한국보다 여기 마음 편하다. 빚은 갚으면 되니까……사는 게 중요하다." (중략) 사시나무처럼 떨리는 내 어깨를 쩜빠가 살며시 안아 주었다. 쩜빠에게서 따뜻한 살 냄새와 달큰한 망고 향이 났다. (『내 이름은 망고』, 236쪽)

또래의 지지는 청소년 주체가 흔들릴 때 가족 문제를 해결할 수 있는 원동력이 되어 준다. 수아와 쩜빠는 아버지 부재 가족 문제의 아픔을 감싸 주고 연대하는 달큰한 망고 향기가 스며드는 친밀한 존재로 다가간다.

> 가로등 하나 없는 깜깜한 어둠 속인데도 마치 쩜빠가 나를 향해 웃고 있는 게 보이는 듯했다. 쩜빠 역시 어두워서 내 얼굴을 볼 수 없을 테니 나도 씩 웃어 주었다. (『내 이름은 망고』, 251쪽)

---

285) 위의 글.

쩜빠는 가방에 감춰 뒀던 망고 하나를 꺼내 쓱쓱 돌려 깎고 있다. 과육의 아래와 위 부분을 길게 잘라 나에게 주고, 혀가 얼얼한 씨 부분은 언제나 자기가 먹는다. 캄보디아에서 일 년 넘게 살았으면서 망고 하나 제대로 못 먹는다고 나를 놀리면서도, 늘 씨 부분은 내게 주지 않는다. (『내 이름은 망고』, 253쪽)

수아는 자신의 손을 잡고 아버지 대신 살아난 엄마의 미안함을 쩜 빠에게 전해 들으며 아버지의 죽음을 감추고 수아를 위해 캄보디아까 지 와서 빚쟁이에게 시달렸을 모성을 이해한다. 『내 이름은 망고』에 서는 아버지의 존재조차 모르지만 씩씩한 캄보디아 또래의 위로로 아 버지의 죽음을 인정하는 통과의례를 거치며 현실을 인식하고 긍정적 인 자아 정체성을 성취하는 한부모가족 청소년의 성장 담론을 확인할 수 있다.

『나』에서도 성 정체성 혼란을 겪는 청소년 주인공이 다니는 학교에 동일한 성 정체성을 갖고 있는 또래가 등장한다. 현은 전학 오기 전 학 교에서 자신의 성 정체성을 알아보고 다가왔던 또래를 보며 설레었지만 자신이 거부한 행동 때문에 친구가 학교에서 사라져버렸던 아픈 기억을 지우고 자신을 알아보는 이가 없는 새로운 환경에 오히려 편안함을 느 끼고 있다.

그렇지만 『나』에서는 현이 전학 간 학교에서도 같은 반에 동성애자 인 상요라는 또래를 배치하고 있다. 현은 상요에게서 도망치려는 마음 도 있지만 상요가 있어 외롭지 않다는 영혼의 목소리에 이끌리게 된다. 현과 상요는 서로를 알아보고 다가간다. 현은 동성애자가 사회에서 아 웃당할 것 같은 불안감도 느끼지만 동일한 성 정체성을 갖고 있는 또래 의 등장이 오히려 위안을 받는 양가감정에서 자유롭지 못한 면모를 보 여준다.

상요는 알고 있다. 내가 자신과 닮은 아이라는 걸. 이쯤에서 상요와도 거리를 두어야 하나? 그런데 왜 꼭 그래야 하지? '그 애'에게서 도망을 쳤듯이 상요에게서 도망치려는 나를 영혼이 비웃고 있다. (중략) 하지만 상요가 있으니까 외롭지 않지? 영혼이 묻는다. '그래, 내가 더 이상 혼자가 아니라는 생각. 나를 나로 봐 줄 수 있는 사람이 있다는 게 너무 좋아. 인정해.' (『나』, 122쪽)

그래 그럴지도 모른다. 동성애자라는 것이 드러나면 무조건 아웃, 사회가, 학교가 아웃시키지 않으면 내 스스로 '아웃'시킬 것 같다는 두려움. 상요가 있으니까 좋으면서도 한편으로는 이런 편안함이 불안하다. '상요에게마저 나를 숨길 생각은 없어, 하지만 졸업이 얼마 안 남았어. 상요는 여태껏 외로웠고, 앞으로도 잘 견딜거야. 학교에서 벗어난 후 그때 다가가도 되지 않겠어? 그때 나를 보여도 뭐가 그리 늦을까? 더 잘 해주면 되잖아. 더 잘해 주면……' (『나』, 123쪽)

현은 상요가 죽기 전 상요의 제안으로 바다를 보러가서 성 정체성 때문에 죽음을 강요당했던 상요의 상처받은 이야기를 듣지만 "네가 있어서 다행이야. 우리 영원히 친구하자"(137)라고 위로하지 못한다.

"왜 맞아야 했는지 궁금했어." 그렇게 추운 날씨가 아닌데 왜 이렇게 몸이 떨리는지 알 수가 없다. 가슴속에서 치미는 분노. 분노 때문이었다. "억울한 생각이 들었어." (중략) "뭐, 지금은 괜찮아." 어떤 말이라도 해야 한다는 생각이 들었다. 하지만 아무 말도 할 수 없었다. 아. 무. 말. 도. 그것이 오랫동안 후회로 남을 줄 알았다면 고집스럽게 입을 다물고 있지 않았을 것이다. (『나』. 132쪽)

아버지의 폭력은 상요에게 오히려 가족에 대한 미안한 마음을 덜어준다. 하지만 상요는 "왜 맞아야 하는지"(131)에 대한 물음이 억울한 마음으로 변하며 세상을 살아갈 힘을 잃고 자살하고 만다. 청소년 동성애자인 현과 상요가 겪는 자살 충동과 같은 심리적 갈등과 불안 요소들은 개인의 자아 정체성 형성에 걸림돌이 된다. 자살과 같은 극단적인 선택을 하지 않더라도 대부분의 동성애자들은 자신의 성 정체성에 대한 콤플렉스(complex)나 트라우마(trauma)를 갖게 되고 이는 자아 정체성 형성에 방해가 된다.286) 현은 상요를 잃었다는 자책감에 빠져 자신이 할 수 있는 일은 죽는 것뿐이라며 오랫동안 미뤄왔던 자살을 시도하고자 한다.

> 몸이 사라져서 없어져 버렸으며 좋겠다. 내 존재 자체가 없어져 버렸으며 좋겠다. 엄마, 왜 나를 낳았어? 낳으려면 좀 제대로 낳아 주자. 엄마한테 부끄러운 아들이 되고 싶지 않았는데, 정말 그러고 싶지 않았는데 이제는 어쩔 수가 없어. (『나』, 176쪽)

그렇지만 『나』에서 현은 엄마가 치워버린 비닐 끈을 찾지 못하자 자신이 죽은 후의 엄마와 새로 태어날 동생을 떠올린다. 현은 상요의 죽음과 동생의 출생이라는 삶과 죽음의 경계선에서 죽은 상요를 위해서는 친구가 되어주고 그에게 미안한 마음을 전한다. 『나』에서 현은 상요의 죽음이라는 통과의례를 겪으면서 상요와의 만남을 학교 졸업 이후로 미루었던 자신을 자책하고, 자신의 성 정체성을 인정하며 "미루면 안 되는 일이 있다는 것"(138)을 깨닫는 성장의 시간을 갖는다.

청소년소설에서는 어머니 중심 한부모가족 청소년이 가족 문제에서 자아 정체성 혼란을 느낄 때 또래 관계에 의존하는 면모를 보인다. 청소년기 또래 집단 내에서의 상호작용은 청소년의 올바른 사회화와 발달과업인 자아 정체성 형성에 영향을 미친다.287) 청소년이 건강한 성인으로 성장하기 위해서 또래 집단은 사회적 자원으로 가능하기 때문이다. 청소년기는 생애 "어느 발달 시기보다도 개인의 정체감이 가장 유동적"288)이기

---

286) 박임효, 앞의 논문, 2쪽.
287) 박경희 외, 앞의 글, 236쪽.

때문에 청소년이 대부분의 시간을 같이 보내면서 감정을 공유하는 또래 집단은 자아 정체성을 형성하는 데 중요한 역할을 한다. 어머니 중심 한 부모가족 유형 청소년 자녀가 또래 집단의 정서적 지지를 얻어 모성의 다양성을 이해하며 자아 정체성 혼란을 극복하고 어머니와 소통하는 성장 담론을 확인할 수 있다.

---

288) 권이종 외, 앞의 책, 137쪽.

V. 가족의 재구성과 전도된 성장

1. 파편화된 가족과 가장의 권위 불신[289]

1) 경제력 상실과 무책임한 아버지

한국 사회에서는 아버지가 청소년기 자녀의 성장 지표가 되어야 한다는 가부장제 담론이 지배적이었다. 전통적인 성 역할 체계에서 아버지는 성숙한 남성다움과 가장으로서의 책임감을 지닌 존재이다. 그들의 가족 부양자 지위 및 역할 수행 능력은 남성의 사회적 정체성을 가늠하는 척도였던 것이다.[290] 가족 부양자로서 아버지의 경제력은 "생계에 대한 책임을 다함으로써 가장의 임무와 역할을 수행하며, 공적 영역을 담당"[291]하는 가부장으로 권위를 수행할 수 있는 조건이었다. 그러나 IMF 이후 한국 사회는 대량 실업 사회로 전락하고, 생활고로 인한 경제 위기가 현실화되면서 가족해체가 가속화되었다. 실업으로 말미암아 주 가족 부양자인 아버지는 무력감과 자격지심을 그리고 가장의 실직을 경험한 가족은 상실감과 불안감이 일상화되었다.

『밥이 끓는 시간』은 이러한 사회 경제적 현실 앞에서 아버지의 실직과 재혼, 재혼한 새어머니와의 갈등, 그 가운데에서 청소년인 순지가 겪는 좌절과 타자에 의해 떠맡겨진 가장 역할 등 세 층위의 가족 문제가 중첩되면

---

289) 이 장은 박경희, 「청소년소설의 성장 담론 연구－재혼가족 유형과 자아 정체성 확립 양상」, 『인문사회21』 6권 3호, 아시아문화학술원, 2015, 465-486에 수록된 논문을 수정 보완한 것임.
290) 안병철 외, 『경제 위기와 가족』, 생각의나무, 2001, 230-231쪽.
291) 장은영, 앞의 글, 96쪽.

서 가족을 중심으로 한 당대의 사회 문제가 첨예하게 드러난 작품이다.

이 청소년소설에서 순지네 가족은 아버지가 다니던 가구 공장의 부도로 실직하자 가사도우미로 생계를 이어가던 어머니가 뺑소니 교통사고를 당한 후부터 빈곤층으로 전락하고 만다. 엄마의 취업은 가족의 경제적 위기를 극복하기 위한 방편이었지만 교통사고를 당하는 불행은 가족의 경제적 위기를 더욱 가중시키게 된다. 재취업을 하지 못한 아버지는 가장으로서 책임을 다하지 못하는 자책감에 시달리게 되고 엄마를 탓하며 자신의 분노를 폭력으로 분출하거나 외도를 일삼자 교통사고 후유증을 앓던 엄마가 결국 자살하고야 만다.[292] 엄마의 자살이라는 불행의 연속은 순지 가족을 위기 상황으로 내몰게 된다. 아버지의 경제력 상실과 분노의 표출은 "근대적 가족제도를 지탱했던 성별 분업과 가부장적 질서, 남성 중심주의적 가치 등이 해체되고 있음을 반영"[293]한, 가족 부양자로서의 역할 상실을 의미한다.

이후 아버지는 자식 부양 때문에 재혼하지만 아이들을 고아원에 보내기로 약속했던 합의가 제대로 지켜지지 않았다는 이유로 새엄마와 갈등이 커진다. 아버지는 비정규직 목수로 재취업했지만 손가락 절단 사고를 당해 가족의 생계를 책임져야 할 경제력까지 상실하면서 가족 권력의 주도권이 새엄마에게 넘어간다. 재혼가족에서 "가족 부양을 둘러싼 부부 역할의 재구성은 가족 권력을 재편"[294]하게 된다. 특히 재혼가족의 경제적 위기는 "가족원 개인의 욕구를 억제하면서 부부간에 갈등이 생기고 자녀에 대한 학대나 방임을 할 위험성이 커진다."[295] 『밥이 끓는 시간』에서 아버지는 새엄마와의 약속과 가족 부양에 대한 경제적 책임을 감당하지

---

292) 윌리엄 글라써에 의하면 폭력과 분노를 표출하는 가장은 대부분 가족의 테두리 밖에서는 권력을 행사하지 못하는 사람들이다. (최광현, 『가족의 두 얼굴』, 부키, 2012, 127쪽)
293) 장은영, 앞의 글, 91쪽.
294) 안병철 외, 앞의 책, 232쪽.
295) 이해주 외, 앞의 책, 67쪽.

못하자 집을 나가버리고 새엄마마저 자신이 낳은 아이를 병원에 유기하
고 가출하기에 이른다.

> "아빠가 누구 때문에 새엄마를 들인 줄 아냐? 다 너희들 때문이다. 특히
> 순지 네가 고생하는 게 안쓰러워서 새엄마를 들인 건데. 네가 새엄마한테
> 살갑게 굴기는커녕 엄마라고 부르지도 않으면 아빠는 어떡하냐? 네가 새엄
> 마한테 정을 못 붙이고 계속 못마땅하게 굴면 그땐 너랑 순동이를 고아원
> 에 보내는 수밖에 없다. 고아원에 가고 싶지 않으면 얼른 엄마라고 불러라!"
> (『밥이 끓는 시간』, 82쪽)

> "이 더러운 인간 나금산아! 고분고분 살게 해 줘 봐, 새끼만 배면 바로
> 그날로 애들을 고아원에 보낸다고 해 놓고선 왜 약속을 안 지키는 거야? 약
> 속을 지켜 봐. 그럼 고분고분하게 살 테니까!" 나는 그 대목에서 뜨악했다.
> '고아원이라고? 우릴 고아원에?' 아, 그랬구나 아빠가 했다는 약속이 그것이
> 었구나, 아빠가 따로 내게 해야 할 말이 그것이었고 '쓸데없는 소리'가 그
> 것이었구나 하는 생각이 들었다. (『밥이 끓는 시간』, 111-112쪽)

결국 순지는 새엄마가 낳은 아이까지 돌보아야 하는 처지에 내몰리게
되면서 순지 가족은 순식간에 해체되어버리고 만다. 가족 권력을 가진 구
성원이 이기적인 행동을 하면 가족생활이 불편해지고 가족의 안정성마저
흔들리는 것은 주지의 사실이다. 특히 재혼가족에서 생활의 문제가 발생
했을 때 가족이 서로 적절하고 충분히 지원해야 하지만 순지네 가족에게
이러한 상황은 요원했던 것이다.

국가 경제 위기 이후 사회 문화적 변화 양상은 재혼가족의 증가에 따른
재혼가족에 대한 사회적 관심의 필요성을 환기시킨다. 재혼은 삶의 과정
에서 배우자의 전혼 경력과 의붓자녀의 존재라는 특성에 기인한 '엄청나
게 복잡한 현상'이며, 초혼가족과는 판이하게 다른 특성을 지니고 있
다.296) 순지 새엄마처럼 의붓자식의 양육 부담은 탈피하고 경제적 안정

등 현실적 동기에 의한 보상 심리에만 과도하게 집착할 때 재혼가족은 해체가 빠르게 진행된다. 이 소설에서 아버지는 새엄마의 비현실적 기대치인 자녀를 고아원에 보내기로 한 이기적인 약속 때문에 전통적 가족주의에 균열을 내고 가장으로서 권위를 상실하며 '가족을 지키기'보다는 '가족으로부터 탈주'하는 무책임한 존재로 형상화된다.

2) 가정 폭력과 도덕적 가치 전복

복합 재혼가족은 자녀 없이 재혼하는 단순 재혼가족과는 달리 중층적인 가족 형태를 띤다. 자녀의 유무는 재혼가족에서 문제적 성격을 지니는데, 새부모의 문제에다가 자녀들끼리의 갈등이 더해지기 때문이다. 『위저드 베이커리』는 이러한 복합 재혼가족의 가정 폭력 문제를 다룬 대표적인 청소년소설로서 가족 문제를 해소하지 못하고 결국 재혼 해체의 수순을 밟는 과정과 그 가운데에서 성장하는 청소년 주체의 문제를 다루고 있다.

복합 재혼가족이 겪는 문제들 중에서 자녀 양육에 대한 갈등은 가장 민감하게 대응해야 하는 문제이다. 예컨대 복합 재혼가족은 "자녀 훈육에 적극적으로 몰입하거나 과도하게 제재하기도 하는 방식을 쓰기도 하고 한편에서는 무관심하거나 방임하는 태도를 견지"297)하기도 한다. 『위저드 베이커리』에서 재혼가족 구성원은 친밀감과 응집성이 낮은 가족 관계를 형성한다.

『위저드 베이커리』에서 가족 문제를 양산하는 인물은 새엄마인 배 선생298)과 아버지이다. 우선 배 선생은 '나'에게 정신적 폭력을 행사하는 인물이다. 배 선생은 결혼식장에서부터 '나'를 화동으로 지목함으로써 의붓아들인 나에게 엄마임을 공표하고 인정하도록 요구한다. 일종의 가족 권

---

296) 김연옥, 「해체된 재혼의 특성에 관한 연구 - 재혼모를 대상으로」, 『한국사회복지학』 59권 2호, 한국사회복지학회, 2007, 173쪽 재인용.
297) 유영주 외, 앞의 책, 435쪽.
298) 『위저드 베이커리』에서 새엄마는 배 선생으로 통칭한다.

력을 확보하려는 것이다. 배 선생은 끊임없이 '나'에게 굴종을 요구하며 지배적 권력을 행사한다. 배 선생의 의붓자식 양육과 훈육의 방식은 일상의 무관심과 '밥'도 제대로 먹을 수 없을 만큼 생존마저 위협하는 방임으로 일관한다. 그러기에 이들 가족에게는 '무관심'이라는 심리적 기제가 자연스럽게 형성되고 이 때문에 문제는 해결되지 않고 잠복된 형태로 남아 위태로운 관계를 유지한다.

> 그것은 아마도 일종의 선언—나는 구질구질하게 네 밥 차려주고 빨래하러 들어온 식모가 아니라 처음부터 명실상부 네 아버지의 부인이다. 따라서 어떠한 경우라도 너에게 모친의 권력을 휘두를 위치에 있다는 것을 두 눈 뜨고 똑똑히 확인해라. 이런 요지의 선언까지 눈에 띄지 않게(내 귓속에는 노골적으로 메아리쳤다!)했을 정도면 배 선생도 나름 불안했던 모양이다. (중략) 그래서 기선을 제압하고 주도권을 잡음으로써, 이런 종류의 집안에서 일어날 수 있는 문제의 싹을 잘라버리겠다고 결심했나. (『위저드 베이커리』, 21-22쪽)

> 이른바 영역 싸움을 하지 않으면 우리의 동거 생활은 성공적일 터였다. (중략) 각자가 들이마실 공기의 부피를 침범하지 않기. 나는 잘 곳과 먹을 음식이라는 최소한의 의식주 문제를 해결함으로써 안정적인 미래로의 발판을 제공받고 배 선생은 남편을 갖게 되어 자신의 딸과 함께 사회적으로나 법적으로 여러 가지 보호 및 보장을 받는 일. 지나치게 팽팽하지도, 하염없이 느슨하지도 않는 적당한 긴장감. 그런 테두리나 조건 안에서 우리는 '우리'일 수 있었다. (『위저드 베이커리』, 25-26쪽)

> 공간 확보에 대한 배 선생의 욕망은 점차 구체적으로 나타났다. 사람이 내 사람이라 생각되지 않을 때, 자리가 내 자리 아닌 것만 같을 때 더욱 증폭되는 공간에의 욕구, 배 선생의 과장된 손짓 한 번, 누추한 몸짓 한 번마다 '여긴 내 집이고 여기 안주인은 나야!' 라는 비명이 들려왔다. (『위저드 베이커리』, 33쪽)

매튜(Glenna Matthews)는 가족의 정서적 욕구를 만족시킬 책임이 가정을 책임지고 있는 어머니의 몫이라는 점을 강조한다.[299] 재혼가족의 경우 그 특수성으로 인해 의붓자녀 양육과, 가정 관리 등에서 재혼모는 더 많은 역할 갈등과 스트레스를 느끼게 된다. 그러나 재혼가족의 계모가 부당한 방식으로 의붓자녀를 양육하며 가족 권력을 행사하는 경우 청소년의 성장에 부정적인 영향을 미치게 된다.

『위저드 베이커리』에서 자신의 문제로 괴로워했던 아내의 자살을 막지도 못하고 그런 부모에게 버려졌던 자녀의 아픔에도 방관자적인 태도를 보였던 문제적 아버지는 자녀가 계모에게 학대를 받는 상황에서도 중재자의 역할을 포기한다. 또한 어린 의붓딸까지 성추행하는 소아 성애 성도착증을 갖고 있는 타락한 존재이다. 그뿐만 아니라 아들이 자신의 죄를 뒤집어쓴 채 새엄마의 광폭한 폭력을 피해 도피성 가출을 하여도 문제 해결에 나서지 않는 이기적인 인물이다.

> 슬로모션처럼 배 선생의 마른 손바닥이 내 광대뼈를 할퀴고, 이어서 멱살이 잡힌 채 벽으로 밀어붙여져 뒷머리를 찧었을 때에야 나는 내가 무슨 일을 당하는지 깨닫고 있었다. (중략) 목덜미로, 등으로 슬리퍼 신은 발이 쏟아졌다. 입가에서 턱까지 뜨거운 물기를 한 줄기 느끼며 나는 고개를 들어 아버지를 바라보았다. 아버지의 얼굴은 무희의 말을 딱히 믿는 것처럼 보이지는 않았으나, 그렇다고 해서 나를 감쌀 만큼 자애와 이성에 가득 차 있지도 않았다. 전체적으로는 모호함으로 넘쳐 있다. (『위저드 베이커리』, 47쪽)

부모의 학대 행위는 청소년 자녀의 가출을 유발하는 원인이 된다. 특히 "도피성 가출은 불만족스러운 가정환경으로부터 탈출하기 위해"[300] 이루

---

299) 데이비드 엘킨드, 이동원 외 옮김, 앞의 책, 17쪽.
300) 이해주 외, 앞의 책, 159쪽.

어지는 경우이다. 『위저드 베이커리』에서 '나'는 소아 성애 성도착증자인 아버지의 죄를 뒤집어쓴 채 새엄마의 경찰 신고와 생존을 위협하는 폭력 때문에 집에서 도망칠 수밖에 없어 가족 이탈을 경험하는 도피성 탈주를 하는 처지에 놓인다.

> 나, 아닌 거 알죠? 내가 그럴 리 없다는 거 믿어줄 거지요? (중략) 배 선생이 전화기를 드는 것을 아버지가 말리지 않았는데, 그런 집에서 내가 더 이상 어떻게 오해를 푸는 따위의 낭만적이고 동화적인 일을 기대할 것이며, 일상의 안녕을 구할 수 있겠어. (중략) 그것을 느끼는 순간 나는 전화를 끊고 계속해서 멱살을 감아쥐어 오는 배 선생을 떠다밀었다. 넘어지는 배 선생의 등에 밀린 아버지까지 쓰러졌다. 뒤집힌 거북같이 포개진 채 버둥거리는 두 사람을 뒤로하고 현관문을 열었다. (『위저드 베이커리』, 48-49쪽)

『위저드 베이커리』에서는 재혼가족의 폐쇄적이고 배타적인 가정 폭력과 성폭력이 도덕적 가치를 전복시키고 전통적 가족주의를 파괴하며 재혼 해체에 이르게 하는 원인을 제공하고 있다. 복합 재혼가족에서 부모가 의붓자녀에 대한 일반적 희생을 강요한 정서적 폭력과 가족 내 성폭력은 가족의 가치를 훼손시키며 가장의 몰락을 가져온다.

3) 비혈연 가족 관계와 인정 투쟁

한국 사회는 혈연에 기반을 둔 가족 이데올로기가 지배적이어서 비혈연가족을 선입견 없이 수용하는 경우가 드물다. 대표적으로 '부부와 그 자녀로 가족이 구성되어야한다'는 초혼 정상가족 중심주의를 들 수 있는데, 이 범주에 들지 못할 경우 결손가정으로 인식되거나 심지어 비정상가족이라는 잣대를 들이대기도 한다. 이러한 사회적 분위기로 말미암아 재혼가족 자녀들은 심리적인 상처를 받거나 심각한 스트레스[301]를 경험한

---

301) 김효순, 「재혼가족 청소년 자녀의 적응 과정에 관한 탐색적 연구」, 『인간발달연구』 14

다. 각각의 가족 구성원이 정서적으로 친밀감을 공유하며, 개인과 사회의 욕구를 충족시킬 수 있는 발판이 되어주어야 하는 가족공동체의 기능이 훼손되는 것이다. 이러한 비혈연의 복합 재혼가족 안에서 자신의 정체성이 모호해진 청소년 자녀의 방황과 혼란 그리고 자아 정체성 형성을 형상화한 작품으로 『나는 아버지의 친척』을 들 수 있다.

고등학교 1학년인 미용은 이혼한 엄마와 살다가 엄마가 암으로 죽은 후 외가 친척 집들을 전전한다. 그러나 동성애를 다룬 만화책 사건으로 더 이상 외삼촌 집에서 살지 못하게 된 미용은 어쩔 수 없이 재혼한 아버지와 살게 되지만 아버지에 의해 딸이 아닌 친척으로 간주된다. 교통사고로 부모를 잃은 준석의 이모인 새엄마가 그를 친자식으로 키우려 하고, 아버지마저 준석에게 상처를 주지 않으려는 의도 때문에 아버지의 딸인 '나'는 친척으로 가장하고, 새엄마의 조카인 준석을 친자식으로 인정하는 형국이다.

> "저랑 친척간이라면 촌수는 어떻게 돼요? 하다못해 사촌이라든가 육촌이라든가 뭐 그런 거라도 있을 거 아니에요." 순간 나는 녀석이 쥐고 있던 빈 숟가락을 빼앗아 머리통을 한 대 갈겨 주고 싶은 충동을 느꼈다. 촌수를 따지다 보면 내가 불리할 것 같다는 생각이 들어서는 아니었다. 아버지와 나는 명백한 일촌이니 추호도 그럴 리는 없었다. (중략) 나는 녀석이 친척이라고 한 말이 생뚱맞았고 아버지한테 거리낌 없이 '아빠'라고 부르는 것이 묘하게 신경에 거슬렸다. 참 웃기는 일이었다. 말도 안 되는 질투심이었다. (『나는 아버지의 친척』, 33-34쪽)

『나는 아버지의 친척』에서 아버지는 자신이 키우기로 한 처조카 준석에게 상처를 주지 않으려고 친딸을 친척으로 위장한다. 준석이 친부모를 교통사고로 잃은 뒤 친척집을 떠돌면서 살 때 마지막으로 준석을 키우겠다고 나선 이는 결혼하지 않은 이모였다. 준석의 이모가 미용의 아버지와 결혼하면서 준석을 데려가고자 할 때 준석의 할아버지는 준석을 키우겠다는 입장도 아니면서 일언지하에 거절한다. 준석의 할아버지는 손자 준석이 아들의 가계(家系)를 계승하는 성(姓)을 갖고 살기 바란 것이다. 그래서 아버지는 재혼하면서 가짜로 '이용경'에서 '윤용경'으로 성을 바꾼 후 준석을 데려온다. 아버지는 준석에게 계부(繼父)이지만 친부(親父) 못지않게 사랑과 정성을 다한다. 아버지는 준석의 혼란을 막기 위해 친딸인 미용에게 당분간 친척이라고 할 수밖에 없는 상황을 이해해달라고 요구한다. 그렇지만 미용도 이혼한 엄마랑 살 때 아버지 이름을 부를 수 없어 자신의 존재 증명을 할 수 없는 심리적 상처를 안고 있다.

> 어쩌면 유치원 때부터 남 앞에서 아버지 이름을 말해야 할 때가 얼마나 많았던가. 내가 보기에 그것은 일종의 존재 증명과도 같았다. 아버지 이름이 뭐고 어머니 이름이 뭐라는 것만큼 자신을 확연히 드러내는 것은 없었다. 엉뚱한 아이가 진짜 역할을 하는 동안 나는 아버지 이름을 감히 입 밖에 꺼내 보지도 못했던 것이다. "너한테는 정말 미안하다. 갑자기 환경이 바뀐 것만 해도 힘들 텐데 이런 부담까지 안겨 주다니 정말 면목이 없구나." 아버지가 나를 똑바로 보며 말했다. 나는 뭐라고 할 수 없이 혼란스러웠다. 도대체 뭐 이런 가족이 다 있는 걸까. 이것도 가족이라고 할 수 있나. (『나는 아버지의 친척』, 52쪽)

> 짐작도 하지 못한 순간 새로운 상황에 정신을 차리는 것조차 힘들 지경이었다. 더구나 이런 기막힌 일에 얽혀서 난데없이 아버지의 친척으로 지내야만 하다니. (『나는 아버지의 친척』, 53쪽)

미용은 아버지의 딸이 아닌 친척이 되어버린 상황에서 아버지의 가족으로 동화되지 못하고 '자아 정체성' 혼란을 겪으며 방황하게 된다. 이러한 가족은 미용이 원했던 가족의 모습은 아니다. 미용은 가족 권력자인 아버지의 선택에 일방적으로 따라야 하는 입장이다. 타자인 어른들은 표층에서는 자녀에게 이해를 구하지만 청소년은 가족 권력을 가진 이의 강요된 선택에서 자유로울 수는 없다. 그나마 미용이 아버지의 딸이라는 사실을 인정하는 역할은 전통적 혈연관계에 집착하는 할머니이다. 미용을 소개하는 가족 모임에서 할머니는 전교 1등을 한 준석에게 아버지의 형편이 넉넉하지 않다는 이유를 들어 데려온 자식인 준석의 대학 진학을 반대하는 입장을 드러낸다. 할머니는 "딸도 제사를 지낸"다는 입장을 나타내며 미용이 친손녀임을 강조한다. 미용의 할머니는 자기 핏줄이 아닌 준석에게는 모질게 대하면서 친손녀인 미용에게는 혈육의 정을 느낄 수 있도록 살갑게 대하는 태도를 보인다.

『나는 아버지의 친척』에서 전통적인 혈연관계에 집착하는 어른들의 모습이 확인된다. 이 작품에서 준석의 할아버지와 할머니는 혈연에 집착한 유교적 가족 이데올로기를 전형적으로 표출하는 인물이다. 한국 사회에서 혈연을 기반으로 한 "유교적 가부장제는 친자(親子)를 중심으로 한 수직관계가 중심이 되거나 혈연관계를 중심으로 한 배타적인 가족 형태"[302]로 이루어진다. 한국의 전통적 가족 이데올로기는 가부장에 의해 "가족에 대한 애착과 관심이 다른 동기를 압도하고 행동을 주도"[303]했다. 이러한 한국적인 가부장제는 가부장의 권위를 가진 자가 재혼가족 구성 시 발생하는 가족 구성원 역할의 변화에 압력을 행사할 수 있는 가족 권력으로 작용한다. 『나는 아버지의 친척』에서 가부장의 권위를 갖고 있는 준석의 할아버지와 미용의 할머니는 혈연으로 맺어진 손주를 위한다는 명목 아래 가족 권력을 행사한다.

이는 복합 재혼가족의 비혈연 자녀들 중에 누가 어떤 역할을 수행해야 하는가에 대한 경계를 모호하게 할 뿐만 아니라 역할 혼란을 야기한다.

---

302) 김미현, 앞의 글, 143쪽.
303) 조정문 외, 앞의 책, 417쪽.

재혼가족에서 비혈연 가족 관계가 분명하지 않으면 가족공동체의 원활한 관계를 유지하기가 어려워지며 가족 구성원의 연대를 우선하기보다는 가족 불신감으로 인한 가족 구성원들의 스트레스를 가중시키고 가족의 역기능이 발생한다. 『나는 아버지의 친척』에서는 복합 재혼가족의 전도된 가족 관계 때문에 가장의 권위에 대한 불신을 초래하며 비혈연 남매의 '아버지 찾기'와 '아버지 지키기'라는 인정 투쟁이 유발된다.

2. 재혼가족과 강요된 성장

1) 타자에 의한 자아 정체성 조기 완료

재혼가족은 자아 정체성 형성 시기에 있는 청소년에게 혈연으로 맺어진 부모와는 달리 계부모의 영입에 따른 가족의 유대가 안정적이지 못해 가족원 간의 공감과 소통 부재에 따른 부모와 자녀 관계의 질적 특성이 낮아질 수 있다. 재혼가족의 문제에 초점을 둔 사회적 편견은 가족 갈등이 청소년의 성장에 부정적인 영향을 미친다는 가족 담론이 지배적이었다. 안정과 보호의 상징인 가족이 오히려 반사회적 특성을 갖는 기구[304]로 기능하는 것이다.

가족은 사회를 이루는 가장 중요한 기본 단위로 사회가 존속, 유지되는 데 필수불가결한 장이다. 청소년은 인간 발달의 어느 시기보다도 심리적·신체적·사회적 변화가 폭넓게 일어나기 때문에 가족 환경의 변화는 그들의 성장에 다층적인 영향을 미치게 된다. 청소년소설에서는 재혼가족 생활공간 안에서 새로 관계를 맺는 가족 구성원의 갈등으로 인한 청소년들의 성장을 다루는 면모가 나타난다.

---

304) 미셸 바렛·매리 매킨토시, 김혜경 옮김, 앞의 책, 5쪽.

레빈(Lewin)의 장(場)이론에 의하면 인간의 행위는 생활공간이라는 구체적인 장의 세력(힘)에 의해 결정된다고 본다. 한 인간의 구체적인 행위는 사회적인 장(場)에서 그가 처해 있는 위치에 의해서 정해지고, 생활공간에서 작용하는 모든 세력의 결과로 작동한다는 것이다. 생활공간은 환경과 인간이라는 두 요소로 구성되어 있어 불확실성과 새로운 가능성을 동시에 갖고 있으며 청소년에게 이러한 생활공간의 변화는 행동의 변화라는 결과를 가져오게 된다.[305]

2000년대 이후 등장한 청소년소설에서 재혼가족의 문제에 초점을 둔 시각은 여전히 유효하게 작동하고 있다. 이러한 재혼가족의 문제 지향적 담론은 청소년들의 "삶 안에서 끊임없이 구성되고 재인식"[306]되면서 소설의 갈등 양상으로 등장한다.

『밥이 끓는 시간』에서 아버지는 순지를 위한다는 명목 아래 일방적으로 자신의 재혼에 따라줄 것을 요구했지만 재혼한 부모는 자신들의 갈등을 해결하지 못하고 무책임하게 가출해버린다. 순지는 어른들의 모순적인 행동으로 인한 불안정한 상황에 내몰려 어른의 역할을 맡아야 하는 생활의 변화를 경험하게 된다. 순지는 "복잡한 어른들의 세계를 이해"하거나 "어른이 되고 싶지 않"아 조숙한 성장을 거부하면서 "이대로 살고 싶"(80)어 청소년기에 맞는 역할에 충실하고자 했지만 부모에 의해 가장의 역할을 떠맡은 것이다.

한편 가족 붕괴 과정에서 순지는 새엄마의 거짓말로 담임선생님과 반 친구들에게 일부러 학교에 가지 않는 문제아로 낙인찍히고, 담임선생님의 순지를 배려하려 했던 지도 방식은 오히려 순지를 친구들로부터 소외시키는 결과를 낳는다. 순지는 학교생활에서 생긴 문제 해결보다는 자신을 문제아로 만들어버린 새엄마를 걱정하며 자신을 억압하는 현실에 묵묵히

305) 장일순, 『청소년사회학』, 학문사. 2007, 62-65쪽.
306) 문소정, 앞의 글, 77쪽.

순응하면서 가장의 역할을 해내고 있다.

> 담임선생님이 집에 다녀간 뒤로 나는 학교에서 아예 문제아로 소문이 나
> 버렸다. (중략) 그때까지도 아이들은 나를 특별나게 보지 않았다. 단지 결석
> 이 잦은 아이 정도로 여기고 있을 뿐이었다. 그런데 선생님의 말을 듣고 나
> 서부턴 모두들 나를 학교엔 나오지 않고 나쁜 애들과 어울려 다니는 불량
> 소녀가 틀림없다고 생각하게 되었다. 나는 아이들 뒷소리 같은 건 두렵지도
> 않고 신경 쓰이는 건 오직 새엄마가 아이를 제대로 낳을 수 있기나 할 것인
> 지였다. (『밥이 끓는 시간』, 119-120쪽)

청소년기에 사회적 지위를 부여해주는 학교생활과 또래 관계에서 순지
는 자신의 위치를 확보하지 못한 외톨이로 전락한 것이다. 어른들은 청소
년을 타자의 입장에서 바라보기 때문에 그들의 욕망이나 현실을 올바르
게 진단하지 못할 경우 일방적인 시혜에 그치거나 역효과를 불러일으키
기도 한다. 순지 역시 결과적으로 새엄마의 이기심과 선생님의 편견 속에
서 희생당한 존재이다.

『밥이 끓는 시간』에서 순지가 가장 역할을 해야 할 때 부모는 어른다
운 책임감 있는 모습을 보이지 않는다. 오히려 그들의 이기적인 욕망 때
문에 가족 간에 도덕적인 윤리 파탄은 물론 생존권까지 박탈당하고 있는
모습을 확인할 수 있다. 아버지는 실직, 폭력과 외도, 가족에 대한 무책임
으로 일관하며 가장으로서 역할이 부재하다. 아이들을 위한다는 명목 아
래 성급하게 이루어진 아버지의 재혼은 순지에게 어른의 세계를 이해하
고 따라줄 것을 요구한다. 재혼 이후에도 가족을 제대로 돌보지 않는 아
버지의 역할 부재는 청소년 자녀에게 생애 발달과업을 뛰어넘는 성장을
강요하게 된다.

새엄마는 재혼한 후 빈곤한 생활이 이어지고 아버지가 아이들을 고아
원에 맡기지 않는다는 이유로 어린 의붓자녀를 방치하고 집안 살림을 순

지에게 일임하는 전형적인 계모 담론에서 벗어나지 않고 있다. 외삼촌 또한 순지네 집이 어려운 일이 있을 때마다 돈 되는 일이 있는지 알아보고 그렇지 않으면 모른 체 하고 지내다가 순지가 앞으로 살아갈 경제적 방편이었던 방 보증금까지 빼앗아가는 일까지 서슴지 않는 이기적인 어른으로 등장한다. 도시 공간에서 어른들은 순지에게 당당한 앞모습을 보여주는 책임감 있는 어른이 아닌 현실에서 도망가는 이기적인 뒷모습만 보여주고 있다.

> 어른들은 왜 걸핏하면 도망을 가는가, 새엄마 얼굴이, 아빠 얼굴이, 외삼촌 얼굴이 차례로 떠올랐다. 그리고 그들의 뒷모습이 떠올랐다. 당당하지 못한 뒷모습을 가진 어른들, 모두들 앞모습을 보여 주지 못하는 어른들이었다. (『밥이 끓는 시간』, 224쪽)

순지의 고난에 조력자로서 그나마 어른 역할을 하고 있는 인물은 순지의 시골 할머니와 동네 이웃인 오팔이 부모님이라 할 수 있다. 자본주의적 가치가 범람하는 도시 공간에서 경제력 상실은 인간 소외로 이어지지만 아버지의 고향인 농촌에서는 사람의 정을 느낄 수 있는 마을 공동체 의식이 살아있음을 보여주고 있다. 그렇지만 순지는 할머니마저 돌아가신 후 두 동생을 다 돌볼 수 없어 마을 어른들의 결정에 따라 새엄마가 낳은 순달을 입양 보낼 수밖에 없게 된다. 아직 어른의 세계에 발을 들여놓고 싶지 않은 청소년기라는 경계선에서 순지는 어른들의 무책임을 뒷감당하며 가장 역할이라는 무게를 짊어지게 된 것이다.

> 세상은 무엇 때문인지는 몰라도 어른 몫 따로 아이 몫 따로 있는 것 같았다. 그런데 지금까지 나는 어른 몫까지 다 감당해 내야 했다. 그러나 분명한 것은 난 아직 어른이 아니고 어린애에 불과하다는 것이다. 지금이라도 아빠나 새엄마가 불쑥 나타났으면 좋겠다는 생각을 하루에도 몇 번씩 했다.

아빠와 새엄마가 서로 사이좋게 살았으면 무슨 문제가 있었겠는가? (중략)
알고 싶지도 않은 어른들의 세계였다. (『밥이 끓는 시간』, 224쪽)

순지의 청소년기는 가족을 돌보지 않고 가장의 자리를 박차고 나간 아
버지의 부재와 이기적인 새엄마에 의해 가장의 역할을 강제로 부여받은
채 현실을 인내하며 성장을 강요당하고 있는 것이다. 그러나 순지는 아직
어른의 세계를 이해하게 되는 조숙한 성장을 거부하면서 청소년기에 맞
는 역할에 충실하고자 한다.

　　이사 가기 전날 밤 아빠는 나에게 이런 말만 했을 뿐이다. 그러나 진짜
하고 싶은 말은 빼놓고 하는 듯했다. "순지 너도 크면 언젠가는 아빠를 이
해하게 될 거다. 어른들의 세계는 너희들이 생각하는 것보다 훨씬 복잡하단
다. 그 말을 들으면서 나는 생각하고 다짐했다. '그런 건 어른이 되어서도
이해하고 싶지 않아요. 그리고 어른들 세계가 그렇게 복잡한 거라면 그깟
어른 되고 싶지도 않아요, 난 이대로 살고 싶다구요!' 마음이 자꾸만 뒤틀리
는 느낌이 들었다. 그러나 내가 왜 그러는지 알 수 없었다. (『밥이 끓는 시
간』, 79-80쪽)

청소년소설이 "어른의 로망만 잔뜩 풀어놓고 있다"[307]는 관점에서 순
지는 어른들이 야기한 문제를 감당해내는 '착한 아이'로 존재하고 있다.
순지는 아버지의 실직과 재혼이 빚어낸 가족의 희생양이다. 순지가 따뜻
한 가족애로 그들을 감싸 안으며 어른스러운 모습을 보이긴 하지만 이 또
한 자신의 삶을 탐색하고 진로를 선택할 청소년의 위상에서 벗어나, 어쩔
수 없이 조숙한 청소년 가장으로서 그리고 현실 순응적인 자아 정체성을
형성하며 성장해가고 있는 것이다.

　『밥이 끓는 시간』에서 순지는 엄마의 자살, 부모의 가출, 할머니의 죽

---

307) 김명순, 「청소년소설 공모전 수상작의 공식 ─2011년~2012년 수상작을 중심으로」, 앞
　　의 글, 61쪽.

음, 동생의 입양이라는 가족 분리의 통과의례를 거치는 동안 "할머니의 손길 위에 또 하나의 손길을 얹"(232)는 삶의 지속성을 깨닫는 어른이 되어버린 자신의 삶을 성찰한다. 순지는 다시 학교생활에 충실하고자 다짐하며, 밥을 하고 씨앗을 심어 가꾸는 일상적인 삶으로 회귀한다. 순지에게 씨앗은 행복한 가족을 염원하는 미래에 대한 희망이다. 순지는 밥이 끓는 생활의 시간 속에서 비로소 편안함을 느끼게 된다. 엄마의 죽음 이후로 끊어졌다 다시 시작되는 '생리'는 순지가 어른이 되었다는 상징이라 할 수 있다.

> 살림이란, 아니 삶이란 이처럼 지나간 손길 위에 또 하나의 손길을 얹는 것일까? 할머니의 손길 위에 이제 '어른이 된' 나의 손길이 얹힌다. 물론 모든 것은 그대로 있다. 그대로 있으면서 삶은 계속 이어지고 있다. (『밥이 끓는 시간』, 232쪽)

『밥이 끓는 시간』에서 순지는 아버지 부재에 따른 동생을 책임져야 하는 역할 혼란을 경험하며 집안의 가장 역할을 해낸다. 재혼가족에서 이기적인 부모가 청소년 자녀를 희생양으로 삼을 때 청소년은 청소년기의 발달과업도 제대로 파악하지 못한 채 정서적 결핍의 상태로 자아 정체성 성취를 조기 완료하고 있다.

복합 재혼가족이 겪는 문제 중에서 자녀 양육에 대한 갈등은 가장 중심적인 과제라 할 수 있다. 예컨대 복합 재혼가족은 "자녀 훈육에 적극적으로 몰입하거나 과도하게 제재하기도 하는 방식을 쓰기도 하고 한편에서는 무관심하거나 방임하는 태도를 견지"[308]하기도 한다. 이 때문에 청소년 자녀들은 새로이 형성된 가족 관계에 적응해나가는 동안 상당한 갈등과 스트레스를 겪게 된다.[309]

---

308) 유영주 외, 앞의 책, 435쪽.
309) 김효순, 「재혼가족 청소년 자녀의 적응 과정에 관한 탐색적 연구」, 앞의 글, 78쪽.

『위저드 베이커리』에서 주인공인 '나'는 여섯 살 때 부모의 불화 때문에 부모에게 버려졌던 분리 경험을 갖고 있다. 이후 초등학교 졸업 무렵부터 글자를 보지 않고는 발음을 할 수 없는 언어 장애가 생겨 고등학교 때까지 정상적인 학교생활을 할 수 없어 친구를 사귀기 어렵게 된다. 가족의 불화가 '언어 소통의 부재' 형태로 재현된 것이다. 청소년기는 생활의 중심이 가정에서 학교로 옮겨 가면서 점차 또래 집단의 비중이 커지는 시기로서 "자기 가족에서 해방되고 싶은 심리적인 욕구를 또래 집단을 통해서 충족"310)시키고자 한다. 청소년 주체의 가족에 의한 사회화가 종적 사회화라면 또래 집단에 의한 사회화는 횡적인 사회화이다.311) 청소년기에 친구는 가족을 뛰쳐나오고자 할 때 지지하는 역할을 해준다. 그러나 '나'는 언어 문제 때문에 집을 뛰쳐나가야 하는 위기의 순간에도 자신의 곁에 아무도 존재하지 않는 또래 조력자 부재의 상황에 놓인 것이다.

『위저드 베이커리』에서 배 선생의 재혼 의도는 "남편을 갖고 자신의 딸과 함께 사회적으로나 법적으로 여러 가지 보호 및 보장을 받는 일"(25)이었기에 의붓자식에 대한 양육을 거부하며 가족 권력자로서 정서적 폭력을 행한다. 배 선생은 계모에 대한 부정적 인식인 의붓자식을 괴롭히는 '팥쥐엄마' 담론의 전형적 인물이다. '나'는 속수무책으로 굴종할 수밖에 없지만 이 상황을 "시한부 역할놀이라 규정하고 그저 가만히 있으면 중간은 간다."(26)는 생각으로 배 선생에게 대항하지 않고 자신의 위치를 고수한다. 그러나 유아 성 도착증자인 아버지의 잘못을 뒤집어쓰고 새엄마에게 경찰 신고를 당하면서 '나'는 생 자체를 위협하는 가족으로부터 도피할 수밖에 없는 상황에 놓인다. '나'의 도피성 가출은 이기적인 부모가 발생시킨 문제적인 가족 환경으로부터 탈출하기 위한 것이다.

청소년이 가족 관계에서 위기의식을 느끼고 또래 집단에서마저 배척당

---

310) 한국청소년개발원 편, 『청소년환경론』, 앞의 책 163쪽.
311) 위의 책, 169쪽.

할 때 사회적 관계망에 의한 완충 지대가 필요하게 된다. 복합 재혼가족의 가정 폭력과 학대, 방임의 문제가 중첩되어 있는 『위저드 베이커리』에서는 청소년 주인공이 현실 문제를 혼자서 해결할 수 없는 한계적 상황에 직면하게 되자 문제 해결을 위한 환상의 공간이 도입된다. 현실 공간에서 탈주하며 만나는 마법의 빵집은 일종의 사회적 완충 지대인 것이다. 환상은 상처받은 사람이 현실의 논리를 넘어서 무의식적 욕망을 표현하는 방식이다.312) 마법사 점장이 운영하는 '위저드 베이커리'는 청소년이 차별과 학대 때문에 성장이 정지된 집에서 탈주해 성장이 가능한 공간으로 대체되고 있다. 비록 비현실적인 환상의 공간이지만 사회적 단절 상황에 놓인 '나'에게는 개연성 있고 이해 가능한 세계313)인 것이다. 당대 청소년들이 많이 읽는 장르가 판타지라는 점에서 환상의 적용은 청소년 독자를 사로잡기 위한 작가의 전략적 선택이었다는 점도 염두에 둘 수 있다.314)

『위저드 베이커리』에서 '나'의 성장을 돕는 조력자는 마법사인 빵집 점장이다. 마법사 점장은 청소년 주인공이 고립무원의 위기를 극복해나갈 수 있는 대처 자원으로 배치된다. 현실 세계에서는 '나'를 보호해 줄 부모도 조력자도 없지만 마법의 세계에서 점장은 '나'의 조력자로 배치되어 '타임리와인더'라는 마법의 쿠키를 사용할 권한을 주고, 그 선택의 결과에 대한 책임까지 부여해준다. '타임리와인더' 쿠키는 말 그대로 시간을 과거로 되돌릴 수 있는 마법을 지니고 있다. 특이한 점은 '타임리와인더'가 Y와 N이라는 두 가지 서사로 재현되어 청소년 주체가 자아 정체성을 성취

---

312) 나병철, 「청소년 환상소설의 문학 교육적 의미와 '가치의 세계'」, 『청람어문교육』 42호, 청람어문교육학회, 2010, 415쪽.
313) 한용환, 『소설학사전』, 문예출판사, 1999, 506쪽.
  2000년대 이후 청소년은 인터넷 게임 문화가 보편화되면서 가상의 세계에 익숙해지고, 출판과 영화에서 모두 성공을 거둔 '해리포터' 시리즈를 읽고 보고 자란 당대 청소년 세대에게 판타지는 익숙한 장르이다.
314) 김경애, 「한국 청소년소설과 위저드 베이커리」, 『새국어교육』 94권. 한국국어교육학회, 2013, 522쪽.

해가는 모습을 탐색한다는 것이다.

먼저 '타임리와인더'를 사용하는 'Y'의 경우 아버지가 의붓딸인 무희를 성추행하고 있는 현장을 목격하지만 오히려 부자(父子)가 무희를 범한 것으로 곡해되자 마법의 쿠키를 사용하여 아버지의 재혼 이전으로 되돌아간다. '타임리와인더'는 현실에서 청소년 자녀의 삶의 울타리가 되어주지 못하던 아버지가 재혼에 반대하는 '나'의 의견을 들어주며 "아비 노릇"을 하는 기제로 작동한다. 아버지가 자녀인 '나'의 의견에 귀를 기울이고 재혼하지 않는 쪽으로 바뀐 것이다.

> "이 새끼가 태클 걸어서 안 되겠다잖아요. 아! 어머니, 왜 자꾸 그러세요. 저 그동안 아비 노릇 제대로 해 본 적 없지만요, 그래도 평소에 전혀 좋다 싫다 말 없던 애가 이렇게 기를 쓰고 덤비는 데는 뭔가 이유가 있다고 생각해요. (중략) 하지만 제가 얘 의견을 하나도 반영 안 하겠다고 그러지도 않았잖아요. (중략) 그러니까 그냥 다음으로 미루시라고요. 애한테 그러지 좀 말라니까요? 준비가 안 됐나 보죠." (『위저드 베이커리』, 202쪽)

환상의 세계는 현실과 긴밀한 상관관계를 유지하면서 주체의 억압된 욕망이 변형된 형태로 재구성되고, 무의식적 욕망이 표현되는 곳이라 할 수 있다.[315] '타임리와인더'는 배 선생을 새엄마로 받아들이고 싶지 않은 나의 무의식적 욕망과 부재하던 아버지를 동시에 호명하는 매개물인 것이다. 이처럼 『위저드 베이커리』에서 환상은 재혼가족이 균열되는 현실의 문제를 조명하는 장치로 사용된다.

N의 경우는 '타임리와인더' 쿠키가 부서져 사용하지 못하고 3년이 경과한 서사로 이루어져 있다. 재혼가족을 선택하는 N의 경우 문제적 가족은 파편화되었지만 청소년 주인공은 레스토랑에서 아르바이트를 하며 언어 장애를 조금씩 회복해 간다. 청소년 주체가 마법의 쿠키에 의존하지

---

315) 서강여성문학연구회 편, 『한국문학과 환상성』, 예림기획, 2001, 20-21쪽.

않고도 적극적으로 현실을 살아가는 모습을 보여준다는 점에서 긍정적인 방향성의 성장이라 할 수 있다.

『위저드 베이커리』의 현실 생활공간은 부모의 이기적이고 문제적인 욕망 때문에 도덕적 가치를 전복시키며 청소년 자녀에게 안정적인 가족 환경을 제공하지 못하고 있다. 복합 재혼가족에서 부모가 청소년 자녀의 정서적인 측면을 보살피지 못하고 가족 구성체라는 표층에서만 자리하기 때문이다. 그러나 늘 가족이라는 테두리 안에서 "단지 거기 존재"(32)하기만 했던 청소년 주체는 가정 폭력과 상처를 견디면서 환상의 세계라는 통과의례의 분리 과정을 통해 자아 정체성을 찾아가는 성장 면모를 보인다. 이처럼 환상은 "청소년들을 위로하고 그들이 잠시라도 위안을 받을 수 있다는"316) 점에서 청소년소설의 주요한 문학적 장치이다.

가족은 구성원 간 역할이 적절히 수행될 때 가족 전체가 안정적인 기능을 유지한다. 그러나 재혼가족에서 가족 경계가 불분명하여 가족 구성원들의 역할 수행에 혼란이 야기되면 가족 역기능의 요인이 될 수 있다. 재혼가족 본연의 내적 특질인 가족 경계의 모호함은 두 가구에 걸쳐 가족상(family picture)을 확대해야 하는 재혼의 특성에서 비롯되는데 『나는 아버지의 친척』에 이러한 양상이 두드러지게 나타난다.317)

『나는 아버지의 친척』에서 미용은 단란한 재혼가족을 이루고 있던 아버지의 집에 입성해 새로운 가족 환경에 적응해야 하는 입장이다. 미용은 "집이 생기고 가족이 생겼다지만 어디에도 내 자리는 없"(73)는 모호한 처지에서 어떤 역할을 수행해야 할지 불분명한 상태에 놓인 것이다. 미용은 아버지 집에서 살면서도 딸이 아닌 친척이 되어버린 상황에서 가족으로

---

316) 김경애, 앞의 글, 524쪽.
317) 가족 경계의 모호성은 가족 구성원에 누가 포함되었는지 또 누가 어떤 역할을 수행해야 하는지에 대한 가족 구성원의 인식이 불분명한 것을 의미한다. (김연옥, 「재혼가족 가족 경계 모호성과 가족 기능에 관한 연구」, 『한국사회복지학』 64권 3호, 한국사회복지학회, 2012, 185-186쪽.)

쉽게 동화되지 못하고 역할 혼란을 겪으며 소외감을 느낀다. 아버지는 친 아들처럼 키우는 처조카 준석에게 상처를 주지 않으려는 의도 때문에 친 딸에게는 불신을 당하게 된다. 미용은 준석이가 아버지랑 친밀한 부자 관 계처럼 보일 때 정체성 혼란이 가중된다. 가족 권력자인 아버지가 자녀에 게 이해를 구하지만 실상 청소년은 강요된 선택을 따라야 하는 입장에서 아버지를 불신하게 된다.

> 친척이라는 말은 검은 함정 같았다. 구체적인 관계를 얼버무리는 비겁한 표현이거니와 아무런 관계가 아니라는 말 같았다. 어느 쪽도 내게는 다 불 리할 수밖에 없는 일이었다. 누군가 나서서 그가 내 아버지가 아니라고 해 도 나는 할 말이 없다. 아마 남의 집에 얹혀사는 것 같은 느낌을 떨치기 힘 든 것도 그 때문일 터이다. (『나는 아버지의 친척』, 40쪽)

미용은 어른들의 입장을 이해하는 척하지만 결국 자신이 '아버지의 딸' 이라는 인정을 준석에게 받아내고자 한다. 아버지의 사랑과 자신의 위치 를 준석에게 빼앗겼다는 상실감과 아버지에 대한 불신으로 고민하는 미 용은 결국 아버지 몰래 자신만의 방법으로 뒤바뀐 자신의 자리 찾기를 시 도한다. 미용이 아버지 진짜 이름을 준석에게 확인시킴으로써 '아버지 찾 기'에 나선 것이다. 미용은 만화책 대여점에 아버지 이름으로 등록한 후 확인 절차를 이용해 준석에게 '이용경'이라는 아버지의 진짜 성을 확인시 킨 것이다. 청소년 주체가 자신의 자리를 찾기 위해서 적극적으로 '아버 지 찾기'에 집중하는 모습을 볼 수 있다.

재혼가족의 청소년 자녀에게 '아버지 부재'는 가족 역할 지위에 따른 "주체적 자아(I)와 객체적 자아(Me)의 조화감"[318]을 이루지 못한 자아 정체 성 혼란을 야기하기 때문에 혈연 자녀의 '아버지 찾기'와 비혈연 자녀의

---

318) 한국청소년개발원 편, 『청소년심리학』, 앞의 책, 216쪽.

'아버지 지키기'는 청소년의 자아 정체성을 형성해가는 성장 과정으로 볼 수 있다. 아버지의 딸로 인정받고 싶어 아버지를 되찾고자 하는 행동을 보임으로써 미용은 복합 재혼가족의 모호한 가족 경계를 재정립하여 재혼가족의 진정성을 회복하고자 한다.

이러한 미용이 '아버지 찾기'의 인물이라면 준석은 '아버지 지키기'의 인물이라 할 수 있다. 준석은 고아였던 과거에서 벗어나게 해준 새아버지를 친부처럼 생각하며 미용에게 아버지를 뺏기지 않으려고 '아버지 지키기'에 나선 것이다. 미용의 입장에서 준석은 모든 걸 다 가진 아이였지만 준석의 입장에서 미용의 등장은 단란했던 가족 내 자신의 위치를 위협하는 존재이다. 준석은 아버지가 친부(親父)가 아니라는 것을 이미 알고 있기 때문에 미용이 '아버지 찾기'에 적극적으로 나서 자신에게 아버지의 성을 확인하고자 한 사실 때문에 상처를 받는다. 준석은 미용의 의도를 감지하고 따지듯이 묻지만 차후 미용과 만나기로 한 장소에 나가지 않고 만다. 준석은 아버지를 사이에 둔 미용과의 삼각관계에서 자신이 물러날 수밖에 없는 비혈연 관계이기 때문에 미용과의 만남을 회피하고 만 것이다.

> 준석이는 눈을 날카롭게 빛내면서 떠들어댔다. 마치 자폭이라도 하려는 아이 같았다. "자, 이제 설명해봐. 네 이름이 아니라 아버지 이름을 대고 집에 확인까지 하게 한 저의가 뭐지? 나한테 원하는 게 뭐야? 내가 뭘 어쨌으면 좋겠어?" (중략) 나는 한마디로 돌아 버릴 것 같은 심정이었다. (중략) 아버지고 뭐고 다 필요 없었다. 이렇게 창피하고서는, 이렇게 모욕을 당하고서는 살 수가 없는 일이었다. (중략) 수업 끝나면 만나서 이야기하자. (『나는 아버지의 친척』, 160쪽)

준석은 아버지와 혈연관계인 미용에게 자신의 자리를 다 내줘야 한다는 불안감에 시달렸던 것이다. 그렇지만 미용의 공격적인 대화 제언에 결국 준석은 어른들이 숨긴 비밀을 알고 있다는 사실을 미용에게 고백한다.

결국 두 사람은 가족 내 역할 혼란이라는 상처받은 경험의 공감대를 형성하며 오히려 어른들의 부주의를 탓하면서 전도된 관계를 알고 있다는 사실을 아버지에게 알리고자 한다.

> "아, 알고 있었니?" "그럼! 넌 아버지 진짜 딸이고 난 가짜 아들이잖아."
> "어떻게?" "지난 번 가족 모임에서 할머니가 일으킨 소동처럼 그런 일들이 숱하게 많았는데 너라면 눈치 못 챘겠니?" (중략) "사실을 알고 싶다는 생각과 차라리 알고 싶지 않다는 생각이 늘 싸웠던 것 같아. 네가 처음 우리 집에 온 날 촌수를 따지면서 알려고 했던 것도 그런 혼란스러운 감정의 표현이었던 것 같아." (『나는 아버지의 친척』, 114-115쪽)

미용은 "빠른 시간 안에 진실을 공유하고 잘못된 것을 바로잡는 것만이 편안한 관계를 회복하는 길"(177)이라는 생각에 비밀을 알고 있다는 사실을 아버지에게 고백하는 역할을 맡은 준석을 재촉한다. 준석은 기회를 봐서 말하겠다는 아버지와 같은 입장을 보이고 있다. 미용은 "아버지가 기다려 달라며 망설이던 시간과 준석이가 필요로 하는 시간"(178)이 다를 수 있는 그 시간의 합일점을 조용히 기다리는 자신의 역할을 인정한다.

그렇지만 준석은 미용에게 자신의 자리를 내줘야 한다는 불안감에 시달리다 학교 유리창을 깨는 사고를 치기도 한다. 준석의 사고 소식을 들은 미용은 준석이 자신의 독촉 때문에 화가 나서 사고를 쳤다는 생각에 죄책감에 시달린다. 또한 이 사건 이후 미용은 가족들이 자신에게만 준석의 사고 소식을 알리지 않고 병원에 간 이유를 들어 소외당했다고 느낀다. 미용은 준석을 배려하고 가족의 의미를 깨닫고 아픔과 상처를 함께 나누고 싶었지만 준석의 폭력적인 행동이 "나를 겨냥해 단죄할 목적의 펀치"(199)라는 생각에 상처를 받아 가출하고자 결심한다.

> 나는 준석이가 미웠다. 녀석이 한 행동은 나를 겨냥한 것 같다는 의심을

떨칠 수가 없었다. 나를 단죄할 목적으로 지독한 펀치를 날린 것이다. 그렇지 않고서는 이럴 수가 없는 일이었다. 나는 아주 분했고 그래서 눈물이 났다. (『나는 아버지의 친척』, 199쪽)

미용은 준석에게 "아버지를 포기하는 게 아니라 양보하는 것이고, 원래 내 것이 아니었으니 돌려주는 것"(207)이라고 생각한다. 집에 홀로 남아 소외감을 느꼈던 미용은 마침 병원에서 필요한 물건을 가지러 돌아온 아버지에게 "가족이라면 이럴 수가 없다"(214)고 항변한다. 아버지는 딸의 항변이 준석을 가족으로 인정한다는 의미를 이해하고 딸에게 그 상황을 설명하며 사과한다. 준석 또한 병원에서 깨어나자마자 미용에게 걱정시켜 미안하다는 진심을 담은 문자를 보낸다. 아버지와 준석의 사과를 받은 미용은 그동안 짓눌려 있던 가족 불신감에서 벗어난다. 미용과 준석은 복합 재혼가족에서 아버지를 사이에 두고 '아버지 찾기'와 '아버지 지키기'라는 적대적인 인정 투쟁에서 벗어나 "너와 내가 사이좋게 아버지를 나누어 가져야 할 의미"(176)의 공감대를 형성한다. 아버지를 사이에 둔 혈연관계와 비혈연 관계의 대립적 자녀라는 삼각 구도에서 벗어나 서로를 이해하고 화해하기에 이른 것이다. 다음의 '문자 대화'처럼 그들에게 아버지는 결국 두 사람이 공유하는 존재로 자리 잡게 된다.

> 깨어나자마자 너한테 문자 보내는 거야. 네가 얼마나 걱정했을까 생각하니 정말 미안하더라. (중략) 지금 사과하는 거야. 응, 정말 미안해. (중략) 도대체 왜 그랬냐? 내가 아버지한테 빨리 말하라고 몰아붙여서 그런 거야? 아니야. 그냥 좀 겁이 났어. 내가 다 말해 버리는 순간 아버지를 잃을 것 같아서. 바보~ ^^^..^^^ (중략) 말하기 힘들면 안 해도 돼. 이건 진심이야. 아냐. 이젠 괜찮아. 내가 머뭇거릴수록 엄마 아빠도 힘들어진다는 걸 알았어. 누가 뭐래도 우리 아버지 훌륭하신 분이잖아, 너도 그렇게 생각하지? 그래, 바보처럼 훌륭하신 분이지! 맞아, 그 말이 딱이다. ㅋㅋ (『나는 아버지의 친척』, 217-219쪽)

『나는 아버지의 친척』에서는 비혈연 관계의 남매가 '아버지 지키기'와 '아버지 찾기'의 인정 투쟁에서 서로의 상처를 이해하고 그 존재를 인정하면서 가족이라는 연대 의식을 통해 자아 정체성을 성취해간다. 복합 재혼가족이라는 체계로 말미암아 가족 경계의 모호성이 발생하고 이 때문에 아버지에 대한 불신이 싹텄지만 비혈연 관계의 남매가 소통하면서 가족 갈등과 상처를 치유해나가는 과정에서 청소년 주체가 가족의 의미를 찾고 긍정적으로 자아 정체성을 찾아가는 성장 담론이 투영된 작품이라할 수 있다.

청소년에게 부모의 재혼이란 부모의 현실적 필요에 따라 이루어진 것이라는 점과 자식의 양육에 따른 불가피한 선택이라는 두 가지 측면이 복합적으로 결합되어 있는 문제이다. 거기에다가 가족의 해체와 새로운 가족의 형성이라는 문제가 중첩되어 있다. 그 과정에서 가족의 해체를 겪은 청소년들은 혈연 중심의 가족 관계와는 다른 낯선 관계에 따른 소외, 불안, 신뢰의 상실 등과 같은 심리적 장애를 유발하고 이 때문에 새로운 가족 관계에 대한 부적응이 발생한다. 청소년소설에서 이러한 새로운 비혈연 가족 관계는 청소년의 의지와 상관없이 강요된 성장을 요구한다. 청소년은 재혼가족 관계 속에서 어른 세계의 모순을 깨닫는 통과의례의 과정을 거치며 성장 주체로 존재한다. 청소년은 타자인 이기적인 부모의 욕망에 의해 역할 혼란을 겪으며 자아 정체성 성취를 조기 완료하는 양상을 보이는 전도된 성장을 경험하고 있다.

2) 아버지의 역할 부재와 교육적 기획 의도

재혼가족 청소년 자녀가 가족 갈등과 혼란을 떠맡게 될 경우 정서적 불안정이나 비행 문제 등 가족 현실에 적응하지 못하는 경우도 생기게 된다. 재혼이 부모 입장에서는 새로운 시작일 수 있으나 청소년 자녀는 새로운 가족 환경에 적응해야 하기 때문에 재혼 당사자인 부모와는 또 다른 혼란과 상실감 및 심적 고통을 수반[319]하며 자아 정체성을 형성해간다. 청소년은 재혼가족의 새로운 부모와 가족 관계에서 생기는 심리적 혼란 때문에 역할 갈등을 겪거나 가족 경계의 모호성에 따른 역할 긴장을 경험하기도 한다.[320] 특히 가족 기능이 결손된 재혼가족에서 부모의 무관심과 학대, 부적절한 양육 방법은 청소년의 성장 장애를 촉발하는 주요인으로 작동한다.

한국 현대소설에서 아버지 부재라는 결손된 가족 관계는 서사를 추동시키는 결핍의 성장 모티프로 나타난다. 한국 사회가 심각한 혼란과 변동을 거치는 과정에서 아버지 부재의 성장 체험이 '고행'이 되어버린 상투성을 압축해서 보여주는 것이다.[321] 2000년대 청소년소설도 이러한 흐름이 반복되면서 '아버지 부재' 결핍 모티프는 재혼가족의 사회 문제를 대변하고 있다. 특히 1997년 IMF 경제난으로 말미암아 아버지의 부재나 부권 상실과 같은 문제가 대규모로 현실화되었는데, 청소년소설이 2000년 이후 출판 시장에서 활성화되거나 가족과 관련된 청소년의 성장 문제가 작품의 주제로 본격화된 것도 이러한 사회의 구조적 문제를 반영한 것이라고 하겠다.

『밥이 끓는 시간』, 『위저드 베이커리』, 『나는 아버지의 친척』 등 세 편의 작품은 재혼가족을 문제적 시각으로 보는 담론이 지배적인 재혼가족의 갈등과 문제가 첨예하게 드러난 작품이다. 이 세 편의 작품은 아버지의 재혼이라는 공통점이 있지만 재혼가족 안에서 아버지의 역할이 부재하여 가장의 권위와 신뢰를 잃게 되는 양상을 보인다. 아버지는 생계를 책임지는 가장만이 아니라 관계 맺기라는 사람살이의 방법을 제시해 주

---

319) 김효순, 「재혼가족 청소년 자녀의 적응 과정에 관한 탐색적 연구」, 앞의 글, 68쪽.
320) 김효순 외, 「재혼가족 청소년 자녀의 심리적 적응 및 사회적 적응에 영향을 미치는 요인에 관한 연구」, 앞의 글, 69쪽.
321) 황종연, 「성장소설의 한 맥락―편모 슬하, 혹은 성장의 고행」, 『문학과사회』 9권 2호, 문학과지성사, 1996, 682-683쪽.

는 지표이기도 하다.322) 그러나 이 소설들에서는 아버지가 "존재 한다 해도 삶의 지표가 되어주지 못하는 상황에서는 성장의 조건보다는 오히려 성장 불가능의 조건"323)을 제시하고 있다.

『밥이 끓는 시간』에서 순지네 가족 갈등의 원인은 아버지의 실직으로 인한 경제적 빈곤과 성급한 재혼에서 비롯되었다. IMF 이후 본격적으로 등장한 청소년소설에서 아버지 부재는 가족의 부양이라는 경제적 책임을 다하지 못하고 가족을 떠난 채 가족에게 돌아오지 못하고 떠돌아다니는 아버지들의 모습을 대변하고 있다. 신자유주의 시대 부익부 빈익빈이 가중화되는 현실에서 아버지라는 존재는 있지만 가장으로서 아버지의 역할과 책임 의식은 각박한 현실에서 사라지고 있기 때문이다.324) 청소년소설은 사회구조적 모순이 바탕이 된 IMF 이후 당대 사회에서 이 시대 가장으로서 역할을 하지 못하고 작아진 아버지, 사라진 아버지를 보여준다.

순지는 아버지의 부재 속에 생존을 위해 '밥'을 해결해야 하고 어린 동생을 돌보기 위해 학교에 가지 못하면서 교육 받을 권리마저 박탈당하고 있다. 또한 순지는 집안 환경을 이해해주는 담임교사일 때에는 또래에게 배척당하는 문제아가 아니었다. 그렇지만 순지는 전학 간 학교에서 교양과 허위의식으로 무장한 담임선생이 새엄마의 거짓말을 믿고 문제아로 몰고 갔을 때 집안 형편 때문에 학교에 충실할 수 없는 처지를 적극적으로 해명하지 못하고 있다. 순지는 청소년기에 가족보다 더 우선시되는 또래 관계마저 포기하고 있는 것이다. 순지는 학교에서 문제아로 낙인찍히고 또래들에게 따돌림 당하고 있지만 또래의 시선에 아랑곳하지 않고 가

322) 서은경, 「현대문학과 가족 이데올로기(1)－아버지 부재의 성장소설을 중심으로」, 『돈암어문학』 제19집, 돈암어문학회, 2006, 12, 106쪽.
323) 위의 글.
324) 박민규의 「그렇습니까? 기린입니다」에서 현실의 무게에 짓눌린 아버지가 갑자기 사라지고 기린이라는 동물의 형상으로 귀환하는 모습에서 아버지 부재라는 시대적 맥락의 유사성을 찾아 볼 수 있다. (박민규, 『카스테라』, 문학동네, 2014.)

족만 생각하며 자신을 억압하는 현실을 인내하고 있다.

『밥이 끓는 시간』에서 청소년은 탈가족적 재혼 해체 상황에서 '가족으로부터 탈주'했던 가장의 권위를 상실한 아버지의 초라한 귀환을 "아빠 몫의 밥을 더 안치"(239)고 밥이 끓는 따뜻한 온기로 맞아드리는 가족 지향적인 가장 역할을 부여받은 모습을 확인할 수 있다. 순지는 경제적 빈곤에다가 재혼가족의 무책임한 부모가 야기하는 전망 부재의 가족 환경과 가장 역할을 감당하지만 아버지를 원망하지 않는다. 『밥이 끓는 시간』은 재혼가족의 가족해체 과정에서 탈주하지 않고 올곧게 자라야 하는 청소년의 모습을 대변하는 기획된 의도의 교육적 성장 담론을 보여주고 있다.

『위저드 베이커리』에서 아버지는 가족 문제를 양산해내는 인물이다. 아버지는 엄마를 죽음으로 내몰거나 자녀를 책임지지 않는다. 또한 재혼 후에도 아버지는 가족 권력을 휘두르는 배 선생에게 복종하는 자녀를 보고도 무관심으로 대응하기 때문에 가족 문제가 표면화되지 않고 봉쇄될 뿐이다. 아버지는 자식뿐 아니라 "가족 누구도 살갑게 돌아보는 법이 없"지만 자신의 일―캐릭터 완구 회사 영업부장직―을 할 때만 "재기 발랄하고 노련한 모습"보이며 "가정 경제에 복무할 뿐"인 "타고난 가부장제 구현자"(26)이지만 직업적 특성을 이용해 소아 성애 성도착증자라는 이중적인 삶을 사는 위선자이다. 아버지는 존재하지만 아버지 역할은 부재한 모습이다. 『위저드 베이커리』에서는 아버지의 방임, 그리고 서로의 무관심이 재혼가족 공동체를 유지하는 심리적인 기제로 작용한다.

『위저드 베이커리』에서 청소년 주체는 복합 재혼가족을 이룬 문제적인 부모에게서 탈주해 마법사 조력자를 만난 후 자율적인 행동을 통해 독립적인 의사 결정을 하고 있다. 이 작품에서 억압된 청소년의 "무의식적 소망이 현실의 통제가 취약한 부분에서 환상으로 전환되"[325]면서 환상의 세

---

325) 나병철, 「청소년 환상소설의 문학 교육적 의미와 '가치의 세계'」, 앞의 글, 402쪽.

계는 가족 문제 해결과 자아 정체성 형성 과정에서 중요하게 작용하고 있다. 마법사 점장은 청소년 주인공이 현실 세계로 돌아갔을 때 도와줄 방편인 시간을 되돌리는 '타임리와인더'라는 마법의 쿠키를 마련해준다. 현실과 환상의 결합은 현실 문제를 다루면서 그 해결점을 찾기 위한 서사적 효과를 낸다.

'타임리와인더'를 사용하는 Y의 경우는 아버지가 의붓딸에게 성폭력을 행하는 상황을 배치한다. 마법을 사용하기 위한 조건으로 아버지의 치명적인 성도착증 문제를 직접적으로 드러내고 있는 것이다. 재혼가족 구성 이전으로 시간을 되돌린 Y의 경우 배 선생을 새엄마로 맞아들이는 아버지의 재혼을 거부하며 의붓딸 성폭행범이 되는 아버지의 몰락을 막고 있다. 타임리와인더를 사용하는 경우에는 청소년 주체의 성장을 방해했던 원인들을 제거하고자 한다. 아버지는 자녀를 유기하고 방임을 일삼으며 존재하지만 역할이 부재했던 모습에서 벗어나 배 선생을 거부하는 '나'의 의견을 들어주고자 한다. 아버지가 재혼 과정에서 자녀의 의견에 동조한다는 점이 자녀를 인정하고 성장을 가능하게 요소로 부각되고 있다. 현실에서는 불가능했던 아버지의 역할이 마법을 사용한 경우에는 '아비 노릇'에 충실하고자 하는 모습으로 나타난다. Y의 경우 청소년 주인공은 '나'의 반대로 재혼하지 않은 아버지에게 미안한 마음은 있지만 그때의 선택을 후회하지 않는 결말로 처리된다. 『위저드 베이커리』에서는 재혼가족의 청소년이 자아 정체성을 형성하는 과정에서 아버지의 지지와 역할이 필요하다는 상징적 의미를 환상이라는 서사 전략으로 강조하고 있다.

'타임리와인더'를 사용하지 않는 N의 경우 청소년 주체의 선택이 문제적 부모 아래에서도 좌절과 절망하지 않고 현실의 고난을 견뎌내고 긍정적으로 성장한다는 결말이다. 이 경우 청소년 주인공은 아버지와 연관되어 "희대의 파렴치범"(211)이라는 소문까지 덮어 쓴 채 전학이라는 수순을 밟게 된다. 그렇지만 전학 이후 "그 동안 묶여 있던 주술에서 풀려나듯 말이 나오기 시작"(212)한 것은 청소년을 억압하던 집과 학교라는 두 공간에서 벗어난 때이다. 청소년의 언어 장애는 가족 권력자인 부모가 주는 억압이 사라졌을 때 해소되고 있다. 청소년 주체는 언어 장애 극복을 통해 타자와의 관계를 '분리'에서 '통합'으로 나아가며 현실 공간에서 삶을 지탱하고 있다.

이원적 선택의 결말인 Y의 경우 의붓딸 성폭력 문제는 일어나지 않았지만 Y와 N 어느 쪽에서든지 아버지는 소아 성애 성도착증 문제를 가진 도덕적 가치 파탄자로 가족에게 상처만 주는 인물로 남게 된다. 새엄마인 배 선생 또한 두 경우 모두 가족으로 존재하지 않는다. 결국 문제적인 복합 재혼가족은 자녀의 반대로 재구성되지 않거나 재혼 해체의 과정을 밟게 되는 것이다. 청소년소설에서 환상은 성장이 정지된 현실 공간에서 역할이 부재한 아버지를 변화시키고 가장의 몰락을 막지만 도덕적 가치 전복 행동은 그 죗값을 치르게 한다는 교육적 의도를 보여준다. 청소년소설에서 청소년의 도덕적 가치 인식과 자율성의 획득이 긍정적인 자아 정체성을 성취하기 위한 청소년기의 중요한 발달과업이라는 교육적 의도를 역할이 부재한 문제적 아버지를 통해 역설적으로 보여주고 있다. 청소년기의 발달과업은 현실 세계에서 위기와 수행을 치열하게 경험해야 하지만 『위저드 베이커리』에서는 환상 체험에 의한 이원적 가족을 선택하여 문제 해결을 하고 있는 것이다.

재혼가족 관계에서 가족 구성원의 자리가 불명료함은 가족 간 화해를 방해하는 요소로 자리한다. 『나는 아버지의 친척』에서 비혈연 남매가 된 미용과 준석은 "누구를 가족 범주에 포함시키느냐에 따라 그들이 경험하는 스트레스는 상이"326)하게 나타난다. 아버지는 친딸이 가족 구성원으로 입성하기 전까지 아들처럼 지냈던 준석에 대한 애정을 드러내며 친딸인

---

326) 김효순 외, 「재혼가족 청소년 자녀의 심리적 적응 및 사회적 적응에 영향을 미치는 요인에 관한 연구」, 앞의 글, 75쪽.

미용에게 소외감을 느끼게 한다. 미용은 아버지가 준석을 친자식보다 더 사랑한다는 질투심과 "둘이 원래부터 하나"(102)라고 생각하며 소외감을 느낀다. 미용은 "겉으로 보이는 것과 상관없이 아버지의 삶에서 진실이 차지하는 비율"(80)에 의문점을 갖기 시작하면서 아버지를 불신하게 되는 것이다. 아버지는 미용에게 삶의 지표가 되어주지 못하고 있는 것이다. 미용은 준석이가 아버지랑 친밀한 부자 관계처럼 보일 때 정체성 혼란이 가중된다.

> 가족에 대한 소속감이 불분명한 상황이라 우편물에 손을 대는 게 어색하기도 했지만 그보다는 어떤 불쾌한 느낌이 내 행동을 가로막았다. (중략) 아버지는 준석이를 위해 희한한 쇼를 하고 있는 거였다. (중략) 세상에 낳아놓기만 했지 여태 내게는 아무것도 해 주지 않은 아버지였다. (중략) 나는 정말 너무 많은 것을 참고 억누르며 살아왔다 그런데 내가 그러는 사이 아버지가 가짜 아들을 위해 하고 있는 행동은 정말 상상을 초월했다. 이건 희생이 아니라는 생각이 들었다. 이건 명백한 사기였다. (『나는 아버지의 친척』, 79쪽)

미용은 가족에 대한 소심한 반항으로 이모 집에 다녀온다는 허락받은 가출을 시도한 후 단짝 친구네 집으로 간다. 미용이 "재혼가족의 삶 속에서 가출 충동을 느낄 정도로 상실감에 따른 갈등과 혼란을 경험"327)하기 때문이다. 가족 구성원 간 "모호하고 불투명한 경계는 가족의 스트레스와 역기능을 증가"328)시킨다. 미용은 자식을 사랑하는 아버지 상을 머리 속에 그려놓고 그와 일치하지 않는 아버지의 모습이 보일 때 서운한 감정이 들며 실망감을 쌓아간다. 미용은 친구와 갈등을 겪은 후 집에 돌아가지 못하고 길거리를 배회하며 방황의 밤을 보낸 자신의 마음을 아버지가 알

---

327) 김효순, 「재혼가족 청소년 자녀의 적응 과정에 관한 탐색적 연구」, 앞의 글, 80쪽.
328) 위의 글.

아주길 원했다. 미용은 준석에게 아버지를 빼앗겼다는 상실감에서 벗어나지 못한 상태에서 두고 나간 휴대폰 메시지를 확인하지 않았다는 이유를 들어 무관심한 아버지라고 단정하고 만다.

> 아버지라는 이가 어떻게 이럴 수 있을까. 아버지라며, 자식을 사랑하는 아버지라면 이렇게 무관심할 수는 없는 일이다. 틈이 날 때마다 자식의 방으로 몰래 숨어들어 딸의 휴대폰 문자를 뒤지고, 친구가 누군지 조사하고, 가슴 두근거리며 일기장을 훔쳐보고, 그러다가 자신이 낄낄거리는 소리에 놀라 까무러치고……. 아버지라면 그래야 하는 게 아닌가. 그런 게 바로 자식에 대한 사랑 아닌가. (『나는 아버지의 친척』, 136쪽)

『나는 아버지의 친척』에서 아버지는 엄마를 잃은 미용을 친척이라고 명명하며 미용에 대한 배려보다는 오히려 이해를 바라고, 무관심으로 일관하면서 역할 부재를 드러내고 있다. 미용은 딸이 아닌 친척이 되어버린 모호한 가족 경계의 명확함을 확인하고자 아버지에게 의존하지 않고 직접 아들 노릇을 하고 있는 준석과 아버지를 놓고 친자식이라는 인정 투쟁을 벌이게 된 것이다.

그렇다면 아버지는 처음 미용이 가족 구성원이 되었을 때 준석과 미용에 대한 관계를 모호한 상태로 두지 않고 미용과 준석에게 사실을 말하고 둘의 이해를 구했다면 아버지를 사이에 두고 비혈연 가족 관계의 남매가 인정 투쟁하는 상황은 모면했을 수 있다. 그렇지만 아버지는 문제 해결자로서 아버지의 역할을 해내지 못했기 때문에 친딸인 미용이 아버지를 불신하고 준석에게 적대적인 감정마저 품게 된 것이다.

집안의 가장으로서 아버지는 비혈연 관계인 두 자녀의 인정 투쟁을 방관하고 있을 뿐이다. 이러한 아버지의 역할 부재는 준석이 아버지에게 미용에 대한 비밀을 알고 있다는 사실을 고백하기로 하지만 "아버지를 잃을 것 같아서"(218) 차일피일 미루다 '아버지 지키기'를 더 이상 할 수 없는 좌절과 상실감으로 유리창을 깨는 행동을 벌이기도 한다. 아버지를 사이에 두고 인정 투쟁을 하고 있는 미용과 준석은 소외, 상실, 좌절과 같은 복합적 감정에서 자유롭지 못한 정체성 혼란을 겪게 된 것이다.

『나는 아버지의 친척』에서 비혈연 관계의 남매가 아버지를 사이에 둔 삼각관계에서 '아버지 찾기'와 '아버지 지키기'라는 자기 존재 증명을 위협하는 대상과 치열하게 대결하는 동안 두 사람의 상처를 위로하고 가족 내 역할에 대한 재규정을 해줄 아버지의 역할은 부재할 뿐이다. 그렇지만 두 사람은 아버지를 원망하지 않고 아버지를 나누어 가져야 할 연대를 통해 재혼가족의 새로운 가족 상을 보여주는 재혼가족의 긍정적인 비혈연 관계의 자녀 상을 제시하고 있다.

『나는 아버지의 친척』에서 재혼가족의 비혈연 남매에 의한 '아버지 찾기'와 '아버지 지키기'의 인정 투쟁에서 '아버지 부재'는 청소년의 삶의 지표 상실을 의미하고 있다. 이 작품에서 아버지는 비혈연 남매의 인정 투쟁의 원인 제공자 역할만 할 뿐 문제 해결자의 역할은 조금도 해내지 못하고 있다. 문제의 해결은 재혼가족을 구성하기 위해 이름까지 가짜로 바꾼 아버지가 아니라 비혈연 자녀 사이에서 이루어지고 있는 것이다. 이 작품에서 미용과 준석은 앙숙일 수 있는 사이였지만 소외와 불안이라는 역할 혼란을 안겨준 아버지를 나눠 갖기로 연대하며 마무리하고 있다. 이 소설에서는 재혼가족의 심각한 문제일 수 있는 비혈연 자녀 간의 갈등 관계를 어른의 개입 없이 그들끼리 문제 해결을 하는 긍정적 관계 맺기 과정을 의도적으로 제시하고 있다.

재혼가족을 다룬 청소년소설에서는 가족의 안정성이 낮은 재혼가족 청소년의 역할 갈등을 해소하는 긍정적인 방향의 교육적 성장 담론을 보여주고 있다. 위에서 논의한 세 작품 모두 친모(親母)는 현실에 존재하지 않고 있다. 청소년이 재혼가족 문제 해결의 과정에서 도움을 청할 가장 가까운 조력자를 철저히 배제하고 있는 것이다. 청소년소설에서는 아버지 역할 부재의 재혼가족 문제를 청소년에게 전가시키지만『밥이 끓는 시간』
에서 가장 역할,『위저드 베이커리』에서 환상의 적용을 통한 재혼의 저지,
『나는 아버지의 친척』에서 비혈연 남매의 인정 투쟁을 통해 해결하며, 청
소년이 재혼가족의 현실적 어려움을 극복하고, 모두 잘 성장해야 해야 한
다는 기획된 교육적 의도의 성장 담론을 보여준다.

VI. 가족의 확장과 공존의 성장 논리

1. 가족 가치의 재발견과 가족 영역의 확장

1) 다문화가족의 타자성과 소외 극복

한국 사회는 1990년대 중반 이후 이주 노동자의 유입과 2000년대 들어 국제결혼의 증가에 의한 다문화가족이 형성되면서 다문화 사회라는 담론이 확산되었다. 다문화가족에 대한 사회적 지원은 "다인종·다문화 사회로의 전환은 거스를 수 없는 대세"329)에 따른 정책의 일환으로 이주민의 정착 지원과 아울러 그들의 자녀들을 한국 사회에 통합하기 위한 교육의 필요성이 삶의 현장에서 대두되었기 때문이다.330) 청소년소설에서 다문화가족 청소년의 성장 담론은 다양한 문화적 가치의 공존을 지향한 다문화주의를 표방하고 있다.

『완득이』에서 주인공 도완득은 카바레에서 춤을 추는 난쟁이 아버지와 베트남 어머니 사이에서 태어났지만 어머니의 존재도 모른 채 아버지에게 양육된다. 완득에게 지금까지 가족은 아버지와 아버지의 춤 제자인 말더듬이 민구 삼촌뿐이었다. 한국 사회에서 결혼하기 힘든 장애와 가난 문제를 갖고 있는 아버지와 더 나은 삶에 대한 기대를 갖고 한국행을 택한 어머니의 국제결혼은 중개 브로커에 의하여 아버지가 장애인이라는 사실

---

329) 김원 외, 『한국의 다문화주의 가족, 교육 그리고 정책』, 이매진, 2011, 5쪽.
330) 국내 초·중·고에 다니는 다문화 학생은 지속적으로 증가 추세다. 2012년 4만6954명
    이었던 국내 다문화 학생은 2013년 5만5780명, 2014년 6만7806명으로 증가한 데 이어
    2015년에는 8만 2536명으로 늘었다. 교육통계에 다문화 학생이 포함된 2012년 이후
    21.7% 증가했다. (권형진, <다문화 학생 8만명···초등생은 처음 2% 초과>, News1,
    2016. 3. 9.)

이 숨겨진 채 이루어진 것이다.

완득의 엄마는 결혼 이주민 여성으로서 "가난한 나라 사람들을 아낌없이 무시"(41)하는 타자의 시선은 참을 수 있었다. 하지만 장애인으로 춤을 가르치는 남편의 낮은 사회적 지위가 기대했던 삶의 지향점에서 어긋나는 문화적 차이 때문에 "이방인 엄마보다 한국인 아빠"(149)에게 완득의 양육을 맡기는 선택을 하고 집을 떠난다. 결혼 이주 여성들을 적극적 행위자로 보는 관점은 그들이 놓인 세계 내의 구조화된 틀 속에서 삶의 의미를 찾고 실현하고자 하는 실존적 힘과 의지를 지니고 있다는 점을 강조한다.331) 완득의 엄마는 남편에 의해 정해진 삶의 방식에 적응하여 가족이라는 울타리 안에 정착하지 못하고 삶의 틀인 가족을 떠나 결혼 이주 여성으로서 삶의 의미를 찾고자 하는 선택을 하지만 이방인으로 타자화되는 현실에 직면하게 된다.

> "아무리 가난해도 자랑스러운 남편이었으면 했어요." (중략) "아직도 모르겠어요? 나는 다른 사람들이 아니라, 당신 때문에 떠났다고요! 이 여자 저 여자 아무나 손잡고 춤추고, 아무나 당신을 만지고……" "그래서 핏덩이 아들을 두고 떠났나?" "말도 안 통하는 이방인 엄마보다 한국인 아빠가 나을 거라고 생각했어요." (『완득이』, 148-149쪽)

완득의 아버지는 아내가 자신의 직업에 대한 몰이해라는 오해도 있었지만 카바레 숙소 사람들이 베트남에서는 지식인이었던 아내를 "팔려 온 하녀 취급하는 게 싫"(72)어서 떠나는 아내를 붙잡지 못한다. 아버지는 가난한 나라의 결혼 이주민인 아내가 장애를 가진 가난한 남편을 만나 한국 사회의 편견과 횡포에 따른 인간으로 존중받지 못하고 무시당하는 삶보다는 더 나은 삶을 살기 바랐던 것이다.

---

331) 김원 외, 앞의 책, 218쪽.

> "그 사람, 나라가 가난해서 그렇지, 거기서는 배울 만큼 배운 사람이다."
> (중략) "이혼도 아니던데요" "보내줬지" "왜요?" "카바레에서 춤추는 걸 이
> 해 못했어" "그게 다예요? 그랬다고 보내줘요?" "숙소 사람들이 그 사람을
> 팔려 온 하녀 취급하는 게 싫었다. 내 부인이 아니라, 자기들 뒷일이나 해
> 주는 사람으로 알더라, 가는 모습 봤는데, 못 잡았다." (『완득이』, 72쪽)

결국 완득의 부모는 다문화가족을 이루었지만 장애, 빈곤의 문제가 아
닌 의사소통 부재에 따른 문화적 차이를 좁히지 못하고 오랫동안 이혼이
아닌 별거 가족으로 살게 된다. 완득이 또한 엄마의 빈자리를 채울 수 없
는 상실의 삶을 살아온 다문화가족 갈등의 희생자라고 할 수 있다. 엄마
가 떠난 후 완득은 아버지의 직장인 카바레 숙소에서 지내야 하는 열악한
생활환경 때문에 중학생이 되자 아버지와 다른 삶을 살기 바란 아버지의
선택에 의해 이른 독립을 하게 된다. 완득은 가족의 안정성이 주는 따뜻
함을 모른 채 세상과 장벽을 쌓고 아버지의 장애에 대한 편견에 맞서 싸
움꾼이라는 폭력 문제를 야기하며 성장한다.

> 나를 아는 몇몇 사람들은 나를 싸움꾼이라고 한다. 분명히 말하자면 나
> 는 싸움꾼이 아니다. 누가 나를 아는 게 싫어서 눈에 팍 띄는 싸움질은 되
> 도록 피했다. 단지 아버지를 난쟁이라고 놀린 놈들만 두들겨 팼다. 낯간지
> 러운 이유로 팬 건 아니다. 쪽팔리고 열 받아서 팼다. 진짜 난쟁이인 아버
> 지를 놀렸든 그 핑계로 놀렸든. (『완득이』, 10-11쪽)

완득은 아버지의 장애와 직업적 환경, 어머니의 부재에 의한 소외된 생
활로 원만한 또래 관계 형성 부진과 낮은 학업성취도를 보이며 자아 정체
성 혼란에 따른 폭력 행동을 보이고 있다. 『완득이』는 '왜곡된 정보에 의
한 가족 구성의 시작', '결혼 이민자의 문화적 갈등', '가족 간 소통 부재
에 따른 생활양식의 차이'에 의한 다문화가족의 일반적인 가족 문제 양상

을 보인다.

2) 공개 입양가족의 정서적 유연성

자녀 입양에 대한 가족 가치관이 크게 변화하는 양상도 청소년소설의 한 축을 형성한다. 한국 사회에서 전통적으로 부부가 "출산이 아닌 방법으로 자녀를 얻은 입양은 확대가족을 근간으로 하는 조상 숭배와 가계(家系)의 영속성을"[332] 유지하기 위해 가족을 강화하려는 가족 중심주의의 발로이다. 그러나 다른 한편으로 이러한 입양 문화는 남의 자식을 키우는 것에 대한 사회적 편견[333]을 양산해 왔고, 이 때문에 공개 입양보다는 비밀 입양이 중심이 되었다.

한국 사회에서 부(父)와 혈연으로 연관되지 않은 자녀의 경우 가계 계승 및 자녀로서 정당성을 거의 인정하지 않는다. 한국의 전통적인 '주류' 문화는 혈연을 통해 이루어진 가족을 중심으로 집단을 구성하고, 이 집단 외부의 사람들에 대해서는 배타적인 태도를 취하는 것이다.[334] 특히 아버지를 밝힐 수 없는 미혼모의 출산은 '아비 없는 자식'이라는 담론을 형성하며 사회에서 환영받지 못한다.

입양이란 친부모로부터 아동의 현재와 미래에 대한 모든 권리와 의무가 소멸되고 행정적 · 법적 권한에 의해 혈연관계가 없는 타인에게 양육의 권리와 의무가 이양되는 것을 말한다.[335] 한국의 혈연 중심 가족주의 문화에서 비밀 보장에 대한 불안이나 긴장감을 감당해야 하는 양부모의 역할 부담과 입양아가 성장하면서 출생에 대한 비밀을 알았을 때 야기되는 자아 정체성 혼란 문제는 비밀 입양가족이 안고 있는 딜레마이다. 반면 공개 입양은 '피로 맺어진 가족'만 가족이 아니라는 인식이 '가슴으로

---

332) 이동원 외, 앞의 책, 233-234쪽.
333) 위의 책, 233-236쪽.
334) 권지성, 『공개 입양가족의 적응』, 나눔의집, 2005, 21-22쪽.
335) 위의 책, 23쪽.

낳았다'는 인식으로 전환된 것으로서 공개 입양가족이라는 '신(新)가족'에 대한 유연한 태도의 반영이다. 특히 한국의 부계 혈연을 강조하는 배타적인 가족주의 문화에서 미혼모가 출산한 아동을 가족으로 받아들이고 입양 사실을 밝히는 것은 입양 자녀의 자아 정체성 혼란에 대비한 양부모의 선택이라고 할 수 있다.

청소년소설에서 공개 입양가족 모티프는 신(新)가족 문화를 보여준다. 신(新)가족 담론은 혈연에 집착하는 '가족이기주의'에서 탈피하여 '서로를 받아들임'이라는 가족 사랑의 성숙함이 지배적이다. 『나는 할머니와 산다』는 미혼모였던 할머니가 딸을 비밀 입양 보낸 서사와 아들 부부의 공개 입양 서사로 이원화되어 있다. 이 작품은 비밀 입양 사실을 밝히지 못한 할머니의 상처와 공개 입양가족 청소년의 성장 담론을 '빙의'라는 환상의 형식으로 보여준다.

『나는 할머니와 산다』에서 은재와 동생 영재는 공개 입양된 후 과거의 상처로 인한 트라우마 증상을 보인다. 은재는 "너무 많은 것들을 빼앗겨 본 경험"(117) 때문에 보육원에 자신이 좋아하는 아기를 보러온 엄마 손을 물어뜯는다. 이 사건 이후 은재는 자신을 입양한 엄마를 괴롭히는 힘든 시간을 보낸다. 여섯 살 때 입양된 은재는 과거 반복해서 입양을 거부당한 경험 때문에 새로운 '가족 되기' 과정에서 힘들고 고통스러웠던 시간을 청소년기에도 또렷이 기억하고 있다. 동생 영재도 입양 전 친척에게 학대를 당한 트라우마 때문에 마음의 문을 쉽게 열지 못하고 새로운 가족을 거부하는 행동을 보인다.

> 그때 내가 왜 그렇게 엄마를 괴롭혔는지 지금은 잘 모르겠다. 또 다시 거부당할 게 두려웠던 걸까? 나처럼 치명적으로 반복해서 누군가로부터 거절을 당해 본 사람들은 다시는 거절당하지 않으려고 발버둥치기 마련이니까. 어쩌면 나는 엄마가 나를 버리지 않을 거라는 확신이 들 때까지 엄마를 시

험하고 싶었던 건지도 모른다. (『나는 할머니와 산다』, 118쪽)

> 내가 처음에 이 집에 왔을 때처럼 영재도 처음엔 우리 모두를 힘들게 했
> 다. (중략) 나중에 알게 된 사실이지만 영재는 태어나자마자 외삼촌 집에 맡
> 겨졌었는데 외삼촌과 숙모로부터 지독한 학대를 받았다고 한다. (『나는 할
> 머니와 산다』, 152쪽)

은재가 '엄마를 시험하는 기간'과 영재의 '낯설고 두려운 눈빛의 경계'
가 풀어지는 과정은 새로운 가족 구성원으로 애착 관계를 형성하는 적응
기간이다. 양부모의 입양 자녀에 대한 인내와 사랑은 입양 자녀가 마음의
문을 열고 새로운 가족을 받아들이는 계기가 된다.

> 그때 엄마가 잠도 안 자고 밤새 나를 간호해줬다. 내가 잠자는 동안 누군
> 가 내 곁을 지켜준다는 건 정말 근사한 경험이었다. 그전까지 아파도 혼자
> 아팠다. (중략) 누군가 정성을 다해 나만 보살펴 준다는 건 정말이지 상상도
> 못해 봤던 일이다. 그건 희생 없이는 안 되는 일이다. 엄마의 희생으로 난
> 이틀만에 완전히 회복되었다. 지금 생각해보니 아마도 그때 난 이미 엄마를
> 향한 마음의 문을 조금씩 열어 두고 있었던 것 같다. (『나는 할머니와 산
> 다』, 154쪽)

> 우리 모두 영재를 그만 포기하고 싶었는지도 모른다. 그날 저녁, 녀석이
> 처음으로 흘린 눈물을 보기 전까지는. 영재는 마음 놓고 울어 본 적 없는
> 아이였다. (중략) 가장 먼저 달려가 그 애를 품에 안은 사람은 할머니였다.
> (중략) 뒤를 이어 엄마가 그리고 아빠가 달려가 영재를 껴안았다. (중략) 하
> 여간 그 한 번의 포옹으로 영재는 우리 가족이 되었고, 무엇보다도 하나밖
> 에 없는 내 동생이 되었다. (『나는 할머니와 산다』, 152쪽)

『나는 할머니와 산다』에서 '엄마의 밤샘 간호'와 '영재가 흘린 눈물'을
본 가족의 포옹은 가족으로서 '정서적 관계 맺기'의 시작이라는 의미를

갖는다. 입양가족은 '부모 되기'의 성숙한 시간과 '자녀 되기'의 상처 치유 시간을 거쳐 건강한 가족으로 기능한다. 생애 초기에 '버림'과 '아동 학대'를 당해 안정적 애착 관계를 형성하지 못한 입양아들이 건강한 삶을 살아낼 수 있는 원동력은 다시 버려지지 않는다는 신뢰의 형성과 학대의 공포에서 벗어날 수 있는 가족의 안정성인 것이다.

할머니도 처음에 은재를 받아들이기 힘들었지만 시간이 지나면서 누구보다 은재의 마음을 이해해주는 조력자가 된다. 할머니는 은재가 양부모와 갈등이 생겼을 때 도피처 역할을 해주며 은재의 지지자를 자처한다. 할머니는 미혼모로 낳은 딸을 비밀 입양시킨 사실을 치매에 걸린 후 가족에게 고백하지만 가족 구성원은 치매 현상으로 치부해버리고 아무도 할머니의 비밀을 파악하지 못한 채 죽음에 이르게 한다. 할머니의 자식에 대한 애착은 세상을 떠난 후에도 은재 곁에 머물며 빙의되어 입양 보낸 딸을 찾고자 한다. 할머니는 손주를 공개 입양해 키우면서도 미혼모라는 과거 비밀이 탄로날까봐 입양 보낸 딸에 대해서는 공개하지 못한 것이다. 은재는 사후에도 계속되는 할머니의 '자식 찾기'인 딸에 대한 사랑을 현실에서 이루어주는 역할을 한다. 할머니의 비밀 입양 보낸 딸을 찾는 역할은 공개 입양한 손녀가 담당한 것이다.

공개 입양가족은 비밀리에 입양할 경우 양부모가 감당해야 할 불안감을 해소하고 자녀 또한 자아 정체성 혼란 문제를 사전에 대비할 수 있다는 측면에서 대안 가족의 형태로 나타난다. 『나는 할머니와 산다』는 소위 '가슴으로 낳았다'는 입양가족 담론과 공개 입양 청소년 자녀의 자아 정체성 혼란이 주요 서사로 진행된다.

3) 비혈연 조손(祖孫)가족의 상생(相生)

『환절기』는 일제강점기 일본군 위안부 피해자인 할머니가 귀향 후 가족을 이루고 그 가족을 지켜나가고자 하는 전통적 가족 이데올로기에 기반을 둔 서사와 할머니의 입양한 아들이 낳은 손녀 수경이 청소년 가장으로서 어린 사촌 동생을 내 아이처럼 돌보며 가족공동체의 가치를 지켜나가는 성장 서사가 중심이다.

다이애너 기틴스는 가족(the family)이라고 부를 수 있는 단일 현상에 의문을 제기한다. 또한 가족 개념에 함축되어 있는 자명하게 간주되던 것이 명료하게 표현되지 않고 있다는 점을 지적한다. 따라서 가족 유형은 가족(the family)보다는 가족들(families)로부터 시작되어야 한다는 점을 강조한다.336) 『환절기』에 등장하는 가족은 정상가족 담론을 벗어나 다양한 가치관의 혼종과 개인의 의견을 중요시하는 가족들(families)의 양상을 보여준다. 이 작품에 나타난 가족 유형은 사회적·정치적·이데올로기적 사회구성 요소로서 가족인 것이다.

『환절기』에 등장하는 여성 인물들은 남성에 의한 성폭력의 희생자들이거나 가족을 버리는 무책임한 모습을 보인다. 이 작품의 남성 인물들은 생물학적인 자녀를 가질 수 없었던 수경의 할아버지, 정신 이상자가 되어버린 수경의 아버지, 성폭행범인 목순의 남편과 아들은 모두 정상가족 담론을 해체하는 문제적 개인으로 등장한다.

한국 사회에서 전통적으로 여성의 결혼은 자녀 생산이라는 의무를 부여받는다. 수경의 할머니는 위안부 피해자로 아이를 낳을 수 없는 과거의 상처 때문에 결혼이라는 삶의 과정에서 퇴출당한다. 수경의 할머니는 자신과 동일한 생물학적인 자녀를 가질 수 없는 남편과 재혼한 후 친척의 아들을 입양시켜 낳은 손녀 수경을 삶의 희망으로 삼는다. 수경의 엄마와 이모는 자녀 양육의 책임을 타자에게 떠맡기고 가출하는 무책임한 어른의 모습을 보인다.

---

336) 다이애너 기틴스, 안호용 외 옮김, 앞의 책, 12쪽.

아버지가 정신이상으로 살아 있으나마나 제 구실을 못하고, 집 나간 어머니가 수경을 낳아 할머니에게 맡기고는 또 다시 집을 나간 뒤 수경이 중학교라도 마치도록 뒷바라지한 것은 누가 뭐라 해도 할머니였기 때문이다. 수경이 아버지의 핏줄이 아니라는 소문이 수경 자신의 귀에까지 들려왔지만 수경에 대한 할머니의 사랑은, 고무젖꼭지를 빠는 수경과 눈 맞추던 시절부터 마지막 말을 남기고 세상을 떠나던 순간까지 한결같았다. (『환절기』, 20쪽)

『환절기』에서 가족의 소중함을 지켜나가고자 하는 할머니는 수경을 올곧게 키워낸다. 미성년자인 수경은 또래의 권유로 방송통신고등학교에 다니며 공부할 수 있다는 희망을 갖고 아픈 할머니와 이모가 떠맡긴 사촌동생 수향을 데리고 할머니의 고향 동생뻘인 목순 아줌마에게 의탁한다. 할머니 사후 가족의 안정성이라는 기능은 수경 자매에게 사라지고 만다. 그나마 『환절기』에서 어른다운 역할을 하며 수경 자매를 직접적으로 돌보는 인물은 목순 아줌마이다. 목순 또한 남편 장씨의 성폭력으로 인한 임신 때문에 강제 결혼한 경우이다. 목순 아줌마는 가족 내 권력관계에 의한 폭력의 피해자였으며 목순에게 의탁한 수경 자매 또한 성폭력의 피해자가 되고 만다. 목순은 남편 장씨와 아들 병호가 수경 자매를 성폭행한 사실을 알고 그동안 남편에게 성폭행을 당한 후 원하지 않던 결혼 생활을 하며 지켜왔던 가족의 끈을 놓고자 한다.

늘 맞고 산다던 목순이 장씨를 정신없이 짓밟고 두들기고 있었다, 냄새도 달랐다. 물이끼 냄새와 생선찌개 냄새가 엷게 어우러진 평소의 그것이 아니라 술 먹은 토사물 냄새였다. (중략) 문소리에 놀란 목순의 눈에서는 잉걸불이 활활 타올랐다. 앞섶이 찢어지고 입술이 터지고 눈두덩에서 광대뼈까지 생채기가 난 데다 머리털이 뭉텅뭉텅 빠진 모양새를 봐서는 목순도 여간만 얻어맞지 않은 모양이었다. (중략) 수경을 알아보면서 목순의 눈 속 잉걸불이 거짓말같이 사위었다. 목순은 다 탄 장작개비처럼 힘없이 무너져

내렸다. (『환절기』, 114-115쪽)

목순은 수경의 보호자를 자처했지만 오히려 수경 자매가 성폭력의 피해자가 되어 버린 극단적인 현실 앞에서 자신에게 폭력을 가하던 남편이 토사물에 기도가 막혀 죽자 그 시체를 유기한 죄를 자백하고 아들의 범죄를 신고하며 남편과 아들을 단죄하고자 한다. 목순은 평생 가정 폭력에 시달린 점이 참작되어 죗값을 받고 풀려 난 후 수경 자매의 살길을 마련해준 다음 속세를 떠나 절로 가고자 한다. 목순은 평생 지켜왔던 가족을 떠나 살고자 하지만 수경이가 아들 병호의 아이를 임신한 것을 알자 다시 살아가려는 의지를 갖게 된다. 목순은 자신이 선택한 삶이 "전생의 죄업"(144)이라 단정하며 핏줄에 대한 운명론적인 관점을 취하지만 수경에게 자신과는 다른 삶의 선택권을 준다.

『환절기』에서는 정상가족을 구성하는 결혼, 혈연, 자녀라는 가족 구도가 철저하게 해체되어 있으며, 오히려 혈연보다는 정서적 관계성이 중시되는 가족의 유형을 보여주고 있다. 수경 할머니의 가계(家系)를 이어나가기 위한 친척의 아이를 입양한 아들의 딸을 키우는 '비혈연 조손 관계', 봉선 할머니의 역사적 삶의 증언과 외로움을 달래는 편지는 '비혈연 관계 맺기'에 따른 '가족 찾기', 할머니의 고향 동생인 목순 아줌마의 수경 자매에 대한 보살핌은 수경을 중심으로 '비혈연 가족 맺기'라는 확장된 가족 유형으로 가족공동체의 의미를 새롭게 조명하고 있다.

2. 신(新)가족의 탄생과 공존의 성장

1) 가족공동체 복원과 통합적 자아 정체성 성취

탈근대 사회로의 전환은 가족의 영역에도 새로운 변화를 수반한다. 탈근대 사회에서 신(新)가족은 개방성, 자율성, 다양성으로 특징지을 수 있는 포스트모던한 사회의 구조적 변화에 따라 개인의 선택이 강조되는 다원적 형태의 가족으로 구성된다. 청소년소설에서 다문화가족, 공개 입양가족, 비혈연 조손(祖孫)가족 유형은 청소년 자녀와 가족 간 상호작용 방식 차이에 따라 가족공동체를 복원하고 공존의 자아 정체성을 성취하는 성장 담론이 주요 모티프로 제시된다.

먼저 다문화가족 문제를 다룬 청소년소설의 경우 다문화가족 자녀들이 사회적 편견으로 차별을 겪거나 집단주의에 따른 소외를 경험하면서 타자화되는 현실 부적응 문제를 모티프로 삼고 있다.

『완득이』에서 완득은 담임 똥주에 의해 엄마가 베트남 이주민이라는 사실을 알게 된다. 그동안 부자(父子) 간에 이루어진 아내와 엄마에 대한 침묵은 "한 번도 말한 적 없고, 나도 물은 적 없"(37)는 불문율이었다. 엄마의 존재를 인식한 후부터 완득의 삶은 그동안 엄마가 부재했던 기억으로 점철된다.

> 어머니라……, 아버지는 어머니에 대해 한 번도 말한 적 없고 나도 물은 적 없다. 그런데 똥주가 어머니 이야기를 한다. 그것도 베트남 사람이란다. (중략) "만나 볼래?" "내가 누군 줄 알고 만나요. 그동안 나도 몰랐던 사람을 선생님이 어떻게 알고 어머니래요? 나한테 왜 그러세요?" (『완득이』 38쪽)

> 언젠가부터 혼자 끓여 먹던 라면, 냄비에 넘쳐흐르던 밥물, 젖은 가스레인지, 나 산 대로라……, 좆같이 살았네. 그렇게 살 동안 어머니는 없었다. 베트남 여자, 베트남 여자라. 타악! 집어던진 연습장이 벽에 맞고 방바닥에 나뒹굴었다. (『완득이』 42쪽)

완득은 정체성 혼란에 빠진 채 엄마의 존재를 부정하고 방황하지만 결국 갈 곳은 집이란 사실을 인식한다. 완득은 한 번도 본 적 없는 엄마의 귀환을 거부하지 않는다. 엄마를 만나는 순간 "가슴이 쿵쾅거리고"(68) 늘 혼자 먹던 라면을 같이 나누어 먹으며 엄마의 진심이 담긴 편지에서 모성을 확인하고 똥주에게 감사의 마음을 전한다. 완득은 자식에게 존댓말을 쓰고 자신이 성장하는 동안 가족을 그리워하며 "한국인으로 귀화했는데도 다른 한국인들에게 외국인 노동자 취급을 받"(131)는 여전히 가난을 면하지 못한 엄마의 삶에 대한 애증이 교차한다. 완득은 자신을 버리고 떠난 엄마를 받아들이는 데 적대적이지 않다.

한국 사회에서 이방인으로 살아온 엄마의 고단한 삶은 "꽃분홍색 술이 달린 낡은 단화"(131)로 상징된다. 완득은 아르바이트로 번 돈을 내야 할 체육관비 대신 엄마의 "반짝거리는 작은 리본이 달린 검정 구두"(132)를 사는 데 사용하며 귀환한 엄마의 존재를 인정한다. 완득 모자에게 가족 구성원으로 서로 부재했던 세월의 고통은 '버려야 할 낡은 신발'로, 앞으로 가족으로 살아가야 할 삶은 '새로 산 반짝거리는 신발'로 은유된다. 『완득이』에서 다문화가족 청소년 주체는 장애인 아버지와 베트남 어머니의 문화적 차이와 소통 부재에 따른 헤어져 산 세월 동안 멀어진 가족의 거리를 좁혀야 하는 자신의 역할을 깨달으며 정체성 혼란에서 빠져나오기 시작한다.

> 아버지와 뚝 떨어져 있는 그분의 거리, 그 거리 속에 존재하는 나, 지금 이곳이 내 자리인 모양이다. 나는 그분이 버스에 올라타는 걸 보고 체육관으로 달려갔다. (『완득이』, 133쪽)

『완득이』에서는 엄마의 귀환 이후 아들 '혼자 먹는 라면'에서 모자가 '나누어 먹는 라면'으로, 또 '인스턴트 음식'에서 '집에서 먹는 밥'으로, 아버지가 좋아하는 '엄마가 보내주는 반찬'으로 점점 바뀌면서 가족의 거리는 좁혀지기 시작한다. 다문화가족 공동체의 복원은 귀환한 엄마가 직접 요리한 '폐닭으로 만든 삼계탕'을 나누는 장면에서 극대화된다.

> 제육볶음과 삼계탕, 여러 가지 밑반찬으로 밥상이 차려졌다. 이렇게 많은
> 반찬을 차리고 먹은 적이 없어 똥주에게 밥상을 빌려야했다 (중략) 드디어
> 삼계탕을 먹기 시작했다. 나와 삼촌과 그분과 아버지는 폐닭에 익숙했다.
> 그런데 똥주와 앞집 아저씨는 그렇지 않는가 보다. (중략) "아니, 무슨 고기
> 가 씹을수록 더 질겨, 이 고기 정체가 뭐예요?" "폐닭입니다, 노계요, 씹는
> 맛도 좋고 씹을수록 고소합니다." (『완득이』, 155-156쪽)

『완득이』에서 귀환한 엄마는 아버지가 좋아하는 폐닭으로 삼계탕을 만
들어 이웃 공동체와 밥상을 나누며 한국 사회에서 이방인으로 취급받던
타자의 삶을 극복한다. 폐닭은 수명이 다해 죽은 노계(老鷄)로 "씹는 맛도
좋고 씹을수록 고소"(156)한 맛에 아버지가 좋아하는 음식이다. 완득의 가
족은 다른 이웃들이 질겨서 먹지 못하는 폐닭 삼계탕에 익숙하다. 폐닭은
처음에 먹기는 힘들지만 씹을수록 고소한 맛이 나는 것처럼 완득의 가족
의 삶도 이와 동일시된다. 『완득이』에서 한번 맺어진 가족의 인연은 폐닭
처럼 수명이 다할 때까지 끊어질 수 없는 질긴 지속성을 의미한다. 『완득
이』에서 장애인인 아버지와 가난한 나라에서 온 결혼 이주민 엄마가 주어
진 삶의 차이를 받아들이기 어려워 처음에는 고소한 맛을 느낄 수 없는
쓸모없어진 폐닭 같은 소외된 삶을 살 수밖에 없었다. 하지만 완득의 가
족은 아무리 고단하고 희망이 없어 보이는 폐닭 같은 삶이라 할지라도 그
안에서 나름대로의 삶의 가치를 발견하고 있다. 완득의 가족은 모두 힘들
어도 주어진 삶을 견디어냈기에 서로를 인정하고, 가족의 가치를 긍정하
며 가족공동체를 복원하고 있다.

> "그럼 이분은……." 그분을 두고 한 말이다. 아무도 대답하지 않았다. 이
> 럴 때는 똥주가 나설 만도 한데 이번에는 나서지 않았다. 척 봐도 한국 사

람은 아니고, 이런 집에서 가사도우미를 둘 리 없으니 앞집 아저씨는 그분
이 꽤 궁금한 모양이었다. "제……어머니십니다." 목에 콱 박혀서 나오지
않는 말을 가래 뱉듯이 힘들게 했다. 막힌 가래를 뱉으면 이렇게 시원하다.
그분이, 아니 어머니가 갑자기 고기를 먹기 시작했다. (『완득이』, 157-158쪽)

『완득이』에서 이웃과 함께 음식을 나누는 행위는 공동체 의식의 발현
으로 이웃까지 가족으로 생각하는 한국의 '밥상 나눔' 문화 양식을 보여
준다. 이러한 한국 문화에 적극적으로 동참하고 있는 귀환한 이방인 엄마
의 '밥상 나눔'에서 타자성은 배제되고 완득도 부재했던 엄마를 호명하며
세상과 소통하는 장이 된다.

완득의 부모는 서로 숨바꼭질하며 살았던 세월이 '아들에 대한 사랑'이
었음을 고백하며 청소년 자녀를 둔 한국 사회의 보통 부모들처럼 자식의
진로 문제에 이견을 주고받는다. 아버지는 아들이 아버지와는 다른 삶을
살기 바라며 글을 쓰는 작가가 되길 바라지만 완득은 아버지가 바라는 진
로보다는 킥복싱이라는 운동을 하며 세상과 소통하고자 한다.

"고작 싸움이나 하라고 서울로 온 줄 아니?" "싸움이 아니고 스포츠예
요." (중략) "내가 아무리 노력해도 세상이 날 안 받아줬다. 춤은 그나마 다
른 사람하고 함께할 수 있는 유일한 힘이었고, 사지 멀쩡한 놈이 뭐가 아쉬
워서 그런 쌈질을 하겠다고……." (중략) 책상 앞에 앉아 있는 소설가, 내 꿈
이 아니라 아버지의 꿈이었다. (중략) 아버지, 내 몸에 붙지 않는 소설가, 저
그거 관심 없습니다. (『완득이』, 80쪽)

완득 엄마는 아들의 외로움과 소극적인 또래 관계를 걱정하며 아버지
처럼 세상에서 소외된 아웃사이더의 삶을 원하지 않는다. 엄마가 아버지
를 설득하는 역할은 아들이 좋아하는 킥복싱을 매개로 사회적 관계를 확
장하고 세상과 소통하는 장이 되길 바라며 아들의 지지자가 된다.

"완득이한테 친구가 없다는 거 알아요? 애가 만날 혼자 살았다면서요? 가끔 와서 용돈 주고 쌀독 채워놓으면 다예요? 어린애가 혼자 밥 먹고 설거지하고 빨래하고, 그럴 줄 알았으면 당신이 싫었어도 끝까지 옆에 있었을 거라고요!" "⋯⋯" "완득이 운동하게 놔두세요." "완득이마저 세상 뒤에 숨어 살게 할 생각 없어." "여태 세상 뒤에 숨어 있던 완득이가, 운동하면서 밖으로 나오고 있잖아요. 자기가 하고 싶은 거, 제일 잘할 수 있는 거, 하게 놔두세요." (『완득이』, 150쪽)

"너는 내 춤을 인정해주고, 나는 네 운동을 인정해주고, 우리 몸이 그것 밖에는 못하는 모양이다." 아버지는 더 이상 킥복싱을 반대하지 않겠다는 말을 이렇게 했다. (『완득이』, 177-178쪽)

귀환한 엄마의 아들에 대한 지지와 격려는 세상 뒤에 숨어 살던 아들과 아버지의 대화를 유도하며 서로 하는 일에 가치를 인정하고 공존의 성장을 가능하게 하는 가족 내 조력자의 역할을 하고 있다. 『완득이』에서 아들의 킥복싱 운동을 인정하는 부모의 지지는 장애인과 다문화가족이라는 복합적인 상황을 극복하며 가족 간의 갈등을 해결하는 중요한 변곡점이 된다. 완득은 킥복싱이 스포츠 활동으로 폭력을 쓰는 싸움과 다른 것임을 관장으로부터 배우면서 폭력을 쓰게 되는 문제를 극복한다. 폭력 문제아였던 완득이 킥복싱을 하면서 자신에게 내재되어 있던 삶의 열정을 폭력적인 방법이 아닌 건강한 스포츠 여가 활동으로 풀어내는 것이다.[337]

청소년의 건강한 여가 활동은 단절되어 살았던 다문화가족 소통의 매개체가 되어 가족의 기능을 회복하고 있다. 가족의 안정은 청소년 자녀가 청소년기 발달과업인 자아 정체성을 형성하는 원동력이 된다. 『완득이』에서 청소년 주체는 열등감이 표출된 폭력 문제를 가족공동체의 복원과 성장 조력자에 의해 세상과 대결이 아닌 공존의식을 획득하며 자아 정체성

---

337) 박경희, 「청소년소설에 나타난 청소년문화 양상 연구-2000년대 이후 작품을 중심으로」, 목포대학교 교육대학원 석사학위논문, 2012, 48쪽.

혼란을 해소하는 성장 담론을 보여준다.

『나는 할머니와 산다』는 무자녀부부에게 공개 입양된 남매의 성장 과정을 통해 가족의 의미를 재조명하고 있다. 흔히 '가슴으로 낳은 아이'로 표현하는 공개 입양은 혈연 중심의 전통적 가족 이데올로기가 탈근대적 가족 이데올로기로 전환되는 가족 유형의 다양성과 개방성을 보여준다.

> "네가 날 새롭게 태어나게 만들었단다. 난 네 엄마가 되었고 넌 내 딸이 되었으니까, 물론 이렇게 되기까지 힘든 과정이 있었지만 우린 잘 이겨냈어. 엄만 다시 태어나도 조은재와 조영재 엄마로 살고 싶단다. 넌 어떤지 모르겠지만……." (『나는 할머니와 산다』, 119쪽)

『나는 할머니와 산다』에서 양부모가 입양 사실을 공개적으로 당당하게 밝히는 대목이다. 공개 입양은 입양 사실을 뒤늦게 인식한 자녀가 받을 충격과 상처를 미연에 방지할 수 있지만 성장 과정에서 입양아라는 사회적 편견은 피해갈 수 없어 비밀 입양아보다 정체성 혼란의 무게가 가중될 수 있다. 이 작품에서 공개 입양아인 은재 또한 "입양아라는 사실이 뭐 별거냐"(34)며 외적으로는 아무렇지 않은 듯 행동하지만 그런 사실이 남에 의해 말해지는 것에는 거부감을 갖고 있다. 또한 입양아라는 사실 때문에 친구 관계 맺기에도 용기를 내지 못하는 소극적인 면모도 보인다.

한편 은재는 자신에게 주어진 입양이라는 현실을 때로는 적당히 이용하는 발칙한 면도 가지고 있다. 은재는 작문 숙제를 할 때 공개 입양가족의 남다른 점을 이용하여 거짓 눈물자국까지 만들어 작문 선생님의 벌을 피해가고자 하는 술수를 쓰기도 한다. 가족 내에서는 입양아의 부적응 문제를 해결하고자 하는 '입양 캠프'에 보내지는 게 싫어 최대한 엄마의 비위를 건드리는 행동은 자제한다. 입양 캠프에서 청소년 주체는 타자의 상처에서 자신의 모습을 발견하고 입양아로서 그 아픔이 현실에서 재현되는 정체성 혼란을 경험하기 때문이다.

> 엄마, 그거 알아? 캠프에 갈 때마다 세상 사람들 모두에게 나는 입양아예요, 하고 소리치는 것 같다는 걸, 엄만 또 그 말이 뭐 그리 어렵냐고 하겠지만……. 하지만 엄마, 아무리 노력해도 좀처럼 익숙해지지 않는 말이 있어. 내가 바보라서 그런 걸까? 그런 말을 할 때면 난 아직도 내 입 속에 모래가 들어 있는 것처럼 서걱거린다 말이야……. (『나는 할머니와 산다』, 142쪽)

『나는 할머니와 산다』에서는 공개 입양가족의 문제를 입양 캠프를 통해 해결하고자 하는 엄마의 모습에서 양육의 어려움을 호소하고 사회적 지지를 제공받는 입양 문화의 단면을 보여준다. 입양 캠프에서는 입양 부모의 관점에서 입양 자녀의 정체성 혼란 문제를 해결하려는 논리가 작동된다. 입양 캠프에 가기 싫은 은재는 빙의된 할머니의 문제나 또래 관계에 대한 문제도 엄마에게 털어놓을 수 없어 가족 몰래 해결하고자 한다. 은재가족의 경우는 공개 입양아인 개별적인 자녀의 특성을 고려해 가족 내에서 문제 해결을 하는 데 우선순위를 두고, 자녀의 자아 정체성 혼란 문제를 해결할 필요성이 제시된다.

은재는 '친모 만남'이 제안되자 정체성 혼란에 따른 불안감을 경험하며 양부모의 "가슴을 후벼파고 싶다는 충동"(177)을 느낀다. 은재에게 친모는 과거의 버려진 상처에 짓누름 당하는 "부러진 갈비보다 다 아픈 존재"(179)로 다가오기 때문이다. 입양아에게 친모와의 만남은 버림받은 기억의 재현으로써 자아 정체성 혼란이 가중된다.

> 그 동안 엄마 아빠가 너무 잘해줘서 내가 가짜 딸이라는 걸 깜빡했나봐. 하지만 지금 난 분명히 깨달았어. 내가 입양아일 뿐이라는 걸, 그 사실은 내가 죽을 때까지 바뀌지 않겠지? (중략) 이상하게도 엄마 입에서 그 이야기가 나오자마자 갈비뼈라도 부러진 것처럼 가슴팍이 아팠다. 왜 그런지는

모른다. 우리 엄마 말고 날 낳아준 사람이 따로 있다는 사실이 괜히 싫었나
보다. 그리고 그 사람이 내게는 부러진 갈비뼈보다 더 아픈 존재라는 사실
이. 어째⋯⋯눈물이 날 것 같다. 입술을 꽉 깨물고 눈물을 삼켜 버린다. 이
런 일 때문에 우는 건 바보 같은 짓이다. 어떤 사실들을 지우개로 지울 수
만 있다면 얼마나 좋을까? (『나는 할머니와 산다』, 177-179쪽)

은재가 입양 초기에 버려지는 자신이 두려워 오히려 낯선 행동으로 맞
섰던 것처럼 '버려짐'의 기억이 재현되는 생모를 만나야 하는 지점에서
또다시 현실을 회피한다. 그러다가 할머니가 비밀 입양 보낸 고모의 소재
를 찾아 나선 이후 가출을 생각하지만 결국 돌아갈 곳은 가족이 있는 집
이라는 사실을 깨닫는다. 양부모의 걱정과 진심을 담은 "열여섯 대의
매"(195)는 입양 자녀에게 오히려 진정한 가족애를 느끼게 하는 상징적 의
미이다. 양부모의 엄격한 훈육은 가족의 보호와 안정성이라는 장치로 작
동하며 입양 자녀의 자아 정체성 혼란을 종식시킨다.

입양아인 은재는 친모의 존재를 알고 나서 정체성 혼란에 빠지지만 자
신을 보육원에 보내 입양시킬 수밖에 없었던 사연을 접하고 "가슴 속 아
주 깊은 곳에 숨겨져 있던 샘물이 터진 것처럼 눈물"(231)을 흘린다. 은재
는 미혼모였던 친모의 마음을 빙의된 할머니가 고모를 찾는 과정에서 '자
식을 떠나보낸' 아픔은 사라지지 않고 죽어서도 간절히 만나고자하는 마
음을 알아차렸기 때문이다. 은재는 엄마도 할머니와 같은 미혼모로 자식
을 보육원에 맡길 수밖에 없었던 상황을 이해하고 새롭게 시작하는 엄마
의 행복을 빌어준다. 은재가 생모를 만난 후 쏟아내는 눈물은 성장통의
치유를 상징한다.

"저기, 나한테 용서를 구하고 홀가분해지고 싶은 거죠? 그래야 앞으로 살
면서 맺힌 게 없을 테니까요, 그 맘 이해해요. 근데 난 그쪽 원망 안 해요.
오히려 감사하죠. 그쪽이 아니었다면 우리 엄마 아빠 같은 분을 어떻게 만

날 수 있었겠어요? 그러니까 나한테 죄책감 갖지 마요." (『나는 할머니와 산다』, 227쪽)

은재는 양부모의 사랑을 확인한 후 친모를 만나 원망보다는 엄마를 위로하는 성숙한 면을 보인다. 은재는 자신을 버린 엄마를 용서하고 키워준 가족에 대한 사랑을 느끼며 공개 입양아로서 표출하지 못했던 감정을 표출함으로써 자아 정체성 혼란의 시간을 마무리하고 있다.

> 어라 엄마다. 이번엔 진짜 내 엄마다. 그러니까 가짜 엄만 방금 카페에서 만났던 그 아줌마고 카페 앞에서 날 기다리고 서 있는 이 엄마는 진짜 엄마다. 이제야 정리가 되는 것 같다. 얼마나 오래 기다렸는지 엄마 얼굴이 빨갛게 얼었다. 추우면 들어와서 기다리면 될 것이지, 바보같이 이게 뭐야, 눈물이 핑 돈다. (『나는 할머니와 산다』, 230쪽)

『나는 할머니와 산다』에서 입양 청소년이 어른이 된다는 것은 "맞지 않는 옷을 입은 거추장스러운"(233) 것처럼 허둥댈 수 있지만 자아 정체성 혼란을 극복하며 성장하는 양상을 보여준다.

> 누구든 어른이 된다고, 원하든 원치 않든. 그건 어떤 사람들에겐 평생 맞지 않는 옷을 입은 것처럼 거추장스러운 것일지도 모른다. 그렇게 생각하자 커다란 옷속에 자기 자신을 집어넣고 어쩔줄 몰라 허둥대는 한 여자의 얼굴이 떠오른다. 그 얼굴은 어쩐지 나와 너무도 닮아 있다. (『나는 할머니와 산다』, 233쪽)

『나는 할머니와 산다』에서 공개 입양아의 자아 정체성 혼란은 친모를 만나는 과정에서 해소되는 양상을 보인다. 할머니의 '자식 찾기'는 은재의 '친모 만남'에 영향을 미친다. 공개 입양 서사는 한국 사회에서 '피는 물보다 진하다'는 전통적 가족 이데올로기에서 벗어나 가족이기주의를 극복할 수 있는 '신(新)가족의 탄생'이라는 가족의 가치를 창출하며 가족이 더 이상 획일적인 방법으로 규정될 수 없다는 사실을 보여준다.

『나는 할머니와 산다』에서 입양인의 뿌리 찾기는 친모 만남 이후 부정적인 모습보다는 입양 보낼 수밖에 없었던 모성의 간절함을 이해하고 과거의 상처를 치유하는 담론을 보여준다. 은재의 자아 정체성 혼란은 빙의라는 환상을 통해 미혼모로 입양 보낸 딸을 찾는 할머니의 모습과 자신을 만나러 온 친모를 동일시하고 버려진 상처를 치유하며 성장통이 마무리된다. 입양아가 친모를 만나는 과정은 "입양 보낼 수밖에 없었던 상황을 이해하며 더 완전하고 통합된 존재"338)로 나아가는 지점이 된다. 공개 입양아로서 가족의 가치를 재발견하는 공존의 성장 담론을 확인할 수 있다.

청소년소설에서 공개 입양은 비밀 입양과 달리 입양 후 자녀가 청소년이 되었을 때 미혼모였던 친모와의 만남이 서사의 주요 구성요소로 제시된다.339)『나는 할머니와 산다』에서도 친모의 '자식 찾기'는 공개 입양가족 청소년의 자아 정체성 혼란 문제를 해결하는 기제이다. 입양 청소년은 자신의 뿌리인 친모의 존재를 인정하고 입양 보낼 수밖에 없었던 당시 상황을 이해하며 '버려짐'이라는 상처를 극복하는 힘을 얻게 되는 것이다. 『나는 할머니와 산다』에서는 공개 입양 청소년이 친모와의 단절이 아닌 공개적인 만남을 통해 자신의 뿌리를 확인한 후 정체성 혼란에서 벗어난다. 공개 입양 청소년은 양부모의 '가슴으로 낳은 기른 정'의 의미를 깨닫고 가족의 가치를 재정립하며 자아 정체성을 형성해가는 성장 담론을 보여준다.

마지막으로 비혈연 조손(祖孫)가족의 경우이다. 탈근대적 가족의 가치는

---

338) 안재진 외, 「국외입양인의 뿌리 찾기에 영향을 미치는 요인」, 『사회복지연구』 41권 2호, 한국사회복지연구회, 2010, 76쪽.
339) 이러한 작품으로 『주머니 속의 고래』에서도 공개 입양 청소년의 자아 정체성 혼란을 해결하기 위한 친모와의 만남은 출생에 대한 정체성 혼란을 마무리하며 진로를 찾는 양상을 확인할 수 있다. (이금이, 『주머니 속의 고래』, 푸른책들, 2006.)

혈연 중심의 가족에서 벗어나 정서적 관계 중심으로 전환되고 있다. 『환절기』는 역사적 아픔을 간직한 비혈연 조손가족의 청소년이 가장이 되어 이모의 딸을 내 아이처럼 돌보는 상황에서 동생에 대한 애착과 가족 부양의 책임을 동시에 겪는 공존의 성장 담론을 보여준다. 이 작품은 해방 이후 지금까지도 해결되지 않고 사회 문제로 부각되고 있는 일본군 위안부 피해자였던 할머니의 삶을 표면에 배치한다.

이 소설에서 주인공 수경은 과거의 고통에 처한 상처를 극복하는 일본군 위안부 피해자인 할머니 삶의 버팀목 역할을 한다. 수경은 역사의 피해자인 할머니의 삶을 이해하면서 성폭력을 당한 상처를 추스르며 동생을 지켜내는 소녀가장으로서 삶을 선택한다. 수경은 할머니가 고향으로 귀환 후 아이를 낳지 못하는 상처를 봉합하며 삶의 지속성을 유지하는 손녀의 역할을, 할머니 친구 봉선 할머니에게는 과거의 상처를 증언할 수 있는 용기와 딸을 잃은 상처를 표출할 수 있는 대상이 되어준다. 봉선 할머니의 편지는 과거와 현재를 교차하면서 수경에게 위안부 피해자로서 역사적 삶의 진실을 증언한다.

『환절기』에서 과거의 상처를 딛고 일어서 가족에 대한 애착을 갖고 삶의 지속성을 유지해가는 두 할머니의 모습은 성폭행의 상처를 극복하며 어린 동생의 버팀목이 되고자 당당하게 자신의 삶에 맞서는 수경의 삶과 동일시된다. 수경은 성폭행으로 임신을 하지만 '가족 되기'를 바라는 목순의 제안에 돌보아야 할 가족이 있음을 당당하게 밝히며 자신이 감당하고자 하는 삶의 몫을 선택한다.

> "아줌마 저한테는 이미 아이가 있어요, 제가 보살펴야 할 아이가 있다구요. 수향이, 제 동생이 제 아이예요. 저는 이미 오래 전부터 엄마였다구요. 작고 낮은데다 코맹맹이 소리였지만, 수경이 말하고자 하는 바는 목순에게 정확히 전달되었다." (『환절기』, 144쪽)

수경은 성폭행을 당한 이후 타자의 시선이 두려웠지만 봉선 할머니의 편지를 받고 "타인들이 만나서 사랑하고 사랑받을 때 삶이 새로운 단계로 올라선다"(154)는 진실을 깨닫고 봉선 할머니를 만나고자 하며 삶의 의욕을 재충전한다. 봉선 할머니는 할머니의 역할을 이어받아 성폭행을 당한 수경에게 삶의 길을 헤쳐 나갈 힘을 실어주며 성장 조력자로 기능한다. 수경은 "살다 살다 정 못 살겠으면 찾아가라"(165)는 할머니의 유언에 따라 봉선 할머니를 찾아가지만 이미 숨져있는 봉선 할머니의 모습에서 할머니의 지난 삶을 받아들이고 두 할머니의 죽음을 인정한 통과의례의 과정을 거치며 성장하는 면모를 보인다.

> 그러나 숨질 때까지 그 태산 같이 믿은 평생의 친구 봉선이를 찾지 않은 할머니의 마음을 수경은 이제야 알 것 같았다. 봉선은 마지막 카드였던 것이다. 할머니는 정 못 살겠다 싶을 때가 없었던 것이다. 할머니는 제 몫의 삶을 사랑했던 것이다. 그것이 남 보기에 아무리 누추한 것이었다 하더라도. 수경은 봉선의 손을 잡은 자신의 손 위에 또 한 손을 겹쳐 올렸다. '할머니, 나, 할머니만큼 살게.' '딱 할머니만큼만 열심히, 온몸으로 삶을 사랑하며 살게.' '안녕, 할머니, 안녕.' (『환절기』, 165쪽)

수경이 봉선 할머니의 죽음을 통해 "제 몫의 삶을 사랑"(165)한 할머니가 살아낸 삶만큼 열심히 자신의 삶을 사랑하며 살아야겠다는 다짐과 할머니를 보내는 작별 의식은 성폭력 사건 이후 역할 혼미의 시간을 종언하며 청소년 가장으로서 자아 정체성을 확립하고 있다. 수경에게 봉선 할머니의 손자인 아담 선생님을 찾아 주는 역할은 새로운 일을 할 수 있다는 자신감을 갖게 된다. 수경은 할머니의 삶을 바탕으로 자신의 몸을 지키고 "코스모스처럼 악착같이"(178) 살아가고자 결심하며, 성폭력의 상처에서 벗어나 주체로서의 삶을 각오한다.

'수향아, 참 좋다, 그지? 서로 사랑하는 몸과 몸이 만난다는 건 이렇게 기분 좋은 것일 텐데.' '그런데 우리의 몸은 우리가 꿈에서도 원하지 않는 남자들의 전쟁이 벌어지는 전쟁터가 될 수 있대.' '수향아, 우리는 우리 몸을 그들의 전쟁터로 빌려주지 말자. 빌려주고 밟히느니 죽을 힘을 다해 싸우자. 우리 몸은 우리 거야. 나라의 소유도 아니고 어떤 다른 사람의 소유도 아니고 우리 거야.' (『환절기』, 180쪽)

수경은 상처 입은 기억을 잊으려 할 때 오히려 환절기처럼 면역력이 떨어지는 자신을 알기에 자신의 몸을 사랑하며 다시 세상에 나와 타인들과 공존하는 삶을 살고자 노력한다. 수경은 자신이 하고 싶은 일이 무엇인지 알아내고 그 꿈을 성취한 후 두 할머니들에게 받은 사랑을 다시 사회에 환원하고자 결심한다.

그래서 결심했어요. 제가 나중에 대학을 졸업하고 취직하면 혼자 사시는 할머니들을 위해 뭔가를 하겠다고, 애기 할머니와 봉선 할머니, 두 할머니께 대가 없이 받기만 한 사랑을 다른 외로운 할머니들께 대가 없이 돌려드리겠다고, 단단히 마음먹었어요. (중략) 봉선 할머니 환절기는 지나가는 거죠? 이 시절을 잘 앓고 나면 저는 조금 더 강해지는 거죠? 새로운 계절은 오는 거죠? (『환절기』, 199쪽)

『환절기』에서 청소년 주체인 수경은 두 할머니들의 아픈 삶을 받아들이며 그들에게 받은 대가 없는 사랑을 사회에 환원하고자 한다. 이 작품에서는 청소년기에 자신을 키워준 할머니의 죽음과 성폭행까지 당한 수경의 자아 정체성 혼란을 '환절기'로 은유하며 성장의 고민을 담아낸다. 『환절기』에서는 가족의 보호에서 벗어나 있는 청소년이 홀로서기를 하며 소녀 가장으로서 자신의 미래를 설계하며 자아 정체성을 확립하는 성장 담론을 제시하고 있다.

2) 타자와 연대의 공존의식

청소년기는 생애 발달 어느 시기보다도 이차 성징의 출현과 신체적 급성장으로 불안정한 정서적 변화를 수반한다. 청소년은 다문화가족, 공개 입양가족, 비혈연 조손(祖孫)가족 유형에서 비롯된 사회적 편견에 반발하며 자아 정체성 혼란에 따른 청소년 문제를 야기할 수 있다. 특히 부모와 안정적인 애착 관계를 형성하지 못한 청소년은 심리적 갈등과 욕구 불만에 따른 학교에서의 학습 부진, 또래 관계에서 따돌림, 사회 부적응 등과 같은 자아 정체성 혼란을 겪게 된다.

『완득이』, 『나는 할머니와 산다』, 『환절기』 등에서는 청소년 주체가 아동기에 부모와 안정적인 애착 관계를 형성하지 못했지만 청소년기에 소외와 폭력 문제, 양부모와의 갈등, 성폭력을 당한 상처를 극복하고 가족공동체를 복원하며 자아 정체성을 성취하는 과정이 주를 이룬다. 청소년소설에서 탈근대적 가족 이데올로기에 기반을 둔 신(新)가족 유형에서는 다문화가족 청소년이 장애인과 결혼 이주민에 대한 편견, 공개 입양아의 출생에 대한 자아 정체성 혼란, 소녀 가장이 성폭력의 상처를 극복할 수 있도록 청소년의 성장 조력자인 타자를 배치하고 있다.

『완득이』에서 완득은 장애인 아버지라는 열등감에 갇혀 세상과 고립되는 방식으로 자신을 지키고 있었다. 완득을 호명하며 세상 속으로 불러낸 존재는 선생 똥주이다. 완득의 고립과 소외는 고등학교 1학년 담임 똥주에 의해 세상에 친 울타리가 걷어지기 시작한다. 똥주는 옆집 사는 수급권자인 제자 완득에게 막말을 하고 밥을 뺏어 먹기도 하지만 자기 세계 안에 갇혀 숨어 있는 제자를 거침없이 "야! 도완득"이라고 호명하며 세상 밖으로 끌어내며 소통하고자 한다.

> 내가 세상으로부터 숨어 있기에 딱 좋은 동네였다. 왜 숨어야 하는지 잘 모르겠고, 사실은 너무 오래 숨어 있어서 두렵기 시작했는데, 그저 숨는 것

밖에 몰라 계속 숨어 있었다. 그런 나를 똥주가 찾아냈다. 어떤 때는 아직 숨지도 못했는데 "거기! 도완득!"하고 외쳤다. 술래에 재미 붙였는지 오밤중에도 찾아냈다. (『완득이』, 206쪽)

똥주는 기존의 선생님 상을 해체하며 세상에 대한 냉소적인 시선과 적대감으로 똘똘 뭉친 완득의 성장 조력자로 등장한다. 똥주는 조폭 같은 행동과 달리 부잣집 사업가 아들이지만 이주 노동자에 대한 아버지의 비인간적 처사에 반발하여 이주민 쉼터를 만들고 이주민들을 돕는다. 똥주는 완득이 이주민 쉼터에서 만난 핫산을 따라 킥복싱을 시작하자 "아주 탁월한 선택을 했다며 야자를 빼주는 아량을 베풀"(79)며 제자를 지지한다.

『완득이』에서 똥주는 다문화가족의 문제 해결자로서 역할도 부여받고 있다. 똥주는 십칠 년간 필리핀인 엄마의 존재조차 의식하지 않았던 완득에게 엄마의 존재를 알려주고 외국인 노동자 쉼터를 통해서 엄마의 귀환을 돕고 있다. 담임 똥주가 완득을 집 밖으로 이끌어 내고 엄마의 귀환을 도왔다면 킥복싱 체육관 관장은 완득이 폭력 문제아가 아닌 세상 속에서 정당하게 살아가기 위한 세상과 대적하는 방법을 알려준다. 담임 똥주와 체육관 관장은 학교 내외에서 제자 완득을 소외와 고립 상태에서 벗어나게 해주는 성장 조력자이다.

다문화가족 청소년인 완득이 "자아 정체성을 정립하지 못하고 사회적 적대감을 갖게 된다면 우리 사회는 소중한 인적 자원을 잃게 되는 사회적 손실을 입게"[340]된다.『완득이』에서 소외된 다문화가족 공동체 복원과 그 자녀의 성장을 돕는 똥주는 제자 완득이 타자의 연대를 통한 소외를 극복하고 공존의 가치를 실현시켜 주는 인물이다. 청소년소설에서 완득이 사회적 네트워크 구축인 타자인 똥주와의 연대는 다문화가족 청소년 자녀

---

340) 김원 외, 앞의 책, 173쪽.

의 긍정적인 자아 정체성을 형성할 수 있도록 교육적 가치를 실현한 독자 지향적인 문학의 효용론적 측면을 확인할 수 있다. 『완득이』는 다문화가족 자녀가 편견과 차별을 극복하고 한국 사회의 구성원으로 원만하게 동화되기를 바라는 교육 효과를 수행하려는 계몽적 성장 담론의 결과이다.

『나는 할머니와 산다』에서는 공개 입양아의 출생에 대한 상처를 치유하기 위해 빙의라는 환상을 도입해 죽은 할머니를 소환하여 청소년의 정체성 혼란 문제를 해결하는 성장 조력자로 배치한다. 이 작품에서는 죽은 할머니가 은재에게 빙의되어 외국으로 입양된 딸을 만나는, '생사를 넘나드는 시공간의 어긋남'이라는 환상적 모티프를 차용하고 있다. 할머니는 처음 공개 입양된 은재를 봤을 때는 불만에 가득 찬 얼굴로 쏘아보곤 했지만 누구보다도 은재의 마음을 잘 헤아려 주었다. 은재가 입양 부모에게 상처를 받을 때 할머니는 은재에게 위안을 주는 존재였다.

할머니의 생과 사를 넘는 혈육에 대한 애착은 비밀 입양 보낸 자식에 대한 혈연 이데올로기의 강고함을 보여준다. 할머니가 치매 이전에 입양 사실을 밝히지 못한 것은 미혼모로서 입양 보낸 자식에 대한 죄의식이 반영되어 있다. 그렇지만 할머니는 은재나 영재의 입양과 보육을 통해 과거를 숨긴 사실이 부끄러운 행위였다는 것을 깨닫게 된 것이다. 『나는 할머니와 산다』에서는 할머니를 통해 숨긴 과거와 화해하는 것이 중요하며 공개 입양과 입양 보낸 딸을 만나고자 하는 행동이 부끄러운 일이 아니라는 유연한 가족 담론을 주제화하고 있다.

이 소설에서 은재는 공개 입양아로서 "우리 엄마 말고 날 낳아준 사람이 따로 있다는 사실"(179)을 부정하고 싶다. 은재는 양부모의 사랑에 만족하며 자신의 입양 사실을 "지우개로 지울 수만 있다는 얼마나 좋을까?"(179)라는 가정을 해보지만 부러진 갈비뼈와 같이 자신을 짓누르는 친모(親母)의 존재를 아픔으로 느낀다. 결국 은재는 결혼 전 자신을 찾아온 친모(親母) 만남의 자리에서 자신의 입양 보낼 수밖에 없었던 엄마의 사정

을 듣지만 자신의 버려진 상처 때문에 친모(親母)를 이해하기보다는 상처
를 주는 가시 돋친 말을 쏟아낸다.

> "됐어요. 그만하세요. 암튼 서로 죽지 않고 살아 있다는 거 확인 했으니
> 까. 실은 나도 아주 궁금하지 않았던 거 아니거든요. (중략) 그러니 이제 가
> 세요. 결혼식 늦겠어요." (중략) "그거 알아요? 어떤 사람들은 존재하는 것만
> 으로도 서로에게 상처가 될 수 있다는 거. 우리가 바로 그런 사람들이죠.
> 하지만 난 그런 상처를 안고도 얼마든지 웃으면서 살 수 있어요. 그러니 나
> 한테 애쓰지 마요. (중략) 그럼 먼저 갈게요." (『나는 할머니와 산다』,
> 229-230쪽)

은재는 친모를 만나는 과정에서 그동안 쌓였던 버림받은 상처를 표출
하고 있지만 생각만큼 속이 후련하지 않고 그동안 참았던 눈물을 흘린다.
친모와 양부모를 보면서 "어른이 된다는 건, 정말 피곤한 일"(234)이라 생
각한다.

은재는 현실에서 친모를 만났지만 비밀 입양한 딸을 만나고자하는 죽
은 할머니의 간절한 소원은 빙의라는 환상을 적용하여 죽은 자와 산 자의
만남으로 이어지며 부모와 자식 간의 뗄 수 없는 혈육애(血肉愛)를 보여주
고 있다. 입양을 보낸 부모와 자식의 만남은 죽음도 가를 수 없다는 천륜
지정(天倫之情)을 보여주며 용서와 화해를 모색하고 있는 것이다. 할머니와
고모의 만남은 할머니의 비밀스런 유폐된 과거와 고모의 현재의 그리움
이 교차되면서 생사의 시공간을 넘는 '회중시계의 움직임'이라는 환상적
경험으로 완성된다.

> 그렇다면 아까 그 소리는 고모가 잠자는 동안에도 회중시계의 시계 바늘
> 이 움직이는 소리였나 보다. 고모는 조용히 이불을 걷고 일어나 앉는다. 할
> 머니는 그런 고모를 말없이 내려다본다. (중략) 할머닌 고모의 어깨에 한 손
> 을 올려놓으며 미소 짓는다. (중략) 이거 꿈인지 현실인지 도무지 모르겠네.

"나, 마미, 사랑합니다. 그러니까, 다 괜찮습니다." 두 사람은 한동안 말없이 두 손을 맞잡고 앉아 있다. 웃지도 않고 울지도 않는다. 그냥 서로를 뚫어 져라 바라다 볼 뿐이다. 고모의 회중시계가 멈출 때까지. (『나는 할머니와 산다』, 254-255쪽)

할머니의 비밀 입양 서사는 천륜의 그리움과 화해의 장(場)을 보여준다. 은재는 할머니와 고모의 만남을 연결하는 영매(靈媒)의 역할을 하며 자신의 키울 수 없어 입양시킨 친모(親母)의 마음을 이해하게 된다. 비밀 입양 보내야 했던 할머니와 할머니를 그리워하며 해외에서 살았던 고모의 만남은 삶과 죽음의 경계선을 무너뜨리고 있다. 은재는 "아빠 말대로 무엇을 믿고 안 믿고는 각자의 선택인"(257) 빙의라는 환상 체험을 통해 "모든 진실은 그것을 알려고 하는 사람에게만 그 문을 열어준다는 사실"(258)을 깨닫는다. 은재는 할머니를 만난 고모의 얼굴에 "생의 핵심에 가 본 사람만이 가질 수 있는 초월적인 미소"(259)를 확인하며 자신을 낳았지만 입양 보낼 수밖에 없었던 아픔을 간직하고 살았을 친모의 마음을 이해하게 된다.

『나는 할머니와 산다』에서 은재는 할머니를 만난 비혈연 관계의 고모와 많은 말을 하지 않아도 서로의 상처를 공유하며 연대하고 있다. 은재는 영원한 것은 없다는 인식을 통해 공개 입양아로서 제자리를 찾아가고 있다. 이 작품에서는 "할머니의 과거사를 따라 영혼의 욕망을 해소하고 은재의 현재를 통찰하게 한다."341)라는 공존의식을 함의한 성장 담론을 확인할 수 있다.

『환절기』에서는 일본군 위안부 피해자로 세상을 꿋꿋하게 살아냈던 두 할머니들이 청소년 주인공 수경이 미래를 꿈꾸며 살아갈 수 있는 성장 조력자 역할을 하고 있다. 할머니는 수경의 부재한 부모를 대신해 손녀 수

---

341) 도서추천위원회 엮음, 윤소희, 「청소년 성장소설의 최근 형향-'성장'보다 '이야기' 추구」, 『2010 도서관 추천 도서 목록』, 학교도서관저널, 2010, 1-2월호, 130쪽.

경의 양육자였다. 할머니 사후 수경을 돌보는 이 또한 비혈연 관계인 할머니의 고향 동생뻘인 목순 아줌마다. 목순은 자신의 가족이 수경에게 준 상처를 추스르고자 수경의 선택을 존중해주며 수경 자매가 살 길을 마련해준다.

수경은 할머니의 유일한 친구였던 봉선 할머니와 편지를 주고받으며 두 할머니의 아픔을 이해하고 정서적 관계 맺음을 시작한다. 수경은 정신적으로 의지했던 봉선 할머니에게 성폭력의 상처를 털어놓자 할머니는 자신의 삶의 아픔을 승화하며 수경이 살기 위해 상생(相生)해야 하는 공존의 연대를 조언한다.

> 수경아, 지금 네 몸과 맘이 어떻겠니? 수향이 그 어린 것은 또 어떻고 물에 빠져서 숨도 못 쉬고 허우적거리는 심정이란 것, 내가 능히 짐작할 수 있단다. (중략) 네가 살기 위해서는 함께 살아야 한단다. 수경아, 수경아 너를 추스르면서 네 아우를 추스르고 네 아우를 추스르면서 동시에 목순이를 추슬러주어야 한단다. 목순이, 미워하지 마라. 목순이도 피해자야. 피해자들끼리 미워하고 싸우기 시작하면 세상은 조금도 바뀌지 않아. 바뀌기는커녕 우리가 세상을 살아갈 힘마저 잃어버려. (『환절기』, 116-117쪽)

수경과 봉선의 연대는 봉선 할머니가 지나간 삶의 아픔을 증언하고, 수경이 성폭력의 상처를 추스르면서 새로운 삶을 살아갈 수 있도록 힘이 되어준다. 수경은 성폭력 사건 이후 "타인일 뿐인 그들의 시선이 두려워"(154) 스터디 동아리에 참석하지 않았다. 그렇지만 동아리 지인들은 수경의 소식을 수소문해 수경을 위로하고 정서적 지지자가 되어 수경이 다시 사회에 나올 수 있도록 발판이 되어주고 있다. 수경은 동아리 지인들의 진심어린 위로의 말을 듣고 타인으로 만났지만 "사랑하고 사랑받을 때 새로운 단계"(154)의 삶이 시작되는 진실을 깨닫는다.

> 타인도 타인일 뿐이라는 것도 진실일 것이나. 그런 타인들이 만나서 사
> 랑하고 사랑받을 때 삶이 새로운 단계로 올라선다는 것도 진실일 것이다.
> 수경의 손에 쥔 봉선 할머니의 편지가 그 증거였다. (『환절기』, 154쪽)

수경은 세상과 다시 소통하고자 하며 봉선 할머니의 편지에 적혀있던
아담 선생님의 어머니 이름을 알아봐달라는 부탁이 생각나 아담 선생님
이 봉선 할머니의 손자일지도 모른다는 생각에 아담 선생님과 봉선 할머
니를 만나러가며 새로운 삶을 시작하고자 한다. 수경은 세상을 떠난 봉선
할머니의 죽음에서 두 할머니가 제 몫의 삶을 사랑하고 살아낸 삶의 진실
을 깨달으며 삶을 살아가고자 하는 힘을 얻는다.

> 수경은 봉선의 손을 잡은 자신의 손 위에 또 한 손을 겹쳐 올렸다. '할머
> 니, 나. 할머니만큼 살게.' '딱 할머니만큼만 열심히, 온몸으로 삶을 사랑하
> 며 살게.' '안녕, 할머니, 안녕.' '할머니, 나를 기르신 분.' '할머니, 나를 사
> 랑하신 분.' '할머니, 내가 사랑한 분.' '할머니 안녕.' '할머니, 내 엄마. 안
> 녕. 영원히 내 안에서 살아 있을 거야. (중략) 할머니의 한 생에 대하여 통째
> 로 작별의 인사를 보냈다. 작별하면서 동시에 할머니를 자기 속으로 받아
> 안았다. (『환절기』, 166쪽)

수경은 비록 비혈연 관계이지만 '정서적 관계 맺기'라는 타자와의 연대
를 통해 자신을 길러준 할머니를 엄마로 인정하는 가족의 가치를 확인하
고 할머니가 보여준 진실된 삶의 애착에서 새로 살아가고자 하는 힘을 얻
게 된다. 『환절기』에서 봉선 할머니와 목순 아줌마, 동아리 지인들은 청
소년의 성장 조력자로서 수경이 그들과 연대를 통한 긍정적인 자아 정체
성을 형성하고 있다. 『환절기』에서 비혈연의 관계의 '정서적 가족 맺기'
는 가족공동체를 복원하며 청소년의 성장에 긍정적인 영향을 미친다는
점을 확인할 수 있다.

　청소년소설에서는 청소년이 건강한 자아 정체성 성취라는 발달과업을 완수하기 위해 그들의 당면 문제를 해결하고 독립적인 의사를 실현시켜 줄 수 있도록 가족, 학교, 이웃 공동체가 연대하고 있다. 허시(Hirschi)는 가족과 사회에서 강한 유대감을 형성한 청소년들이 그 사회의 규범과 가치를 더 잘 수용하여 규칙과 법을 잘 준수하는데 비해, 사회적 유대감이 약한 청소년은 비행에 빠지기 쉽다는 점을 강조한다.[342] 청소년이 건강하게 성장하기 위한 가족이 확장된 신(新)가족 유형의 청소년소설에서 청소년 주체는 타자와 공존하며 자아 정체성 혼란을 극복하고 있다.

---

342) 이해주 외, 앞의 책, 48-49쪽.

Ⅶ. 청소년소설의 가족 분화와 청소년 성장의 상관성

1. 가족 분화 현상과 청소년 자아 정체성 형성의 영향 관계

2000년 이후 문학 장(場)에 본격적으로 등장한 청소년소설의 중심에는 경제적 곤란, 가정 폭력과 성폭력, 가부장의 몰락과 모성의 부재, 가족해체 등의 가족 문제가 놓여 있다. 이 때문에 청소년소설에는 가족 권력자인 부모가 야기한 가족 문제가 서사의 갈등 모티프로 구현되어 청소년 주인공이 자아 정체성을 성취하며 성장하는 담론을 확인할 수 있다. 청소년의 자아 정체성은 청소년기에 '성장'의 문제와 직결되며 이후 성인기의 삶에 직접적인 영향을 미치는 발달과업이다. 청소년소설은 여기에서 출발하여 그들이 어디에서, 누구와 그리고 어떠한 방식으로 자아 정체성을 형성해 가는지 그 성장의 과정을 전망의 형식으로 보여준다.

청소년소설에서 가족 분화에 따른 가족 문제는 청소년의 가치관을 확립하는 자아 정체성 성취 과정에서 청소년들이 위기에 직면하면서 성장하는 시간을 갖게 한다. 특히 가족의 경제적 문제나 부성을 상징하는 '가장의 몰락', '모성의 부재', '가족해체', '가정 폭력', '성폭력'과 같은 극단적 상황은 이런 위기의 상태에 해당한다. 청소년소설에서 다루는 청소년의 삶은 가족 현실과 밀접한 연관성을 맺고 있다. 청소년은 가족 유형별로 각각의 위기를 겪는 수행을 통해 자아 정체성을 형성해간다.

1990년대 말 한국 사회의 경제 위기는 산업화 이후 부부의 역할이 강조되던 '정상가족' 부부의 유기적 연대에 균열이 생기는 '위기가족' 담론을 생성하며, 청소년소설에서도 가족의 해체 위기와 균열의 양상으로 나타난다. '위기가족' 유형인 『불량가족 레시피』, 『스프링벅』, 『내 청춘, 시속 370km』에서는 가장 역할 부재의 아버지와 가족이기주의로 가족 균열을 발생시키는 문제적 모성을 드러낸다. 『불량가족 레시피』와 『내 청춘, 시속 370km』에서는 가장으로서 아버지의 경제적 무능력이 가족 부양자로서의 역할을 상실하며 가족의 해체 위기를 자초한다.

『불량가족 레시피』에서는 아버지가 가장으로서 안정적인 경제 기반도 마련하지 못하면서 폭력까지 사용하자 가족 구성원들이 탈가족화하는 개별화 현상이 두드러진다. 가장의 경제력 상실은 "가족의 규범보다 개인의 자율성을 더 중시하는 다양한 '탈가족적'"343) 상황으로 이어지며 가족해체 위기가 가속화된다. 청소년소설에 나타난 가장의 무능력과 폭력 문제에 의한 탈가족화는 가족해체에 의한 위기가족을 자초하며 청소년 자녀의 자아 정체성 형성에 큰 영향을 미친다. 가족해체 위기에서 집을 떠나지 않고 남아 있는 청소년 주체는 가족 문제를 감당하는 역할을 부여받으며 가족의 의미를 재정립하며 자아 정체성을 성취하고 있다.

근대 핵가족에서 남성은 가족 부양자, 여성은 자녀 양육과 가사노동 담당자로서의 역할이 분담되면서 부양자로서 경제적인 능력을 가지고 있는 남성이 여성의 지위보다 상대적으로 높게 평가된다. 그러나 『내 청춘, 시속 370km』에서처럼 전통을 고수하는 가치관 때문에 가족의 생계를 책임지지 못하는 아버지의 경제적 무능력은 근대 핵가족의 부부 역할을 전도시킨다. 후기 산업사회에서 가정 경제의 파탄은 근대 핵가족을 지탱하던 부부의 유기적 연대에 균열이 생기며 정상가족 이데올로기를 해체하고 있다. 경제력을 확보한 어머니가 아버지의 경제적 무능력이 자녀에게 반복되는 것을 막기 위해 이혼을 요구하고 자녀의 양육에 대한 책임을 지고자 한 면모를 보인다. 경제력을 기반으로 한 가족 구성원은 가족 권력을

---

343) 이영자, 앞의 글, 79-80쪽.

갖추며 청소년 자녀의 자아 정체성 형성에 영향력을 행사하기 마련이다.

청소년기의 주요한 발달과업은 학업과 진로 개척에 필요한 능력을 갖추며 자아 정체성을 형성해가는 것이다. 따라서 학업에 대한 고민은 청소년기의 최대 관심사이며 그들의 삶의 질을 결정하기도 한다. 부모는 청소년 자녀가 진로에 필요한 능력을 갖추기 위한 최고의 성장 조력자이다. 한국 사회에서 높은 사교육 열풍은 자녀의 학력 향상을 위해 지원을 아끼지 않는 부모의 경쟁이 부추긴 교육 현장의 모습이다. 한편에선 부모의 "열의가 높아가는 데 반하여 시험과 성적 압박을 이겨내지 못하고 병들고 낙오되는 청소년이 늘고 있는 것이 한국 교육의 현주소"344)이기도 하다.

『스프링벅』에서는 내 아이만 일류 대학에 진학시키면 된다는 문제적 엄마의 가족이기주의가 아버지의 역할을 배제하고 있다. 경제력을 갖춘 아버지이지만 자녀 교육 문제에 가족과 소통하지 못하며 아들의 자살 이후에도 가족의 위기를 해결하려는 역할이 부재한 아버지의 상을 드러내고 있다. 엄마의 입시 부정 강요는 자녀의 교육 문제에 아버지를 배제한 역할 수행의 실패로 자녀의 성장에 파괴적인 영향을 미치며 부정적인 자아 정체성을 형성하게 하는 행동이다.

가족 균열이 발생하는 위기가족에는 '무능력한 아버지', '폭력적인 아버지', '무관심한 아버지' 상이 제시된 반면 어머니는 가장의 역할 전도로 자녀 교육을 위해 이혼을 요구하거나 경쟁 사회에서 자녀 교육에 집착하는 어머니로 등장한다. 부부의 유기적 역할에 균열이 생긴 위기가족은 자녀 교육 문제와 가족을 유지하는 가족 관계의 정서적 안정성이 낮아져 가족해체 위기에 직면하게 된다. 근대 핵가족에서 가족 기능을 효과적으로

---

344) 2000년대에는 청소년들의 자퇴, 가출, 독립 등 탈학교·탈가정 현상이 대세를 이루어 어른들의 보호와 통제를 벗어나려는 청소년들에 대한 교육과 지도가 사회적 과제로 대두된다. (조성숙, 앞의 책, 177쪽.)

수행하던 아버지의 가족 부양자로서 역할이 축소되고, 어머니의 자녀 양육자로서 역할이 확대되는 양상을 보이는 것이다.

청소년 주체는 가족의 해체 위기 이전에는 청소년기 발달 특성상 가족을 벗어나 자기만의 시간을 갖고자 하는 욕구 때문에 가족 문제의 실체를 외면한다. 청소년 주인공은 『불량가족 레시피』에서 가족을 탈주하려는 가출 계획을 세우거나, 『내 청춘, 시속 370km』에서는 바이크라이더의 삶을 갈망하며 아버지를 원망하고, 『스프링벅』에서는 모범생 형과 비교당하면서도 빈틈없는 엄마에게 벗어나고자 할 뿐이었다.

> 나는 언제나 가출을 꿈꾼다. 아무도 모르는 곳으로 훌쩍 사라지고 싶다. (중략) 가출은 곧 권여울의 독립선언이므로, 그래서 나는 가출이란 말보다 출가란 말을 좋아한다. (『불량가족 레시피』, 10쪽)

> 바이크는 차와 다르게 온몸으로 스피드를 느낄 수 있어 좋다. 세상에 나만큼 신나고 즐거운 자가 없는 듯한 기분이 들게 해준다. 두려울 것도, 괴로울 것도, 힘겨울 것도 없이 마냥 짜릿하다. (『내 청춘, 시속 370km』, 50쪽)

> 엄마한테 형제 사이에 어쩜 이리 다르냐며 잔소리를 들어도 나는 "비교하지 마세용." 하며 까불었다. 다시 말하자면 나는 늘 바빴다. 십대 인생에 즐거운 일이란 얼마든지 있었으니까. (『스프링벅』, 31쪽)

그러나 청소년 주체는 가족해체 위기에 직면하자 폭력적인 아버지를 떠나는 가족 구성원들, 가장 역할을 하며 이혼을 원하는 어머니, 입시 부정을 단행한 문제적 어머니 등 가족에 대한 성찰을 통해 가족 균열을 막는 이음새 역할을 하며 '가족 수호자'로서 자아 정체성을 성취하는 면모를 보인다.

청소년 주체는 가족 균열의 지점에서 생긴 역할 혼란을 자신의 관심사였던 여가 활동에서 상처를 치유하며 가족의 화해를 도모하는 장으로 활용하는 면모를 보인다. 이 과정에서 청소년 주체는 가출한 가족을 위로하고, 아버지의 전수자로서 역할을 자청하며, 형을 잃은 가족의 상처를 추스르며 위기가족의 새로운 삶을 주도적으로 이끌어가는 성장 담론을 보인다. 청소년은 부모의 간섭에서 벗어나 자유로움을 추구하는 반면 가족이라는 틀 안에 의존하는 양면적 특성을 보이는 존재이다. 이 과정에서 청소년 주체는 가족과 이별해야 하는 가족해체 위기의 심리적인 두려움을 극복하고 가족공동체를 지켜나가는 '가족 수호자'로서 역할을 완수하며 자아 정체성을 형성해간다.

전통적 가족 이데올로기는 남성을 중심으로 한 가부장권을 확립하는 반면 여성에게는 남성에 종속되는 억압적인 환경에서 자녀에 대한 모성애만 허용하였다. 전통적 가족 이데올로기에 기반을 둔 모성애는 청소년소설에서 한부모가족 어머니들이 자녀의 양육을 책임지는 모습으로 나타난다. 청소년소설에도 미혼모, 사별, 이혼에 의한 '한부모가족' 유형이 나타난다. 특히 어머니 중심 '한부모가족'이 다수 등장하는데, 여기에서 어머니들은 모성 이데올로기 담론에서 자유롭지 못한 어머니의 상을 보여준다. 『하이킹 걸즈』, 『내 이름은 망고』, 『나』가 여기에 해당한다. 한부모가족의 모성 이데올로기는 한부모가족 구성 원인에 따라 사회적 편견에 대응하는 양상도 다양하게 나타난다.

『하이킹 걸즈』는 한국 사회에서 아버지를 중심으로 한 정상가족을 보편적 가족 제도로 인정하는 사회적 편견에 노출된 미혼모가족의 어머니가 모성의 혼란을 겪는다. 한국 사회에서 부계 중심의 가족주의 문화와 여성에 대한 성의 이중적 잣대는 미혼모가족에게 비정상가족이라는 편견을 들이대고 차별을 심화시킨다. 미혼모는 '모성애'와 '자아 찾기' 사이에서 역할 혼란을 겪으며 자녀를 유기하거나 모성을 부정하며 미혼모에 대한 편견으로 결혼이 무산되는 상처도 안게 된다. 미혼모가족에서 자녀의 존재에 대한 엄마의 유기와 거부는 자녀의 정서에 부정적인 영향을 미치며 청소년기에 자아 정체성 혼란을 가중시킨다.

> "다 지긋지긋해, 엄마도 은성이도 다 지긋지긋하다고, 왜 내가 이렇게 살아야 해? 이 집에서 난 뭐야? 엄마가 은성이 엄마 노릇 다 하잖아. 왜 난 은성이한테 대접도 못 받으면서 은성이 엄마라는 이유로 사람들한테 욕을 먹어야 해? 이은성 왜 네가 내 인생 망쳐? 네 까짓게 뭔데?" 엄마가 충혈된 눈으로 나를 노려보았다. 나도 똑같은 눈빛으로 엄마를 째려봐 주었다. (『하이 킹 걸즈』, 133쪽)

미혼모가족은 엄마의 역할이 자녀의 자아 정체성 형성에 중요한 기제로 작동하는데 은성엄마의 다중적인 모성 역할 혼란의 모습은 자녀와 공감대를 형성하기보다는 자녀에게 정체성 혼란만 가중할 뿐이다. 특히 청소년기에 미혼모가 된 은성엄마는 모성에 대한 정체성을 갖기도 전에 어머니라는 역할 수행의 혼란스러움을 자녀에게 전가한 경우이다. 미혼모가족의 엄마는 모성의 정체성과 여성의 자아 개념 사이에서 혼란스러움을 경험하기 때문에 그 자녀도 엄마의 영향권에서 벗어날 수 없는 처지인 것이다.

『내 이름은 망고』에서도 교통사고로 인한 가장의 죽음 이후 경제적 어려움 때문에 현실 도피라는 수단을 택한 모성의 혼란을 보여준다. 수아엄마는 아버지의 죽음을 인정하지 않는 기억 상실증에 걸린 자녀에 대한 책임감과 파산에 의한 부채를 해결해야 하는 상황에 내몰리자 모성으로 강조되는 어머니 상에서 벗어나 현실에서 도피한다. 한부모가족에서 모성의 강요는 때로는 현실을 탈주하며 모성을 부정하기도 하며 청소년 자녀의 자아 정체성 혼란을 야기한다.

미혼모가족과 사별가족에서 아버지는 현실에 존재하지 않는다. 자녀 양육은 오롯이 어머니의 몫으로 남는다. 혼자 자녀 양육을 담당해야 하는 한부모가족 어머니는 때로는 모성을 부정하고 현실을 탈주하기도 하여 자녀의 자아 정체성 형성 과정에서 역할 혼란을 가중시킨다. 하지만 한부모가족의 어머니들은 '자아 찾기'보다는 아버지 부재의 정체성 혼란과 기억 상실을 겪는 자녀를 책임지며 현실적 어려움을 극복하는 강화된 모성 이데올로기에서 벗어나지 않는 면모를 보인다.

한편, 『나』에서 어머니는 성 정체성 때문에 사회적 소수자로 살아야 하는 아들을 위해 남편의 폭력도 견뎌내는 심화된 모성을 보여준다. 한국 사회에서 남성 중심의 가부장 가족주의는 남성이 가족 권력을 행사한다. 그 권력은 힘에 의한 불균형으로 유지된다. 따라서 일반적으로 부부의 이혼은 자녀에게 상처로 남지만 『나』에서는 아버지의 폭력이 허위로 가득 찬 이기적인 행동임을 알게 되는 청소년 자녀가 폭력적인 아버지로부터 어머니를 지켜내기 위해 아버지에게 이혼을 요구하고 나선 것이다. 청소년 주체는 부모의 이혼 과정에서 아버지를 미워했던 죄책감에 시달리기도 하지만 이혼이 아버지의 폭력을 차단함으로써 생활이 안정적으로 유지되고 아버지 또한 재혼하였다는 사실을 알게 되면서 죄책감에서 벗어난다.

아버지 부재 한부모가족에서 청소년은 '폭력 문제', '기억 상실과 빚 독촉', '성 정체성 혼란' 등과 같은 자아 정체성 형성 과정의 위기 국면에 놓이게 된다. 한부모가족 청소년은 재활프로그램 참가와 현실을 탈주한 엄마를 대신한 직업 체험을 하며 만난 가족들의 모습에서 가족의 다양성을 인정하고 가족의 가치를 재정립한다. 한편 청소년 주체는 성 정체성 혼란을 겪는 또래를 죽음으로 몰고 간 폭력적인 가족을 통해 자신의 성 정체성을 인정해준 심화된 모성을 이해하며 살아갈 용기를 얻는다. 한부모가족 청소년 주체는 자신을 양육해야 했던 모성을 이해하는 과정에서 할머니와 아버지, 또래의 죽음을 인정하는 통과의례를 거친다. 또한 이 과정에서 또래의 정서적 지지가 자아 정체성 혼란을 극복하는 조력자로 기능하는 공통적 면모가 나타난다.

청소년 주체는 『하이킹 걸즈』에서처럼 미혼모의 책임을 감당하기 어려운 순간이나, 『내 이름은 망고』에서처럼 아버지의 사업 파산 이후 채권자와 마주칠 순간에서 현실을 회피하는 어머니의 미숙한 삶의 방식을 이해하며 자아 정체성 혼란을 극복한다. 『하이킹 걸즈』에서 청소년 주체는 정상가족이면서도 친밀성이 부족한 보라가족의 모습과 척박한 땅에서 살아가는 위구르족 사람들의 행복한 모습을 보고 세상에는 삶에 대한 다양한 기준의 답안이 있다는 점을 인식한다.

> 작은 축제가 끝나고, 욜투르네 가족을 따라 유르트로 돌아왔다. (중략) "사람들이 너무 좋은 거 같아. 서로 너무 다정해 보이고 말이야 그치?" 내 말에 보라가 고개를 끄덕였다. "너무 부러워. 우리 집이랑은 완전히 정반대야. 엄마는 매일 공부만 하라고 하고, 아빠는 바쁘기만 하고, 오빠는 잘난 척만 하고……. 우리 가족은 서로 하나도 안 친해." 보라는 평소에 하지 않았던 말을 술술 내뱉었다. 보라도 욜투르네 가족이 샘나는가 보다. 나도 마찬가지였다. (『하이킹 걸즈』, 213쪽)

청소년 주체는 엄마에 대한 미안함과 할머니를 죽음에 이르게 했다는 죄책감에서 서서히 벗어나며 자아 정체성 혼란을 극복해간다. 청소년소설에서는 탈근대적 가족 이데올로기에 기반을 둔 미혼모가족도 개인이 선택한 다양한 가족 분화의 한 형태라는 점을 제시하고 있다.

『내 이름은 망고』에서는 청소년 주체가 캄보디아 '킬링필드'의 잔인한 역사에서 가족을 잃었던 옆집 삼콜 할배의 아픈 가족사를 들은 후 가족의 소중함을 인식한다. 또한 가난하지만 가족의 생계를 위해 가족 모두 노력하는 쏙천가족의 모습에서 편안한 가족애를 느낀다.

> 그렇게 많은 사람이 죽었다면 똑똑쟁이 삼콜 할배는 어떻게 살아남을 수 있었지? (중략) "할아버지는 그때 국비로 프랑스 유학 중이었대요 잠깐 귀국

했다가 다시 프랑스로 들어갔을 때 그 일이 생겨서, 가족들이 모두 죽었대
요” 씁쓸했다. (중략) 가족을 잃는다는 게 어떤 건지 아는 나는……, 순간 가
슴이 백 미터 달리기를 한 뒤처럼 답답해졌다. 만약 가족이 없다면 나는 삼
콜 할배의 나이까지 어떻게 견디며 살아야 하나. (『내 이름은 망고』, 156쪽)

『내 이름은 망고』에서 청소년 주체는 캄보디아 사람들의 삶을 통해 엄
마의 아픔을 돌아보고 가족의 소중함을 인식하며 기억 상실이라는 자아
정체성 혼란을 극복하고 아버지의 죽음을 인정하는 성장의 시간을 갖게
된 것이다.

한편, 『나』에서는 자식의 동성애라는 성 정체성을 알고 죽음까지 강요
하는 상요가족을 배치하여 성적 소수자에 대한 억압적인 성 의식을 보여
준다. 청소년 주인공 현은 상요의 죽음 이후 성 정체성의 혼란과 불안감
때문에 죽을 결심도 하지만 엄마를 위해 자신의 유폐된 성 정체성을 받아
들이며 상요를 떠나보내기 위한 장례식을 치른다.

칼을 던지면서 그런데, 죽어! 상요의 목소리가 들리는 듯하다. 머릿속에
하나의 광경이 그려진다. 상요는 바닥에 무릎을 꿇고 앉아 있다. 어머니는
등을 돌리고 서 있겠지. 아버지는 상요의 따귀를 때린다. 상요는 그저 묵묵
히 맞고 있다. “다시 말해 봐! 뭐라고?” “게이요. 게이! 나는 게이라고요!”
(중략) 화가 머리끝까지 난 아버지는 부엌으로 가서 커다란 칼을 꺼내든다.
칼날이 시퍼렇다. “죽여 주마!” 아버지는 상요의 얼굴에 칼을 들이대며 위
협한다. (『나』, 136쪽)

『나』에서 청소년 주체는 상요의 죽음이라는 통과의례와 자식의 성 정체
성을 알고 이혼을 미뤘다는 엄마의 고백을 듣고 성 정체성 혼란을 극복하
며 아버지의 역할을 대신하고자 한다. 성적 소수자라는 사회적 편견을 감당
해야 하는 자녀의 삶에 대한 어머니의 지지는 자녀에게 성 정체성 혼란과
죽음이라는 심리적 불안을 극복하는 힘이 된다. 청소년 주체는 성적 소수자

인 자신의 성 정체성을 인정하는 심화된 모성애 때문에 엄마와 동생의 보호자로서 살아갈 존재의 이유를 자각하며 자아 정체성 혼란을 극복한다.

한부모가족 유형의 소설에서 청소년 주체는 아버지 부재의 가족 환경과 모성 이데올로기의 억압에서 벗어나 모성의 혼란과 부정을 인정하고 모자가족의 연대를 통해 긍정적인 자아 정체성을 형성해가는 면모를 확인할 수 있다. 청소년소설에서 어머니 중심 한부모가족은 한국 사회의 남성에 의한 가부장 이데올로기를 해체하고 모성 이데올로기가 강화된 청소년의 성장 담론을 확인할 수 있다.

후기 산업 사회의 사회 문화적 환경이 급격하게 변화하면서, 비혈연 가족 관계와 같은 다양한 대안 가족이 나타난다. 특히 이혼율이 급증하고 한부모가족 구성 비율이 높아지면서 또 하나의 결혼 방식으로 한국 사회에 자리잡아가는 가족의 형태는 재혼가족이다. 재혼가족의 구성은 때로는 자아 정체성을 형성하는 청소년 자녀에게 부정적인 영향을 미치기도 한다. 아버지가 실업 상태여서 가정 경제가 위기를 맞거나 부모가 반윤리적으로 행동함으로써 청소년이 그들의 의지와 관계없이 가족공동체로부터 타자화되는 성장 상황에 놓이는 경우이다.

이러한 현상은 『밥이 끓는 시간』, 『위저드 베이커리』, 『나는 아버지의 친척』 등에 나타난다. 『밥이 끓는 시간』에서 청소년 주인공은 어른들의 무책임한 행동과 경제적 빈곤에다가 재혼가족이라는 상황 때문에 억압적으로 강요된 성장을 경험한다. 『위저드 베이커리』에서는 복합 재혼가족에서 부모가 의붓자녀에 대한 일방적 희생을 강요한 정서적 폭력과 가족 내 성폭력이 가족의 가치를 훼손시키며 가장의 몰락을 가져오는 모습을 보여준다. 『나는 아버지의 친척』에서는 재혼가족의 전도된 가족 관계 때문에 초래되는 비혈연 관계의 남매가 '아버지 지키기'와 '아버지 찾기'의 인정 투쟁을 벌이는 모습을 보여준다. 이들이 아버지를 사이에 놓고 벌이는 삼각 구도에 아버지의 역할은 부재할 뿐이다.

재혼가족 유형의 세 작품에서는 공통적으로 아버지가 가장으로서 역할을 유기한다. 가족이 재구성되었지만 가족 기능이 결손된 재혼가족 환경은 부모의 무책임과 정서적 학대, 신체적 폭력과 성폭력 등 청소년의 성장에 부정적인 생활공간이 배치된다. 재혼가족 환경이 반사회적 환경인 것이다. 재혼가족에서 가장으로서 역할이 부재하거나 가치관 혼란을 가져오는 문제적 아버지의 재혼은 자녀에게 자아 정체성 혼란을 야기하며 전도된 성장을 경험하게 한다.

청소년소설에서 부모의 문제와 재혼 당사자인 아버지의 가장으로서 역할과 문제 해결은 청소년 주체에게 전가된다. 어머니 중심 한부모가족이 아버지 부재의 가족 유형이라면, 아버지 중심 재혼가족에서 청소년의 친모(親母)는 모두 죽음에 이르러 현실에 존재하지 않는다.

> 엄마의 뼛가루를 강물에 뿌리고 집에 돌아온 다음 날, 신문에 보일락 말락 한 기사가 실려 있었다. 교통사고 후유증으로 실어증과 우울증이 심했던 30대 주부가 7층 건물 옥상에서 뛰어내려 자살했다. (중략) 그렇게 엄마의 죽음은 신문을 통해 자살로 확정되었다. (『밥이 끓는 시간, 46쪽)

> 어느 날, 어린이집에서 돌아와 보니 엄마가 또 없었다. 대신 낯모르는 아저씨들이 서너 명 와서 우리 집 구석구석을 사진으로 찍어대고 있었다. 정신을 잃은 외할머니가 거실 구석에 뉘어져 있었고, 집 안에서는 원인을 알 수 없는 지린내가 진동했으며, 천장의 샹들리에에는 아빠의 허리띠가 동그란 고리 모양으로 묶인 채 흔들리고 있었다. (『위저드 베이커리』, 97쪽)

> 초대받지도 않은 생일잔치에 가겠다고 우겼던 것은 초등학교 5학년 때였다. 엄마는 그 때 말기 암 진단을 받고 힘들게 투병하던 중이었다. 그 때는 엄마가 왜 우는지 도저히 이해가 되지 않았다. (중략) 그 일이 되살아나 새삼스레 가슴을 아프게 한 것은 중3 때였다. 그 때 엄마는 이미 죽고 없었다. (『나는 아버지의 친척』, 26-27쪽)

복합 재혼가족 유형의 청소년소설은 억압적인 문제 상황에서 청소년이 도움을 구할 가장 가까운 성장 조력자일 수 있는 어머니나 친밀한 또래 집단 또한 부재한다. 아버지가 재혼한 가족 유형의 소설에서는 청소년이 도움을 청할 조력자를 배제하고 혼자서 가족 문제의 해결 방법을 모색해야 하는 상황을 제시하고 있다. 또는 현실에서의 성장 조력자는 배제하지만 환상의 마법사를 조력자로 배치하기도 한다.

『밥이 끓는 시간』에서는 아직 어른의 세계를 부정하는 청소년에게 가장 역할을 부여하고, 『위저드 베이커리』에서는 환상의 적용을 통해 가족의 재구성을 반대하며, 『나는 아버지의 친척』에서는 역할이 전도된 비혈연 남매의 인정 투쟁을 통해 문제적 아버지가 생산한 재혼가족의 현실적 어려움을 극복하고 자아 정체성을 조기 완료하는 성장 담론을 보인다.

청소년 주체는 성장에 억압적인 재혼가족 환경에서 위기를 겪으며 자아 정체성을 형성해간다. 하지만 재혼가족 구성원이 된 청소년 주체는 타자의 의도에 의한 전도된 성장을 경험하는 것이다. 재혼가족 청소년은 개인의 본질적인 내적 탐색 없이 타자의 의도에 의해 자아 정체성 형성 과정에서 위기는 있었지만 수행의 결과는 자아 정체성 유예에 해당한다. 재혼가족 청소년들은 자신의 욕구도 제대로 파악하지 못한 채 억압적 환경에서 정서적 결핍의 상태로 자아 정체성을 조기에 완료하고 있다. 따라서 청소년 주체가 성숙되고 통합된 자아 정체성을 성취하기 위해서는 청소년기 발달과업 획득을 위한 능동적 의사 결정이 필요한 내적 위기를 경험할 필요가 있다.

한국 사회에서 혈연을 기반으로 한 전통적 가족주의는 점차 탈근대 사회로 이행함에 따라 혈연에 대한 기본적인 가정들이 커다란 변화를 겪게 되었다.[345) 따라서 단단한 경계를 가지고 있던 정상가족 이데올로기는 20

---

345) 데이비드 엘킨드, 이동원 외 옮김, 앞의 책, 11, 41쪽.

세기 중반 이후 혈연관계가 이상적인 가족 구조라는 믿음과 가족 구성원
의 정서적 요구를 만족시키는 데 적합하다는 인식에 도전을 받게 된다.
개방성, 복잡성, 다양성으로 특징지어지는 포스트모던 유연가족(postmodern
permeable family)이 새로운 가족 구조로 부상한 것이다. 가족 영역이 확장된
신(新)가족 공동체는 민족이나 혈연, 부부와 자녀로 구성된 '정상가족' 이
데올로기에서 벗어나 '정서적 관계 맺기'에 중점을 두는 포스트모던한 유
연가족 유형이다.

신(新)가족 유형에서는 혈연 중심의 전통적 가족 이데올로기와 가족의
도구적 역할이 강조되는 정상가족 이데올로기를 극복하는 면모를 보인다.
탈근대적 가족 이데올로기는 '가족의 삶' 그 자체를 중시하는 '정서적 관
계 맺기' 방식의 유연성을 바탕으로 가족공동체를 복원하고 가족의 분화
를 확장하는 공존의 논리를 생산한다. 이는 "가족의 안정성만을 중요시하
던 과거와는 달리 개인적인 만족과 행복을 추구하기 위해 다양한 가족생
활 양식을 선택하는 시대"346)의 변화에 따른 가족의 구성 방식이라 할 수
있다.

신(新)가족 유형의 청소년소설에서는 탈근대적 가족 이데올로기가 작동
한 새로운 관점의 자아 정체성 형성 과정을 보여주는데, 『완득이』, 『나는
할머니와 산다』, 『환절기』 등과 같은 작품에서 이를 확인할 수 있다.

『완득이』에서는 다문화가족의 보편적인 가족 담론이 나타난다. 다문화
가족 갈등은 가족해체의 수순을 밟고 그 몫은 가족 안에 남겨진 자녀에게
전가된다. 아동기 때 인간은 가족 안에서 적절한 애정과 분별이 있는 지
도와 보호를 받으면서 성장하지 못할 때 정서적 문제를 겪게 된다. 완득
은 엄마와 분리된 시간 동안 "부모로부터 적절한 애정과 보살핌을 받지
못해 타인에게 냉담하며 정서적으로 위축되고 고립된"347) 사회적 관계를

---

346) 유영주 외, 앞의 책, 445쪽.
347) 장휘숙, 『전생애 발달심리학』, 박영사, 2013, 178쪽.

형성하면서, 장애인 아버지에 대한 사회적 편견에 반항하는 폭력의 형태로 표출되는 자아 정체성 혼란을 겪게 된다.

『나는 할머니와 산다』는 무자녀부부에게 공개 입양된 남매의 성장 체험을 통해 정서적으로 유연한 신(新)가족의 의미와 공존의 성장 담론을 조명하고 있다. 공개 입양가족은 소위 '가슴으로 낳은 아이'로 지칭되는 가족 담론을 생산하며 기존의 혈연 중심 전통적 가족 이데올로기에서 벗어나 탈근대적 가족 이데올로기의 다양성과 개방성을 보여준다.

한편으로 공개 입양아들은 "주변 사람들이 아무 생각 없이 던지는 질문과 말에 상처"[348]를 받을 수 있지만 외적으로는 내면의 상처를 표출하지 못하고, 또래 관계 맺기에도 소극적인 면모를 보인다. 공개 입양이 비밀 입양보다 자아 정체성 혼란을 막을 수 있는 방편으로 제시되지만 입양 자녀의 입장에서는 오히려 입양 사실이 공공연하게 타자에게 밝혀지는 것에 거부감을 느끼며 정체성 혼란을 겪기도 한다.

> 성당에서 엄마를 만나는 사람들은 한결같이 나와 영재한테 관심을 갖는다. "애들이 바로 은재 영재군요. 참 많이 컸네. 소피아님은 정말 대단하세요." 그런 말을 듣고 서 있으면 빨리 어딘가로 도망쳐 버리고 싶은 기분이다. 마치 가짜 딸이 진짜 딸 행세를 하고 있다 들킨 것처럼 창피해서 나 자신이 난쟁이가 되어버린 것 같다. (『나는 할머니와 산다』, 141쪽)

이러한 공개 입양아의 정체성 혼란을 '같은 처지'의 입양아를 위한 입양 캠프를 보내 해결하려는 방법은 자신의 존재에 대한 '다름의 가치'를 인정하며 자아 정체성을 형성해가는 청소년에게 오히려 부정적인 영향을 미칠 수 있다.

『환절기』에서는 전통적 가족 이데올로기가 표방한 핏줄을 강조하는 가

---

348) 유영주 외, 앞의 책, 462쪽.

족공동체보다 상처와 외로움을 나누는 비혈연의 '정서적 관계 맺기'야말로 탈근대적 의미에서 확장된 가족공동체라는 점을 보여주고 있다. 『환절기』에는 일제강점기 일본군 위안부였던 할머니의 삶과 할머니가 입양한 아들이 낳은 손녀 수경의 삶이 병치되어 있다. 이 소설에서 할머니의 죽음 이후 청소년 주인공은 성폭력을 당한 상처 때문에 정체성 혼란을 겪는다.

신(新)가족 유형의 청소년이 겪는 자아 정체성 혼란은 탈근대적 가족 구성 방식에 따른 위기이다. 그렇지만 다문화가족의 청소년은 집으로 귀환한 결혼 이주민 어머니를 인정하고 가족공동체를 복원하는 역할을 하면서 사회적으로 소외되었던 정서적 문제를 해소하며 자아 정체성을 성취하는 면모를 보인다. 공개 입양가족의 청소년은 친모를 만남으로써 버려짐의 상처를 극복하고 입양아로서 자아 정체성 혼란을 마무리하며 가족공동체의 소중함을 인식한다. 그리고 비혈연 조손(祖孫)가족의 청소년은 이모의 딸을 내 아이처럼 기르고자 하는 엄마 역할을 자처하면서 성폭력의 상처를 극복하고 미래를 위한 계획을 세우며 통합된 자아 정체성을 성취하고 있다. 이 과정에서 탈근대적 가족 분화에 따른 신(新)가족 유형은 혈연관계보다는 정서적 관계 맺기에 중점을 두기 때문에 전통적 가족 이데올로기에서 중시되던 혈연 가족과 친족을 대신할 청소년의 성장 조력자를 배치하고 있다.

『완득이』의 교사 '똥주'는 완득이에게 엄마의 귀환과 다문화가족 공동체의 복원을 돕는 성장 조력자로 등장한다. 『나는 할머니와 산다』에서 공개 입양 청소년이 친모를 용서하고 양부모의 고마움을 자각함으로써 정체성 혼란을 종결하는 계기는 자신에게 빙의된 환상적 조력자와의 연대이다. 『환절기』에서 청소년은 일본군 위안부 피해자였던 두 할머니의 강인한 삶과 이웃 공동체가 상처를 치유하는 성장 조력자의 역할을 해주어 자아 정체성 혼란을 극복한다. 가족이 확장된 신(新)가족 유형에서 청소년 주체는 성장 조력자인 타자와 연대함으로써 가족공동체의 가치를 재확립하며 성숙하고 통합적인 자아 정체성을 성취하는 양상을 보인다.

2000년대 이후 발표된 청소년소설에는 탈근대적 가족 이데올로기가 작동된 가족 분화 현상이 다양하게 나타난다. '위기가족', '한부모가족' '재혼가족', '신(新)가족' 유형을 중심으로 가족 분화 현상이 청소년의 자아 정체성 형성에 미치는 영향 관계를 분석한 결과 혈연 중심의 전통적 가족 이데올로기가 탈근대적 가족 이데올로기로 변모하는 양상을 확인할 수 있었다. 또한 가족 부양과 자녀의 양육이 강조되던 근대적 가족 이데올로기에 기반한 부부의 유기적 연대는 가장의 역할 유기나 역할의 전도 때문에 균열이 생겨 가족해체 위기가족이 발생한다.

한편으로 개인의 선택을 중요시하는 어머니 중심 한부모가족인 미혼모가족이나 이혼가족 등의 가족 분화 현상이 나타난다. 그러나 어머니 중심 한부모가족은 부부로 구성되는 정상가족 이데올로기에서 벗어났지만 전통적 가족 이데올로기에서 중요시되었던 모성 이데올로기는 자녀의 양육을 위해 더욱 강화된 면모를 보인다. 가족 담론의 장(場)에서 탈근대적 가족 이데올로기는 정서적 관계 중심의 유연한 가족 구성의 근거가 되며, 청소년소설에서 청소년 주체는 탈근대적 가족 이데올로기가 투영된 가족 문제를 극복하고 자아 정체성을 형성해가는 청소년의 성장 담론을 보여준다.

청소년소설에서 가족 분화 현상과 청소년 성장의 상관성은 그들의 자아 정체성 성취라는 발달과업에서 가족의 영향력과 성장 조력자를 배제할 수 없다는 점이 두드러지게 나타난다. 청소년 주체는 가족 유형별로 야기되는 자아 정체성 혼란을 경험하지만 '여가 활동, 또래의 지지, 타자와 연대'하여 가족의 위기를 극복하고 자아 정체성 성취라는 발달과업을 완수하거나 또는 타자의 의도에 의한 전도된 성장을 경험하며 자아 정체성 형성을 조기 완료하고 있다.

청소년소설에서 가족 이데올로기는 청소년이 자아 정체성 형성 과정에서 겪는 위기와 수행의 결과에 따른 갈등의 모티프로 기능하고 있다. 청소년소설에서 가족 유형별 청소년의 자아 정체성 형성 과정은 청소년기 자녀의 긍정적인 자아 정체성 성취라는 발달과업을 완수하기 위해서 가족 권력을 배제한 민주적인 방식의 안정감을 주는 부모의 양육 방식과 사회화를 담당하는 가족의 기능이 중요하다는 점에서 상호 연관성이 확인된다. 청소년소설에서는 다양한 개인의 삶의 방식을 보여주는 가족 분화 현상 속에서 청소년이 가족 문제의 위기를 극복하고 긍정적인 방향의 자아 정체성을 형성해가는 성장 담론을 보여주고 있다.

2. 성장 주체로서 청소년의 자아 정체성 탐색과 청소년소설

1) 가족 문제와 청소년의 성장 체험

청소년소설은 청소년 서술자의 청소년기 당면 문제를 서사화하기 때문에 그들의 성장 양상을 다각도로 폭넓게 조망할 수 있다. 청소년소설과 성장소설은 성장 주체가 자아의 정체성을 탐색한다는 점에서 상호 중첩하는 면모도 보인다. 반면 청소년소설이 성장 주체의 자아 정체성 형성 과정을 보여주는 '성장 과정 그 자체'에 갈래적 특성을 둔다면 성장소설은 "주인공의 자아 정체성 확립 여부가 갈래적 정체성의 핵심"[349]이다. 성장소설 장르가 성장에 가치를 둔 근대성의 소산이라면 청소년소설은 근대를 포함하여 탈근대의 이데올로기를 모두 포괄하는 장르라고 할 수 있다. 청소년소설은 성장소설에 내재된 근대사회에서 성립한 '성장'에 대한 가치를 회의하는 지점까지 나아가기 때문이다.[350] 성장소설의 성장 주체가 "기억이나 회상의 방식과 반성적 사유에 근거한 자기 고백적인 현재

---

349) 최현주, 『한국 현대 성장소설의 세계』, 앞의 책, 43쪽.
350) 오세란, 「한국 청소년소설 연구」, 앞의 논문, 69쪽.

시점에서 과거 자신의 모습을 회상하는 방식"351)의 서사라면 청소년소설
은 당대 사건의 중심에서 청소년 서술자가 문제 해결의 지점을 모색하는
서사 방식이다. 또한 청소년소설의 서술자는 서사의 경험자와 분리되지
않는 현재 시점의 동일한 서사 주체로 구성된다.

청소년소설에서 근대와 탈근대적 가족 이데올로기를 내재한 가족 유형
은 청소년의 자아 정체성 형성에 주요한 성장 모티프이다. 특히 가족 유
형별 가족 문제는 청소년의 자아 정체성 혼란을 야기하는 위기 담론으로
기능한다. 청소년소설에는 청소년 주체의 자아 정체성 혼란을 극복하는
양상에 따라 성장, 반성장, 성장을 거부하는 담론 양상으로 나타난다. 청
소년에게 가족은 그들의 발달과업을 수행해야 하는 일차적 공동체로 기
능하기 때문이다.

청소년을 호명하며 문학 장(場)에 등장한 청소년소설은 한국 사회 문화
적 기반인 '가족주의'의 가치를 청소년의 성장과 결부시켜 유의미하게 제
시하고 있다. 청소년소설에서 가족 분화 현상은 근대와 탈근대 가족 이데
올로기를 모두 아우르며 전통적 가족 이데올로기의 중심이었던 부계 혈
연 가족주의의 약화와 개인의 선택이 중요시되는 사회의 구조적 변화를
반영하고 있다. 청소년소설은 사회의 구조적 변화에 따른 가족 이데올로
기를 드러내며 '가족 가치관', '결혼관', '자녀의 양육 방식'에 대한 당대
사회 구성원들의 보편적 의식을 담고 있다. 청소년소설에서 청소년 주체
의 가족 문제 해결 방법은 당대 사회 문제를 외면하지 않는 성장 체험을
배치하고 있다.

(1) 부재하는 아버지와 가족 수호자

청소년소설에서 아버지는 부재하거나 존재하지 않는 역할로 형상화된

---

351) 최현주, 앞의 책, 43-44쪽.

다. 전통적 가족 이데올로기가 지배하던 시대에 아버지는 권위와 경제력을 갖춘 가족 권력자로서 가부장의 권위를 부여받았다. 그러나 1990년대 후반 이후 청소년소설에 등장하는 아버지는 청소년 자녀의 성장에 삶의 지표가 되어주지 못하고 오히려 가족 갈등을 양산하는 인물로 나타난다. 청소년소설에서 '아버지다움'을 드러내는 이상적인 아버지 상이란 존재하지 않는다. 아버지는 한부모가족에서 미혼모가족이나 사별에 의한 실존적 부재뿐만 아니라 책임 회피와 폭력을 동반함으로써 증오와 환멸의 대상으로 전락하기도 한다.

먼저, 청소년소설에서 경제력을 상실한 아버지는 가족의 생존을 책임지지 않거나 회피함으로써 가족을 균열시키거나 가족해체 위기를 자초한다. 『불량가족 레시피』, 『밥이 끓는 시간』, 『내 청춘, 시속 370km』, 『나는 할머니와 산다』에 등장하는 아버지가 대표적이다. 『불량가족 레시피』와 『밥이 끓는 시간』의 아버지는 모두 당대 한국 사회의 경제 위기를 대변하는 가장들이다. 가족의 보금자리 공간인 집을 마련하지 못해 삶의 터전을 잃어야했으며 실직당하고 사업에는 실패한 존재들이다. 또한 모두 재혼에 실패한 후 자녀의 양육을 회피하고 있는 아버지이기도 하다. 이들은 가족을 책임지지 못하는 가장(家長)으로서 아이들을 양육해야 하는 상황에서 탈주한 이름뿐인 아버지로 전락한다. 『내 청춘, 시속 370km』와 『나는 할머니와 산다』의 아버지는 가족에 대한 책임보다는 자신의 신념을 실천하는 행위에 삶의 우선순위를 두고 있다. 『내 청춘, 시속 370km』에서 아버지는 매사냥이라는 전통을 고수하기 위해 가족이 살던 집까지 팔며 가장의 경제적 책임을 외면한다. 『나는 할머니와 산다』에서 아버지는 회사의 비리를 참지 못해 방송국에 제보한 이후 사용자와의 갈등 때문에 실직한 상태로 가족의 생계를 책임지지 못하고 있다. 이 네 작품의 아버지는 공통적으로 경제력을 갖추지 못하여 가족들에게 생활의 고통을 안겨주고 있다.

1990년대 말 한국 사회의 경제 위기는 평생직장의 개념을 무너뜨리며 남성 가장들을 일터 밖으로 몰아낸 시기였다. 경제 위기는 삶의 기반을 흔들며 가족 관계의 질에도 변화의 바람을 가져왔다. 2000년대 이후 출간된 청소년소설에서 무능력한 아버지를 전면에 배치하고 경제력을 상실한 아버지가 가장의 권위를 부여받지 못하는 모습이 그려진 것은 이러한 시대 상황을 반영한 것이다. 이러한 상황에서 가족의 해체는 가속화되며 가족 구성원들은 개별화된다. 가족에 의존할 수밖에 없었던 청소년들은 아버지의 경제력 상실에서 파생되는 탈가족화 문제에 직면하기 때문에 그들의 성장에 심각한 역할 혼란을 수반하기에 이른다.

두 번째는, 가장의 권위를 불신당해 부권을 획득하지 못하는 아버지의 유형이다. 이러한 양상은 『스프링벅』, 『완득이』, 『나는 아버지의 친척』에서 확인할 수 있다. 이들 작품에서는 가족 권력을 행사하지만 자녀에게 불신을 초래하며 자녀와 소통하지 못하는 아버지의 모습이 공통적으로 나타난다.

『스프링벅』과 『완득이』에서 아버지는 자녀의 진로 문제에 조력자의 역할보다는 무관심하거나 진로를 강요하기도 한다. 『스프링벅』에서 아버지는 모범생 아들의 입시 중압감을 알아차리지 못하고 아버지의 자존심을 세워줄 입시 결과만 바랐던 자녀와 소통하지 못하는 '빈틈없는' 아버지의 전형적인 모습으로 나타난다. 아버지는 강요당한 입시 부정 때문에 자살을 선택한 아들을 이해하기보다 오히려 분노 감정을 표출한다. 아버지는 가족의 상처를 치유하고자 노력해야 하는 가장의 역할을 하지 못한 채 가족의 위기를 방관할 뿐이다.

『완득이』에서 아버지는 장애인이라는 사회적 편견 때문에 소외되는 삶의 반복을 극복하기 위해 아들을 일찍 독립시킨다. 이 때문에 아들은 세상에서 고립되며 장애인이라는 사회적 편견에 맞서 폭력 문제아로 전락한다. 또한 아버지는 폭력 문제아에서 벗어나 킥복싱으로 겨우 세상과 소통을 시작한 아들의 킥복싱 운동을 반대하며 아들과 소통하지 못하고 부자간 갈등을 양산한다. 『나는 아버지의 친척』에서 아버지는 재혼한 가족 관계에 우선순위를 두고 오히려 친딸을 친척으로 명명하며 가장의 권위에 대한 불신을 초래한다. 이혼한 엄마의 죽음으로 아버지의 재혼가족에 합류하여 혼란을 겪는 딸을 외면하는 전도된 가족 관계는 가족의 역기능을 발생시키기도 한다.

세 번째는, 폭력의 가해자로 등장하는 아버지 유형으로 『밥이 끓는 시간』, 『나』, 『위저드 베이커리』, 『환절기』 등에서 나타난다. 먼저, 아내에 대한 신체적 폭력을 일삼은 아버지는 『밥이 끓는 시간』과 『나』, 『환절기』에 등장한다. 『밥이 끓는 시간』에서 아버지는 실직이라는 경제력 상실에 대한 분노의 표출을 아내에게 폭력의 방식으로 반복적으로 행한다. 아버지의 폭력은 가족에게 불안감을 안겨주며 결국 엄마를 자살로 내몰고 만다. 『나』에서 아버지는 가족에게 '남자다움'을 강조하면서 아내에게 신체적 폭력과 성폭력을 행사하며 가장의 권위를 내세운다. 그러나 이는 청소년기 자녀의 저항과 이혼이라는 과정으로 이어져 결국 가족해체라는 파국을 초래한다.

『위저드 베이커리』와 『환절기』에서는 가족 내 성폭력의 양상을 보여준다. 『위저드 베이커리』에서 아버지는 소아 성애 성도착증을 가진 문제적 인물로 등장한다. 이 작품에서 아버지는 재혼한 아내의 의붓딸에게 성폭력을 행하고 그 죄를 뒤집어 쓴 아들에게 책임을 전가하며 파렴치한 모습을 보인다. 『환절기』의 경우도 비슷하다. 목순 아줌마가 친자식처럼 돌보는 수경 자매를 목순의 남편과 아들이 성폭행을 하고 결국 남편은 죽음, 아들은 감옥에 가는 타락한 양상을 그리고 있다.

아버지의 폭력은 가족 권력이 극단적으로 왜곡된 형태이다. 폭력의 가해자로 아버지는 책임 회피와 가출, 이혼, 법적 처벌의 대상이거나 죽음으로 내몰려 가족의 안정성에 흠집을 내며 청소년의 성장에 악영향을 미친다. 결국 청소년소설에서 가족 내 아버지와 남성의 폭력 문제는 가족의 안정성을 파괴하고 부권의 몰락을 가져오며 가족해체의 원인을 제공한다. 반면, 청소년 주체는 폭력의 상처를 극복하고 가족 문제를 해결하는 성장 체험에 더 큰 역할을 부여받고 있다.

네 번째 유형은 청소년의 성장 지표가 되어줄 아버지가 존재하지 않는 경우이다. 이러한 아버지는 『하이킹 걸즈』, 『내 이름은 망고』, 『환절기』에서 확인할 수 있다. 이 세 작품에서 아버지는 현실에서 부재한 아버지로 서사화된다. 『하이킹 걸즈』와 『내 이름은 망고』에서 어머니 중심 한부모가족의 아버지 부재는 자녀의 양육과 가족의 경제적 문제를 해결하는 모성 담론을 강조하며 성장의 소재로 여행이라는 공통의 모티프가 등장한다. 『하이킹 걸즈』에서 청소년 자녀의 성장의 지표로서 미혼모인 엄마가 전적으로 아버지를 대신하는 양상을 보이고, 『내 이름은 망고』에서는 아버지의 죽음으로 인해 야기되는 현실의 무게를 감당해야 하는 청소년 주체의 성장 체험을 보여준다. 『환절기』의 경우 할머니가 입양한 아버지는 정신이상자로 설정된 후 부재하며 자녀의 양육은 할머니가 맡는다. 이 작품에서 아버지는 젊은 날 아버지를 좋아했던 목순이 등장하여 수경이 의탁할 곳을 마련해주는 서사의 연결 고리 역할뿐이다.

2000년대 이후 출간된 청소년소설은 경제력을 상실한 무능력한 아버지, 가장의 권위를 불신당하며 한편으로 도덕적으로 타락한 아버지를 전면에 배치함으로써 가족 문제의 해결을 청소년 자녀의 몫으로 남기고 있다. 청소년 성장의 지표가 되어 줄 아버지의 부재는 청소년 주체가 폭력 문제아로 성장하거나 폭력의 위험성에 노출될 수 있는 환경적 요인을 제공하고 있다. 청소년들은 가족을 경제적·정서적으로 책임지지 못하는 아버지대신 '가족 수호자'로서 성장 체험을 경험한다는 점에서 그들의 자아 정체성 탐색은 가족 문제를 해결하는 위기와 수행의 과정이라는 성장 담론을 확인할 수 있다.

(2) 양가적 모성과 위안의 존재

한국 사회의 유교적 가족 이데올로기는 남성을 중심으로 한 가부장권을 공고하게 구축했다. 반면 여성은 남성에 종속되었으며, 억압적인 환경에서 자녀에 대한 모성애만 허용되었다. 개인의 선택이 강조되는 탈근대 사회에 진입해서도 전통적 가족 이데올로기에서 강조된 혈연에 대한 집착은 완화되었지만 여성에게 부여되는 모성애는 여전히 위력적이다. 자녀에 대한 양육과 헌신이 모성애의 중심이기 때문이다. 청소년소설 역시 이러한 양상이 혼재되어 다양한 형태의 모성 담론이 나타난다.

한부모가족 유형의 청소년소설에서는 여성의 선택이 중요시되는 어머니 중심 가족이 더 높은 비율로 나타난다. 한부모가족은 가족 구성 원인에 따라 다양한 모성 담론을 보여주고 있다. 어머니 중심 한부모가족은 여성의 젠더적 측면보다는 모성애를 강조하는 담론 특성을 보인다. 청소년소설의 모성 담론은 양가적 측면에서 청소년의 성장 체험을 제시한다.

먼저, 청소년 주체의 성장에 지지자로 기능하는 긍정적인 모성 담론이다. 청소년소설에서 아버지 역할 부재의 환경적 요인을 극복하며 청소년 자녀의 성장에 적극적인 모성 담론은 『내 청춘, 시속 370km』, 『나』, 『완득이』, 『나는 아버지의 친척』, 『나는 할머니와 산다』에서 나타난다. 가족 유형은 특정 가족으로 한정되지 않고 위기가족, 한부모가족, 다문화가족, 재혼가족, 공개 입양가족 등 그 폭이 넓다.

혈연관계의 가족 구성원이 등장하는 『내 청춘, 시속 370km』에서 경제력을 상실한 아버지를 대신해 가족의 부양자로 나선 어머니가 이혼을 원하는 궁극적 목표는 아들이 아버지의 전통문화 전수자로서 아버지와 동일한 삶을 살게 될 상황을 배제하려는 의도로 파악할 수 있다. 『나』에서는 성 정체성 혼란을 겪고 있는 자녀를 위해 남편의 폭력을 견뎌온 모성을 보여주며, 『완득이』에서 결혼 이주민으로 타자성을 극복하지 못하고 가족을 떠났다 귀환한 어머니는 부자(父子)의 진로에 대한 갈등의 중재자 역할을 한다. 이 작품에서 어머니의 역할은 사회와 단절되었던 아들을 세상 밖으로 나가게 하는 자녀의 성장에 긍정적으로 기능하는 결혼 이주민 여성에 대한 모성 담론을 보여준다.

비혈연 가족 관계를 구성하는 재혼가족인 『나는 아버지의 친척』, 공개 입양가족인 『나는 할머니와 산다』에서의 어머니들은 역시 인내를 바탕으로 비혈연 관계의 자녀와 소통을 시도하며 청소년의 성장에 긍정적인 모성 담론을 보여준다. 『나는 아버지의 친척』에서 아버지와 재혼한 새어머니는 조카를 친아들처럼 키우지만 새롭게 가족 구성원으로 편입된 의붓딸에게 과하지도 부족하지도 않은 역할을 하며 팥쥐엄마 계모 담론을 비켜서고 있다. 『나는 할머니와 산다』에서 어머니는 입양 자녀가 과거 트라우마를 극복할 수 있도록 지지함으로써 자녀의 상처 치유와 더불어 가족의 가치를 알게 하는 공개 입양가족의 모성 담론을 대변하고 있다.

청소년소설에서 청소년의 성장에 긍정적 영향력을 행사하는 모성 담론에 대응하는 청소년은 가족 문제 해결의 장에서 모성을 위안하는 존재로서 성장을 체험한다. 가족해체 위기가 나타나는 『내 청춘, 시속 370km』에서 청소년 주체는 가장 역할이 전도된 어머니의 현실적 고통을 이해하고 부모의 이혼을 막기 위해 가족의 끈을 연결하는 역할을 한다. 반면, 『나』의 청소년 주체는 아버지의 폭력에 맞서 이혼을 요구하고 어머니를 지켜내고 어머니에게 살아갈 힘을 주는 존재이다.

다문화가족인 『완득이』에서 완득은 오랫동안 부재했던 엄마의 귀환에 적대적이지 않고 다문화주의라는 타자성을 극복하며 어머니의 존재를 인정한다. 청소년 주체는 가족의 거리를 좁히며 가족공동체를 복원하고 귀환한 엄마에게 위안의 존재로서 역할을 해내고 있다. 비혈연가족으로 구성된 『나는 아버지의 친척』에서 청소년 주체는 전도된 역할 혼란의 책임을 새어머니에게 전가하지 않는 모습을 보인다. 『나는 할머니와 산다』에서 청소년 주체는 친모 만남 이후 자신을 버린 어머니를 용서하고 가족의 가치를 확인하며 양어머니의 존재에 고마운 마음을 표현함으로써 입양아로서 정체성 혼란을 종결하는 성장을 체험한다.

반면, 청소년소설에서 청소년의 성장에 부정적인 모성 담론은 『하이킹 걸즈』, 『내 이름은 망고』, 『밥이 끓는 시간』, 『위저드 베이커리』, 『불량가족 레시피』, 『환절기』, 『스프링벅』 등에 나타난다.

한부모가족 유형인 『하이킹 걸즈』와 『내 이름은 망고』에서는 자녀 유기와 현실 도피라는 미숙한 모성을 보여준다. 『하이킹 걸즈』에서 미혼모인 어머니는 부재하는 아버지를 대신하는 희생적인 모성애보다는 자녀의 존재를 부정하면서 자녀를 유기하고 '엄마 노릇'을 포기하는 미숙한 모성 담론을 드러낸다. 자녀를 거부하는 어머니의 양육스타일은 자녀에게 분리 불안이라는 트라우마를 안겨주며 모녀간에 정서적 친밀감을 쌓지 못한 채 자녀의 정체성 혼란을 가중시킨다. 『내 이름은 망고』에서 교통사고로 가장을 잃은 어머니는 교통사고 후유증으로 아버지에 대한 기억을 잃은 딸을 데리고 캄보디아로 이주하지만 현실적인 경제적 문제 앞에서 딸의 돈까지 가지고 잠적해버리는 무책임한 어머니 상을 보여준다. 부재하는 아버지를 대신하는 한부모가족의 어머니는 미숙한 모성애를 드러냄으로써 청소년의 성장 체험이 역설적으로 부각된다.

재혼가족 유형인 『밥이 끓는 시간』과 『위저드 베이커리』에서는 새어머니가 가족 권력자로서 의붓자녀의 양육을 회피하며 가족의 해체 위기를 조장하는 부정적인 계모로 형상화된다. 『밥이 끓는 시간』에서 새어머니는 원하던 재혼의 삶이 이루어지지 않자 자신이 낳은 아이까지 병원에 유기하고 사라지는 이기적이고 무책임한 계모 담론을 드러낸다. 『위저드 베이커리』에서도 가족 문제를 양산하는 새어머니인 배 선생은 의붓자녀에게 일방적 희생을 강요하는 정서적 폭력을 가함으로써 가족 권력자의 모습을 보인다. 또한 아버지의 죄를 뒤집어쓴 의붓자녀에게 행하는 무차별 폭력은 자녀를 현실의 공간에서 탈주하게 만들며 가족 내 지배적 권력을 행사하는 계모 담론을 보여준다. 청소년소설에서 재혼가족의 계모가 부당한 방식으로 가족 권력을 행사하는 경우 청소년 주체의 성장에 부정적 영향을 미치며 가족해체의 원인을 제공한다.

청소년소설에서 모성이 사라진 경우는 『불량가족 레시피』와 『환절기』에서 나타난다. 이 두 작품에서는 자녀의 양육을 책임지지 못하는 아버지가 등장하며 어머니는 존재하지 않는다. 부모의 자녀 양육에 대한 책임 회피는 할머니에게 그 책임이 전가된다. 『불량가족 레시피』에서 자녀 세 명의 각각 다른 어머니는 아버지와 가족을 이루지 못한다. 청소년 주인공을 양육한 할머니는 다시 만날 수 없는 인연이라는 운명론적인 시각으로 손녀에게 부재한 어머니를 언급한다. 청소년 주체는 만날 수 없는 어머니의 존재가 자신이 짊어지고 가야 할 삶의 몫임을 깨달으며 부재하는 어머니를 가슴 속에 품는 걸로 만족해야 하는 성장을 체험한다. 『환절기』에서 수경의 어머니와 이모는 할머니에게 자녀의 양육을 맡기고 가출한 후 소식을 끊는 비정한 모성을 보여준다. 희생적 모성이 아니라 이른바 '사라진 모성' 담론의 양상인 것이다. 할머니 사후 청소년 주체는 사촌 동생을 돌보아야 하는 어머니의 역할을 감당하며 동생에게 위안을 주는 존재이다. 『스프링벅』에서는 자녀에게 입시 부정을 강요한 문제적 모성을 보여준다. 그릇된 모성은 자녀의 일류 대학 입학이라는 목적 때문에 도덕적 가치를 전복시키는 행동을 아들에게 강요하여 결국 아들을 죽음으로 내몬 이기적인 모성의 전형적 모습을 보여준다.

미숙한 모성 담론을 보여주는 『하이킹 걸즈』와 『내 이름은 망고』에서 청소년 주체는 여행이라는 성장 체험을 통해 어른인 어머니도 삶의 굴곡에서 도망칠 수 있다는 미숙했던 모성을 이해하며 어머니의 삶을 위안한다. 『스프링벅』에서는 가족이기주의 때문에 아들을 잃어야 했던 어머니가 가족 균열의 지점에서 가족의 화해를 이끌어 내는 청소년 주체에 의해 다시 살아갈 힘을 얻은 모습을 확인할 수 있다.

『밥이 끓는 시간』과 『위저드 베이커리』에서는 청소년 주체가 재혼가족의 새어머니로부터 양산된 재혼 가족의 문제를 뒷감당하는 면모가 확인된다. 『밥이 끓는 시간』에서 청소년 주체는 소녀 가장으로서 새어머니가유기한 동생을 돌보며 가출했던 아버지의 귀환을 반기며 굴곡진 아버지의 삶을 위안하는 존재이다. 『위저드 베이커리』에서 청소년 주체는 환상의 힘을 빌려 재혼 이전의 시간으로 돌아와 아버지와 배 선생의 재혼을반대하여 새어머니의 존재를 부정하며 아버지의 의붓딸 성폭력 사건을방지하고 '아비 노릇'을 할 기회를 제공해준다.

어머니의 존재조차 등장하지 않는 『불량가족 레시피』와 『환절기』에서청소년 주체는 자신을 키워준 할머니를 끝까지 보살피며 가족을 지켜낸다. 두 작품에서 할머니가 양육한 손녀는 할머니에게 살아갈 존재의 이유이고 삶의 위안이었다. 이처럼 청소년소설에서 청소년의 성장에 양가적영향력을 행사하는 모성 담론에 대응하는 청소년 주체는 가족을 위안하는 존재로서 자아 정체성을 탐색하며 성장한다.

2) 청소년의 성장 조력자들

(1) 정서적 조력자로서의 또래 집단

후기 산업 사회로 전환되는 2000년 이후 한국 사회는 가족의 해체 위기가 심각한 사회 문제로 부각되기 시작했다. 교육 현장에서는 공교육보다 사교육에 의존하는 비중이 커지면서 학교의 기능이 약화되었다.[352] 이처럼 가족과 학교라는 사회적 안전망이 약화되면서 청소년에게 또래 집단의 영향력은 더욱 커지게 되었다. 청소년은 "가족 밖에서 새로운 인간관계를 형성하며 부모와의 친밀한 의존에서 벗어나"[353] 자율성을 추구하

---

352) 박경희 외, 앞의 글, 236쪽.
353) 손승영 외, 『청소년의 일상과 가족 : 청소년의 삶과 문화에 관한 사회적 연구』, 생각의

거나 또래 관계에 집중한다. 특히 청소년이 부모와 갈등을 겪거나 가족해체 위기에 당면할 때에 또래 집단에 대한 의존성이 심화된다.

청소년소설에서 부모는 청소년 자녀의 성장 조력자라기보다는 오히려 가족 문제와 갈등을 야기하는 역할을 맡는다. '아버지의 역할 부재나 사라진 모성' 때문이다. 그러나 역설적으로 청소년 주체는 자신에게 닥친 가족 문제를 해결하면서 성장한다. 이른바 통과의례의 과정이다. 이 과정에서 또래 집단이 청소년 주체의 성장 조력자를 대신한다. 청소년기 또래 집단 내에서의 상호작용은 청소년의 올바른 사회화와 발달과업인 '자아 정체성' 형성에 상당한 영향을 미친다. 청소년기는 또래 집단에의 지향과 동조가 가장 강한 시기로서 또래 간 적극적이고 원만한 관계는 긍정적인 자아개념을 형성하여 정상적인 사회생활을 영위하는 원동력이 되지만 그렇지 못한 경우 부정적인 자아상과 함께 어른이 되어서도 사회에 적응하지 못하는 결과를 초래할 수도 있다.354)

청소년소설에서 청소년의 성장은 사라진 부모 역할을 대신한 또래의 지지와 격려에 의한 상처 치유에서부터 시작된다. 또래 집단은 청소년 주체가 시련과 고통을 이겨내고 자아 정체성을 형성해나가는 데에 정서적 지지와 교감의 조력자 역할을 한다. 『내 청춘, 시속 370km』, 『스프링벅』, 『하이킹 걸즈』, 『내 이름은 망고』, 『나』 등에서는 청소년 주체의 성장 조력자로 또래 집단을 배치하고 있다.

먼저, 『내 청춘, 시속 370km』에서 또래는 청소년 주인공이 가족해체 위기를 겪을 때 상처를 봉합하는 정서적 지지의 조력자로 등장한다. 이 작품에서 청소년 주체인 동준은 '매잡이'라는 전통적 직업을 보전하려는 아버지를 이해할 수 없어 방황한다. '똠양꿍'355)이라는 별명의 친구 택근

나무, 2001, 152쪽.

354) 조성남 외, 『청소년의 하위문화와 정체성 — 또래집단, 가족, 학교를 중심으로』, 집문당, 2003, 32쪽.

355) 『내 청춘, 시속 370km』에서 '똠양꿍'은 원래 새우를 넣고 끓인 태국을 대표하는 음식

은 결혼 이주민인 필리핀 어머니 때문에 반쪽짜리 한국인이라는 정체성 혼란을 겪지만 동준과는 달리 동준의 아버지를 존경한다. 동준 아버지도 택근에게 "최전방에 가서 호되게 굴러야 정신 차릴 녀석"(88)이라며 한국인으로서 국가 정체성을 확인시켜준다. 청소년 주체가 아버지의 장인 정신을 이해하는 데 또래가 전환점이 된 것이다.

한편 『스프링벅』에서 부모의 이기적 욕망과 자식의 죽음 그리고 심리적 가족 결손으로 말미암아 가족은 해체 위기를 맞는다. 완벽을 추구하는 '빈틈없는' 아버지와 '그릇된 모성' 때문에 형을 잃은 동준은 여자 친구인 예슬에게 위로를 받으며 슬픔을 달랜다. 예슬은 부모의 이혼으로 친모(親母)에 대한 "원망과 그리움이 뒤엉킨"(74) 냉소적 시각으로 생활하지만 친모(親母)를 만난 후 자신을 두고 떠날 수밖에 없었던 사정을 이해하게 되는 인물이다. 예슬은 자신의 상처를 드러내면서 동준에게 엄마를 이해하고 용서할 수 있도록 도움을 주는 정서적 지지자로서의 조력자이다.

한부모가족 청소년은 대체로 부(父)의 부재로 인한 상실감과 부모의 역할 분담 등 가족 환경이 변화할 때 여기에 대처하는 과정에서 정체성 혼란을 겪는다.356) 『하이킹 걸즈』와 『내 이름은 망고』가 여기에 해당하는데, 청소년 주체가 가족 환경 요인을 극복하는 과정에서 또래의 역할이 중요하게 작용하고 있다. 이 두 작품의 경우 낯선 타국에서 만난 또래는 청소년 주체가 아버지 부재의 '한부모가족'에서 미숙하고 불안했던 모성을 이해하고 상처를 치유하는 데 정서적 지지자로 기능하고 있다.357) 청소년이 가족 갈등을 극복하고 건강한 자아 정체성을 형성하는데 사회적 자원으로서 또래가 성장 조력자로 기능하고 있음을 확인할 수 있다.

『나』에서 청소년 주체는 동성애자라는 성 정체성 혼란을 겪으면서 처

이지만 전택근이라는 원래 이름보다 별명을 부르는 다문화가족에 대한 타자성을 보여주고 있다.
356) 설연욱, 앞의 논문, 2013, 4쪽.
357) 박경희 외, 앞의 글, 247쪽.

음에는 동일한 성 정체성을 가진 또래를 만나 설레는 마음도 있었지만 결국 거부하는 양가감정에 휩싸인다. 이후 또래하고 '관계 맺지 않기'라는 신념을 갖지만 전학 간 학교에서 또 다시 자신의 성 정체성을 알아본 '상효'의 등장으로 불안과 위안이라는 양가감정에서 자유롭지 못한 면모를 보인다. 현은 불안한 마음에 학교를 졸업한 후에 상효를 만나야겠다고 결심한다. 한편 상효는 자신의 성 정체성이 가족들에게 발각된 후 아버지로부터 죽음을 강요하는 폭력을 당하고 자살하고 만다. 청소년 주인공 현은 동일한 성 정체성을 가진 또래의 죽음이라는 '통과의례'를 겪으며 새롭게 세상을 살아갈 용기를 갖게 된다. 또래의 죽음이 동성애자 청소년에게 '죽음 충동'보다는 '삶의 욕구'를 불러일으키고 현실에 맞서 자신의 성 정체성을 공개할 수 있는 용기 그리고 삶에 대한 희망을 부여한 것이다. 한편 『나』에서는 현의 이성 또래인 여진이 상요를 보내는 의식을 함께 치루고, 동성애자인 현의 행복을 빌어주는 여진의 지지는 성적 소수자로 살아갈 또래에게 힘을 실어주고 있는 면모가 확인된다.

> 여진이가 나를 돌아보고 나서야 일 쳤구나 하는 생각이 들었다. 나의 최초의 커밍아웃. 이것으로 죽을 준비가 시작된 것인가? "꺅!" 여진이 소리를 지르더니 와락 안겨 왔다. (중략) 두 볼을 발그레하니 물들이며 생글생글 웃는 것이 정말 좋아 죽겠다는 표정이다. "그러니까 너한테 영원히 여자 애인이 생기지 않는 거네?" (중략) "이제 너는 내가 지켜 줄 거야." "지키긴 뭘 지켜? 너나 잘해." 여진이가 내 마음속으로 푹 들어왔다. (『나』, 156-157쪽)

청소년 주인공이 동성애자임을 알고도 회피하지 않고 더욱 밝은 모습으로 다가가는 여진은 성적 소수자에 대한 사회적 편견을 깨뜨리는 정서적 지지자로서 또래의 역할을 하고 있다. 청소년이 또래에게 받는 정서적 지지는 상처를 치유하며 긍정적인 자아 정체성을 성취하는 사회적 자원으로 기능한다.

레빈(Lewin)은 청소년이 사회·경제적으로는 주변인이며 성인의 세계를 완전히 받아들이지 못하므로 친구가 친밀감과 안정감을 제공해주는 존재로 보았다. 청소년이 친구와 함께 논의하고 이해를 시도하는 과정이 그들의 자아 정체성 형성에 기여하는 대안이 될 수 있다[358]는 것이다. 물론 "또래 집단별로 가족 내 의사소통의 정도나 부모의 가치관에 대한 수용도, 부모의 관심에 대한 반응 등에서 차이"[359]를 보이지만 또래 집단은 '그들만의 지지와 격려'를 형성한다는 점에서 매우 중요한 성장 조력자로 자리 잡는다. 이런 점에서 청소년 주체가 "또래 집단과 동조하며 또래 관계를 유지하는 일이란 가족 문제의 상처를 치유하고 청소년기 이후의 삶을 살아갈 수 있도록 심리적·사회적 자원을 마련"[360]하는 일이자 자아 정체성을 형성하는 발달과업이라 할 수 있다.

(2) 연대와 공존의 계몽적 조력자

청소년소설에서는 청소년에게 가족과 또래라는 성장 조력자가 부재할 때 교사, 이웃 공동체가 그 자리를 대체하고 있는데, 이들은 청소년 주체와 연대와 공존 관계를 유지한다. 『완득이』, 『불량가족 레시피』, 『밥이 끓는 시간』, 『환절기』 등에서는 공존의 논리를 펼치는 계몽적 조력자가 등장하여 청소년의 긍정적 성장을 돕는다.

『완득이』는 성장 조력자로 교사가 등장하는 대표적인 작품이라 할 수 있다. 이 작품에서 완득이는 다문화가족 청소년이고, 그의 성장 조력자는 담임교사 '똥주'이다. 똥주는 기존의 점잖으면서도 권위적인 교사는 아니다. 그는 장애인 아버지에 대한 편견에 폭력으로 맞서고 있는 제자를 근엄하게 훈계하지 않는다. 그는 고상한 말보다는 완득이처럼 욕설을 내뱉

358) 권이종 외, 앞의 책, 138쪽.
359) 조성남 외, 앞의 책, 141쪽.
360) 박경희 외, 앞의 글, 137쪽.

거나 폭력을 쓰기도 한다.

> "완득이 봐라. 신체조건, 욱하는 성질, 주변 환경, 어디 하나 조폭으로서
> 모자람이 없다. 낫 놓고 기억 자는 몰라도 낫으로 지를 줄은 아는 천부적인
> 쌈꾼이 될 것이다. 잘 되면 나 잊지 마라." (중략) "대충 하고 잘 사람은 자
> 라. 종례 필요 없으니까 시간 되면 알아서들 가고." (중략) "야, 야, 도완득!
> 땡 까는 건 좋은데, 내가 복도에서 사라지면 까셔." "나온 김에 따라와, 앞
> 반에 어떤 놈이 쪽팔린다고 수급품 안 가져간 모양이야, 너나 가져가라." (『
> 완득이』, 10-11쪽)

교사의 권위를 벗어던진 똥주는 청소년 주체가 이웃과 공존하며 세상
과 당당히 맞서 소통할 수 있도록 청소년의 경험과 눈높이에서 그들의 삶
에 공감하려는 것이다. 똥주는 이러한 방식으로 완득의 가족 문제를 해결
하는데 일조하며 가출한 완득엄마의 귀환을 돕는다. 이처럼 교사 똥주는
청소년들이 거부감을 갖는 기존의 권위적인 선생님 상에서 탈피한 새로
운 모습의 계몽적 조력자이다.

『불량가족 레시피』의 미하일 캐릭터 아줌마는 젊은 세대가 즐기는 '코
스튬플레이'에 어울리지 않는 세대의 인물이다. 그렇지만 그녀는 '코스튬
플레이' 동호회에서 활동하며 어른을 대변하는 음성으로 청소년이 가족
문제를 극복할 수 있도록 용기를 부여하면서 어른들의 세계를 이해시키
고 있다.

> "어른이 되면 얼마나 말이 늘어나는지 아니? 말이 잔뜩 늘어나서 자기가
> 내뱉는 말들에 발목을 잡혀 얽매이게 돼. 말을 통해서만 다른 사람을 이해
> 하려고 하지. 그러다 보면 말하지 않아도 자신의 마음을 전달하고 상대방의
> 마음을 읽을 수 있는 눈을 잃어버리는 경우가 종종 있어. 하지만 그 사람들
> 도 알고 보면 마음 깊숙한 곳에 사랑이 숨겨져 있어." (『불량가족 레시피』,
> 180쪽)

> "나도 네 나이 때는 빨리 어른이 되고 싶어 안달이었지. 근데 어른 되니
> 까 책임감만 있고 별 재미가 없어. 여울아 흥미가 가는 건 뭐든지 해 봐. 그
> 러고 나서 천천히 어른이 돼도 늦지 않으니까." (『불량가족 레시피』, 182쪽)

미하일 아줌마는 청소년이 빨리 어른이 되고 싶은 마음을 자제시키고
어른의 책임감을 부각시키며 청소년기 발달과업에 충실할 것을 당부하는
계몽적 조력자의 역할을 맡고 있다. 청소년 주체는 미하일 아줌마를 거부
하지 않고 친밀감을 느끼며 아줌마의 조언을 긍정적 지지로 받아들인다.

『밥이 끓는 시간』과 『환절기』에서는 이웃 공동체가 연대하여 소녀 가
장이 된 청소년에게 계몽적 조력자의 역할을 하고 있는데, 이들은 상처받
은 청소년을 위로하며 학교와 배움이라는 교육적 발달과업을 부여하고
있다. 『밥이 끓는 시간』에서 순지가 부모의 부재로 도시 공간을 떠나 할
머니 집으로 갔을 때 이웃인 오팔이 부모는 순지 가족을 적극적으로 보살
피며 앞으로 살아갈 수 있는 방법을 조언하는 조력자이다.

> "순지야, 요새 어떡하든 학교를 다녀야지 학교를 못 다니면 사람 행세도
> 못해. 그러니까 내 말대로 해." 오팔이 엄마는 오로지 나를 위해 순달이를
> 봐 주겠다며 무거운 짐을 일부러 떠맡고 나섰다. (『밥이 끓는 시간』, 208쪽)

순지가 도시에서 살 때에는 가족해체에 따른 인간 소외를 경험했지만
아버지의 고향인 농촌에서는 이웃 공동체가 가족공동체를 대신하고 있다.
순지는 할머니 사후 두 동생을 돌볼 수 없는 현실적 어려움에 직면하게
되자 새엄마가 낳은 동생을 입양 보내자는 마을 공동체의 결정을 따른다.
이처럼 마을 공동체는 청소년인 순지가 동생의 양육 때문에 학교와 배움
이라는 발달과업을 제때 이루기 어렵다는 것을 알고 막내 동생을 입양 보
내기로 결정하는 현실적 해결 방안을 제시할 뿐만 아니라 순지와 또 다른
동생 순동을 마을에서 보살핌으로써 공존의 계몽적 조력자로 자리 잡는다.

『환절기』는 성폭력의 상처를 다룬 작품이다. 이 작품에서 봉선 할머니와 혜림 엄마, 스터디 동아리 지인들은 청소년 주체가 다시 세상에 나올수 있도록 위로하고 용기를 부여한다.

> '행복하다. 이 사람들 속에 있다는 게.' '이곳이 바로 학교지 뭐야? 나는 학교를 다니고 있는 거야.' '이 모임이 오늘 이 자리에서 끝나버리면 이런 행복감도 다시없겠지.' (중략) '수경아, 하고 싶은 말을 해야지?' '하고 싶은 말을 해.' "저, 우리 아하, 책 읽고 토론하는 모임으로 바꿔서 계속 하는 게 어떨까요? 책 읽고 교양도 쌓고 그 핑계로 얼굴도 보고 시험 때는 공부도 같이 하구요." 수경의 제안에 홍사장이 제일 먼저 반색했다. (『환절기』, 192쪽)

동아리 지인인 어른들은 소녀 가장이 되어 성폭력의 상처를 딛고 홀로 서기를 준비하는 청소년에게 다시 학교를 다닐 수 있는 용기를 갖게 하는 계몽적 성장 조력자로서 역할을 담당한다. 예컨대 미용실 주인 혜림 엄마는 이혼의 상처를 안고 살아가는 인물이다. 그녀는 자신의 삶을 반추하면서 수경 자매가 "타인의 시선과 손가락질과 뒷공론"(171)의 대상이 되는 것을 안타까워하며 그들을 보살핀다. 그녀는 수경 자매와 공존하려는 성장 조력자라고 할 수 있다.

(3) 환상 체험과 내면적 조력자

청소년 주체가 가족 관계에서 위기의식을 느끼지만 자신을 지지해줄 또래나 이웃 공동체가 사라지고 없을 때 '환상의 세계'가 그 대체 공간으로 제시된다. 비록 비현실적이지만 사회적 단절 상황에 놓인 청소년에게 "개연성 있고 이해 가능한"[361] 세계로 다가오는 것이다. 『위저드 베이커리』, 『나는 할머니와 산다』가 이에 해당한다.

---

361) 한용환, 앞의 책, 506쪽.

『위저드 베이커리』에서는 청소년이 생명이 위태로운 폭력적 상황에 직면하자 문제 해결을 위한 환상이 도입된다. 『위저드 베이커리』에서 '나'의 성장을 돕는 조력자는 마법사인 빵집 점장이다. 마법사 점장은 청소년이 차별과 학대 때문에 성장이 정지된 집에서 탈주할 수 있도록 조력자의 역할을 하고 있다. 이 마법사의 도움으로 청소년 주체는 환상의 세계를 경험한다. 환상의 장치는 마법의 공간인 '위저드 베이커리'와 '타임리와인더' 쿠키 사용 여부에 따라 Y(ES)와 N(O)라는 이원적 가족을 선택할 수 있는 결말이 제시되는 것이다. 마법의 쿠기 사용 여부에 따라 청소년 주체는 각기 다른 방식으로 가족을 재구성하는 환상을 체험한다. 이처럼 환상은 가족과 또래, 이웃 공동체가 부재할 때 청소년 주체가 무의식적 욕망을 드러냄으로써 긍정적 자아 정체성을 성취하기 위한 서사적 장치라 할 수 있다. 그런데 이 선택은 결국 청소년 주체의 몫이기 때문에 마법사 점장은 실질적이라기보다는 일종의 내면적 성장 조력자라 할 수 있다.

한편 『나는 할머니와 산다』에서는 죽은 할머니가 '빙의'라는 방식으로 청소년 주체에게 전이되어 성장의 장애 요인을 극복하는 간접 조력자로 기능한다. 공개 입양아인 청소년은 빙의된 할머니의 '자식 찾기' 과정에 동참하면서 자신을 입양 보낼 수밖에 없었던 친모(親母)를 이해한다. 자신을 입양 보낸 친모(親母)를 용서하며 입양 전 트라우마를 극복하게 되는 것이다. '빙의'라는 환상의 차용은 청소년 주체가 '버려진 상처'를 극복하는 과정의 문학적 장치이다.

청소년소설에서 청소년 주체가 긍정적 자아 정체성을 형성하기 위해 가족 문제 해결의 장에서 가족 권력자인 부모가 부재하거나 문제적 상황에 직면했을 때 성장 조력자로 또래, 교사, 이웃 공동체, 환상 체험을 배치하고 있다. 청소년 주체에게 또래는 그들만의 격려와 지지에 의한 교감의 장을 마련하며 가족 문제 해결의 정서적 조력자의 역할을 확인한다. 청소년 주체가 가족해체 위기의 순간에 직면했을 때 이웃 공동체는 기성세대의 목소리로 청소년의 문제를 해결하며 계몽적 조력자로 기능한다. 한편, 청소년 주체가 사회적으로 소외될 때 진지함을 벗어버린 교사는 세상 밖으로 나올 수 있도록 거부감을 없애주고 가족의 가치를 재확인시켜주는 청소년의 계몽적 성장 조력자로 배치된다.

청소년의 건강한 성장을 위해 환상은 청소년 주체의 무의식적 욕망을 대신하는 환상을 도입함으로써 현실 문제의 어려움을 해결하며 자아 정체성의 혼란을 극복하고 있다. 청소년소설에서는 청소년 주체가 건강하게 청소년기를 보내고 긍정적인 자아 정체성을 형성하기 위해 가족 문제의 해결의 장에서 각각의 가족 상황에 배치된 성장 조력자를 확인할 수 있다.

3. 한국 청소년소설의 교육적 성장 담론의 특성

한국 사회에서 1990년대 이후 청소년 담론은 "글로벌 자본주의 시스템 속에서 급변하는 환경과 교육제도 및 동시대 문화와 복합적인 관계를 맺으면서 형성"[362]되었다. 2000년 이후 문학 장(場)에 본격적으로 등장한 청소년소설에서는 가족 분화에 따른 각 가족 유형별로 나타난 가족 권력자인 부모가 야기하는 문제로 인한 역할 혼란을 극복하고 청소년 자녀가 자아 정체성을 성취하며 주체로 구현되는 성장 담론을 확인할 수 있다. 이런 점에서 청소년소설은 기존 성장소설에서 회고조의 담론이 지배적이었던 것에 비해 '당대성'과 '성장 과정 그 자체'에 중점을 두고 청소년의 자아 정체성 탐색의 위기 과정과 수행의 결과에 해당하는 자아 정체성 성취라는 발달과업을 중시하는 문학 장르라 할 수 있다.

그런데 청소년소설이 '당대성'과 '성장 과정 그 자체'를 중시하는 문학

---

362) 정혜경, 「이 시대의 아이콘 '청소년'(을 위한) 문학의 딜레마」, 앞의 글, 109쪽.

장르로 발전하다보니 대체적으로 교육적 계몽 의식이 작품의 전망으로 제시되는 경향을 띠고 있다. 청소년소설은 구매력을 가진 독자 학부모의 현실적인 욕망이 투영되면서 청소년이 긍정적인 자아 정체성을 성취하거나 타자의 의도에 의한 자아 정체성을 조기 완료하는 성장 강박적 편향성을 보이고 있다.

청소년소설에서 가족 문제의 위기를 겪고 자아 정체성을 형성하는 청소년의 성장 담론에는 청소년을 건강한 시민으로 성장 시키려는 규율 권력의 기획된 교육적 의도 또한 나타난다. 서사 주체가 청소년이지만 청소년이 우리 사회에서 건강한 시민으로 성장하기를 바라는, 청소년을 통제하는 기성세대의 규율 권력이 작동하고 있는 것이다. 청소년 문제아 뒤에는 문제 부모가 있다는 사회적 담론을 통제하고, 청소년 주체의 개인적 차원에서 가족에 대한 강한 책임감을 요구하며, 긍정적인 자아 정체성 성취라는 목표를 심어주고 있다고 하겠다. 즉 가족 환경의 구조적 결손에서 발생할 수 있는 청소년 가출과 청소년 비행 유발을 방지하기 위한 비행 억제라는 교육적 통제 효과를 보고자 하는 의도도 파악해 볼 수 있다.

따라서 탈근대 가족 구조에서 생기는 가족 문제는 가족의 사적 영역의 문제라기보다는 변화된 사회 구성원들의 가치관이 반영된 사회구성적인 관점으로 이해할 필요가 있다. 오늘날 아동과 청소년이 가족의 해체로 인한 열악한 상황에 처한 이유는 '가족 위기'가 아닌 사회적 변화의 문제이고 그 변화가 급변해지면서 가족 관계에 혼란이 발생하기 때문이다. 포스트모던하고 유연한 사회에서도 가족공동체는 여전히 사회구성원의 재생산 및 일차적 사회화의 고유 영역으로 기능한다. 가족은 부모와 자녀, 가족 구성원 모두의 능력과 자질을 활성화시킨다. 개인이 '보다 나은 욕구 충족이라는 삶의 방식'을 구현하려는 노력이 있는 한 어떠한 유형이든 가족의 중요성은 사라지지 않는다. 이는 한국 사회에서 정상가족 유형과 다른 가족 구성 방식의 가족을 결손가족, 또는 비정상가족이라 칭하며 문제

가족과 문제 청소년이라는 편견의 시각을 배제하는 사회적 인식의 전환점이 필요하다.

또한 청소년을 호명하며 등장한 청소년소설에서 '가족'이라는 모티프는 소재주의 측면이 아닌 현대 사회의 다양한 가족 유형에 따라 청소년들의 성장을 심층적이고 다각적으로 조명할 수 있는 의미망으로 확장되어야 한다. 특히 '청소년문학상' 수상작의 공통분모로 가족해체가 다루어지고 있음은 청소년소설이 장르 정체성을 확보해가는 데 극복해야할 과제이기도 하다. 청소년소설에서 가족의 해체 위기가 곧 서사의 갈등 요소로 작동하여 청소년 주체가 가족 수호자로서 가족공동체를 지켜나가야 하는 성장 강박적 범주에 갇혀버릴 여지가 있기 때문이다.

청소년소설은 당대 청소년들의 삶을 형상화하는 '성장 과정 그 자체'에 장르적 무게중심을 두어야 한다. 예컨대 가족해체의 문제에 집중하기보다는 건강한 가족 관계에서 발생하는 이 시대 다수 청소년들이 맺는 가족 권력에 따른 부모와의 갈등, 그들의 삶의 고민과 일상의 문제를 보여줄 수 있는 청소년의 자아 정체성 형성에 영향을 미치는 관심사를 반영할 필요가 있다. 청소년소설에서 청소년의 욕구가 가족 권력자인 부모의 욕구와 동등하게 사회적으로 구현될 때 청소년의 성장 담론이 투영된 가족 이데올로기의 가치가 청소년소설의 특성을 공고하게 확보할 수 있을 것이다.

앞으로 청소년소설은 가족 담론의 장에서 더욱 확장된 다양한 사회 변화 양상을 창작의 현장에서 적극적으로 수용해야 한다. 청소년이 주체성을 실현하며 건강한 성인으로 자라기 위해서는 청소년기의 발달과업인 일생을 두고 이어지는 진로 문제와 또래 관계에서 파급되는 대인관계 능력 등 청소년기에 보다 폭넓게 자아 정체성을 성취하기 위한 충분한 탐색 과정이 필요하기 때문이다.

또한 독자 대상을 청소년으로 한정하는 틀에서 벗어나야 하며 더 나아가 기성세대의 시각을 담보한 계몽성이라는 교육 담론의 봉인을 해제할 필요가 있다. 청소년소설의 서사가 청소년에게 '이것은 내 이야기', 또는 청소년 자녀를 둔 부모에게는 '우리 가족의 이야기'라는 동일시 효과를 독자층에서 획득한다면 문학 장(場)에서 세대를 아우르는 독자층의 공감을 얻으며 장르 정체성을 더욱 공고하게 확립할 수 있을 것이다. 청소년소설은 독자 대상인 당대 청소년들에게 적극적으로 수용되면서 전 세대의 공감을 얻을 수 있는 내용으로 구성되어 있을 때 시대를 막론하고 호응을 얻고 있다. 청소년문학으로 명명되어 출판된 『완득이』 같은 경우 "청소년을 대상으로 한 작품이지만 청소년소설이 청소년이라는 특정 대상을 넘어 전 세대에 폭넓은 공감"363)을 불러일으키고 수용되었다는 사실에서 이를 확인할 수 있다. 『완득이』는 사회적 약자층의 가족 문제와 문제아였던 완득이의 긍정적인 '자아 정체성 형성'이라는 성장 담론을 다루며, 전 세대를 아우르는 독자층의 관심과 공감을 얻을 수 있었던 것이다.

이제 청소년소설은 일차적으로 기성세대의 시각을 담보한 계몽성이라는 교육 담론에서 벗어나야 한다. 이는 청소년에게 타자일 수밖에 없는 기성세대의 시각에서 벗어나 청소년들이 주체적으로 호명되면서 그들만의 문학적인 상상의 공동체를 만들어갈 때 가능할 것이다. 앞으로 청소년소설의 이러한 창작의 시도는 청소년소설이 문학내적 미학성을 갖추고 문학과 문화 콘텐츠를 포괄하여 독자에게 수용된다면 장르 정체성을 공고히 확립할 수 있는 의미 있는 작업이 될 것이다.

청소년소설이 당대 사회를 배경으로 가족 문제의 서사에서 더욱 확장된 청소년이 향유하는 청소년문화와의 상호작용 속에서 자아 정체성 혼란과 성취 과정의 청소년의 욕구를 표출하는 성장 담론을 폭넓게 담아낸다면 한국문학사에서 문학성과 대중성을 확보하며 문학 장(場)의 장르 정체성을 더욱 공고하게 구축할 수 있을 것이다.

---

363) 소영현, 「청소년문학이 질문해야 할 것들」, 『작가세계』, 2010, 봄호, 347쪽.

VIII. 결론

청소년소설이 청소년을 호명하며 소설의 하위 장르로서 한국문학의 장
(場)에 등장한 시기는 1990년대 후반이다. 1990년대 초반에 이념이라는 전
지구적 거대 담론이 점차 미시화되고 감성이 분할되면서 한국 사회 역시
'청소년'이라는 세대에 주목하기 시작했다. 1990년대 중후반에는 서태지
세대가 형성되면서 청소년이 문화 소비의 주류로 부상하여 출판업계도
청소년에게 초점을 맞추기 시작한다.

2000년대로 접어들면서 청소년소설은 그 외연을 더욱 확장하며 당대
청소년의 일상적인 삶과 그들의 다층적인 성장의 모습을 담아낸다. 청소
년소설이 가장 관심을 보인 분야는 가족 분화 현상에 따른 '가족 문제'의
위기에 직면하여 자아 정체성을 형성해가는 청소년의 성장 담론이다. 청
소년은 부모에게 정서적으로는 독립을 추구하지만 실제 생활은 독립하지
못하는 아동과 성인의 경계선에 위치하기 때문에 가족 문제는 그들의 자
아 정체성 형성에 일차적인 위기의 원천으로 작용한다. 청소년소설에 나
타난 가족 분화 양상은 '가족해체 위기가족', '한부모가족', '재혼가족',
'신(新)가족'으로 유형화할 수 있다. 이 다양한 유형의 가족 관계 속에서
청소년 주체들은 나름대로 가족 환경이 부여하는 위기에 대응하며 자아
정체성을 형성해가면서 성장하는 모습을 보여준다.

가족이 해체되어 가는 '위기가족' 유형의 청소년소설에서는 청소년들이
'가족 수호자'로서 주체적 선택을 지향하며 자아 정체성을 성취하는 모습
을 보여준다. 가족해체 위기가족은 가족이라는 테두리 안에서 가족 기능
이 유지되고 있지만 가족 권력자인 '부모의 경제력 상실'이나 '폭력 문제',

'도덕적 가치를 훼손시키는 가족이기주의'로 인한 가족 균열의 지점이 발생한다.

『불량가족 레시피』에서 청소년 주체는 아버지의 경제적 무능과 폭력성 때문에 가족해체 위기를 겪지만 탈가족화한 가족 구성원에게 위안을 주는 자아 성찰을 통해 흩어진 가족을 기다리는 '가족 수호자'로서 자아 정체성을 성취하고 있다. 『스프링벅』에서 청소년 주체는 '가족이기주의'적 발상 때문에 도덕적 가치가 전복된 엄마의 문제적 행동이 만들어낸 가족의 균열을 막는 역할을 하며 자아 정체성을 확립해가는 모습을 보인다.『내 청춘, 시속 370km』에서는 청소년 주체가 전통문화의 가치 보전을 위해 경제적으로 무능력한 아버지와 '정상가족 이데올로기'에 충실한 삶을 살고자 가장 역할을 하는 어머니 사이의 균열을 막고 가족의 해체 위기를 해결하는 가족 수호자로 나서고 있다.

이러한 가족의 균열과 해체 위기 극복에는 청소년의 관심사를 반영한 위안을 받는 여가 활동이 가족 문제 해결의 장(場)으로 활용된다. 청소년소설에서 위기가족 청소년 주체는 '코스튬플레이 동호회'나 '연극 동아리' 활동, '매잡이 아버지의 전수자'로서 각 여가 활동의 주요 인물과 동일시하는 자기표현 방식을 통해 긍정적인 자아 정체성을 확립해가는 성장 담론이 확인된다.

'한부모가족' 유형의 청소년소설에서는 청소년 주체가 아버지 부재로 인한 '폭력 문제', '기억 상실과 경제적 파산'을 겪거나 '성 정체성 혼란' 등 위기에 직면하지만 사회적 편견과 가족 문제를 해결하며 자아 정체성 혼란을 극복한다. 청소년 주체는 아버지 부재의 상실감과 부모의 역할 분담 등에 따른 가족 환경의 변화에 대처하는 모성의 혼란과 부정이라는 미숙한 모성애를 인정하고 모자녀간 관계 회복과 소통을 통한 자아 정체성을 형성해가는 것이다.

『하이킹 걸즈』에서는 미혼모가족에 대한 편견 때문에 폭력 문제아가 되었던 청소년 주체가 재활프로그램인 도보 여행이라는 통과의례의 과정을 거치며 미숙한 모성을 이해하고 모녀 관계를 회복하면서 자아 정체성 혼란을 극복하는 모습을 보여준다. 『내 이름은 망고』에서는 청소년 주체가 아버지의 죽음 이후 경제적 어려움과 현실 도피라는 수단을 택한 모성의 혼란을 이해하며 엄마의 우울증과 경제적인 문제를 해결해야 할 현실을 직시하고 미래를 살아가고자 하는 긍정적인 자아 정체성을 성취하고 있다. 『나』에서는 폭력적인 아버지와 이혼한 엄마가 아들의 성 정체성을 인정하는 모성의 지지를 통해 청소년 주체가 유폐된 성 정체성 혼란에서 벗어나 아버지 대신 엄마와 동생을 보호하는 존재의 의미를 자각하며 자아 정체성을 확립해가는 모습을 보여준다.

청소년소설에서 한부모가족의 청소년 주체는 다양한 가족의 모습을 인정하고 또래 집단의 정서적 지지를 얻어 역할 혼란을 종결하고 어머니와 소통하는 성장 담론을 보여준다. 청소년 주체는 아버지 부재 가족으로 자신을 양육해야 했던 모성을 이해하는 과정에서 할머니와 아버지, 또래의 죽음을 인정하는 통과의례를 거치며, 이 과정에서 또래의 정서적 지지가 자아 정체성 혼란을 극복하는 조력자로 기능하는 공통적 면모를 보인다. 한부모가족 유형의 청소년소설에서는 한국 사회의 남성에 의한 가부장 이데올로기가 해체되고 모성 이데올로기가 강화된 청소년의 성장 담론이 확인된다.

'재혼가족' 유형의 청소년소설에서는 가족의 유대를 강조하는 가족주의가 퇴색하고 가족의 정서적 관계성이 약화되는 현상이 자아를 형성하는 청소년에게 부정적인 영향을 미치는 모습을 보여준다. 아버지가 실업 상태여서 가족의 경제가 위기를 맞거나 부모가 반윤리적으로 행동함으로써 결국 청소년은 그들의 의지와 관계없이 타자의 강요에 의해 자아 정체성을 형성해 가는 전도된 성장 담론이 지배적이다.

『밥이 끓는 시간』에서 청소년 주체는 재혼가족을 구성한 부모의 무책임한 행동과 경제적 빈곤이 겹쳐 자신의 삶을 탐색할 청소년의 위상에서 벗어나 타자의 의한 강요된 성장을 경험한다. 재혼가족의 이기적인 부모가 청소년 자녀를 희생양으로 삼을 때 청소년은 집안의 가장 역할을 하며 정서적 결핍의 상태로 자아 정체성 성취를 조기 완료한다. 『위저드 베이커리』에서 청소년 주체는 복합 재혼가족의 문제적 부모에 의한 정서적 학대와 도덕적 가치를 전복시키는 가족 환경을 견디며 환상의 세계라는 통과의례의 분리 과정을 통해 자아 정체성을 성취한다. 『나는 아버지의 친척』에서 비혈연 관계의 남매가 복합 재혼가족의 전도된 가족 관계 때문에 '아버지 지키기'와 '아버지 찾기'의 인정 투쟁에서 서로의 상처를 이해하고 그 존재를 인정하는 연대 의식을 통해 자아 정체성을 성취한다.

가족 기능이 결손된 재혼가족에서 부모의 무관심과 학대, 부적절한 양육 방법은 청소년의 성장 장애를 촉발하는 주요인이다. 청소년소설에서 아버지 역할 부재 재혼가족의 문제 해결은 청소년 주체에게 '가장 역할', '환상의 적용을 통한 재혼의 저지', '비혈연 남매의 인정 투쟁'을 통해 재혼가족의 현실적 어려움을 극복하고 모두 잘 성장해야 한다는 기획된 교육 의도를 보여준다. 청소년소설에서 재혼가족 유형의 청소년 주체는 이기적인 부모의 의도에 의한 역할 혼란에 따른 전도된 성장을 경험하며 자아 정체성 성취를 조기 완료하는 모습을 보인다.

가족공동체가 확장된 신(新)가족은 민족이나 혈연, 부부와 자녀로 구성된 '정상가족' 이데올로기에서 벗어나 '정서적 관계 맺기'에 중점을 두는 가족으로서 '다문화가족', '공개 입양가족', '비혈연 관계의 조손(祖孫)가족' 유형으로 다층화된다. 신(新)가족의 청소년 주체는 가족 간 상호작용 방식 차이에 따라 가족공동체를 복원하고 통합된 자아 정체성을 성취하는 성장 담론을 보여 준다.

『완득이』에서 청소년 주체는 장애인 아버지에 대한 편견과 결혼 이주민 엄마가 한국 사회의 집단주의에 의해 타자화되는 소외를 경험한다. 이 때 청소년 주체는 열등감이 표출된 자아 정체성 혼란으로 야기된 폭력 문제를 극복하고 귀환한 엄마를 받아들이며 가족공동체를 복원하는 성숙한 자아 정체성을 성취하고 있다. 『나는 할머니와 산다』에서는 공개 입양된 청소년 주체의 성장 과정을 통해 가족의 의미를 재조명하고 있다. 공개 입양가족의 청소년 주체는 빙의된 할머니의 '자식 찾기'와 '친모 만남'을 통해 자아 정체성 혼란을 해소한다. 공개 입양아의 '뿌리 찾기'는 '빙의' 라는 환상을 적용해 입양 보낸 딸을 찾는 할머니의 모습과 친모를 동일시 하면서 버려진 상처를 치유하며 정체성 혼란을 마무리한다. 청소년 주체 가 친모를 만나는 과정에서 양부모의 '가슴으로 낳아' 기른 정의 의미를 깨닫고 가족의 가치를 재정립하며 자아 정체성을 성취한다. 공개 입양가 족은 혈연 중심의 전통적 가족 이데올로기에서 벗어나 가족이 더 이상 획 일적인 방법으로 규정될 수 없다는 탈근대 가족 이데올로기에 근거하며 가족의 가치를 재발견하고 있다. 이러한 탈근대적 가족의 가치가 정서적 관계 중심으로 전환되는 국면은 『환절기』에서 확인된다. 『환절기』에서는 비혈연 조손(祖孫)가족의 청소년이 성폭력의 상처를 극복하고 소녀 가장이 되어 이모의 딸인 동생에 대한 가족 부양을 책임지며 자아 정체성을 성취 하고 있다. 가족의 보호에서 벗어나 있는 청소년이 홀로서기를 하며 자신 의 미래를 설계하고 주체로서 성장하는 모습을 보인다.

신(新)가족 유형의 청소년소설에서는 청소년 주체가 건강한 자아 정체 성 성취라는 발달과업을 완수하기 위해 그들의 당면 문제를 해결할 수 있 도록 비혈연가족, 교사, 이웃 공동체가 연대하고 있다. 청소년 주체는 타 자와 연대라는 공존의 성장 논리를 통해 가족공동체를 복원하고 유지해 가는 과정에서 가족의 가치를 재정립하며 통합적인 자아 정체성을 성취 하고 있다.

2000년 이후 발표된 청소년소설에는 후기 산업 사회의 변동 양상을 반 영하여 혈연 중심의 전통적 가족 이데올로기가 탈근대적 가족 이데올로기로 변모하는 양상이 확인된다. 또한 가족 부양과 자녀의 양육이 강조되던 근대적 가족 이데올로기에 기반한 부부의 유기적 연대는 균열이 생겨 가장의 역할 유기나 역할의 전도로 인한 가족의 위기를 발생시키며 정상가족 이데올로기를 해체하고 있다. 탈근대적 가족 이데올로기는 정서적 관계 중심의 유연한 가족 구성의 근거가 된다. 가족 담론의 장(場)에서 가족 이데올로기의 변모 양상은 독립 주체일 수 없는 양가적 측면의 성장기를 보내는 청소년의 자아 정체성 형성 과정에서 탈근대적 가족 이데올로기가 투영된 가족 문제와 청소년의 성장 담론을 보여준다.

청소년소설에서 가족 분화에 따른 가족 이데올로기는 청소년 주체의 자아 정체성 형성 과정의 위기와 수행의 결과를 보여주는 갈등의 모티프로 기능하고 있다. 탈근대적인 가족 유형의 청소년들이 겪는 가족 문제는 청소년 주체에게 심리적 불안과 역할 혼란을 가중시킨다. 특히 청소년 주체는 가족의 경제적 문제나 부성을 상징하는 가장의 몰락, 모성의 부재, 가정 폭력, 가족이기주의, 가족해체의 위기 상황에서 자아 정체성을 조기 완료해 버리거나 가족 문제 해결사로 나서는 '가족 수호자' 역할을 부여받으며 자아 정체성을 형성하고 있다.

청소년소설에서 가족 분화 현상과 청소년 성장의 상관성은 그들의 자아 정체성 형성이라는 발달과업에서 가족의 영향력과 성장 조력자를 배제할 수 없다는 점이 두드러지게 나타난다. 청소년소설에서 가족 문제의 위기를 겪고 자아 정체성을 형성하는 청소년의 성장 담론은 청소년을 건강한 시민으로 성장시키려는 규율 권력의 기획된 교육적 의도도 나타난다. 따라서 청소년소설에서는 정상가족 이데올로기에서 벗어난 탈근대 가족 유형에서 문제 청소년 상의 제시보다는 긍정적인 청소년 주체의 성장 담론이 지배적임을 확인하였다.

작품 분석 결과 청소년소설의 가족 분화에 따른 청소년의 긍정적인 자아 정체성 형성은 정상가족 유형과 다른 가족 구성 방식의 가족을 결손가족, 또는 비정상가족이라 칭하며 문제 가족과 문제 청소년이라는 편견의 시각을 배제하는 사회적 인식의 전환이 필요하다는 점을 확인하였다. 한국 청소년소설에서 가족 유형에 따른 청소년의 자아 정체성 성취를 위한 발달과업에서 가족의 영향력을 배제할 수 없다는 점을 소설 형식으로 확인하였다. 청소년소설이 가족 문제의 서사에서 더욱 확장된 청소년문화와 상호 연관된 자아 정체성 혼란과 성취 과정의 성장 담론을 폭넓게 담아낸다면 한국문학사에서 문학성과 대중성을 확보하는 문학 장(場)의 장르 정체성을 공고하게 구축할 수 있을 것이다.

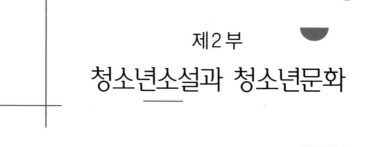

제2부

청소년소설과 청소년문화

〈일러두기〉

▮ I장은 저자의 석사학위논문 「청소년소설에 나타난 청소년문화 양상 연구–2000년대 이후 작품을 중심으로」(2012) 일부를 『인문사회21』 7권 5호, 아시아문화학술원, 2016 10월호에 수록한 글에서 수정·보완한 것임.

▮ II장은 『인문사회21』 7권 6호, 아시아문화학술원, 2016 12월호, 수록 글을 수정·보완한 것임.

Ⅰ. 청소년소설에 나타난 청소년문화 양상 연구

- 또래・여가 문화를 중심으로 -

1. 서론

1990년대 후반 청소년을 호명하며 등장한 청소년소설은 청소년의 삶을 형상화하기 위해 소재의 다양성을 추구하고 청소년들의 삶의 현장에서 일어나는 문제를 중심으로 다룬다는 서사의 특징이 있다. 청소년들은 기성세대와는 다른 행동 특성과 가치관을 가지고 있다. 당대 청소년들은 과거의 시대적 상황을 반영하는 문학 텍스트들을 이해하지 못할뿐더러 흥미도 갖지 않는다. 이는 교과서에 실린 문학 텍스트들이 청소년들이 겪는 갈등과 고민들, 즉, 또래 관계, 성적 문제, 부모와의 관계, 진학 문제 등 그들의 관심사를 제대로 반영하지 못하고 있기 때문이다.[1]

청소년소설은 2000년대 이후 각종 청소년문학상 공모제가 활성화되고 청소년소설 창작 작가들이 늘어나면서 외연을 확장하고 있다. 2000년대의 청소년소설은 작가들의 자전적 성장소설의 범주에서 벗어나 당대 청소년들의 현실 문제와 고민거리를 다루고 있다. 청소년소설은 소재의 다양성을 추구하며 그들이 직면한 문제를 드러내고 금기시 되는 주제에 대한 접근도 이루어지고 있다. 청소년소설에는 아동기와 성인기의 경계선에서 방황하고 갈등하는 청소년의 삶과 그들이 속해 있는 환경인 가족, 학교, 지역 사회의 문화를 담고 있다.

청소년들이 향유하는 '청소년문화'는 당대를 살아가는 우리 사회의 문

---

1) 선주원, 『청소년문학 교육론』, 역락, 2008, 17쪽.

화로 볼 수 있다. '청소년문화'는 청소년들이 갖고 있는 사고와 이념·감
정·장래·포부·이상 등을 나타내는 수단이다. 청소년들은 청소년문화
를 통하여 그들 내부에 있는 사상·감정·잠재능력 등을 자유롭게 표현
하고 자기들만의 독자적인 생활과 세계를 체험하는 과정에서 자아 정체
성을 확립해 나간다.2) 2000년대 이후 청소년들은 이전의 1980년대와 90
년대의 청소년들과는 다른 문화적 특징을 보인다. 오늘날은 문화 역동의
시대이다. 청소년들이 즐기며 생활하는 삶의 양식은 문화로 만들어지고
그들이 만든 문화는 시대를 주도하는 문화로 자리 잡기도 하며, 한편으로
그 시대를 주도하는 문화로 도약하기 위해 떠오르는 부상 문화로 청소년
문화는 움직이고 있다.3) 새로운 청소년문화는 청소년들이 주체적으로 다
양한 욕구를 표출하는 장(場)으로 기능한다. 따라서 청소년문화는 기존 논
의에서 청소년들이 새로운 방식의 문화를 표출한다는 다원적 관점의 청
소년문화에 대한 이해가 필요하다.4)

　　청소년과 청소년문화에 관한 연구는 교육학·사회학·심리학 등 분야
에서 청소년 비행이나 일탈과 관련된 '청소년 문제'로부터 '청소년문화'라
는 포괄적이고 다양한 주제로 접근되어 연구되었다.5) 청소년문학은 전 세
대를 아우르는 독자층의 다양화를 시도함으로써 문화 콘텐츠로 그 외연
을 확장하며 청소년소설 중심으로 학계의 연구도 활발해지고 있다. 청소
년문학과 청소년문화에 대한 연구는 각각의 분야에서 이루어지고 있지만
두 분야를 아우르는 연구는 미진하여 그 필요성이 제기된다. 이 연구에서

---

2) 권이종 외,『청소년문화론』, 공동체, 2010, 14-15쪽.

3) 정재민, 「청소년문화의 새로운 이해」,『청소년문화포럼』 15권, 한국청소년문화연구소,
　 2007, 129쪽.

4) 청소년문화를 유형화하는 기존 논의의 기준은 청소년문화를 미숙한 문화, 비행문화, 하위
　 문화, 대항문화, 새로운 문화로 보는 입장이다. (김신일,『청소년문화론』, 한국청소년연구
　 원, 1992, 9-10쪽, 박진규,『청소년문화』, 학지사, 2002, 31-32쪽.)

5) 박성익 외, 「사이버공간에서의 청소년 행동 특성 연구」,『2000년 지식기반 확충 조사 연
　 구』, 한국간행물윤리위원회, 2000, 30-31쪽.

는 2000년대 이후 청소년소설에서 형상화된 당대 청소년 세대가 표출하는 청소년문화가 우리 사회의 새로운 부상 문화로 생성되는 과정을 분석하여 청소년의 자아 정체성 형성에 미치는 영향을 밝히고자 한다. 분석 대상은 2000년 이후 출간된 청소년소설에서 당대 청소년들의 문화를 다룬 작품을 선정하였다. 논의의 방향은 또래 · 여가 문화로 한정하여 청소년의 자아 정체성 확립에 미치는 요인을 분석하고자 한다.

첫째, 또래 문화는 청소년의 자아 정체성 형성에 미치는 양가적 양상을 『다섯 장의 짧은 다이어리』(박정애, 2009), 『까칠한 재석이가 사라졌다』(고정욱, 2009), 『아무도 대답하지 않았다』(배봉기, 2009), 『우아한 거짓말』(김려령, 2009)을 대상으로 살펴볼 것이다. 둘째, 여가 문화는 청소년들의 현실 인식과 적극적 자기표현 양상을 『프루스트 클럽』(김해진, 2005), 『몽구스 크루』(신여랑, 2006), 『이토록 뜨거운 파랑』(신여랑, 2010), 『파랑 치타가 달려간다』(박선희, 2009)를 대상으로 분석하고자 한다. 청소년소설에서 고찰하는 청소년문화에 대한 학제 간 연구는 청소년 세대에 대한 이해를 바탕으로 청소년문화가 새로운 방식의 문화를 창조한다는 독자층의 인식의 틀을 마련하고, 세대 간 소통의 장을 형성하여 청소년소설의 장르 정체성을 공고히 확보할 수 있을 것이다.

2. 또래 문화와 개인 중심의 욕구 충족 다양화

1) 꿈을 향한 도전과 새로운 시작

청소년기 또래 집단 내에서의 상호작용은 청소년의 사회화와 자아 정체성 형성에 지대한 영향을 미친다. 청소년들은 동일한 사회적 · 경제적 지위, 부모의 가치관에 따른 영향, 지리적 근접성(이웃), 특정한 취미와 관심, 비슷한 성격 등과 같은 기준에 따라 또래 집단을 형성하려고 한다. 청소년기는 또래 집단에의 지향과 동조가 가장 강한 시기이다.6) 청소년은 또래 집단을 통해 부모나 교사보다 더 많이 의지하고 영향력을 미치는 사회적 관계망을 형성한다. 청소년기는 또래들과의 동조적 행위에 민감하게 반응을 보이는 시기이기 때문에 집단적 추구를 통해 또래 집단과의 동질성을 확보하고 대인 관계를 확장하는 심리적·사회적 발달 특성을 보인다.

『다섯 장의 짧은 다이어리』는 각기 다른 가족 환경에서 자란 소녀들이 진로를 찾아가면서 겪는 일상의 방황과 자아 정체성 형성 과정의 또래 문화를 보여준다. 송이, 아미, 명애는 가족 환경에 따른 가치관 차이에 따라 또래 관계의 영향이 극명하게 달라지는 자아 정체성 형성 과정을 겪는다. 송이는 안성에서 포도 농장을 하는 가족의 외동딸로 자신의 의지와 상관없이 딸을 변호사로 만들고 싶은 엄마의 일방적인 결정에 따라 서울로 유학 와서 아미의 집에 하숙을 하는 삶을 산다. 송이는 오히려 서울에서 좌절감을 겪으며, 자신이 하고 싶은 일이 무엇인지 알지 못한 채 아미에게 끌려다니며 방황한다.

아미는 송이와 같은 집에 사는 엄마 친구 딸로 연예인이 되고 싶은 막연한 꿈을 갖고 다른 노력은 하지 않은 채 외모 가꾸기에만 열중한다. 아미 엄마의 딸이 남자 잘 만나 살 거라는 가치관이 딸에게도 그대로 수용된 것이다. 아미는 돈을 벌기 위한 수단으로 또래 관계를 이용하는 이기적인 태도를 유지하지만 송이의 반발에 의해 얼굴에 상처가 나 원했던 성형 수술을 하고 연예인이라는 꿈을 이루기 위해 미용학원을 다닌다.

명애는 부모의 역할 부재로 정서적 불안을 겪고 도덕적인 가치관도 정립되어 있지 않은 상태에서 가출한 후 생활비 마련을 위해 아미가 인터넷으로 소개시켜 주는 원조교제를 하고 있다. 명애는 어느 날 포장마차를

---

6) 조성남 외, 『청소년 하위문화와 정체성』, 집문당, 2003, 32쪽.

하는 엄마를 찾아가지만 엄마가 사고로 죽었다는 소식을 접하고 자신에게 닥친 시련을 감당해 내지 못하며 자아 정체성 혼란을 겪는다.

송이는 아미에게 끌려다니는 듯한 답답한 태도를 보이지만 아미처럼 돈을 함부로 쓰거나 명애처럼 정체성을 잃어버린 행동은 하지 않는다. 송이는 아미가 명애와 자신을 친구로 대하는 것이 아니라 돈을 벌기 위한 수단으로 보는 태도에 더 이상 참지 않고 반기를 든다.

> "내가 네 하녀니? 그동안 나 부려먹은 값, 백만 원 내놔, 그러면 내가 너한테 라면 끓여 바친다." "뭐야" 아미가 쿵쿵거리며 부엌으로 달려온다. "뭐긴 뭐야, 송송이지." 나는 라면 냄비만 노려본다. 아미가 뒤에서 내 머리채를 잡아당긴다. (중략) 아미 손아귀 힘만 센가? 내 모가지 힘도 세다고! 별안간 아미가 장님처럼 두 팔을 버둥거린다. (『다섯 장의 짧은 다이어리』, 129-130쪽)

송이는 엄마의 과거사와 자신을 지지해주는 긍정적인 말을 듣고 방황을 끝낸다. 송이는 포도농사 짓는 자식에게 포도밭을 물려준다는 아버지 의견에 따라 '식물생산과학'으로 진로를 정해 고향인 안성으로 내려가 자신의 꿈을 향해 도전한다. 송이는 고아가 되어 정체성 혼란으로 방황하는 명애를 포도 농장으로 불러들여 쉽게 버는 돈보다는 노동의 가치를 일깨우고 또래에게 새로운 삶의 목표를 갖게 하려는 긍정적인 영향을 미치는 또래 관계를 유지한다.

명애는 송이의 조언에 긍정적인 태도를 보이지만 스스로 판단하고 행동하기보다는 친구 아미에 의해 좌우되는 태도를 보인다. 명애는 원조교제라는 잘못된 시작으로 정체성 혼란을 보이며 가치관과 목표가 부재한 자아 정체성 유예라는 위기의 시기를 보낸다. 그렇지만 송이는 약속을 어긴 명애에게 또래로서 충실하게 친구를 기다려주고 지지해주는 역할을 자처한다.

포도 꽃한테 말했어. 최아미는 최아미, 송송이는 송송이! (중략) 우리 그
냥 흔들리면서 살자. 작은 바람에도 흔들리면서 살자고. 어쩌겠니? 생긴 대
로 살아야지 하지만 아무리 흔들려도 포도 꽃은 포도 알을 낳지. 나도 그랬
음 좋겠어. 명애야. 너도 그랬음 좋겠어. 뿌리박을 데가 없다고? 그래서 우
리 집으로 오라는 거야. (『다섯 장의 짧은 다이어리』, 155쪽)

송이는 또래에게 청소년기 자아 정체성을 형성하는 데 긍정적인 역할
을 하는 피드백을 제공한다. 청소년기는 또래를 도와서 미래에 대한 희망
을 갖고 꿈을 찾도록 결정적인 역할을 할 수 있는 시기이다. 청소년들은
친구와 더불어 갈등을 해결하고 협상하며, 자기 의견을 주장하는 능력을
기를 수 있다. 또한 청소년들은 또래 집단에서 성인의 역할과 가치를 실
험하고 새로운 신념과 행동을 시도하기도 한다.[7]

송이, 아미, 명애는 각각 자신의 삶에 대한 의미를 부여하고 있지만 "또
래 집단별로 가족 내 의사소통의 정도나 부모의 가치관에 대한 수용도,
부모의 관심에 대한 반응 등"[8]에 따라 자아 정체성 혼란과 성취라는 차이
도 나타난다. 『다섯 장의 짧은 다이어리』에서 송이가 아미와 명애를 보며
진로를 정하고, 명애에게 친구로서 역할에 충실히 하는 것은 또래 관계가
청소년기 자아 정체성 형성에 영향을 미치는 중요한 요인이라는 점을 알
수 있다.

『까칠한 재석이가 사라졌다』는 '청소년 문제'를 일으켰던 주인공들이
스스로 행한 일들에 대한 처벌을 받은 후에 자아 정체성을 찾아가는 과정
을 다룬 서사이다. 이 과정에서 또래의 역할과 친밀감은 매우 중요하게
작용한다. 레빈(Lewin)은 청소년을 사회 경제적으로 주변인과 같은 지위를
갖고 아직 성인 세계를 완전히 받아들이지 못하면서, 생리적·심리적으로
급격한 변화를 조정해야 할 때 친구와의 친밀 관계에서 안정감을 얻을 수

---

7) 한국청소년개발원 편, 『청소년심리학』, 교육과학사, 2006, 29쪽.
8) 조성남 외, 앞의 책, 141쪽.

있는 존재로 보았다. 청소년들이 친구들과 함께 논의하고 이해를 시도하는 과정은 그들의 자아 정체성 형성에 기여 할 수 있다.[9]

『까칠한 재석이가 사라졌다』의 주인공 재석은 부잣집 아들이었지만 백수로 지내다가 집을 나가 사고사를 당한 아버지와 생계를 위해 자신을 시골 할머니에게 맡겨 놓고 3년 동안이나 찾지 않았던 엄마에게 마음의 상처를 갖고 있다. 민성은 재석이가 서울로 전학 온 후 운동화 사건으로 벌을 받을 때 처음으로 다가와 준 친구다. 민성은 재석이가 싸움 잘하는 것을 부러워하자 두 사람은 민성이 억울한 일을 당하면 재석이 해결해주는 '상호적 친구 관계'[10]를 유지한다. 이후 둘은 주먹을 쓰는 아이들과 어울리게 되고 고등학교 입학 후 폭력 서클인 스톤에 포섭된다. 재석은 친구 민성의 폭력 사건에 휩쓸려 노인 복지관에서 2주 동안 사회봉사를 하게 된다. 재석은 사회봉사를 마치고 난 후에 '스톤'이 자신을 수렁으로 끌어들인 존재라는 사실을 깨닫게 된다. 재석과 민성은 '스톤'을 깨고 나가야 할 껍질이라 생각하고 탈퇴 조건으로 제시된 삼백오십 대의 매를 맞고 폭력 서클에서 탈퇴한다. 청소년들의 긍정적이고 지속적인 우정은 위험성이 높은 환경에서 긍정적 발달을 촉진하는 중요한 요인으로 작용[11]하는 면모가 확인된다. 또한 재석은 민성이 취직이 잘 되는 치기공과에 가려 한다는 진로를 알고 난 후 자신이 좋아하는 분야는 자동차라는 사실을 인식한다.

"그래 자동차정비학과를 나와서 카센터를 하나 차리는 거야. 그러면 자동차도 실컷 탈 수 있고, 돈도 잘 번다던데 해볼 만하지 않겠어?" 갑자기 꿈

---

9) 권이종 외, 앞의 책, 138쪽.
10) 리이즈만은 친구 관계를 기능에 따라 연합적 친구 관계, 수혜적 친구 관계, 상호적 친구 관계로 구분한다. 상호적 친구 관계는 동등한 위치에서 서로에 대한 이해와 신뢰에 근거한 친구 관계를 일컫는다. (박진규, 앞의 책, 122쪽.)
11) 권일남 외, 『청소년활동지도론』, 공동체, 2010, 32쪽.

을 정하자 재석은 마음이 급해졌다. 밀렸던 공부도 해야 할 것 같고, 학교
에 돌아가면 다시 마음을 잡아야만 할 것 같았다. 이렇게 되는 데에는 보담
이와의 만남이 기여한 바 컸다. (『까칠한 재석이가 사라졌다』, 108쪽)

노인 복지관에서 서예를 가르치는 일명 '부라퀴'라 불리는 할아버지는
재석에게 꿈과 목표를 갖게 하려고 혹독하게 일을 시키지만 의도적인 계
획을 갖고 손녀딸 보담을 만나게 해준다. 청소년기에 이성 친구는 자아
정체성 형성에 강한 영향력을 미친다. 재석은 보담과 만나기 위해 흡연과
나쁜 습관을 고치려고 노력하고, 보담이도 사이가 좋지 않는 부모님 이야
기를 재석에게 털어놓는다. 보담은 재석이 목표를 달성할 수 있도록 긍정
적인 조력자로서 이성 또래의 역할을 자처한다. 재석은 보담이 권해준
'데미안'을 읽고 홀로 힘겹게 자신을 키운 엄마의 삶도 이해하고, 자신의
꿈과 자아 정체성을 찾아 간다.

『까칠한 재석이가 사라졌다』에서 재석은 폭력 서클에 가입하면서 힘의
논리로 존재감을 확인하고 미래에 대한 꿈이 부재한 채 살았다. 그렇지만
재석은 힘들 때 말을 걸어주고 옆에 있어 준 민성, 새로운 꿈을 찾도록 마
음을 열고 도와준 이성 친구 보담에게 긍정적인 지지를 받고 새로운 목표
를 향해 나아가게 된 것이다.

『다섯 장의 짧은 다이어리』와 『까칠한 재석이가 사라졌다』에서는 청소
년이 부모로부터 심리적으로 독립하려는 발달 단계인 청소년기에 부모와
는 갈등을 일으킬 수 있지만 또래 집단인 친구에게는 지지를 받고자 몰두
하는 양상이 나타난다. 청소년 또래 집단은 개인을 가족으로부터 독립시
키는 과정을 돕고 정체성 확립에 큰 구실을 하는데 특히 가족이나 학교
혹은 사회로부터 소외감을 강하게 느끼는 청소년일수록 또래 집단에의
집착이 더 강한 특성을 보인다.[12] 명애와 아미, 재석과 민성의 또래 관계

---

12) 남현미, 「가족의 심리적 환경과 청소년의 자기 통제력 및 친구 특성이 문제 행동에 미

가 이에 해당한다. 아동기부터 또래 관계는 유지되어 오지만 청소년기에 들어서는 그 이전과는 구별되게 또래들 간에 심리적으로 관여하는 정도가 매우 깊어지고 비밀도 털어놓을 수 있는 친밀한 관계가 형성된다. 『다섯 장의 짧은 다이어리』와 『까칠한 재석이가 사라졌다』에서는 청소년들이 또래 관계를 통해 진로를 결정하고 자아 정체성 혼란을 극복하며 꿈을 향해 도전해가는 긍정적인 또래 문화를 보여준다. 청소년소설에서는 청소년기라는 발달 단계에서 비슷한 경험을 하고 있는 또래 관계에 의해 청소년들이 자아 정체성을 형성하는데 심리적·사회적 지지를 얻고 있는 양상을 확인할 수 있다.

2) 집단 따돌림과 자살에 의한 존재감 상실

청소년기에 형성되는 또래 집단의 역기능적이고 부정적인 측면은 '학교폭력'에 의한 집단 따돌림과 자살의 형태로 나타난다. 청소년기는 자아 정체성을 형성하는 결정적 시기로 청소년들이 또래와의 상호작용을 통해 자기를 평가하기 때문에 또래로부터 거부나 괴롭힘을 당하면 부정적 자아상은 물론 사회적 관계의 거부와 배척, 고립감을 갖게 된다.[13] 청소년기 또래 집단의 따돌림에 의한 고통은 자아 정체성 위기를 경험하게 하며 그 상처는 성인기까지 영향을 미치게 된다. 집단 따돌림의 형태 중 청소년을 고립·소외시키는 행위는 피해자들에게 심각한 불안감, 자괴감, 극도의 우울감 등의 심리적 상처를 입혀 가출, 학교 중퇴, 자살과 같은 행동을 유발하게 한다.[14]

『아무도 대답하지 않았다』는 고등학교 1학년 때 같은 반에서 집단 따돌림을 당했던 찬오의 자살로 시작된다. 학교 내 인터넷 신문의 기자인

치는 영향」, 서울대학교 석사학위논문, 1999, 15쪽.
13) 홍봉선 외, 『청소년복지론』, 양서원, 2004, 25쪽.
14) 조아미 외, 「집단 따돌림의 발달적 변화와 유형에 따른 심리적 특성의 차이」, 『한국청소년시설환경』, 5권 3호, 한국청소년시설환경학회, 2007, 37쪽.

영우와 민제의 시점으로 찬오의 죽음에 대한 진실을 규명하는 신문 기사를 연재하는 방식의 서사가 진행된다. 이 과정에서 대학 입시만을 위한 획일화된 학교와 폭력적인 교사, 같은 반 또래들이 찬오를 따돌릴 수밖에 없었던 상황이 드러난다.

『아무도 대답하지 않았다』의 찬오는 1학년 8반에서 '사무라이 강 독사'라고 부르는 담임교사의 집단 훈련을 만족하게 따라갈 수 없었던 학습 장애를 가진 학생이었다. 찬오의 느린 행동은 반 평균을 하락시킨다는 이유로 담임교사의 분노를 유발하게 한다. 찬오는 담임교사의 날카로운 시선을 견디며 '함께 책임을 나누는 체험'인 단체 기합 때문에 같은 반 친구들과 고통을 겪는다. 또래들은 찬오의 고통을 이해했다기보다는 자신들의 고통을 견디기 어려워 단체 행동에서 찬오를 제외시킨다. 찬오는 철저하게 배제된 채 반 전체의 집단 이익을 위해 의도적인 따돌림을 당한다. 집단 따돌림을 당하는 청소년들은 대인 관계에 대한 심리적·행동적 부적응을 보이며 극단적인 경우에는 자살을 시도하기도 한다.[15] 결국 찬오는 반 친구들에게 소외된 채 고통 속에 살다 2학년이 된 어느 날 1학년 때 같은 반 친구들에게 전화를 걸거나 찾아가 '미안하다'는 말을 남긴 후 자살로 생을 마감한다.

> 1학년이 끝났을 때, 찬오의 친구로 남은 아이는 아무도 없었다. 친구는커녕 찬오가 말 한마디 붙일 수 있는 아이는 없었다. (『아무도 대답하지 않았다』, 98쪽)

> 독사 강태준, 사무라이 강에게 찬오와 같은 아이는 훤히 터진 앞길을 가로막고 있는 바위 같은 거였다. 그래서 더 도전 의욕을 불태우는 대상이 되었다. (중략) 그 무서운 불꽃을 고스란히 받아 내야 했던 것은, 작고 통통하며 생각과 동작이 유난히 느렸던 아이, 김찬오였다. (『아무도 대답

15) 이혜주 외, 『청소년문제』, 한국방송통신대학교출판부, 2006, 200쪽.

하지 않았다』, 111쪽)

학년 말이 되었을 때 찬오의 얼굴에서 잔잔하게 번지던 웃음은 자취도 찾아볼 수 없었다. 아주 가끔씩 아이들과 눈이 마주치기라도 하면 힘들고 어색하고, 찡그리는 것 같은 묘한 표정의 웃음을 만들어 낼 뿐이었다. 그랬다. 찬오는 그 일 년 동안에 이미 죽어 가고 있었다. (『아무도 대답하지 않았다』, 143쪽)

『아무도 대답하지 않았다』에서는 1등만을 강조하며 집단주의에 사로잡힌 교사와 다수 학생을 위한다는 명목 아래 자살의 실상을 숨기려는 학교 현장을 적나라하게 보여준다. 1학년 8반이었던 또래들은 찬오의 죽음에 침묵하고 진실은 은폐되고 있었다. 이 작품은 찬오의 자살에 관한 진실을 알리고자 하는 신문 연재 기사를 놓고 벌어지는 학교의 반응과 부모의 기대를 저버린 형의 몫까지 감당해야 하는 상황 때문에 친구의 죽음을 외면하고자 하는 민제, 친구의 자살에 대한 진실을 외면할 수 없어 고민하다 결국 기사화하고 학교를 자퇴하는 영우를 통해 또래 문화의 실상을 보여준다.

영우는 명문대 학생이었던 죽은 누나와 유학 가서 돌아오지 않는 형의 그림자 노릇이라는 현실의 무게 때문에 또 다시 친구를 외면하려 했지만 찬오의 환영을 만난 이후 자신이 할 일을 깨닫고 찬오의 죽음에 대한 진실을 밝히는 역할을 자처한다. 영우는 1학년 8반이 어눌했던 찬오를 철저히 집단 따돌림으로 고립시켜 죽음으로 내몰았으며 성공과 질주만을 강조한 담임 강태준의 폭력이 그 중심에 있다는 사실을 폭로한다. 영우는 진실을 은폐하려는 학교의 신문 폐쇄 조치 이후에도 '아무도 대답하지 않았다'라는 제목의 3회 기사를 연재할 수 있도록 용인해준 신문담당 서용현 교사의 아이디로 게재한다.

아무도 대답하지 않았다―한 학우의 죽음 앞에서

날이 가고 달이 가면서 반 아이들은 김찬오를 소외시키고 제외시키기 시작했다. 김찬오 학우는 1학년 8반의 성공과 질주에 장애이고 부담일 수밖에 없었다. 2학기 내내 김찬오는 하루 종일 말 한마디, 눈길 한 번 건네지 않았던 것이다. (중략) 찬오의 '미안하다'는 그 말은 사실은 '도와줘!'라는 말이 아니었을까. 힘들어서, 무서워서, 살고 싶어서, 제발 도와 달라는 외침이 아니었을까? 그런데 우리는 침묵했다. (『아무도 대답하지 않았다』, 164-165쪽)

이후 신문은 폐간되고 학교는 진실을 깨달은 영우가 견디기에 벅찬 곳이었다. 영우는 진정한 용기가 무엇인지 알기 위한 새로운 길을 찾아 학교를 떠나게 된다. 한편 민제는 찬오의 자살에 대한 진실을 알리는 데 적극적인 영우를 보면서 그동안 억눌려 왔던 감정들을 표출한다. 찬오의 죽음은 공부 잘했던 형 대신 부모의 기대에 부응하기 위해 입시 공부에 매진했던 민제에게 삶의 새로운 의미를 찾아 떠나는 여행의 계기를 만들어 준다.

『아무도 대답하지 않았다』는 학교라는 공간에서 담임교사의 목표 달성을 위한 집단 이기주의의 희생자가 되지 않으려는 개인들의 욕구 때문에 또래를 배제하는 방식으로 외면했던 또래 문화를 확인할 수 있다. 무한경쟁을 유도하는 입시 제도는 정상적인 발달 단계에서 긍정적인 또래 관계를 유지할 수 없게 만드는 요인으로 작용한다. 개인이 살아남기 위해서 또래의 아픔을 위로하고 돌아볼 여유가 없는 것이다. 학교는 청소년이 대부분의 시간을 보내는 공간이기 때문에 학교에서의 또래 관계와 교사와의 상호작용은 청소년기의 발달과업인 자아 정체성 형성에 지대한 영향을 미친다. 그러나 학교는 과도한 경쟁, 지식 습득 위주의 교과 과정, 학교 내 폭력이나 집단 따돌림 등으로 청소년의 주요 스트레스 원인을 제공한다.[16] 청소년소설에서는 학교 공간이 입시 경쟁에 따른 개인의 특성이

---

16) 김새엽 외, 「학교 폭력 피해 청소년의 자살 생각에 관한 연구」, 『청소년학연구』 17권

무시되는 환경 요인을 조성하며 타자에 의한 행동 제약을 받아 청소년이 자살을 선택하는 존재감을 상실하는 부정적인 또래 문화가 확인된다.

『우아한 거짓말』은 또래의 의도적인 괴롭힘을 알고도 참아주다 자살로 생을 마감한 똑똑하지만 소심한 천지와 천지를 이용하고 무시하는 교활한 친구 화연의 시점으로 서사가 진행된다. 화연은 자신이 따돌림 당하는 것을 피하기 위해 천지를 이용하지만 천지는 화연의 이중적 행동을 알고도 전학 간 학교에서 처음 말을 걸어준 화연과 친구 관계를 유지하고자 한다. 천지는『아무도 대답하지 않았다』의 신체적인 결함을 가진 약한 학생이었던 찬오와 달리 신체적인 결함을 지니지 않고 공부도 잘하는 편이어서 자기 일을 알아서 하는 평범한 학생이었다.

화연은 초등학교 때 학원에서 아이들을 괴롭혀 학원에서 나가달라는 통보를 받고, 엄마에게 매를 맞은 이후 비굴하게 또래 관계를 맺기 시작한다. 화연은 전학 온 천지를 이용해 방패막이로 삼고 자신이 따돌림 당하는 것을 피하고자 한다. 화연은 자신의 생일파티에 천지만 의도적으로 한 시간 늦게 불러 놀림감이 되게 하며 교활한 방법으로 천지를 괴롭힌다.

미라는 천지와 친한 또래는 아니지만 화연이 천지를 괴롭히고 이용한다는 사실을 알고 천지를 간접적으로 보호하고자 천지에 대한 나쁜 소문들을 잠재우려고도 했지만 미라아빠가 천지엄마를 새엄마로 맞아들이고 싶어 하는 걸 안 이후 천지에게 차가운 태도를 보인다. 미라는 천지가 자살한 후에 화연에게 천지에 대한 이야기를 끌어내며 화연을 공격한다.

> "어쩌면 그렇게 질리지도 않고 괴롭히냐? 나 같아도 자살했겠다." (중략)
> 그래, 나 천지하고 안 놀았다. 그래도 너처럼 교묘하게 괴롭히지 않았지. 그리고 너 양심도 없다. 솔직히 천지는 다가가기 힘든 애였고, 애들이 같이

5호, 2010, 123쪽.

안 논 애는 너잖아. 그냥 필요할 때만 데리고 다녔고! 너 별명이 뭔지 아냐?
지갑이야, 지갑, 공짜 지갑. (『우아한 거짓말』, 82쪽)

청소년기에 또래 집단의 일원으로서 사회적 관계 영역을 유지하는 상
호 작용은 청소년이 주체로서 자아 정체성을 확립하는 조건이라고 할 수
있다. 천지는 초등학교 때 화연의 이중성으로 힘든 시기를 보냈지만 중학
교에 입학해서는 화연의 교활한 계획들을 실패하게 만든다. 천지는 화연
에게 괴롭힘 당했던 상처를 국어 수행평가 시간에 자살에 대한 암시 글을
발표하거나 화연의 생일파티에서 조롱당했던 기억 때문에 자신이 죽을
거라는 말을 하지만 또래나 가족에게 인식되지 못한다. 천지는 또래에게
긍정적인 상호 작용의 경험을 갖지 못한 채 자살하고 만 것이다. 천지를
자살에 이르게 만든 화연의 오래된 괴롭힘은 결국 화연에게 되돌아간다.
화연은 또래의 따돌림을 벗어나기 위해 천지를 이용했지만 결국 천지가
자살함으로써 자책감에서 벗어나지 못하고 방황한다.

청소년들은 또래들과 감정을 공유하며 개인적 문제와 갈등을 해결하기
위해 서로 돕기도 하는데 이러한 발달 단계의 과업을 수행하지 못할 경우
소외감을 경험하면서 자존감이 저하된다.[17] 『우아한 거짓말』에서 천지와
화연은 또래 괴롭힘의 경험을 표출하여 해결하기보다는 내면화하는 경향
을 보인다. 두 사람의 또래 관계는 주변 사람에게 친하게 보였던 겉모습
과는 달리 또래를 이용하거나 친구의 속셈을 알고도 고통을 참아 집단 따
돌림의 소외감과 고립감에서 벗어나고자 했던 또래 문화의 이중성을 드
러내고 있다.

『아무도 대답하지 않았다』와 『우아한 거짓말』에서 청소년들은 학교를
중심으로 또래 집단을 형성하게 되는데 학교는 청소년기에 매우 중요한

---

17) 홍나미, 「부모 학대와 또래 괴롭힘이 청소년 자살 생각에 미치는 영향 : 대인 관계 내재
화와 절망감의 매개 경로를 중심으로」, 이화여자대학교 석사학위논문, 2011, 29쪽.

사회적 기반이며 활동 무대이기 때문이다. 따라서 학교에서 맺는 또래 집단은 청소년의 자아 정체성 형성 기준이 되며 이에 따른 행동을 유발한다. 청소년들은 학교에서 사회적 관계를 형성하고 성인기의 사회인으로서 역할과 책임을 배우게 된다. 그러나 또래들에게 소외되고 배제된 채 학교폭력과 따돌림의 대상이 되는 청소년은 청소년기 준거 집단에서의 박탈을 경험하고 정서적 기반이 무너지며 존재감을 상실한다. 청소년은 성인기와 달리 폭력의 상처와 심리적 충격을 극복할 수 있는 심리적 방어기제가 제대로 형성되어 있지 않아 시련을 감당하기 어려워한다.[18] 청소년소설에서는 집단 따돌림에 의한 존재감을 상실하는 청소년의 성장에 부정적인 또래 문화가 현실 반영적 측면에서 형상화되고 있다. 『아무도 대답하지 않았다』와 『우아한 거짓말』에서는 심각한 사회문제로 제기되고 있는 청소년들의 학교폭력 형태로 나타나는 집단 따돌림이 가해자와 피해자 청소년 모두가 자아 정체성 혼란을 겪으며 피해자는 자살이라는 자아상실의 극단적인 선택으로 이어지는 또래 문화의 단면을 확인할 수 있다.

3. 여가 문화와 현실 인식의 적극적 자기표현

1) 일상 탈출과 소통의 매개체

청소년문화에 대한 사회적 관심은 대부분 청소년들의 여가 문화를 중심으로 인식된다. 청소년이 가족과 학교에서 탈출하고자 하는 욕구가 생길 때 건전한 여가 활동이 이루어지면 비행이나 문제를 일으키지 않고 긍정적인 자아 정체성을 성취하는 건강한 삶을 추구할 수 있다. 청소년들이 좋아하는 취미나 특기 활동을 살려 자기표현을 할 수 있는 기회를 갖게

---

18) 한국청소년개발원 편, 『청소년환경론』, 교육과학사, 2004, 175-176쪽.

되면 그들이 가족과 학교에서 쌓인 욕구 불만은 감소된다. 그러므로 청소년이 여가를 즐기기 위한 레크리에이션은 단순한 놀이와 오락이 아닌 청소년들의 생활에 필수적인 목표로 취급되어야 할 것이다.[19]

『프루스트 클럽』은 윤오, 나원, 효은 세 주인공이 마르셀 프루스트의 "잃어버린 시간을 찾아서"를 읽는 독서 모임인 '프루스트 클럽' 활동으로 서로의 상처를 드러내고 해결해 나가는 서사이다. 윤오는 전학 오기 전 학교에서 자신을 괴롭히던 반 친구에게 폭력을 가했지만, 가족들은 오히려 윤오의 폭력을 정당화하며 그 사실을 은폐한다. 이 때문에 윤오는 가족은 물론 새로 전학 간 학교에서도 또래 관계를 스스로 단절한 채 살고 있다. 나원은 학교를 자퇴한 학교 밖 청소년이다. 나원은 가난한 환경을 탓하기보다는 다양한 아르바이트를 하며 현실 문제를 스스로 해결해 나가려고 하지만 자신이 선택한 삶의 미래가 명확하지 않아 방황하기도 한다. 나원은 도서관에서 "잃어버린 시간을 찾아서"를 보고 있는 윤오를 만나 그 책을 읽는 독서 모임인 '프루스트 클럽'을 만든다.

효은은 '프루스트 클럽'의 마지막 구성원으로 학교에서는 모범생이지만 가정폭력 문제를 겪고 있다. 효은가족의 소통 부재는 엄마가 잠그고 다니는 안방과 열쇠로 상징된다. 효은은 아버지의 폭력을 감당해내는 엄마로부터 야기되는 불안을 극복하고자 '프루스트 클럽'에 가입한다. 『프루스트 클럽』에서는 청소년을 지지하는 어른인 "잃어버린 시간을 찾아서"의 작품 속 인물과 동일한 이름의 카페 여주인 '오데뜨'가 등장한다. '오데뜨'의 배려와 지지는 청소년들이 독서 모임에서 자유롭게 만나 책을 읽고 각자 가지고 있는 문제를 드러내고 소통할 수 있도록 또래 관계가 형성될 수 있는 조력자 역할을 한다.

독서 모임 '프루스트 클럽'은 세 주인공이 각각의 문제를 해결하고 세

---

19) 권이종 외, 앞의 책, 124쪽.

상과 소통하는 장(場)으로 기능한다. 과거 폭력 사건의 가해자로서 상처를
가지고 있는 윤오, 학교를 자퇴했지만 미래가 불명확한 나원, 이중적인 삶
을 살고 있는 효은, 세 청소년 주인공은 가족들과 소통하지 못한 상처와
문제들을 독서 모임을 통해 드러낸다. 당면 문제를 해결하기 위해서는 그
문제를 밖으로 드러내는 것이 우선이기 때문이다. 윤오는 먼저 손을 내밀
라는 조언을 받아들여 자신의 폭력 때문에 학교를 그만두었던 친구를 찾
아가 조심스럽게 사과한다.

> "미안해" 고개를 들 수가 없었다. 얼굴을 볼 수가 없었다. 그 애는 아무
> 말도 하지 않았다. 나는 그 자리에서, 그렇게, 온몸이 저며지는 기분으로 서
> 있었다. (『프루스트 클럽』, 210-211쪽)

윤오는 '프루스트 클럽' 독서 모임에서 용기를 얻고, 전학 오기 전 자신
의 은폐되었던 폭력 행동의 진실을 밝히면서 상처를 극복하고 친구와도
소통을 시도한다. 나원도 독서 모임에서 윤오와 대화를 통해 일상을 재점
검하며 외삼촌의 도움을 받아 캐나다로 유학을 떠난 후에 그곳에서 일하
면서 당당하게 살고자 하는 포부를 갖게 된다.

> "나는 알고 싶어. 아무것도 모른 채로 남이 해주는 것을 받아먹으며 살
> 고 싶지는 않아, 누군가 해주지 않으면 얻을 수 없는 게 있다는 건, 그 만큼
> 자유롭지 못하다는 거잖아. 사실 사는 건 쉽지, 돈만 있으면 다 되니까. 그
> 런 게 싫어, 그렇게 돈으로 사고파는 일방적인 관계에 매이고 싶지 않아."
> (『프루스트 클럽』, 111-112쪽)

효은은 자신의 거짓된 삶과 가정폭력이라는 부모의 문제를 감당하기
어려워한다. 효은은 '프루스트 클럽' 모임에서 가족의 상처를 드러내면서
친구들과 소통하고자 한다. 청소년들은 감정 조절 능력이 부족할 수 있는

발달 단계이기에 여가 활동을 통해 다양한 감정을 경험하고 주변인들과 소통하며 스스로를 통제하는 능력을 학습하는 기회가 필요하다.[20] 청소년 독서 모임 여가 활동은 청소년에게 소통의 기능을 담당하며 학습의 기회를 제공해준다.

『프루스트 클럽』은 청소년들의 책을 읽는 모임이 소통의 장으로 기능하는 여가 문화를 보여준다. 소통의 공간이었던 카페가 문을 닫고 독서 모임이 중단되었을 때 윤오와 나원은 각자에게 주어진 문제 상황의 해결점을 찾아간다. 한편 가족의 문제 때문에 생긴 상처가 치유되지 않았던 효은은 학년이 바뀌어 고등학교 3학년이 되었을 때 자살이라는 안타까운 선택을 하고 만다. 효은의 경우 삶의 희망 같은 독서 모임이었던 여가 활동의 중단은 소통의 단절을 의미한다. 『프루스트 클럽』에서는 자발적 여가 문화의 장(場)이 청소년들에게 일상 탈출의 기회를 제공하고 소통의 매개체 기능을 하는 면모가 확인된다.

『몽구스 크루』는 청소년 여가 활동으로 춤 문화를 보여주는 비보이들을 다룬 작품으로 이 시대 청소년과 문학의 간극을 당대 안으로 바짝 좁히고, 청소년소설의 흐름을 '지금, 여기'로 향할 수 있게 한 작품이다.[21] 주인공 오진구와 오몽구는 형제이지만 형 진구가 "애들을 물어뜯고 꼴찌를 도맡아 할 때 모범생 몽구는 착한 어린이 상과 경시대회에서 상도 받"(91)는다. 그런데도 엄마는 형 진구만 감싸고돌아 몽구는 서운하다. 진구는 초등학교 시절 지진아였지만 지금은 '몽구스 비보이 나인'으로 불리며 비보이계의 황제이다. 진구에게 춤은 삶의 전부이다. 진구와 팀을 이룬 승이와 영진도 춤이 좋아서 만나 '몽구스 크루'라는 팀을 이룬다. 이들은 춤을 추면서 "또래 집단들 간의 인간관계 및 사회관계를 형성"[22]한다.

---

20) 한국청소년개발원 편, 『청소년문화론』, 교육과학사, 2004, 190쪽.
21) 오세란, 「청소년소설의 비행을 꿈꾸다」, 『창비어린이』 5권 4호, 창작과비평사, 2007, 100-101쪽.
22) 권이종 외, 앞의 책, 134쪽.

비보이들은 춤에 몰입하여 즐거움을 경험하고 자신의 존재를 확인하다. 진구와 몽구 형제, '몽구스 크루' 팀원들 모두가 춤에 열정을 쏟는다. 춤은 자기도취적 기능을 갖고 있다. 청소년들은 음악을 듣고 춤을 추면서 분위기에 도취되어 자신들의 감정과 행동 양식을 춤으로 표출한다.[23] 사고만 일으키던 지진아 진구가 춤을 추면서 자신의 존재를 확인하고 문제 행동도 줄어든다. 청소년들이 춤을 추면서 "스트레스를 해소하고, 청소년기의 반항 및 공격성이 약화"[24]되는 면모가 비보이 진구를 통해 제시된다.

몽구는 대학 입시 준비와 비보이의 삶 사이에서 갈등한다. 몽구는 비보이 팀이 해체되면서 춤을 추는 것이 형 때문인지 진정으로 하고 싶은 일인지 고민한다. 진구는 다른 비보이 팀으로 옮기지만 새 팀원들과 부적응 문제를 겪으며 팀에서 쫓겨난다. 진구가 혼자 거리에서 춤을 주는 장면은 진정으로 춤을 좋아하는 진구의 존재감을 드러내준다. 이런 형을 본 몽구는 형의 춤에 대한 열정을 인정하게 된다. 몽구는 진구 형과의 갈등을 해소하고 진구를 리더로 다시 팀을 이룬다.

> 오진구에게 춤은 분노였고, 슬픔이었고, 사랑이어서 이토록 오만할 수도 이토록 절망할 수도 있다는 걸. 그리고 나의 분노와 슬픔은 춤이 아니라 고작 열등감, 시기, 질투 때문이었다는 걸. 나는 오진구의 손을 잡았다. (『몽구스 크루』, 189쪽)

몽구는 춤에 대한 동경이 막연한 꿈이 아니었다는 점을 인정하면서 진정으로 춤을 추고 싶어 하는 열정을 인식하게 된다. 『몽구스 크루』는 대학 입시 공부보다 춤 연습에 몰두하는 몽구를 통해 행복은 결과가 아니라 과정임을, 무엇인가에 대한 '몰입'은 세상의 어떠한 슬픔이나 외로움도 이긴다는 단순한 진리를 확인하게 해준다.[25]

---

23) 위의 책, 134쪽.
24) 위의 책, 135쪽.

『프루스트 클럽』과『몽구스 크루』에서는 청소년들이 자신이 일상에서 탈출해 즐거움을 추구하는 청소년 여가 문화가 소통의 매개체로 기능하는 장(場)이 제시된다. 2000년대 이후 청소년 세대는 이전의 청소년 세대나 기성세대에 비해 훨씬 행동하고자 하는 욕구가 크며, 자신의 문제에 개방적이고 진솔한 면모가 청소년소설에서 형상화된다.『프루스트 클럽』의 윤오와 나원은 여가 활동을 통해 삶의 문제를 진솔하게 표출하며 문제를 해결해나간 반면에 효은은 여가 활동이 중단되었을 때 삶에 대한 탈출구를 마련하지 못한 상태에서 부정적 정체성을 형성하게 된다.『몽구스 크루』는 청소년들이 진정으로 원하는 즐거움과 행복을 추구하는 춤에 대한 열정을 통해 자신의 삶에 대한 존재 의미를 확인하며 자아 정체성을 성취하는 여가 문화를 보여준다. 청소년소설에서는 청소년들의 주체적인 여가 문화 경험이 신체적·심리적·지적 발달과업을 수행하며 자아 정체성을 성취하는 소통의 장(場)이 되는 새로운 청소년문화 양상이 확인된다.

2) 다양한 동아리 활동과 상처 치유

청소년들이 또래와 함께 여가를 올바른 방향으로 활성화 시킬 수 있는 방법은 동아리 활동이다.[26] 청소년소설에서는 청소년이 주체적인 역할을 수행하는 동아리 활동을 통해 새로운 청소년문화를 형상화한다. 학교 내 동아리 활동은 학생들이 자유롭게 접근할 수 있는 모임을 중심으로 청소년들의 개성을 발산하는 장이다.[27] 청소년들의 자발적 집단 활동인 동아리 활동은 소속감을 갖고, 구성원들 간의 상호작용으로 동료 의식과 공동체성을 체험함으로써 긍정적인 사회화의 통로를 얻게 된다.[28]

---

25) 오세란, 앞의 글, 100-101쪽.
26) 한국청소년개발원 편,『청소년심리학』, 앞의 책, 202쪽.
27) 민태윤,「교사가 말하는 청소년문화 : 동아리미학－학생들에게 있어서 동아리는 무엇인가」,『세미나자료집』1호, 한국청소년문화연구소, 2003, 25쪽.
28) 방형심,「청소년이 지각하는 청소년 동아리 활동 활성화 요인」, 가톨릭대학교 석사학위

『파랑 치타가 달려간다』는 가족 문제와 대학 입시 경쟁의 문제를 다루고 있다. 강호는 화목하지 못한 재혼가족 환경 때문에 집밖으로 돌지만 주유소에서 일한 돈으로 산 오토바이를 '파랑 치타'라 명명하며 힘든 일이 있을 때마다 타면서 스트레스를 해소한다. 도윤은 부모가 바라는 대로 오직 일류 대학을 가기 위해 공부만을 해야 하는 처지이다. 강호와 도윤은 초등학교 때 친한 친구 사이였지만 도윤 엄마의 개입으로 둘은 멀어지게 된다. 도윤은 외고에서 일반고로 전학을 오면서 자신의 의지대로 사는 강호를 다시 만난 후 엄마에게 벗어나 주체적으로 살고자한다.

강호와 도윤은 진이경 선배가 이끄는 밴드부의 구성원으로 활동하면서 관계를 회복한다. 도윤엄마는 아들이 학교에서 문제아로 낙인찍힌 이경 선배, 강호와 함께 밴드부 동아리 활동을 하는 사실을 알고 밴드부를 폐쇄시키는 일까지 단행한다. 하지만 이경은 전교생에게 설문지를 돌린 결과를 갖고 교장을 설득하려다가 오히려 징계를 받고 학교를 자퇴한다. 이경은 학교에서 해체된 밴드부를 '청소년콘서트' 오프닝 무대에서 공연할 수 있도록 주선한다. 밴드부 동아리 활동이 학교에서는 제한을 받지만 학교 밖 공연 무대를 모색하는 이경을 통해 청소년소설에서는 기성세대의 시각에 반하는 청소년 세대의 주체적이고 용기 있게 청소년문화를 향유하는 면모가 나타난다.

도윤은 엄마가 원하는 일류 대학 입학에는 성공했지만 자신의 원하는 삶을 살지 못하고 방황하는 형을 통해 하고 싶은 일을 할 때 희열을 느끼는 밴드부 활동으로 자신을 표현하고자 의욕적으로 동아리 활동에 참여한다. 또한 도윤에게 밴드부 활동은 강호와 함께 하는 소통의 장이 되어준다. 밴드부 공연이라는 여가 활동은 도윤에게 과도한 입시 스트레스에서 벗어나 주체적으로 살아갈 수 있는 힘의 원천이 된다. 한편 강호는 가

논문, 2006, 3쪽.

출한 건우형의 방황을 보면서 오토바이 사고를 낸 후 '파랑 치타'를 포기한다. 강호는 밴드부 동아리 활동을 하면서 동생에 대한 애정을 바탕으로 긍정적인 자아 정체성을 성취해간다.

> 밴드부가 언제까지 계속될지는 누구도 알 수 없었다. 어쩌면 고등학교를 졸업하기 전 이것이 마지막 공연이 될지도 몰랐다. 어른들이 원치 않는 일을 하며 십대를 살아가기는 너무도 어려운 일이니까. 그러나 지금, 이 시간을 즐길 권리는 누구도 빼앗을 수 없었다. 수없이 부딪치고 저항하며 열정을 쏟아 만들어 낸 시간을 우리는 즐겨야 했다. (『파랑 치타가 달려간다』, 238쪽)

청소년들은 가족과 학교에서 채울 수 없는 욕구를 여가 활동을 통해 추구함으로써 사회화와 더불어 긍정적인 자아 정체성을 형성해간다. 당대 청소년들은 기성세대가 강조하는 가치, 즉 입시 성공이나 사회적 지위 상승이라는 목적 달성을 중시하기보다는 현재의 삶에 더 중요한 가치를 두고 즐거움을 추구하는 성향이 심화된다. 『파랑 치타가 달려간다』에서는 청소년들이 밴드부 동아리 활동을 통해 내면의 소리에 귀 기울이고, 가족과 소통하고자 하는 여가 문화를 보여주고 있다.

『이토록 뜨거운 파랑』은 여학생들의 만화 동아리 여가 활동이 소녀들의 우정을 결속시키며 상처를 치유해 가는 서사이다. 청소년문화를 거론할 때 '만화'를 떼어놓고 생각할 수 없을 정도는 만화-애니메이션, 캐릭터, 출판 만화 등-는 청소년들의 생활 깊숙이 자리 잡아 그들의 행동과 사고에 영향을 미치고 있다.[29] 최근 인터넷을 매개로 배포되는 연재만화인 웹툰의 인기는 이를 대변한다.

지오와 유리는 학교에서 만화 동아리 '파랑' 활동을 하는 친구 사이다.

---

29) 황성동, 「교사가 말하는 청소년문화 : 만화를 즐기는 아이들」, 『세미나자료집』 2호, 한국청소년문화연구소, 2003, 28쪽.

지오는 동아리에 열정적으로 참여하여 학교 축제 때 작품 전시회도 하고 팬시 제품 판매에 열성을 보였지만 축제가 끝나자 관심이 사라진다. 지오는 전학 오기 전 동네에서 동생처럼 친하게 지냈던 혜성의 죽음을 알고 괴로워하면서 유리에게 새벽에 문자를 보내지만 유리는 그녀의 괴로움을 알지 못한 채 지나쳐버리고 만다. 유리는 준호로부터 혜성과 지오 관계의 진실을 알게 되면서 지오의 고통을 자신의 아픔처럼 받아들인다. 지오의 괴로움은 불안한 가정에서 외롭게 자랐던 혜성이 지오를 좋아했지만 놀러 간 숲속에서 불량배들을 만나 혜성을 혼자 두고 오면서 시작되었다. 이후 지오는 남겨진 혜성이 죽었다는 소식이 상처로 남아 아무에게도 말할 수 없는 고통이 되어버린 것이다. 유리는 지오 곁에 있어 주라는 엄마의 조언을 듣고 지오가 상처를 극복해 나갈 수 있도록 정서적 조력자 역할을 한다.

지오와 혜성, 준호와 혜성의 관계는 서로 힘이 되어 주는 관계였다. 그렇지만 지오가 외면했던 혜성의 죽음은 이 모든 관계를 단절시키게 된다. 유리는 지오의 깨어진 관계를 다시 이어주는 역할을 자처한다. 유리는 준호의 이야기를 들어주면서 지오가 혜성의 죽음을 받아들일 수 있도록 정서적 지지자로서 또래 관계를 지속한다. 지오는 혜성을 혼자 두고 왔던 숲에 다시 돌아간 후 혜성의 죽음을 인정한다. 지호는 준호가 혜성의 옆을 지켜주고 자신의 행동을 비난해 준 것을 고마워하면서 상처를 치유해 나간다.

"니 진짜 잘못은 그 다음, 혜성이 생깐 거야. 혜성이가 너한테 상처라는 걸 받았다면 니가 숲에서 도망쳐가 아니라 니가 생깐서일 테니까. 생까지 않는 거, 그게 진심이란 거다. 알았냐?" "……고마워." (『이토록 뜨거운 파랑』, 178쪽)

유리는 준호에게 받은 혜성의 그림을 보고 혜성을 위해 '파랑2'를 만들자고 한다. 만화 동아리 회원들은 '파랑2'를 '이토록 뜨거운 파랑'이라 명명하며 동아리 활동을 새롭게 시작한다. 지오는 '파랑2' 동아리 활동에 참여하면서 혜성의 그림을 다시 그리고 다듬으며 혜성에 대한 죄책감을 극복하고 상처를 치유해 나간다. 청소년기에 '만화'를 그리는 또래의 공통 관심사는 우정을 유지하는데 중요하게 작용한다. 『이토록 뜨거운 파랑』에서는 청소년들이 만화 동아리 활동을 통해 친구의 문제와 상처를 해결해 나가는 적극적인 청소년 여가 문화를 확인할 수 있다.

『파랑 치타가 달려간다』와 『이토록 뜨거운 파랑』에서는 청소년이 삶에 대해 능동적으로 행복을 추구하면서 상처 치유의 역할을 하는 동아리 여가 문화 양상이 나타난다. 청소년 여가 문화는 다양한 취미 활동과 동아리 활동에 대한 높은 관심으로 표명된다. 오늘날의 청소년은 기성세대의 가치에 반하는 더욱 개방적이고 주체적인 청소년문화를 창조하고 향유한다. 청소년소설에서는 자율적인 동아리 여가 문화가 새로운 청소년문화의 장으로 형상화된다. 청소년소설이 당대 청소년문화의 현실을 반영하면서 청소년이 주체가 되고자 노력하는 모습을 고스란히 담아내고 있다.

4. 결론

이 연구는 청소년소설에 나타난 또래·여가 문화를 중심으로 청소년문화 양상을 고찰하였다. 2000년대 이후 출간된 청소년소설에서는 청소년들이 새로운 청소년문화를 향유하는 측면을 분석하여, 청소년문화 활동 경험이 청소년들의 자아 정체성 성취에 지대한 영향을 미치고 있다는 점을 밝혔다.

청소년소설에서는 청소년의 또래 문화가 개인적인 욕구 충족의 양가적 양상이 확인된다. 먼저, 『다섯 장의 짧은 다이어리』와 『까칠한 재석이가 사라졌다』에서는 청소년들이 또래 관계를 통해 진로를 결정하고 자아 정체성 혼란을 극복하며 꿈을 향해 도전해가는 긍정적인 또래 문화가 나타난다. 청소년소설에서는 청소년기라는 발달 단계에서 비슷한 경험을 하고 있는 또래 관계에 의해 청소년들이 자아 정체성을 형성하는데 심리적·사회적 지지를 얻고 있다는 점을 확인하였다.

또래 문화의 역기능적이고 부정적인 측면은 집단 따돌림에 의한 폭력, 자살이라는 일탈의 형태로도 나타난다. 청소년기에 또래로부터의 배제는 부정적 자아 정체성을 형성하는 요인이다. 『아무도 대답하지 않았다』와 『우아한 거짓말』에서는 청소년들의 학교 폭력 형태로 나타나는 집단 따돌림이 가해자와 피해자 모두 자아 정체성 혼란을 겪으며 피해자는 자살이라는 자아 상실의 극단적인 선택으로 이어지는 부정적인 또래 문화도 제시된다.

청소년소설에서 여가 문화는 청소년이 주체가 되어 건강한 자아 정체성을 성취하기 위해 일상을 탈출해 즐거움을 추구하고, 학교 동아리에서 다양한 체험 활동을 하며 존재를 확인하는 양상이 드러난다. 『프루스트 클럽』과 『몽구스 크루』에서는 청소년들이 일상을 탈출해 즐거움을 추구하는 여가 문화가 소통의 매개체로 기능하는 장(場)이 제시된다. 『파랑 치타가 달려간다』와 『이토록 뜨거운 파랑』에서는 청소년이 주체가 되어 삶에 대해 능동적이며 그들이 원하는 행복을 추구하는 여가 문화가 여실히 드러나고 있다. 청소년 여가 문화는 다양한 취미 활동과 동아리 활동에 대한 높은 관심으로 표명된다.

청소년소설은 청소년들의 현실 문제와 그들만의 문화를 담아내고 있다. 개인 중심의 욕구 충족 방식이 양가적으로 표출되는 또래 문화는 청소년들이 자아 정체성을 형성하는데 심리적·사회적 지지 기반이 되는 준거

집단으로 기능한다. 또한 현실 인식의 적극적 자기표현 방식의 여가 문화
는 소통의 매개체로 상처 치유의 역할을 한다. 청소년소설에서는 당대 청
소년들의 삶을 반영한 새로운 청소년문화의 장(場)이 생성되고 있다는 점
을 확인하였다. 이 연구는 청소년소설의 장르 정체성을 공고하게 확보하
고 그 지평을 확장할 수 있으리라 기대한다.

II. 청소년소설의 성장 서사 연구
- 성과 사랑의 의사 결정을 중심으로 -

1. 서론

청소년기는 아동과 성인의 경계선적인 발달 단계이다. 청소년은 신체적·정서적·인지적 변화를 경험하며 성장한다. 청소년소설은 청소년이란 독자 대상을 호명하며 청소년의 삶에 주목한다. 2000년대 이후 청소년소설은 청소년에게 금기시되는 문제를 형상화함으로써 '지금, 여기'에 해당하는 당대 청소년의 삶의 문제에 접근하고자 한다. 청소년기의 2차 성징이 수반되는 신체 변화는 가장 뚜렷한 발달 단계의 특징이다. 청소년기는 신체적 변화와 더불어 성적 성숙이 급격하게 이루어지는 시기로 청소년들에게 사랑의 감정과 '성'30)에 대한 욕구는 심리적 발달에 큰 영향을 미친다.31) 청소년의 사랑과 성적 욕구는 신체 변화에 동반하는 그들의 주요 관심사이다. 이와 함께 청소년소설에는 미혼모, 원조교제, 동성애 등 파격적인 소재가 등장하는데, 청소년문학의 새로운 지평을 열었다는 평가와 동시에 문학의 선정성과 소재주의라는 담론이 공존한다.32)

---

30) 이 연구에서 '성'은 인간의 육체적·정신적 차원들을 모두 포괄하는 인간의 성 행동은 물론 개인이 갖고 있는 성에 대한 환상, 꿈, 행동, 태도, 사고, 감정, 가치관 및 개인의 존재 의미 등을 통칭하는 섹슈얼리티(Sexuality) 개념을 사용하고자 한다. (윤가현 외,『성 문화와 심리』, 학지사, 1998, 18쪽). 섹슈얼리티(Sexuality)는 '성적인 것 혹은 성이 갖는 성질'를 의미하며 사랑, 에로스, 에로티시즘을 포함하는 생물학적이고 육체적인 성행위와 정신적이고 감정적인 요소들이 동시에 존재한다. (김종회 외,『문학으로 보는 성』, 학지사. 2001, 9-10쪽)
31) 한국청소년개발원 편,『청소년심리학』, 교육과학사, 2004, 273쪽.
32) 청소년소설의 성에 관한 기존 논의는 송수연, 김성진, 정현아 등의 연구가 있다. 김성진

개인은 일생 동안 사회적 존재로서 타인에게 친밀감을 느끼며 대인 관계의 욕구를 채우고자 노력한다. 인간관계에서 경험하는 사랑의 감정은 문학의 변함없는 주제이다. 청소년기는 발달 단계 중 가족을 벗어나 또래와 맺는 대인 관계의 욕구가 가장 강한 시기로서 특히 성에 관한 호기심이 증가한다. 이 시기 청소년들은 생리적 변화에 따른 호르몬 작용으로 강한 성적 욕구를 느끼게 되고 관심의 대상 또한 동성에서 이성으로 변하기 시작한다.[33) 청소년기는 사랑의 감정이 싹트고 친밀감의 욕구가 커져 이성 교제가 활발하게 이루어지기 시작한다. 청소년들의 첫 이성 교제 시작이 1990년대는 중2나 고1의 시기에서 2000년대 이후 초등학교 고학년으로 연령대가 낮아지며 그 시기가 빨라지고 있다.[34) 청소년기 이성 교제는 청소년의 자아 정체성 형성 과정에서 사랑이라는 친밀감을 경험하게 되는 반면 성적 행위에 수반하는 청소년의 임신은 그들의 성장에 막대한 영향을 미치며 학교를 중단하거나 사회적 관계의 단절을 가져오기도 한다. 청소년소설 작가들은 청소년들이 이성 교제를 하고 사랑의 감정을 공유하면서 이에 따른 당연한 결과일 수 있지만 청소년 세대에게 금기시 되는 임신과 출산, 낙태라는 첨예한 갈등의 지점을 포착하여 성장 서사의 모티프로 부각시킨다.

이 연구는 청소년소설에서 청소년기의 신체적인 성적 성숙과 사랑의 과정에 동반된 임신이라는 자아 정체성 혼란을 겪는 청소년의 의사 결정을 중심으로 성장 서사를 분석하고자 한다. 분석 작품은 청소년의 임신이 서사의 주요 모티프인『쥐를 잡자』(임태희, 2007),『키싱 마이 라이프』(이옥수,

---

과 송수연은 청소년의 자살과 낙태를 다룬『쥐를 잡자』와 원조교제를 다룬『화란이』를 공통으로 논의한다. (송수연,「청소년문학과 성(性)-단절에서 소통으로」,『아동청소년문학연구』2호, 한국아동청소년문학학회, 2008, 김성진,「청소년소설의 현실 형상화 방식에 대한 연구」,『우리말글』45권, 우리말글학회, 2009, 정현아,「청소년문학에 나타난 성과 사랑에 대한 고찰」, 인하대학교 석사학위논문, 2010.)

33) 한국청소년개발원 편, 앞의 책, 273-275쪽.

34) 한국청소년개발원 편, 위의 책, 276쪽.

008), 『발차기』(이상권, 2009)를 선정하였다. 스턴버그(R. J. Sternberg)가 제시한 동기적 측면의 열정(passion), 정서적 측면의 친밀감(intimacy), 인지적 측면의 결심과 헌신(decision/commitment)이라는 사랑의 3요소[35]에 근거하여 인물의 의사 결정에 따른 성장의 다층적 양상을 고찰할 것이다. 이에 따라 청소년소설이 문학 장르로서 청소년 독자에게 정서적·교훈적으로 어떤 영향을 미치는지 문학의 효용론적 측면에서 장르 정체성을 정립하는데 그 의의를 두고자 한다.

2. 불청객과 배제, 행복한 이탈의 성장

『발차기』는 우리 사회 성에 대한 남성과 여성의 이중적 시각을 보여주는 작품이다. 이 작품은 주인공인 모범생 경희가 임신의 문제를 해결하는 과정의 서사로 시작된다. 경희는 이혼가족이라는 사회적 편견에 주눅 들지 않기 위해 당당한 삶을 살아가고자 한다. 한편 경희의 남자 친구인 정수는 중산층 이상의 삶을 누리는 대학교수인 어머니의 지지를 받으며 연극배우라는 꿈을 이루기 위해 맞춤형 교육을 받고 있다. 이 작품에서는 경희를 "170에 가까운 키와 얼짱으로"(35) 설정하며 여자 청소년의 외모를 강조하고 있다. 남자 청소년인 정수는 또래들과 달리 자기 세계에 뚜렷한 자신감을 갖고 어른답다는 '남자다움'을 부각시킨다. 정수는 경희를 만나는 과정부터 사귀는 1년 동안 남자로서 주도적인 모습을 보이며 경희의 존재도 가족에게 소개하면서 타자의 시선을 의식하지 않고 적극적으로 사랑을 표현하며 친밀감을 형성해나간다.

『발차기』는 남자 청소년의 성적 욕망이 여성에 대한 남성의 성적 지배

---

35) 송대영, 『인간관계론』, 한국방송통신대학교출판부, 2007, 210쪽.

권력을 기반하고 있다는 것을 보여준다. 정수는 사랑한다면 당연한 행위라 여기고 자신의 생일날 경희에게 성적 요구를 들어주지 않으면 헤어지겠다는 조건을 제시하며 성관계를 유도한다. 경희는 서로 사랑하지만 성관계에 대한 불안감과 당당한 자신의 모습을 정수에게 보여줄 수 있는 대학생이 될 때까지 성관계를 미루고자 한다. 그렇지만 정수는 이런 경희의 마음을 헤아리지 못하고 이별이라는 억압적인 표현을 하며 성적 요구에 대한 허락을 받고자 한다. 청소년 주인공들의 성관계 동기는 남자인 정수의 성적 욕구를 제어하지 못하는 요구에 의한 것이었다. 정수는 이성 교제에서 성 역할 주도권을 갖고 상대방의 의사보다는 자신의 성 욕구를 발산하며 저돌적인 행동을 하는 면모가 확인된다.

> 정수는 경희에게 몇 번이나 사랑을 하고 싶다고, 약간 수줍어하면서도 저돌적인 눈빛으로 성관계니 섹스니 경험이나 육체적 사랑이니 하는 말이 저속한 표현이라는 듯이 사랑을 하고 싶다고 속삭였다. 그때마다 경희도 수줍게 웃으면서 "나중에", "조금만 참으면 안 돼?" "우리 대학생 될 때까지만……." (중략) 그의 생일날에는 자신의 요구를 들어주지 않으면 헤어지겠다고 으름장까지 놓았다. 한 여자로서 마지막으로 남아 있는 자기만의 땅을 다른 사람에게 내보인다는 불안감도 있었다. 경희는 자신이 그 누구의 눈치도 보지 않을 만큼 당당해졌을 때, 한 여자로서 사랑하는 남자 앞에 서고 싶었다. (『발차기』, 75쪽)

『발차기』에서는 청소년들의 성관계 동기에 분명한 남녀의 차이가 있다는 점이 확인된다. 정수가 성적 욕구에 충실한 반면 경희는 여자로서 주체적인 삶을 살 수 있을 때까지 자신의 욕구를 유보하고자 하는 면모를 보인다. 그렇지만 경희는 정수의 계속된 요구를 거부하지 못하고 사랑이라는 감정에 무게중심을 실으며 임신이 되지 않는 날짜 계산 아래 정수의 요구를 들어주고 만다. 정수가 성적 본능에 충실한 선택을 했다면 경희는

'정수가 원하니까' 그리고 '이별에 대한 두려움' 때문에 수동적인 선택을 하는 것이다. 남성이 성적인 주도권을 가지고 본능을 참기보다는 실현하는 존재라면 여성은 남성이 원하면 자신의 의지와 상관없이 맞춰주어야 하는 존재로 형상화되고 있다.[36) 청소년소설에서 남성다움과 여성다움의 강조는 남녀 차별을 정당화하고 여성이 남성의 성적 권력에 굴복하고 있는 양상으로 나타난다. 『발차기』는 청소년 남녀의 성 역할 고정관념을 극명하게 드러낸다.

결국 경희의 수동적 선택은 원치 않은 임신으로 이어지고 그 책임은 경희의 몫으로 남게 된다. 경희가 정수의 요구를 들어준 것은 자신의 의지보다는 남자 친구를 잃지 않기 위한 선택이었음에도 불구하고 임신했을 때 철저히 혼자 문제를 해결해나가야 하는 상황에 직면한다. 반면, 정수는 사랑의 감정과 성적 욕구의 표현에는 적극적이었지만 사랑의 결과에 대한 책임을 회피하는 이중적인 태도를 보여준다.

『발차기』에서 정수는 성관계를 요구하거나 낙태를 종용할 때도 이별이라는 조건을 내세워 경희에게 압력을 가하며 자신의 목적만 달성하고자 하는 위선적인 행동을 보인다. 정수는 경희가 임신했다는 고백을 하자 성관계를 요구할 때의 적극적인 모습과 달리 역할을 회피한다. 정수는 여자 친구의 임신 사실 확인 이후 태도가 돌변하여 연락을 끊고 엄마를 내세워 낙태라는 방법으로 문제를 해결하고자 한다. 정수는 경희를 존중하고 배려하기보다는 엄마에게 의존하는 무책임한 행동을 보이고 있다.

> "너 혹시 다른 마음먹고 있는 거 아니야? 다음 주까지 떼지 않으면 너하고 끝장이야. 다시는 연락하지도 않을 거야. 알아서 해! 내가 벌써 애 아빠라니. 끔찍하다! 진짜 생각만 해도 끔찍해! 너는 그런 생각도 못하니? 끔찍하지 않니? 네가 애 엄마라니……" 정수는 계속 떠벌린다. 정수의 목소

---

36) 김성애 외, 『우리가 성에 관해 너무나 몰랐던 일들』, 또하나의문화, 2009, 170쪽.

리가 하도 위협적이라서. 하도 무서워서 전화기를 든 경희의 손이 부르르 떨린다. (『발차기』, 116쪽)

정수는 자신의 성적 욕구에는 충실하였지만 경희에게 결과만을 강조하며 문제를 해결하고자한다. 정수는 사랑의 당사자로서 문제 해결을 위한 방법을 모색하거나 서로 위안하는 존재로서 '헌신'이라는 인지적 측면의 역할이 부족한 존재이다. 정수는 '청소년기에 부모가 된다'는 두려움에서 벗어나기 위해 책임을 회피하며 여성에 대한 남성의 지배적인 시각을 보여준다.

정수엄마는 아들의 문제를 해결하기 위해 경희를 달래기도 하고 부모의 문제를 내세워 경희를 억압하기도 한다. 정수엄마는 이혼가족에 대한 사회적 편견을 내세우며 경희에게 부모가 문제 인간 취급을 당하기 전에 낙태할 것을 종용한다. 또한 낙태 후유증을 뒷설거지라 표현하며 청소년기 낙태의 위험성까지 경고하고 있다. 정수의 어머니는 청소년들이 아이를 낳고 키우는 것이 성장 장애의 요소가 된다는 기성세대의 시각을 대변하고 있다.

> "이런 말은 하지 않으려고 했다만, 만약 누군가 지금 네 사정을 안다면 너한테도 문제라고 할 거야. 봐. 당장에 가정에 문제가 있잖아 하고 트집을 잡겠지. 문제아들은 가정이 불안하거나 성장기에 문제가 있거나 그렇게 어떤 식으로든 문제가 있었기에 문제아가 된 거라고, 나는 그렇게 안 본다. (중략) 그러나 아직도 대다수 사람들은 그렇게 보려고 해. 만약 네가 신문에 나온 학생처럼 아무한테도 말하지 못하고 그렇게 되었더라면 너뿐만 아니라 네 부모님까지 문제 인간 취급을 당해. 부모가 저러니까 딸까지 망쳤다고." (『발차기』, 97쪽)

반면, 여자 청소년에게는 임신 사실을 이혼한 엄마에게 털어놓지 못하

고 친구에게도 말하지 못하고 방황하며 낙태와 출산 사이에서 선택의 갈
등이라는 혼미의 시간을 감당해야 하는 역할이 오롯이 주어진 것이다. 결
국 경희는 임신의 책임이 자신의 몫으로 남겨진 냉혹한 현실을 인식하며
불청객인 태아의 존재로부터 자유로울 수 없다는 판단을 한다. 경희는 비
록 불청객이지만 태아가 비발디의 음악을 들으면 편안해하는 생명의 소
중함을 느끼며 태아를 '사계'로 명명한다. 경희는 자신의 삶에 닥쳐올 위
기를 막고자 불청객 '사계'를 몸속에서 없애기 위해 위험한 행동도 하지만
결국 아픔을 이겨내고 살고자 하는 태아의 생명력을 느끼며 그 존재를 인정
한다. 『발차기』에서는 청소년들의 이성 교제를 통한 사랑의 감정을 '행복'
으로, 생명을 잉태하고 낳기로 한 주체적 선택을 '이탈'로 규정하고 있다.

> "진짜야, 이번에도 약속 어기면 정말 끝이다. 다시는 안봐. 엄마도 다시
> 는 너를 보지 않는댔어." 경희는 다시 주저 않으려다 잔허리가 너무 땅긴다.
> 그만큼 사계의 발길질이 다부지다. 무너지고 싶지 않다. 정수는 그런 경희
> 를 보면서 온갖 협박을 해 댄다. (중략) 날마다 발길질 연습만 한 사계한테
> 의지할 수밖에 없었다. 사계는 기다렸다는 듯이 그 깡통을 힘껏 걷어찬다.
> 그 깡통은 정수를 향해 돌진해간다. (중략) 경희는 깡통에 맞아 잔뜩 얼굴을
> 찌푸리면서 "너 미쳤어!" 하고 소리치는 정수한테서 고개를 돌린다. 너무
> 대견하다. 후련하다. 아랫배를 문지르면서 사계를 칭찬한다. (『발차기』,
> 164-165쪽)

『발차기』에서 경희는 엄마 뒤에 숨어 낙태를 강요한 정수의 이중적 태
도에 분노하며, 존재를 부정당한 '사계'를 대신한 발차기로 복수를 하고자
한다. 정수와 정수엄마는 사계를 불청객으로 여겨 배제하려고 하지만 경
희는 태동을 느끼면서 미혼모가 되는 일은 고통스러운 선택이고 자신의
삶을 송두리째 전복시킬 수 있지만 출산을 감당하고자 한다. 이 작품에서
는 청소년도 기성세대의 억압에 굴하지 않고 뱃속의 생명을 책임지는 주

체적인 선택을 할 수 있다는 성장 서사를 확인할 수 있다. 반면 정수는 "성과 사랑의 관계 맺음을 통해 성적 친밀성이 성숙한 자아 인식으로 나아가지 못하는"[37] 반성장의 양상을 보여준다.

『발차기』에서는 주체적 선택을 한 경희가 부모에게 편지로 임신 사실을 고백하고 이혼한 후 세상과 떨어져 울릉도에서 지내는 아버지를 희망의 조력자로 암시하지만 경희가 어떤 난관을 헤쳐 나가는지 그 이후의 서사는 진행되지 않는다. 『발차기』에서는 청소년의 임신과 낙태, 출산이라는 '지금 선택'의 문제에 집중하며 성장 서사를 마무리하고 있다.

청소년소설에서는 청소년들이 이성 교제를 할 때 "성적 행동에 대한 의사를 결정해야 하는 선택의 기로에 설 때, 선택은 그 후의 삶에 큰 영향을 미칠 수 있기 때문에 심사숙고하여 결정"[38]해야 한다는 교훈성을 드러내고 있다. 『발차기』에서는 청소년기 이성 교제와 성적 욕구 그리고 그 결과에 대한 책임 의식을 강조하고 있으며 여자 청소년의 경우 임신과 낙태를 경험할 수 있기 때문에 '성에 대한 자기 결정'이 중요하다는 성 교육 효과도 확인된다. 『발차기』에서는 청소년의 이성 교제 시 왜 여자 청소년이 성관계에 따른 그 책임을 감당해야하는지, 왜 미혼부보다 미혼모가 더 많은지 등이 인지적 측면에서 사랑의 책임에 관한 청소년 세대의 남녀 차이점을 제시하고 있다.

청소년소설에서는 여성을 성적 대상으로서가 아니라 동등한 주체로 인정되어야 한다는 사실[39] 또한 주지시키고 있다. 청소년기의 사랑은 서로에게 친밀감과 애정을 표현할 수 있지만 정수를 통해 "이성 교제 시 진정한 사랑은 상대방을 배려하고 보호하는 마음과 행동이 필요"[40]하다는 사

---

37) 조한혜정, 「청소년 성문화:성적 주체로서의 인식을 중심으로」, 『한국여성학』 14권 1호, 한국여성학회, 1998, 33쪽.
38) 민성길 외, 『부모와 교사가 함께하는 청소년 성교육: 성·사랑·가정』, 한국성과학연구협회, 2016, 150쪽.
39) 양해림 외, 『성과 사랑의 철학』, 철학과현실사, 2001, 104쪽.

랑의 결심과 헌신이라는 인지적 측면을 강조하고 있다. 청소년소설에서는 청소년의 사랑과 성 행동이 존엄한 인간 생명의 탄생을 위한 성숙한 사랑의 단계까지 이르지 못하고 서로에게 아픈 상처를 남기는 청소년의 자아 정체성 혼란을 야기하고 있다는 점이 나타난다. 청소년소설에서는 남녀의 성에 대한 가치관과 의사 결정이 다를 수 있다는 교훈적 성장 서사를 확인할 수 있다.

3. 공감과 선택, 연대 책임의 성장

청소년들은 이성 교제를 통해 자신을 인식하고 상대방을 이해하는 통과의례의 과정을 겪는다. 청소년들은 성에 대한 호기심과 욕구 때문에 고민하고, 한편에서는 그런 성적 욕구를 억압해야만 하는 현실 때문에[41] 성과 관련된 문제가 발생했을 때 청소년은 부모나 교사의 조력을 구하지 못하고 어려움에 직면하게 된다. 한국 사회의 주류 담론에서 청소년기인 10대의 성은 매우 민감하고 청소년의 '문제적 삶'을 규정하는 요소로 인식된다. 특히 청소년의 임신과 출산은 사회적으로 용납할 수 없는 '학생으로서의 품행'에 벗어난 '여학생다움'에 반하는 일탈로 규정되기 때문이다.[42]

『키싱 마이 라이프』는 열일곱 살 고등학교 1학년인 하연이 임신한 후 출산에 이르는 성장 서사이다. 청소년이 임신한 후 낙태 하지 않고 출산하기로 결정했을 때 그 선택의 책임에 대한 갈등을 삶의 주체로서 어떻게 헤쳐 나가는지 성장 과정을 보여준다. 이 작품은 보통 청소년들의 삶 속에

---

40) 민성길 외, 앞의 책, 79쪽.
41) 이옥수, 앞의 책, 254쪽.
42) 변혜정 엮음, 『10대의 섹스, 유쾌한 섹슈얼리티』, 동녘, 2010, 128쪽.

서 변화하는 청소년 세대의 성에 대한 전환점을 제시한다. 청소년 세대는 "임신에 대한 사회적 낙인과 규제 속에서도 임신을 유지하고 출산"43)하고 자 하는 청소년이 성과 사랑의 변화를 추동하는 주체로 등장하고 있다.

『키싱 마이 라이프』에서 청소년 주인공인 하연과 채강은 고등학교 1학 년들의 평범한 일상을 대변하는 인물이다. 하연은 아버지가 알코올 중독 자이지만 그런 아버지를 살뜰히 보살피며 가족의 경제적 책임을 지고 있 는 엄마의 희망적 존재이다. 하연의 인생철학은 "인생, 깔끔하게 살자"(15) 였지만 남자 친구 채강과 우연한 성관계에 의해 임신하고 아이를 낳고자 결심한 순간부터 깔끔하게 살 수 없는 역할 혼란을 경험한다. 채강 또한 단란한 가족의 막내아들로 이성에 대한 관심을 갖고 있는 보통 청소년의 모습에서 벗어나지 않는 인물이다. 청소년 주인공들은 집, 학교, 학원을 오가는 삶의 공간에서 대학 입시를 위한 수행 평가와 시험 점수에 매달리 며 친구와 경쟁하는 모습을 보여준다.

『키싱 마이 라이프』에서 하연과 채강의 성관계 동기는 의도하지 않았 던 돌발적인 상황에서 일어난 일이었다. 채강은 하연에게 자신의 도발적 인 행동에 "미안해, 실수야, 용서해줘"(43)라며 하연을 위로하고자 한다. 하연은 서로 "좋아하는 데 뭐가 문제야"(45)라고 자신의 행동을 합리화하 지만 임신을 확인하면서 혼란을 겪는다.

> 정말 이럴 순……없다. "하연아 미안해!" 채강이가 고객을 숙인 채 쉰 소 리를 낸다. 나는 일어나 옷을 입었다. 발걸음을 옮길 때마다 비틀걸음이 나 면서 통증이 느껴졌다. "이건 정말 실수야! 용서해줘, 하연아!" 채강이가 꺼 지듯 숨을 내 쉬면서 내 앞을 막아섰다. "몰라, 이 나쁜 놈아! 나 어떡해. 흐 흑흑." (『키싱 마이 라이프』, 43쪽)

---

43) 위의 책, 129쪽.

채강이는 나를 좋아하고 나도 채강이를 좋아하는데 뭐가 문제지? 우리가 한 일은 정말 나쁜 일일까? 누가 나쁘다고 말했지? 그렇다면 그 나쁜 일에 왜 우린 빠져들고 싶어 했을까? 아, 나는 정말 알 수 없는 것들이 많아서 가슴이 답답하다. (『키싱 마이 라이프』, 45쪽)

『키싱 마이 라이프』에서 하연은 임신 사실을 처음에는 채강에게 말하지 못하고 머뭇거리지만 친구 진아에게 비밀을 털어놓으면서 조력자를 얻게 된다. 하연은 낙태와 출산의 기로에서 어떠한 의사 결정이 최선의 선택인지 고민하지만 혼자 문제를 해결하기보다는 채강에게 임신 사실을 알린 후 낙태 비용에 대한 도움을 구한다. 채강은 하연의 임신 사실을 안 후 '미안하다'는 감정을 표현하며 아르바이트로 낙태 비용을 마련하려고 고군분투한다. 『발차기』의 정수가 엄마 뒤에 숨어서 낙태를 강요한 의사 결정을 한 반면 채강은 자신의 문제를 부모에게 의지하지 않고 주체적으로 해결하려는 책임을 보인다.

그래, 선택과 포기는 동전의 양면이다. 미리 약속하지 않은 이상 어느 쪽으로 뒤집어도 정답은 없다. 아기를 없앴다. 아니 낳아서 기른다. 그런데 그게 현실적으로 가능하려면 어떻게 해야 하지? 아기와 내가 살 길은 어디에…… 어떤 선택이 최선일까? (『키싱 마이 라이프』, 111쪽)

여자 청소년이 임신을 인지한 이후 가장 먼저 고려하는 상황은 낙태이다. 하지만 낙태 비용을 마련하는 일의 어려움과 남자 친구의 출산 권유, 태아 초음파 이미지 확인 후 생명에 대한 인식, 부모의 동의 요구 등은 낙태 선택을 어렵게 하는 요인으로 작동한다.[44] 『키싱 마이 라이프』에서도 이러한 면모가 드러난다. 채강의 도움으로 낙태 비용을 마련한 하연이 낙태를 선택하자 진아는 반쪽 책임이 있는 채강을 보호자로 부르는 조력자

---

44) 변혜정 엮음, 앞의 책, 141쪽.

로서 역할을 담당한다. 채강은 병원에서 아기 심장 뛰는 소리를 들은 후 하연에게 "우리 아이 키울래?"(137)라는 출산 선택 여부를 제시하면서 청소년이기에 부모의 도움을 받고자 한다. 『키싱 마이 라이프』에서 채강과 하연은 아직은 아이를 책임지며 키우기 힘든 부모에게서 독립적인 존재일 수 없는 청소년이라는 점에 절망하지만 서로 신뢰하고 상호 의존하는 친밀감이 확인된다. 이 작품에서 청소년의 임신은 청소년의 로맨스에 내포된 친밀성과 깊게 관련되어 있으며 여자 청소년을 수동적인 성적 대상으로 정체화하기보다는 의식적인 결정과 판단의 주체로서 규정하고 있다.45)

> "진짜 미치겠네. 왜 우린 이렇게 어린거야!" 채강이가 울먹이며 나를 끌어안았다. 채강이 가슴에서 공포와 두려움에 팔딱거리는 심장 소리가 들렸다. 그 소리를 들으니 채강이를 미워했던 마음이 순식간에 사라졌다. 우린 슬픈 짐승처럼 말없이 서로를 안아주며 밤을 지샜다. (『키싱 마이 라이프』, 138쪽)

『키싱 마이 라이프』에서는 청소년이 출산을 선택했을 때 삶에 어떤 영향을 미치는지 "학교 때려치우고 돈 벌래?"(137)라는 그들이 직면한 현실적인 문제를 제시한다. 하연은 아버지의 알코올 중독 문제로 일어난 사건 해결 때문에 집까지 내놓아야 하는 엄마에게 임신 사실을 말하지 못하고 갈등을 초래하며 가출하게 되고 엄마의 조력을 구할 시기를 놓치고 만다. 가출한 하연은 성폭행의 위기를 넘기며 친구들의 도움을 받는다. 하연의 친구들은 낙태의 위험성과 생명의 존엄성에 공감하며 비밀을 알고 있는 네 사람이 아이를 지키기 위해 의기투합한다. 하연은 진아, 채강은 현규라는 또래의 정서적 지지를 얻으며 생명의 존엄성을 인정하며 아이를 낳기로 선택한다.

---

45) 위의 책, 145쪽.

"하연이 혼자서 책임을 진다는 건 말도 안 돼! 채강이 너 이 새끼 너무했어. 정말 죽도록 패버리고 싶어." (중략) "부모들도 그렇지만 선생들과 애들이 알면 얼마나 씹겠냐?" "그래도 본인들이 당당하면 되잖아!" (중략) "어쨌든 이제 낙태 수술도 안 된다니까 하연이와 아기를 지켜야 해." "야, 이현규 이건 임채강 정하연 문제만이 아니야. 생명을 지키는 건 이 비밀을 알고 있는 우리 네 사람의 문제야 그러니까 우리가 아기를 지키는 게 어때?" (중략) "나도 아기는 꼭 살리고 싶어. 지난 번 초음파로 아기를 본 뒤로 정말 죽여선 안 될 것 같은 생각이 들어. 그럼 평생 괴로워하며 후회할 것 같아서"
(『키싱 마이 라이프』, 152-154쪽)

『키싱 마이 라이프』에서는 청소년 주인공과 또래 집단의 대화에서 낙태의 위험성과 생명의 소중함을 언급하고 있다. 청소년의 임신과 출산에 대한 사회적 편견을 "선생들과 애들이 알면 얼마나 씹겠냐?"(153)로 표현하며 청소년의 출산에 대한 부정적인 시각도 나타난다. 작가는 청소년들에게 이미 벌어진 일에 대한 비난과 "책임만 추궁할 것이 아니라 현실적인 대안과 문제 해결의 방법"[46]을 제시하고 있다. 청소년들이 생명의 소중함을 인식하고 그 생명을 지켜야 하는 삶의 무게가 하연이 혼자의 몫이 아닌 연대 책임을 제안하고 있는 것이다. 하연은 학업을 중단하고 가족과 떨어져 세상과 단절된 채 모텔에 살면서 채강과 친구들의 도움을 받으며 출산을 기다린다. 채강과 현규가 아르바이트를 하고 진아가 용돈을 보태 하연의 숙식비를 감당하며 경제적인 문제를 해결하지만 이들은 녹록치 않은 현실의 벽에 부딪치고 만다.

결국 하연의 친구들은 고등학교 1학년으로서 학교생활과 병행하며 더 이상 하연을 돕기 힘든 현실적인 문제에 직면한다. 특히 현규는 채강을 비판하며 두 사람이 아이를 낳기로 결정하는 데 조력했지만 대학 입시에 집중할 수 없다는 현실을 지적하며 친구들과 갈등을 빚기도 한다. 하연은

---

46) 이옥수, 『키싱 마이 라이프』, 앞의 책, 255쪽.

친구들 몰래 모텔을 나와 미혼모를 위한 시설 생활을 하면 출산한다. 미혼모 시설인 '고운 세상'은 출산을 기다리는 구성원들의 삶에서 미혼모가 될 수밖에 없도록 만든 성에 대한 이중적 잣대와 남자들의 위선적이고 무책임한 면모를 적나라하게 보여준다.

『키싱 마이 라이프』에서 하연은 미혼모 시설에서 집을 나가 따로 사는 언니에게 도움을 구하고 엄마와도 연락을 하게 된다. 채강과 친구들 또한 하연을 외면하지 않고 미혼모시설로 찾아와 지지해준다. 채강은 세상과 단절된 하연의 처지를 위안하며 하연이 외롭지 않도록 고통스러운 출산 과정에도 참여하면서 남자로서 역할을 꿋꿋이 해내는 책임감 있는 모습을 보여준다.

> 나는 채강이를 잡은 손에 힘을 주며 숨을 몰아쉬었다. 나도 모르게 눈물이 볼을 타고 귓등으로 흘러내렸다. "어떻게 해, 하연아, 어떡하지?" 채강이 두 볼에도 눈물이 주르륵 흘렀다. "야, 우, 울지 마, 야……악!" "알았어. 안 울게. 하연아. 아프지마. 제발, 응!" 채강이는 손등으로 눈물을 훑었지만 여전히 눈물은 흘러내리고 있었다. 엄마도 나를 낳을 때 이렇게 아팠겠지? 엄마는 어떻게 이런 아픔을 두 번씩이나 견뎠을까? 이 작은 몸뚱이에 이렇게 큰 고통이 담겨 있다니! (『키싱 마이 라이프』, 251쪽)

청소년기에 성적 욕구와 함께 성관계를 경험하는 청소년의 수는 점점 증가하고 있다. 『키싱 마이 라이프』에서는 성적 주체로서 청소년의 선택에 대한 자기 결정권을 부여하고 있다. 그렇지만 출산 이후 청소년 미혼모들은 대부분 입양을 선택하며 아이의 양육을 포기하고 만다. 청소년의 임신은 낙태와 출산 중 어떤 선택을 하여도 개인의 삶에 신체적·정서적으로 막중한 부담을 주는 자아 정체성 혼란을 야기한다. 청소년소설에서는 청소년들이 성호르몬의 분비와 성적 호기심 때문에 성 행동을 할 수 있지만 성관계는 임신이 가능하다는 것을 전제로 책임감 또한 인식할 수 있어야 한다[47]는 성교육의 교훈성도 내포하고 있다.

『키싱 마이 라이프』는 채강과 하연이 생명의 소중함을 인식하고 친구들의 도움으로 출산하였지만 결국 입양과 양육이라는 선택의 기로에서 또 한 번의 갈등을 예고하며 서사를 마무리 하고 있다. 청소년들의 이성교제 시에 남자 청소년에게는 성관계의 책임감을 부여하고, 특히 미혼모가 되는 여자 청소년이 학교를 중단하며 교육의 기회를 상실하고 가족과 사회의 단절을 경험할 수 있다는 성장 서사를 보여준다. 청소년소설에서는 청소년의 사랑도 동기적 측면의 친밀감, 정서적 측면의 열정, 인지적 측면의 결심과 헌신이라는 사랑의 3요소를 갖추고 있다는 점이 확인된다. 하지만 청소년들은 경제적으로 독립적인 주체일 수 없다는 점에서 출산과 양육의 어려움 때문에 청소년의 성적 욕구에 대한 책임 있는 행동을 요구하는 교훈적인 성장 서사 담론도 공존한다.

4. 타자의 시선과 억압, 광포한 현실 탈주의 성장

한국 사회에서 성에 대한 개방적인 풍조는 청소년들의 성 행동이 활발하게 이루어지며 그 결과에 따른 임신도 늘고 있다. 미혼모 시설에서도 청소년 미혼모는 15-16세의 미혼모가 가장 많아 그 연령대가 점차 낮아지고 있고, 청소년이 임신했을 때 가장 많이 선택하는 방법은 낙태이다.[48]

『쥐를 잡자』는 청소년 주인공이 원하지 않는 임신 후 낙태를 선택하고 그 충격에서 벗어나지 못하고 자살에 이르는 성장 거부의 서사이다. 이 작품에서는 주홍이 낙태 이후 가치 판단의 혼란에 따른 죄의식 때문에 자살에 이르는 죽음을 통해 생명의 가치를 강조하고 있다. 또한 미혼모로서

---

47) 민성길 외, 앞의 책, 186-187쪽.
48) 한국청소년개발원 편, 『청소년심리학』, 앞의 책, 288쪽.

삶을 선택한 엄마의 삶과 동일시되면서 타자의 억압된 시선에 의해 낙태를 선택할 수밖에 없었던 고통을 감당해야 하는 광포한 현실을 보여주고 있다.

『쥐를 잡자』에서는 청소년 주인공 주홍과 미혼모였던 엄마, 주홍의 담임 최 선생의 시점으로 주홍의 임신과 낙태, 자살의 과정을 보여준다. 주홍은 결벽 강박증을 가진 미혼모의 딸로, 주홍의 아버지나 주홍의 임신 상대자인 남자는 존재하지 않는다. 주홍의 임신 확인은 『발차기』의 경희, 『키싱 마이 라이프』의 하연처럼 청소년이 임신 진단 테스트기를 사기 위해 머뭇거리는 시간과 임신의 두려움을 '쥐'라는 상징으로 배치하고 있다. 주홍은 뱃속의 쥐, 최 선생은 사물함의 쥐, 주홍의 엄마는 냉장고에 살고 있는 쥐의 존재를 인식하지만 그 확인은 미루고 있다. 주홍은 태동을 느끼지만 '쥐'라고 명명하고 임신 사실을 부정하며 '쥐'가 죽을 거라는 비현실적 믿음인 청소년기 '개인적 우화'[49])에 의지하고 있다.

> 사실 결석은 진작부터 했어야 했다. 내 몸은 정상이 아니다. 지금 내 뱃속엔 쥐가 있다. 녀석이 뱃속에 자리 잡은 지는 얼마 되지 않았다. (중략) 녀석이 뱃속에 자리 잡고부터는 정신이 몽롱하긴 해도 아프진 않았다. (중략) 엄마가 나에 대해 뭔가 느낀 걸까. 그럴 리가. 그러면 안돼, '내 뱃속에 쥐가 있어요.' 이야기하고 싶다. 터무니없는 생각이라고……누군가 말해 주었으면 싶다. 하지만 내 주변엔 예민한 사람뿐이다. 모두들 죽을 만큼 걱정할 것이다. 아무에게도 털어놓을 수가 없다. (『쥐를 잡자』, 27쪽)

주홍이 뱃속 쥐의 존재를 아무에게도 털어놓지 못하는 이유는 타자의 억압된 시선으로부터 자유롭지 못한 면모를 보인다. 특히 주홍은 미혼모

---

49) 개인적 우화(personal fable)란 어떠한 사건을 자신에게 적용시킬 때 세상에 존재하는 일반적인 확률을 무시하거나 이를 왜곡시키는 것을 말한다. 이러한 현상은 청소년기 자아 중심성에 따른 독특한 사고와 행동 양식으로 표출되며, 청소년들이 무모한 행동을 하는 원인이 되기도 한다. (한국청소년개발원 편, 위의 책, 137쪽)

로 자신을 낳고 기른 강박증이 있는 엄마를 실망시키지 않기 위해 더욱 임신 사실을 숨기고자 한다. 주홍의 엄마는 딸의 임신을 직감하지만 냉장고에 쥐가 있다는 막연한 불안감을 표출하며 냉장고 사용을 중단하고 만다. 주홍의 엄마는 쥐의 존재를 확인하지 못하고 냉장고 사용을 중단하듯이 딸의 임신 사실을 외면하며 주홍과 소통하지 못한다. 결국 주홍 모녀는 "쥐 같은 건 없어"(49)라는 사실을 서로에게 확인하며 임신 사실을 부정한다.

> 나는 마지막으로 냉장고 앞에 섰다. 냉장고 문을 열지 않은 지 벌써 일주일이 넘었다. 정리를 해야 했다. '쥐는 없지만……' 도저히 용기가 나지 않았다. '문을 열었을 때 쥐가 튀어나오면 어떡하지? (중략) 그럴 리는 없겠지만 그래도 혹시, 혹시……' (중략) 나와 딸아이 사이는 조용했다. 가끔 내가 딸아이의 불룩한 배를 보고 말했다. "너 살찐 것 같아." 우린 통하지 않는다. 모든 일이 순조롭지 않은 것 같다. (『쥐를 잡자』, 45-47쪽)

주홍엄마는 미혼모의 삶을 선택한 순간부터 오점투성이가 되어버린 자신을 지우고 싶어 하는 마음의 상처는 결벽증으로 나타난다. 주홍엄마는 딸이 임신에 대한 암시를 주어도 미혼모로서 사회적 편견에 억압당했던 상처 때문에 주홍의 조력자가 되지 못하고 외면하는 자신을 자책한다.

> "나……몇 달 째 생리를 안해요" (중략) "불규칙한 거겠지. 좀더 기다려 봐." 나는 딸아이의 얼굴도 보지 않고 말했다. 그러자 울먹이는 목소리가 들렸다. "엄마, 그런 말은 나도 할 수 있어요. 난 다른 말을 듣고 싶어요." (중략) 나는 엄마다. 엄마는 이럴 때 다른 말을 할 수 있어야 하나 보다. 애초부터 자격이 안 되는 걸 억지로 우겨서 낳았다. 그게 잘못이었는지도 모른다. 눈앞이 흐려진다. (『쥐를 잡자』, 67쪽)

> 나는 스무 살에 취했으며 스무 살을 즐겼다. (중략) 도와주는 사람은 없

었다. "대체 누구 애냐?" "애를 낳겠다고? 너 미쳤구나." (중략) 내 가슴에
가시로 남은 말들……. 나를 향한 그 날카로운 목소리와 눈빛들이 아직도
선하다. (중략) 나는 휴학하고 아이를 낳았다. 하지만 세상은 용납하지 않았
다. 나를 아는 사람은 아기를 낳기로 한 내 결정이 잘못이랬다. 나를 모르
는 사람들은 애초에 아기를 밴 내 행실이 잘못이랬다. 아기를 낳기로 한 순
간부터 오점투성이가 되어 버렸다. (『쥐를 잡자』, 74-75쪽)

　주홍엄마가 갖고 있는 딸의 임신 확인에 대한 두려움은 주홍에게 그대
로 전달되어 주홍이 미혼모로서 심리적 상처를 갖고 있는 엄마에게 임신
사실을 털어놓을 수 없는 처지에 놓인 것이다. 결국 주홍이 학교에서 쓰
러지고 주홍엄마는 담임교사를 만난 이후 스무 살에 미혼모의 삶을 선택
했을 때 자신을 억압했던 기억에 균열이 생기는 '쥐는 있다'라는 딸의 임
신 사실을 인정하기 시작한다.

　주홍의 담임 최 선생은 주홍과 주홍엄마를 바라보는 타자의 시선을 대
변하며 주홍의 임신과 낙태, 자살의 과정을 응시한다. 최 선생은 주홍의
사물함에 쥐가 있다는 사실을 직감하고 그 존재를 확인하고 싶지만 주홍
이 문을 열어줄 때까지 기다린다. 최 선생은 주홍의 영역을 침범할 수 없
다는 이유를 내세우며 주홍의 문제를 외면하고 만다. 최 선생은 주홍의
결정을 들어주는 역할밖에 할 수 없는 처지에 손톱만 물어뜯는 자기 연민
에 빠진다. 최 선생은 청소년이 임신했을 때 학교는 그들의 상처를 방치
하고 혹은 감추고 아무런 대책 없이 학교에서 추방하는 일뿐이라는 사실
에 절망하며 교사의 입장에서 학교 현실을 대변하고 있다.

　　그날 이후로 나는 주홍이를 묵묵히 지켜보았다. 주홍이가 사물함을 사
　용하는지 여부가 초미의 관심사였다. (중략) '그래 딱 한 번만 열어 보는
　거야. 그 안에 뭐가 있는지 확인해 보는 거야.' (중략) 걱정된다고 그 애를
　위해서라고 그 애의 영역을 침해할 수는 없었다. 아무리 애가 타도 나는
　문 밖에서 기다려야 한다. 여기, 내 자리에서 문을 열어 줄 때까지. 그게

옳았다. (『쥐를 잡자』, 34-35쪽)

　그 안에 정말로 쥐가 있다고 한들 내가 뭘 할 수 있겠어? 그래, 차라리
열지 말자. 꼭꼭 닫아 두자. (중략) 이제 나는 주홍이의 눈을 피했다. 주홍이
는 가끔씩 나를 뚫어져라 응시했다. (중략) 불안했다. 행여 주홍이의 마음이
바뀌어 내게 쥐에 대해 고백이라도 할까 봐……. 다가오지 마. 내가 해결할
수 없는 문제를 안고 있는 거라면 다가오지 마. (『쥐를 잡자』, 57쪽)

　주홍은 엄마와 담임교사에게 자신을 도와달라는 무언의 암시를 보냈지
만 두 사람에게 외면당한 채 학교에서 기절한 후 양호 선생님에 의해 임
신 사실이 확인된다. 주홍은 모든 사람들이 자신을 벽처럼 에워싸고 낙태
를 유도하지만 완강하게 거부하는 꿈을 통해 쥐의 존재를 인정하기 시작
한다. 양호교사는 주홍에게 쥐가 밖으로 나왔을 때 쥐 모습이 아니라는
현실을 인식시키며, 주홍이 선택한 길을 당당하게 가라는 조언과 함께 병
원을 알려주는 도움의 손길을 내밀며 양호교사로서 역할에 충실하다.
　결국 주홍은 '아이를 낳고는 싶지만 기를 자신이 없다'는 이유와 또 한
편으로 '학교를 계속 다니고 싶다'는 소망, 그리고 '엄마를 슬프게 할 수
없다'는 세 가지 이유를 들어 낙태를 선택한다. 주홍은 임신이 자신의 잘
못도 아니고 원하는 임신도 아니었지만 아이를 낳고 싶은 소망을 가지고
있었다. 그렇지만 주홍은 학교를 퇴학당한 임신한 여학생의 사례와 미혼
모로 자신을 낳고 길러준 엄마에게 절망감을 안겨줄 수 없다는 광포한 현
실에 순응하며 출산을 선택하지 못한 것이다.

　이루 말할 수 없을 만큼 속이 허했다. 스테인리스 통에 담긴 작은 사람은
어떻게 처분되는 걸까. 내가 대체 무슨 짓을 저지른 거지? 그제야 모든 감
각이 생생하게 돌아왔다. 내 몸의 아픔이 온 감각을 통해 내게 못질을 해
댔다. (『쥐를 잡자』, 104쪽)

낙태는 삶과 죽음을 결정하는 중대한 결정이다.[50] 주홍은 낙태 수술 과정에서 버려진 '작은 사람의 형상'을 보며 내 몸의 아픔이라고 인정하지만 자신이 저지른 일을 용서하지 못하고 일상적 삶을 거부하는 모습을 보인다. 주홍은 "낙태를 한 여성에게 나타나는 낙태 이후 증후군(Post Abortion Syndrome)이라는 심리적 문제인 후회, 자책, 자기 존중감 상실"[51] 등에서 벗어나지 못하고 음식 거부 및 자살 행동에 이른다.

결국 주홍은 자신이 죽음으로써 미혼모로 자신을 낳고 길러준 엄마의 삶을 구원하기로 결정한다. 엄마의 미혼모로서 삶을 반대했던 할머니의 자책도 덜어주기로 한다. 주홍은 자신이 아이를 죽였다는 죄책감에서 벗어나지 못하고 미혼모 딸을 둔 할머니, 그리고 자신과 다른 선택을 했던 딸의 상처를 치유하기 위해 고통 받는 엄마를 위해 자살을 선택하는 부정적인 자아 정체성을 형성한 것이다. 주홍의 죽음 이후 주홍의 사물함에서 발견된 고양이는 "주홍이의 쥐를 잡아주려는 절박한 심정"(149)일 수 있다는 주홍의 죽음을 막아보려는 상징으로 해석될 수 있다. 『쥐를 잡자』에서는 미혼모였던 주홍의 엄마를 통해 주홍을 잃고 고양이를 보살피는 것이 텅 빈 삶의 무게만큼이나 무거운 형벌이지만 주홍이 남긴 선물이라 생각하는 생명의 소중함을 강조하고 있다.

> 생명을 낳고 기르는 일이
> 한 사람의 희생이 아닌
> 온 우주의 축복일 수 있기를……. (『쥐를 잡자』, 154쪽)

『쥐를 잡자』에서는 청소년이 임신 사실을 숨겨야 하는 현실을 적나라하게 보여주고 있다. 주홍이 임신했을 때 조력자가 되지 못했던 가족, 교

---

50) 토머스 리토나 외, 추병완 옮김, 『청소년을 위한 이야기 성과 사랑』, 백의, 2000, 57쪽.
51) 위의 책, 65쪽.

사에게 그 책임을 묻고 있다. 이 작품에서는 여성의 관점에서 청소년의 임신과 낙태, 자살이라는 과정을 다루고 있다. 주홍과 미혼모 주홍엄마, 주홍엄마 하나만 키웠던 혼자되신 할머니, 담임과 양호 선생도 모두 여성의 시각에서 주홍의 선택을 바라보고 있다. 주홍의 임신은 남녀 두 사람의 책임에서 벗어나 여성의 몫으로만 남겨진 경우이다. 미혼모로 낙인이 되는 경우 발생하는 문제는 주홍엄마의 스무 살의 기억의 파편과 결벽 강박증에서 확인된다. 『쥐를 잡자』에서는 청소년이 아이를 낳기로 결정할 경우 사회적 비난이나 경제적 문제, 학업 중단의 문제 등이 발생[52]하고, 낙태를 결정한 경우 낙태 이후 신체적・정서적인 상처로부터 회복하기까지 자아 정체성 혼란의 겪을 수 있으며 극단적인 경우 자살이라는 부정적인 정체성을 형성하는 성장 거부의 서사가 나타난다.

5. 청소년소설 성과 사랑의 성장 서사에 나타난 교육적 의의와 한계

청소년소설에서는 청소년들이 이성 교제를 통한 신체적인 변화와 성에 대한 미묘한 감정 변화를 경험하며 청소년의 의사 결정에 따른 다층적인 성장 서사가 확인된다. 청소년소설에는 청소년들이 임신이라는 통과의례에 따라 성장, 반성장, 성장을 거부하는 서사가 나타난다. 청소년소설에서 스턴버그(R. J. Sternberg)가 제시한 동기적 측면의 열정, 정서적 측면의 친밀감, 인지적 측면의 결심과 헌신이라는 사랑의 3요소에 근거하여 『발차기』, 『키싱 마이 라이프』, 『쥐를 잡자』를 분석하여 다음과 같이 교육적 성장 서사의 의의와 한계점을 도출하였다.

---

52) 민성길 외, 앞의 책, 189쪽.

먼저, 청소년소설에서는 동기적 측면에서 사랑의 열정은 『발차기』와 『키싱 마이 라이프』에서 남자 청소년들이 주도적인 성관계를 유도하는 청소년기 성적 본능에 충실한 면모가 확인된다. 반면 여자 청소년은 남자 청소년에 의해 수동적으로 성관계에 응하는 면모가 나타난다. 『쥐를 잡자』에서는 청소년의 임신이 그들의 잘못이 아니라는 점을 강조하지만 임신에 이르는 과정은 생략되고 상대 남자의 존재가 부재한 상태이다. 청소년기의 성이 『발차기』와 『키싱 마이 라이프』에서는 성적 호기심과 이성 교제에 따른 열정을 발산하며 성 행동을 했다면 성장 거부의 서사인 『쥐를 잡자』에서는 여자 청소년 혼자 임신의 책무를 지고 그 해결 방안을 모색하는 의사 결정 양상을 제시하고 있다.

둘째, 청소년의 사랑에 대한 정서적 측면의 친밀감은 『발차기』에서 청소년들이 서로에게 호감을 갖고 공개적인 이성 교제를 하며 친밀감을 유지했지만 경희의 임신을 확인한 정수의 이중적 태도에 의해 친밀감은 위선적인 행동으로 급변하는 양상을 보인다. 정수가 청소년기의 삶에 충실하고자 경희의 임신을 외면한 채 상대방을 억압하는 반성장 서사가 확인된다. 반면 『키싱 마이 라이프』에서 청소년들이 임신 사실 확인 이후 서로의 아픔을 이해하고 상호 의존하며 결속력을 다지는 사랑의 친밀감을 유지한다. 청소년들이 서로 위안하면서 소중한 생명을 지키는데 합의하고 출산 과정에 동행하며 자신들의 행동을 책임지는 성장 서사도 나타난다.

반면 『쥐를 잡자』에서는 주홍의 임신을 바라보는 가족의 외면, 청소년의 임신을 용납하지 않는 학교, 그리고 청소년의 낙태를 강요하는 사회에서 현실적인 문제의 해결 방안을 제시하고 있다. 청소년인 주홍이 주체적인 의사 결정을 하기보다는 타자의 억압된 시선을 견디기 힘든 광포한 현실에서 아이를 낳을 수 없어 선택한 낙태 이후 죄책감 때문에 자살로 생을 마감하는 성장 거부 서사가 확인된다. 청소년소설에서는 기성세대가 청소년의 성 행동에 따른 임신과 출산을 문제적으로 바라보는 왜곡된 시선에서 벗어나 청소년도 주체로서 성적 자기 결정을 할 수 있는 주체로 인식해야 한다는 점을 제시하고 있다.

셋째, 청소년의 사랑에 대한 인지적 측면의 결심과 헌신 요소는 세 작품에서 각각 달리 형상화된 성장 서사를 보여준다. 『발차기』에서는 정수가 임신 문제와 결부되지 않았던 사랑의 순간에는 적극적이고 주도적인 성적 본능에 충실한 남자로서 모습이었다면 임신 이후 자신의 안위만 유지하기 위해 부모 뒤로 숨어버리는 인지적 측면의 결심과 헌신 요소의 결핍을 드러내고 있다. 『키싱 마이 라이프』에서는 채강과 하연은 성관계 이후도 '끝까지 가면된다'라는 의지를 보여주며 서로를 존중하는 청소년의 이상적인 이성 교제의 방향을 제시하고 있다. 두 사람이 병원에서 태아의 심장 소리를 들은 이후 생명의 소중함을 인식하고 아이를 낳기로 결정하면서 현실적인 어려움에 직면하지만 두 사람의 관계는 반목하기보다는 아이를 지키기 위해 서로 헌신하는 모습을 보인다. 특히 여자 청소년이 임신한 이후 가장 위로받고 싶은 결속의 대상이 남자 친구라는 점을 강조하며 청소년이지만 남자로서 역할을 해내고 있는 채강의 모습에서 사랑의 결심과 상대를 위해 헌신하는 미혼모 청소년을 위로하는 성장 서사가 확인된다.

『쥐를 잡자』에서는 주홍의 상대 남자가 존재하지 않은 상태에서 사랑의 결심과 헌신 요소 또한 부재하다. 이 작품에서는 주홍이 미혼모로 자신을 낳고 기르면서 강박 증세가 심한 엄마가 또다시 미혼모가 될 처지에 놓여 낙태를 선택한 딸의 상처를 감당해야 할 엄마를 구원한다는 왜곡된 시선으로 통과의례의 시련을 극복하지 못하고 자살을 선택하는 성장 거부 서사가 나타난다.

청소년소설에서는 청소년의 임신에 대처하는 가족, 학교, 사회가 편협한 시각에서 벗어나 그들의 처지를 이해하고 그들이 선택을 존중해줄 수 있는 조력자의 필요성과 지지가 될 수 있는 환경을 조성해주어야 한다는 문제를 제기하고 있다. 청소년소설에서는 청소년이 임신과 낙태, 출산이라는 어떤 상황에 놓이더라도 그 역할 혼란을 극복할 수 있도록 가족과 학교, 그리고 사회의 보호와 지지가 필요하며, 청소년에게 낙태를 강요하거나 외면하지 말고 먼저 손을 내밀어야 한다는 교훈적 성장 서사의 면모도 확인된다. 또한 청소년소설에서는 임신한 청소년이 해결 방안을 모색할 때 청소년의 자기 결정에 의한 선택의 중요성도 시사하고 있다.

이 시대를 살아가는 청소년은 성에 대한 다원적 가치를 존중받고자 한다. 『발차기』와 『키싱 마이 라이프』에서는 남자는 성에 대해 주도적인 반면 여자 청소년들은 수동적인 면모를 보이지만 모성을 자각함으로써 생명을 지키고자 하는 의지는 단호하다. 특히 『쥐를 잡자』에서는 낙태 이후 지키지 못한 생명에 대한 죄책감에 시달리는 부정적 정체성을 보여주고 있다. 청소년소설에서는 임신한 여자 청소년에게 낙태 강요, 학업 중단 및 사회적 관계의 단절, 죄책감과 자살이라는 억압적인 성장 환경을 제시하고 있다. 우리 사회의 성에 대한 이중적 잣대가 청소년소설에서도 그대로 형상화되고 있는 것이다. 남자 청소년은 학업을 계속 유지할 수 있지만 여자 청소년은 문제 청소년이란 낙인 아래 학업 중단의 위기에 처하게 되는 것이다. 그래서 청소년의 임신은 금기시되고 낙태와 출산 또한 비밀리에 이루어지고 있는 것이다.

청소년소설에서는 경제적으로 독립적인 주체일 수 없는 청소년의 출산과 양육의 어려움 때문에 성적 욕구와 사랑에 대한 책임 있는 행동을 요구하는 성교육적 성장 서사도 공존한다. 청소년소설에서는 성과 사랑의 모티프가 청소년의 성적 욕구를 발산할 수 있다는 다변화된 관점을 형상화하여야 한다. 여자 청소년의 성에 대한 수동적 태도와 남자 청소년의 무책임, 타자의 억압된 시선이라는 성장 서사에서 벗어날 필요가 있다. 여자 청소년이 낙태 이후 부정적 정체성 형성이 아닌 성과 사랑의 결과에 책임지는 통과의례를 거치며 다시 사랑하며 살아가는 모습 또한 제시할 필요가 있다. 청소년 성교육 현장에서도 청소년의 순결 강조보다는 임신을 예방하는 피임법과 청결을 강조하며 성적 욕구를 효율적으로 대처할 수 있는 방안을 제시하는 교육이 이루어지고 있기 때문이다.

청소년소설에서는 청소년의 성과 사랑의 모티프가 기성세대의 억압과 편견을 답습한 문제 지향적인 시각에서 벗어나 청소년 세대의 성의식 변화의 감성을 포착하여 창작의 현장에서 형상화되어야 청소년 독자에게 수용되는 지평을 확보할 수 있다. 청소년소설의 성장 서사가 '지금 여기' 당면 문제일 수 있는 청소년의 욕구와 관심사를 담아낸다면 청소년 독자층에게 '그들의 이야기를 발산하는 예술 공동체'로 기능하며, 나아가 문학장(場)에서 청소년소설의 장르 정체성을 공고히 확립할 수 있을 것으로 전망을 제시한다.

▮▮참고문헌

1. 작품

고정욱, 『까칠한 재석이가 사라졌다』, 애플북스, 2009.

구병모, 『위저드 베이커리』, 창비, 2009.

김려령, 『완득이』, 창비, 2008.

_____, 『우아한 거짓말』, 창비, 2009.

김혜정, 『하이킹 걸즈』, 비룡소, 2008.

김혜진, 『프루스트 클럽』, 바람의아이들, 2005.

남상순, 『나는 아버지의 친척』, 사계절, 2006.

박상률, 『밥이 끓는 시간』, 사계절, 2001.

박선희, 『파랑치타가 달려간다』, 비룡소, 2009.

박정애, 『환절기』, 우리교육, 2005.

_____, 『다섯 장의 짧은 다이어리』, 웅진주니어, 2009.

배봉기, 『아무도 대답하지 않았다』, 사계절, 2009.

배유안, 『스프링벅』, 창비, 2008.

손현주, 『불량가족 레시피』, 문학동네, 2011.

신여랑, 『몽구스 크루』, 사계절, 2006.

_____, 『이토록 뜨거운 파랑』, 창비, 2010.

이경화, 『나』, 바람의아이들, 2006.

이상권, 『발차기』, 시공사, 2009.

이송현, 『내 청춘, 시속 370km』, 사계절, 2011.

이옥수, 『키싱 마이 라이프』, 비룡소, 2008.

임태희, 『쥐를 잡자』, 푸른책들, 2007.

추정경, 『내 이름은 망고』, 창비, 2011.

최민경, 『나는 할머니와 산다』, 현문미디어, 2009.

2. 저서

고미숙・김현철・박노자・권인숙・나임윤경, 『이팔청춘 꽃띠는 어떻게 청소년이 되었나?』, 인물과사상사, 2009.

강영안, 『주체는 죽었는가』, 문예출판사, 1996.

곽형식 외, 『인간 행동과 사회 환경』, 형설출판사, 2000.

권명아, 『가족이야기는 어떻게 만들어지는가』, 책세상, 2000.

권이종・김천기・이상오, 『청소년문화론』, 공동체, 2010.

권일남・정철상・김진호, 『청소년 활동지도론』, 학지사, 2003.

권지성, 『공개 입양가족의 적응』, 나눔의집, 2005.

김경수 외, 『페미니즘과 문학비평』, 고려원, 1994.

김두헌, 『한국가족제도 연구』, 서울대학교출판부, 1983.

김성애・전명희, 『우리가 성에 관해 너무나 몰랐던 일들』, 또하나의문화, 2009.

김종회・최혜실 엮음, 『문학으로 보는 성』, 김영사, 2001.

김신일, 『교육사회학』, 교육과학사, 1993.

_____, 『청소년문화론』, 한국청소년연구원, 1992.

김원 외, 『한국의 다문화주의 가족, 교육, 그리고 정책』, 이매진, 2011.

김윤식, 『한국 현대소설 비판』, 교육과학사, 1981.

김정용, 『독일 아동・청소년 문학과 문학 교육』, 지식을만드는지식, 2011.

나병철, 『가족로망스와 성장소설-반오이디푸스 문화론』, 문예출판사, 2007.

도서추천위원회 엮음, 『2010 도서관 추천 도서 목록』, 학교도서관저널, 2010.

문학과사회연구회 편, 『문학과 현실의 삶』, 국학자료원, 1999.

문학이론연구회 편, 『담론 분석의 이론과 실제』, 문학과지성사, 2002.

민성길 외, 『부모와 교사가 함께하는 청소년 성교육: 성・사랑・가정』, 한국성과학연구협회, 2016.

박민규, 『카스테라』, 문학동네, 2014.

박상률, 『청소년문학의 자리』, 나라말, 2011.

박성우, 『난 빨강』, 창비, 2010.

박숙자 외, 『가족과 성의 사회학-고전사회학에서 포스트모던 가족론까지』, 사회비평사, 1995.

박진규, 『청소년문화』, 학지사, 2003.

배봉기, 『UFO를 타다』, 우리같이, 2010.

변혜정 엮음,『10대의 섹스, 유쾌한 섹슈얼리티』, 동녘, 2010.

봉죽헌박봉배박사회갑기념논문집간행위원회,『봉죽헌박봉배박사회갑기념논문집』,
　　　배영사, 1986.

서강여성문학연구회 편,『한국문학과 환상성』, 예림기획, 2001.

선주원,『청소년문학교육론』, 역락, 2008.

소영현,『문학청년의 탄생』, 푸른역사, 2008.

＿＿＿,『분열하는 감각들』, 문학과지성사, 2009.

손승영・김현주・전효관・주은희・한경혜,『청소년의 일상과 가족 : 청소년의 삶과 문화
　　　에 관한 사회적 연구』, 생각의 나무, 2001.

송대영,『인간관계론』, 한국방송통신대학교출판부, 2007.

송영혜,『또래 관계』, 집문당, 2007.

신용하・장경섭,『21세기 한국의 가족과 공동체문화』, 지식산업사, 1996.

심영희 외 공저,『모성의 담론과 현실 : 어머니의 성・삶・정체성』, 나남출판, 1999.

안병철・임인숙・정기선・이장원,『경제 위기와 가족』, 생각의나무, 2011.

양해림・유성선・김철운,『성과 사랑의 철학』, 철학과현실사, 2001.

여성한국사회연구소 편,『가족과 한국사회』, 경문사, 2009.

유영주 외,『새로운 가족학』, 신정, 2004.

윤가현・양동욱,『성 문화와 심리』, 학지사, 2016.

이경화,『나의 그녀』, 바람의아이들, 2004.

이경혜,『어느 날 내가 죽었습니다』, 바람의아이들, 2004.

이금이,『주머니 속의 고래』, 푸른책들, 2006.

이동원 외,『변화하는 사회 다양한 가족』, 양서원, 2001.

이재경,『가족의 이름으로 - 한국 근대가족과 페미니즘』, 또 하나의 문학, 2003.

이보영・진상범・문석우,『성장소설이란 무엇인가』, 청예원, 1999.

이득재,『가족주의는 야만이다』, 소나무, 2001.

이여봉,『탈근대의 가족들 - 다양성, 아픔, 그리고 희망』, 양서원, 2006.

이영실 외,『가족치료』, 양서원, 2010.

이주형・류덕제・임성규,『한국 아동청소년문학 연구』, 한국문화사, 2009.

이재선,『한국 현대소설사』, 홍성사, 1979.

이재철,『한국아동문학사』, 일지사, 1978.

이해주·이미리·모경환, 『청소년문제론』, 한국방송통신대학교출판부, 2006.

작가와비평 편, 『비평, 90년대 문학을 묻다』, 여름언덕, 2006.

장일순, 『청소년사회학』, 학문사, 2007.

장휘숙, 『전생애 발달심리학』, 박영사, 2013.

정옥분, 『발달심리학-전생애 인간발달』, 학지사, 2004.

정옥분·정순화·홍계옥, 『결혼과 가족의 이해』, 시그마프레스, 2005.

정현숙·유계숙, 『가족관계』, 신정, 2001.

정현숙·유계숙·최연실, 『결혼학』, 신정, 2003.

조성남·이동원·박선웅, 『청소년의 하위문화와 정체성-또래집단, 가족, 학교를 중심으로』, 집문당, 2003.

조성숙, 『어머니라는 이데올로기』, 한울, 2002.

조은숙, 『한국 아동문학의 형성』, 소명출판, 2009.

조정문·장상희, 『가족사회학』, 아카넷, 2001.

조한혜정·양선영·서동진, 『왜 지금, 청소년?-하자센터가 만들어지기까지』, 또하나의 문화, 2002.

천정웅·김 민·김진호·박선영, 『차세대 청소년학 총론』, 양서원, 2011.

최광현, 『가족의 두 얼굴』, 부키, 2012.

최경석 외, 『한국 가족복지의 이해』, 인간과복지, 2001.

최재석, 『한국가족제도 연구』, 일지사, 1983.

최문환선생기념사업추진회 편, 『최문환 박사 기념논문집』, 최문환선선생기념사업추진회, 1977.

최현주, 『한국 현대 성장소설의 세계』, 박이정, 2002.

표갑수, 『아동청소년복지론』, 나남출판, 2000.

한국가족문화원 편, 『새로 본 가족과 한국사회』, 경문사, 2009.

한국가족학회 편, 『한국 가족문제-진단과 전망』, 하우, 1995.

한국청소년개발원 편, 『청소년환경론』, 교육과학사, 2004.

_____, 『청소년문화론』, 교육과학사, 2005.

_____, 『청소년심리학』, 교육과학사, 2006.

_____, 『청소년육성제도론』, 교육과학사, 2007.

한기호 외, 『청소년출판-북페뎀 3』, 한국출판마케팅연구소, 2003.

한용환, 『소설학사전』, 문예출판사, 1999.

황선열, 『아동청소년문학의 새로움』, 푸른책들, 2008.

홍봉선·남미애, 『청소년복지론』, 양서원, 2004.

게오르그 루카치, 김정식 옮김, 『소설의 이론』, 문예출판사, 2004.

다니안 맥도넬, 임상훈 옮김, 『담론이란 무엇인가』, 한울, 1992.

다이애너 기틴스, 안호용 외 옮김, 『가족은 없다-가족 이데올로기의 해부』, 일신사, 1997.

데이비드 엘킨드, 이동원 외 옮김, 『변화하는 가족』, 이화여대출판부, 1999.

랑시에르, 유재홍 옮김, 『문학의 정치』, 인간사랑, 2009.

_____, 오윤성 옮김, 『감성의 분할-미학과 정치』, 도서출판b, 2008.

미셸 바렛·매리 매킨토시, 김혜경 옮김, 『가족은 반사회적인가』, 여성사, 1994.

미셸 푸코, 이규현 옮김, 『성의 역사 1』, 나남, 1990.

_____, 이정우 옮김, 『담론의 질서』, 새길,1992.

배리소온·매릴린얄롬 편, 권오주 외 옮김, 『페미니즘 시각에서 본 가족』, 한울아카데미, 2003.

웨슬러 버어 외, 최연실 외 옮김, 『새로 보는 가족관계학』, 하우, 1995.

사라밀즈, 김부용 옮김, 『담론』, 인간사랑, 2001.

시몬느 베이에르, 이재실 옮김, 『통과제의와 문학』, 문학동네, 1996.

앤터니 이스톱, 박인기 옮김, 『시와 담론』, 지식산업사, 1994.

존 스토리, 박모 옮김, 『문화연구와 문화이론』, 현실문화연구, 1994.

채트먼, 한용환 옮김, 『이야기와 담론』, 푸른사상, 2003.

제이버 구부리움·제임스 홀스타인, 최연실 외 옮김, 『가족이란 무엇인가-사회구성주의적 관점에서 본 가족 담론』, 하우, 1997.

토마스 리코나 외, 추병완 옮김, 『청소년을 위한 이야기 성과 사랑』, 백의, 2000.

페이스 R·엘리엇, 안병철·서동인 옮김, 『가족 사회학』, 을유문화사, 1993.

한스 하이노 에버스, 김정희 외 옮김, 『아동·청소년 문학의 서』, 유로, 2008.

3. 학위논문

구아름, 「2000년대 청소년문학에 나타난 가족 분화와 재구성의 양상」, 순천향대학교 교육대학원 석사학위논문, 2011.

김경연, 「독일 '아동 및 청소년 문학'연구-교육적 관점과 미적 관점의 역사적 고찰」, 서울대학교 박사학위논문, 2000.

김병희, 「한국 현대 성장소설 연구」, 서울여자대학교 박사학위논문, 2000.

김선미, 「청소년소설의 성장 서사 연구」, 한국교원대학교 석사학위논문, 2015.

김소라, 「한부모가족의 유형이 청소년 자녀의 우울, 자아 존중감, 학교 적응에 미치는 영향 : 의사소통의 매개 효과를 중심으로」, 고려대학교 석사학위논문, 2014.

김은정, 「청소년문학의 이론과 실제 – 성장소설의 유형을 중심으로」, 서울시립대학교 교육대학원 석사학위논문, 2006.

김윤자, 「한국 근대 여성 성장소설 연구」, 경성대학교 박사학위논문, 2005.

김윤정, 「한국 청소년문학 연구 – 청소년문학상 당선작을 중심으로」, 단국대학교 석사학위 논문, 2010.

김융희, 「현대 한국의 경제성장에 따른 청소년상의 변화에 관한 연구」, 동국대학교 박사학위논문, 2004.

김화선, 「한국 근대 아동문학의 형성 과정 연구」, 충남대학교 박사학위논문, 2002.

김현성, 「청소년 문제 담론을 통한 주체 형성 과정에 관한 연구」, 숙명여자대학교 박사학위논문, 2003.

김현철, 「일제기 청소년 문제에 대한 연구」, 연세대학교 박사학위논문, 1999.

남미영, 「한국 현대 성장소설 연구」, 숙명여자대학교 박사학위논문, 1999.

남춘미, 「학교를 배경으로 한 한국 현대청소년소설연구」, 경일대학교 석사학위논문, 2010.

남현미, 「가족의 심리적 환경과 청소년의 자기 통제력 및 친구 특성이 문제 행동에 미치는 영향」, 서울대학교 석사학위논문, 1999.

박경희, 「청소년소설에 나타난 청소년문화 양상 연구 – 2000년대 이후 작품을 중심으로」, 목포대학교 교육대학원 석사학위 논문, 2012.

박임효, 「동성애자의 성정체성 형성 과정에 관한 교육학적 탐색」, 서울대학교 석사학위논문, 2008

박해광, 「경영 담론의 특성과 노동자 수용에 관한 연구」, 연세대학교 박사학위논문, 1999.

방형심, 「청소년이 지각하는 청소년 동아리 활동 활성화 요인」, 가톨릭대학교 석사학위논문, 2006.

안주연, 「청소년소설에 나오는 학교 이미지 연구」, 인하대학교 교육대학원 석사학위논문, 2010.

오세란, 「한국 청소년소설 연구」, 충남대학교 박사학위논문, 2012.

옥선화, 「현대 한국인의 가족주의 가치에 관한 연구」, 서울대학교 박사학위논문, 1989.

윤소희, 「한국 아동문학의 가족서사 연구」, 중앙대학교 박사학위논문, 2010.

이금주, 「청소년소설의 서사적 특징과 장르 정체성 연구-문학상 수상작을 중심으로」, 인천대학교 석사학위논문, 2011.

이미정, 「성장소설에 나타난 청소년기의 자아 정체성 양상의 연구」, 수원대학교 교육대학원 석사학위논문, 2010.

이언수, 「청소년 문학 연구-청소년소설에 나타난 성장의 변모 양상」, 동아대학교 교육대학원 석사학위논문, 2010.

이옥수, 「자전적 청소년소설의 서사화 과정 연구」, 고려대학교 박사학위논문, 2011

임미형, 「청소년문학 교육 연구」, 부산대학교 석사학위논문, 1994. .

설연욱, 「한부모가족 청소년들의 문화예술 활동 참여 경험을 통한 자아 정체성 형성에 관한 연구」, 부산대학교 박사학위논문, 2013.

신수진, 「한국의 가족주의 전통과 그 변화」, 이화여자대학교 박사학위논문, 1998.

전정연, 「식민지시대 여성 성장소설 연구」, 경성대학교 박사학위논문, 2006.

정건희. 「청소년참여 담론 연구」, 중앙대학교 박사학위논문, 2013.

정미영, 「조혼과 소년소설 연구」, 인하대학교 석사학위논문, 2002.

정현아, 「청소년문학에 나타난 성과 사랑에 대한 고찰」, 인하대학교 석사학위논문, 2010.

장수경, 「한국 현대 성장소설 연구-1980년대 이후 청소년소설을 중심으로」, 성균관대학교 석사학위논문, 2007.

_____, 「『학원』의 문학사적 위상 연구」, 고려대학교 박사학위논문, 2010.

최미령, 「한국 청소년소설에 투영된 가족 이데올로기 연구」, 가톨릭대학교 석사학위논문, 2010.

최미선, 「한국 소년소설 형성과 전개 과정 연구」, 경상대학교 박사학위논문, 2012.

최배은, 「한국 근대 청소년소설의 형성과 이념 연구」, 숙명여자대학교 박사학위논문, 2013.

최윤정, 「한국 청소년문학의 폭력문제 연구」, 건국대학교 석사학위논문, 2009.

최이숙, 「1970년 이후 신문에 나타난 청소년 개념의 변화」, 서울대학교 석사학위논문, 2002.

황상훈, 「청소년 통신 문학의 특성 고찰」, 수원대학교 교육대학원 석사학위논문, 2008.

홍나미, 「부모 학대와 또래 괴롭힘이 청소년 자살 생각에 미치는 영향 : 대인 관계 내재화와 절망감의 매개 경로를 중심으로」, 이화여자대학교 박사학위논문, 2011.

4. 일반 논문 및 평론

공미혜, 「가족이기주의에 대한 여성학적 비판」, 『사회학대회발표요약집』 1호, 한국사회
　　학회, 1992.

구자황, 「성장소설과 청소년문학의 가능성 – 교육 정전을 중심으로」, 『우리문학연구』 제37
　　집, 우리문학회, 2012, 10.

김연옥, 「해체된 재혼의 특성에 관한 연구 – 재혼모를 대상으로」, 『한국사회복지학』 59권
　　2호, 한국사회복지학회, 2007.

＿＿＿, 「재혼가족 가족 경계 모호성과 가족 기능에 관한 연구」, 『한국사회복지학』 64권
　　3호, 한국사회복지학회, 2012.

김경애, 「한국 현대청소년소설과 『모두 아름다운 아이들』」, 『한국문학이론과비평』 제51
　　집, 한국문학이론과비평학회, 2011. 6.

＿＿＿, 「한국 현대청소년소설과 『위저드 베이커리』」, 『새교육국어』 94권, 한국국어교육
　　학회, 2013.

김경연, 「청소년문학의 이해」, 『문학과교육』 17호, 문학과교육연구회, 2001, 가을.

김미현, 「가족 이데올로기의 종언 – 1990년대 이후 소설에 나타난 탈가족주의」, 『여성문
　　학학회』 13권, 한국여성문학학회, 2005.

김명순, 「청소년소설의 문학적 성격과 문제점」, 『현대문학이론연구』, 제36집, 현대문학이
　　론학회, 2009.

＿＿＿, 「청소년소설공모전 수상작의 공식 – 2011년~2012년 수상작을 중심으로」, 『아동
　　문학평론』 38권 1호, 아동문학평론사, 2013. 3.

김성진, 「90년대 이후 가족 동화의 특징에 대한 연구 – 이금이, 최나미의 작품을 중심으로」,
　　『아동청소년문학연구』 1권, 한국아동청소년문학학회, 2007.

＿＿＿, 「청소년문학의 새로운 물결은 시작되었는가」, 『창비어린이』 6권 4호, 창작과
　　비평사, 2008.

＿＿＿, 「청소년소설의 현실 형상화 방식에 대한 연구」, 『우리말글』 45권, 우리말글학회,
　　2009.

＿＿＿, 「청소년소설의 장르적 특징과 문학교육」, 『비평문학』 39호, 한국비평문학회,
　　2011.

김슬옹, 「청소년의 정체성과 청소년문학의 정체성 – 성장소설을 중심으로」, 『문학과교육』
　　17호, 문학과교육연구회, 2001, 가을.

김연옥, 「해체된 재혼의 특성에 관한 연구-재혼모를 대상으로」, 『한국사회복지학』 59권 2호, 한국사회복지학회, 2007.

김은정, 「한국 청소년영화에 나타난 청소년문화 연구」, 『청소년문화포럼』 40권, 한국청소년문화연구소, 2014.

김은하, 「청소년문학과 21세기 소녀의 귀환-여성작가의 청소년 소설을 대상으로」, 『여성문학연구』 24권, 한국여성문학학회, 2010.

김은희, 「일·가족 그리고 성역할의 의미-한국의 산업화와 신중산층의 가족 이념」, 『사회와역사』, 39권, 한국사회사학회, 1993.

김이구, 「문학성과 시장성의 경계에 흐르는 강박-청소년문학 시장의 빛과 그늘」, 『대산문화』, 2011, 겨울호.

김주현, 「청소년소설을 통해 본 현실 세계-이금이『주머니 속의 고래』」, 『푸른글터』, 10호, 2010. 12.

김준호, 「청소년의 가출과 비행의 관계에 관한 연구」, 『형사정책연구』 12권, 한국형사정책연구원, 1992, 52쪽.

김중신, 「청소년문학의 재개념화를 위한 고찰」, 『문학교육학』 9호, 한국문학교육학회, 2002.

김재엽·이근영, 「학교 폭력 피해 청소년의 자살 생각에 대한 연구」, 『청소년학연구』 17권 5호, 2010.

김지영, 「1960~70년대 청소년 과학소설 장르 연구」, 『동남어문논집』 35호, 동남어문학회, 2013.

_____, 「한국 과학소설의 장르 소설적 특징에 대한 연구-『한국과학소설(SF)전집(1975)을 중심으로」, 『인문논총』 32호, 경남대인문과학연구소, 2013.

김진호, 「청소년 문제 행동과 보호 환경의 관계에 대한 문제 행동 통제의 매개 효과」, 『미래청소년학회지』 7권 4호, 미래청소년학회, 2010.

김화선, 「청소년문학에 나타난 '성장'의 문제-김려령의『완득이』를 중심으로」, 『아동청소년문학연구』 3호, 한국아동청소년문학학회, 2008.

_____, 「청소년소설에 나타난 성장 서사 연구-여성 인물이 주인공인 작품을 중심으로」, 『국어교육연구』 제45집, 한국국어교육학회, 2008, 8.

김혜경, 「1980년대 이후 한국 사회 비판적 가족 담론의 변화 : 비동시성의 동시성」, 『가족과문화』, 제24집 4호, 한국가족학회, 2012.

김혜숙, 「이혼가정 자녀의 적응에 관한 관점들의 비교」, 『교육논총』 23권, 경인교대초등

교육연구원, 2004.

김혜영, 「미혼모에 대한 사회적 차별의 배제 : 차별의 기제와 특징을 중심으로」, 『젠더와 문화』 6권 1호, 계명대여성학연구소, 2013.

김혜정, 「청소년문학에 나타난 가족해체 서사 연구−2011년 출간된 청소년소설을 중심으로」, 『아동청소년문학연구』 10호, 한국아동청소년문학학회, 2012.

김효순, 「재혼가족 청소년 자녀의 적응 과정에 관한 탐색적 연구」, 『인간발달연구』 14권 4호, 한국인간발달학회, 2007.

김효순·엄명용, 「청소년 자녀가 있는 재혼부부의 결혼만족도에 영향을 미치는 요인에 관한 연구」, 『한국가족복지학』 21호, 한국가족사회복지학회, 2007.

김효순·하춘광, 「재혼가족 청소년 자녀의 심리적 적응 및 사회적 적응에 영향을 미치는 요인에 관한 연구」, 『청소년학연구』, 17권 4호, 한국청소년학회, 2010.

_____, 「청소년 자녀가 있는 재혼가족의 새부모 역할 경험에 관한 연구」, 『가족과문화』, 23권 1호, 한국가족학회, 2011.

나병철, 「여성 성장소설과 아버지의 부재」, 『여성문학연구』 10호, 한국여성문학학회, 2003.

_____, 「청소년 환상소설의 문학교육적 의미와 ‘가치’의 세계」, 『청람어문교육』 42권, 청람어문교육학회, 2010.

나윤경, 「60~70년대 개발 국가 시대의 학생잡지를 통해서 본 10대 여학생 주체 형성과 관련한 담론 분석」, 『한국민족운동사연구』 56권, 한국민족운동사학회, 2008.

노영희, 「한국 근대 문학에 나타난 가족제도의 변용 양상」, 『비교문학』 26권, 한국비교문학학회, 2001.

문소정, 「한국가족 다양화 담론의 다양성에 대한 비판적 고찰」, 『아시아여성연구』, 47권 2호, 숙명여대아시아여성연구소, 2008.

민태윤, 「교사가 말하는 청소년문화: 동아리미학−학생들에게 있어서 동아리는 무엇인가 」, 『세미나자료집』 1호, 한국청소년문화연구소, 2003.

박기범, 「청소년문학의 진단과 방향」, 『문학과교육』 17호, 문학과교육연구회, 2001, 가을.

박경희, 「한국 청소년문학의 연구 동향과 전망 고찰−2000년대 이후 연구를 중심으로」, 『어문논총』, 25호, 전남대한국어문학연구소, 2014. 6.

_____, 「청소년소설의 성장 담론 연구−재혼가족 유형과 자아 정체성 확립 양상을 중심으로」, 『인문사회21』 6권 3호, 아시아문화학술원, 2015, 10.

박경희 · 나상오, 「청소년소설의 성장 담론 연구-또래 문화를 중심으로」, 『인문사회21』, 6권 4호, 아시아문화학술원, 2015. 12.

박부진, 「가족 구성의 변화와 전망」, 『정신문화연구』 13권 2호, 한국학중앙연구원, 1996.

박상률, 「청소년문학의 자리」, 『내일을여는작가』 55호, 한국작가회의, 2009, 여름호.

_____, 「우리나라 청소년문학의 역사와 현황-『쌍무지개 뜨는 언덕』에서 『완득이』까지」, 『대산문화』, 대산문화재단, 2011, 겨울호.

박성익 · 장정아 · 신혜숙 · 신혜정, 「사이버공간에서의 청소년 행동 특성 연구」, 『2000년 지식기반 확충 조사 연구』, 한국간행물윤리위원회, 2000.

박일환, 「청소년문학의 현황과 과제」, 『내일을여는작가』 55호, 한국작가회의, 2009 여름호.

박정애, 「한국아동청소년 소설에 나타난 '다문화' 갈등과 그 해결 양상 연구」, 『현대문학의 연구』 41권, 한국문학연구학회, 2010.

박현이, 「윤성희 소설에 나타난 탈근대적 가족 양상 연구-윤성희의 『거기, 당신?』을 중심으로」, 『국어교육연구』 제43집, 국어교육학회, 2008, 8.

박혜경, 「경제 위기 시 가족주의 담론의 재구성과 성평등 담론의 한계」, 『한국여성학』 27권 3호, 한국여성학회, 2011.

배진서, 「한부모가족의 자녀 부적응이 자아 존중감에 미치는 영향에 관한 연구」, 『사회복지 지원학회지』 8권 1호, 한국사회복지지원학회, 2013.

백진아, 「한국의 가족 변화 : 가부장성의 지속과 변동」, 『현상과인식』 33권 1-2호, 한국인 문사회과학회, 2009.

소영현, 「청소년문학이 질문해야 할 것들」, 『작가세계』, 2010년, 봄호

서수경, 「'포스트모던 가족' 담론과 한국 가족의 변화」, 『대한가정학회지』 4권 5호, 대한 가정학회, 2002.

서은경, 「현대문학과 가족 이데올로기(1)-아버지 부재의 성장소설을 중심으로」, 돈암어 문학』 제19집, 돈암어문학회, 2006. 12.

송수연, 「청소년문학과 성(性)-단절에서 소통으로」, 『아동청소년문학연구』, 2호, 한국아 동청소년문학학회, 2008.

신수정, 「2000년대 청소년소설에 나타난 교사와 학생 간의 소통 윤리-『완득이』, 『열일곱 살의 털』을 중심으로」, 『아동청소년문학연구』 11호, 한국아동청소년문학학회, 2012.

신수진, 「한국 사회변동과 가족주의 전통」, 『한국가족관계학회』 4권 1호, 한국가족관계 학회, 1999.

심영희, 「IMF 시대의 청소년문제 양상과 과제-위험사회의 관점에서」, 『청소년학연구』 5권 3호, 한국청소년학회, 1998.

심진경, 「여성의 성장과 근대성의 상징적 형식-오정희의 유년기 소설을 중심으로」, 『여성문학연구』 1권, 한국여성문학학회, 1999.

안점옥, 「동화에 나타난 가족 이데올로기와 그 서사적 대응방식」, 『아동청소년문학연구』 13호. 한국아동청소년문학학회, 2013.

안재진·권지성, 「국외 입양인의 뿌리 찾기에 영향을 미치는 요인」, 『사회복지연구』 42권 2호, 한국사회복지연구회, 2010.

오석균, 「청소년과 청소년문학에 대한 소고-『동정없는 세상』, 『밥이 끓는 시간』, 『모두가 아름다운 아이들』을 중심으로」, 『한어문교육』 22권, 한국언어문학교육학, 2010.

오세란, 「청소년문학과 청소년문학이 아닌 것」, 『창비어린이』 7권 1호, 창작과비평사, 2009.

_____, 「청소년소설의 장르 용어 고찰」, 『아동청소년문학연구』, 6호, 한국아동청소년문학학회, 2010.

_____, 「청소년소설 비행을 꿈꾸다」, 『창비어린이』 5권 4호, 창작과비평사, 2007.

_____, 「1950, 60년 청소년소설 형성 과정 고찰」, 『아동청소년문학연구』 5호, 아동청소년문학학회, 2009, 12.

우미영, 「현대소설과 가족의 탈근대-윤성희·김애란·강영숙의 소설을 중심으로」, 『한국문예비평연구』 21호, 한국현대문예비평학회, 2006.

유성호, 「청소년문학의 미학과 교육」, 『오늘의문예비평』 72호, 2009, 2.

윤소희, 「'성장' 강조하는 청소년소설의 성장 가능성-2008년 출간된 청소년문학상 수상작을 중심으로」, 『어린이책이야기』, 2권 1호, 아동문학이론과창작학회, 2009 봄호.

원유경, 「아동문학에 나타난 가족, 그리고 해체」, 『영어영문학』 58권 1호, 한국영어영문학회, 2012.

원종찬, 「우리 청소년문학의 발전 양상-공모 당선작을 중심으로」, 『창비어린이』 7권 4호, 창작과비평사, 2009.

이동연, 「청소년은 저항하는가-청소년 주체 형성의 다중성 읽기」, 『오늘의문예비평』 72호, 2009, 봄.

이영자, 「가부장제 가족의 자본주의적 재구성」, 『현상과인식』 32권 3호, 한국인문사회과학회, 2007.

이재경, 「한국 가족은 '위기'인가? '건강가족' 담론에 대한 비판」, 『한국여성학』 20권 1호,

한국여성학회, 2004.

이진우·박일환·김종환, 「담론이란 무엇인가—담론 연구에 관한 학제 간 연구」, 『철학연구』 제56집, 1996.

이진숙, 「팬코스프레에서의 청소년 여가 경험에 대한 현상학적 연구」, 『청소년문화포럼』 3권, 한국청소년문화연구소, 2013, 56쪽.

이혜숙, 「'청소년' 용어 사용 시기 탐색과 청소년 담론 변화를 통해 본 청소년 규정 방식」, 『아시아교육연구』 7권 1호, 서울대학교육연구소, 2006.

임영복, 「여성 성장소설에 나타난 사춘기의 성장 담화—오정희, 서영은, 김채원의 소설을 중심으로」, 『돈암어문학』 7, 돈암어문학회, 1995.

임춘희, 「재혼가족 청소년의 친부모 관계와 새부모 관계에 대한 연구—재혼가족에 대한 고정관념과 재혼가족 신화와의 관계를 중심으로」, 『인간발달연구』, 3권 3호, 한국인간발달학회, 2006.

임태훈 외, 「청소년문학의 현재」, 『리토피아』, 10권 3호, 2010, 가을호..

장은영, 「2000년대 이후 한국 소설에 나타난 가부장의 해체와 남성성의 균열」, 『인문학연구』 26권, 경희대인문학연구원, 2014.

장일구, 「여성 성장 신화의 서사적 변주—최근 여성 성장소설에 대한 비판적 재고」, 『한국언어문학』 52권, 한국언어문학회, 2004.

장수경, 「1950년대 『학원』에 나타난 현실 인식과 계몽의 이중성」, 『한민족문화연구』 제31집, 한민족문화학회, 2009.

전명희, 「청소년문학의 정체성에 대한 고찰」, 『아동문학평론』 제29집, 한국아동문화연구원, 2004.

_____, 「현대 청소년 소설의 다양한 미학성—소재 및 주제, 서술방식을 중심으로」, 『한국아동문학연구』 21호, 한국아동문학학회, 2011.

정미경, 「독일 아동 청소년문학에 나타난 가족 형태의 변천」, 『뷔히너와현대문학』 33, 한국뷔히너학회, 2009.

정순진, 「여성 성장소설의 방향성 고찰」, 『현대소설연구』 3호, 한국현대소설학회, 1995.

정재민, 「청소년문화의 새로운 이해」, 『청소년문화포럼』 15권, 한국청소년문화연구소, 2007.

정미영, 「『학원』과 명랑소설」, 『창비어린이』 2권 3호, 창작과비평사, 2004, 가을호.

정혜경, 「이 시대의 아이콘 '청소년'(을 위한) 문학의 딜레마」, 『오늘의문예비평』, 71호, 2008 겨울.

_____, 「여성 성장소설에 나타난 가족 서사의 재구성-아버지 부재(不在)의 모티프에 대한 서사적 대응 방식을 중심으로」, 『국제어문』 44권, 국제어문학회, 2008.

_____, 「2000년대 가족 서사에 나타난 다문화주의의 딜레마」, 『현대소설연구』 40호, 한국현대소설학회, 2009.

조아미·조승희, 「집단 따돌림의 발달적 변화와 유형에 따른 심리적 특성의 차이」, 『한국 청소년시설환경』 5권 3호, 한국청소년시설학회, 2007.

조은숙, 「근대 계몽 담론과 '소년'의 표상」, 『어문논집』 제45집, 민족어문학회, 2002.

_____, 「풍문 속의 '청소년문학'」, 『창작과비평』, 2009, 겨울호.

조한혜정, 「청소년 성문화 : 성적 주체로서의 인식을 중심으로」, 『한국여성학』 14권 1호, 한국여성학회, 1998.

조혜자·방희정, 「사회경제적 변화가 가족에게 미치는 영향」, 『한국심리학회지:여성』 3권 1호, 한국심리학회, 1998.

차혜영, 「한국 현대소설의 정전화 과정 연구-중고등학교 국어교과서와 지배 이데올로기의 관련성을 중심으로」, 『돈암어문학』 제18집, 돈암어문학회, 2005.

최배은, 「한국 근대 청소년소설의 형성 연구」, 『한국문학이론과비평』 27권, 한국문학이론과비평학회, 2005, 8,

표정훈, 「청소년 잡지의 실상」, 『오늘의문예비평』 72호, 2009. 봄.

함인회, 「한국 가족의 위기:해체인가, 재구조화인가」, 『가족과문화』 제14집 3호, 한국가족학회, 2002.

황광수·박상률·송승훈·이권우·김경연, 「청소년문학, 시작이 반이다」, 『창비어린이』 2권 1호, 창작과비평사, 2004.

황도경·나은진, 「한국 근현대문학에 나타난 가족 담론의 전개와 그 의미」, 『한국문학이론과비평』 제22집, 한국문학이론과비평학회, 2004.

황성동, 「교사가 말하는 청소년문화 : 여가문화 : 만화를 즐기는 아이들」, 『세미나자료집』 2호, 한국청소년문화연구소, 2003.

황종연, 「성장소설의 한 맥락-편모 슬하, 혹은 성장의 고행」, 『문학과사회』 9권 2호, 문학과지성사, 1996, 여름호.

허병식, 「청소년을 위한 문학은 없다」, 『오늘의문예비평』, 72호, 2009, 2.

5. 신문 기사 및 기타 자료

공윤선, <'가출' 아닌 '탈출' 대안은?">, MBC뉴스, 2011, 4, 26.

권은종, <"빨리 자라는 아이들, 문학도 발맞춰야죠">, 한겨레신문, 2011, 7, 25.

권형진, <다문화 학생 8만명…초등생은 처음 2% 초과>, News1, 2016, 3, 9.

문화재청, <가곡, 대목장, 매사냥 유네스코 인류무형유산 등재 결정>, 2010, 1, 17.

국가법령정보센터, www.law.go.kr

통계청, www.kostat.go.kr

▮찾아보기

저자 **박경희**(朴慶禧)

국어국문학, 청소년교육학을 전공했고, 전남대학교 대학원 국어국문학과에서 문학박사 학위를 받았다. 2006년부터 청소년 교육 현장에서 청소년 교육가로 활동하고 있다. 청어람인문학연구소 연구원으로 있으면서 인문학 강의를 시작했으며, 2017 현재 송원대학교 한국어교육과 조교수로 학생들을 가르치고 있다.

한국 청소년소설과 청소년의 성장 담론

초판 1쇄 인쇄 2017년 7월 14일
초판 1쇄 발행 2017년 7월 24일
저 자 박경희
펴낸이 이대현
편 집 홍혜정
표지디자인 홍성권

펴낸곳 도서출판 역락
주 소 서울시 서초구 동광로 46길 6-6 문창빌딩 2층
전 화 02-3409-2058, 2060
팩 스 02-3409-2059
등 록 1999년 4월 19일 제303-2002-000014호
이메일 youkrack@hanmail.net
역락블로그 http://blog.naver.com/youkrack3888

ISBN 979-11-5686-927-6 93810

* 파본은 구입처에서 교환해 드립니다.
* 책값은 뒤표지에 있습니다.

이 도서의 국립중앙도서관 출판예정도서목록(CIP)은 서지정보유통지원시스템 홈페이지(http://seoji.nl.go.kr)와 국가자료공동목록시스템(http://www.nl.go.kr/kolisnet)에서 이용하실 수 있습니다.(CIP제어번호: CIP2017017047)